海上丝绸之路与中国文学

薛海燕 著

图书在版编目(CIP)数据

海上丝绸之路与中国文学 / 薛海燕著. —上海：
上海古籍出版社，2021.12
（蠡海文丛）
ISBN 978-7-5732-0219-2

Ⅰ.①海…　Ⅱ.①薛…　Ⅲ.①中国文学—文学研究—
Ⅳ.①I206

中国版本图书馆 CIP 数据核字(2021)第 271915 号

蠡海文丛

海上丝绸之路与中国文学

薛海燕　著

上海古籍出版社出版发行

（上海市闵行区号景路 159 弄 1－5 号 A 座 5F　邮政编码 201101）

（1）网址：www.guji.com.cn
（2）E-mail：guji1@guji.com.cn
（3）易文网网址：www.ewen.co

常熟新骅印刷有限公司印刷

开本 635×965　1/16　印张 18　插页 6　字数 258,000
2021 年 12 月第 1 版　2021 年 12 月第 1 次印刷
印数：1—1,300
ISBN 978-7-5732-0219-2

Ⅰ·3609　定价：82.00 元
如有质量问题，请与承印公司联系

中国海洋大学一流大学建设专项经费资助

国家社会科学基金重大项目"南社文献集成与研究"（16ZDA183）

《蠡海文丛》序

刘怀荣

《蠡海文丛》为汇集中国海洋大学"古代文学与传统文化"重点研究团队系列成果之总称,将由上海古籍出版社陆续推出。

"蠡海"者,"以蠡测海"之省称。其命名,首先考虑的是"海"在民族文化中的特殊含义。概言之有三:

一曰:"凡地大物博者,皆得谓之海。"(段玉裁《说文解字注》)自古以来,我国长期以农耕为主,安土重迁而难得亲近大海。在很长的历史时期里,人们对海的认识多偏于想象。如《尔雅·释地》按距我们生活区域由远及近的顺序,有所谓"四极"、"四荒"、"四海"之名。其中的"四海",指的是"九夷、八狄、七戎、六蛮"。与此相应,先秦以来的典籍也多以"四海之内"指古代华夏族统治之疆域;以"四海之外"指超出这一范围,辽远无际、更广大乃至未知的空间。如荀子论王道理想,以"四海之内若一家"(《荀子·王制》)、"国家既治四海平"(《荀子·成相》)为标志,管子以"上通于天之上,下泉于地之下,外出于四海之外,合络天地以为一裹"(《管子·宙合》)谈论宇宙之构成,都将"海"视为广阔无边的空间概念。

二曰:"海不辞东流,大之至也。"(《庄子·徐无鬼》)这是海的本义。《说文解字》也说:"海,天池也,以纳百川者。"可见,在古人眼中,容纳了极大数量的水,是海的重要特点。"观于海者难为水"(《孟子·尽心上》)、"江海不择小助,故能成其富"(《韩非子·大体》),都是从"多水"的角度立论。"天下之水,莫大于海,万川归之,不知何时止而不盈;尾闾泄之,不知何时已而不虚"(《庄子·秋水》),庄子此论,尤为典型。

三曰:"(江海)能为百谷王。"(《老子》)"万川归之"的自然现象,为大海赢得了有类于王者的崇高地位。"江汉朝宗于海"(《尚书·禹贡》)、"沔彼流水,朝宗于海"(《诗经·小雅·沔水》)的经典表述,都体现了对海近乎宗教式的尊仰。

海也被借指知识和学问,有"学海"之喻。因上述对海的特殊理解,"学海"自然包含了"海"的主要含义。赵翼"学海迷茫未有涯,何来捷径指褒斜"(《瓯北集》卷三十五《上元后三日芷堂过访草堂……》),谈到了身处至大无边、包蕴无穷之"学海"中特有的"迷茫",这或许也正是"蠡海"者共同的体验吧!

中国海洋大学以海洋类学科见长,在海洋之地位日显重要的今日,可谓适逢良机;而作为一所综合性大学,补足人文学科发展的短板,也成为必须面对的课题。只是中文专业曾中断数十年,像中国古代文学这样需要长久积淀的传统人文学科,基础较薄,力量尚微。近年来虽略有改观,但与国内兄弟院校相比,依然大有差距。况三千年文学史,典籍浩如烟海,名家代有其人。庄子"吾生也有涯,而知也无涯"(《庄子·养生主》)之慨叹,能不于我心有戚戚焉?似我辈浅陋之人,于"蠡海"盛事,"迷茫"愈深。

虽然,仍致力于"蠡海"之业,启动此《文丛》,非不知力之弱,愿以此为起点,日积月累,薪火相传,庶几可集腋而成裘,积"蠡"以测"海",冀他日或有小成也。"不积小流,无以成江海"(《荀子·劝学》),前贤高论,自当涵泳;"海纳百川,取则行远",此吾校训,更需铭记。愿与诸同仁,勤而行之,"蠡海"于万一。虽不能至,心向往之。

是为序。

2020 年 11 月 15 日于青岛

序　言

曲金良

　　我认识海燕教授已经二十年了,我习惯于称呼她燕子。2000年她博士毕业刚来海大,有一晚我夫人请她来做客,她坐在我家客厅长沙发上,当时我还在读初中的女儿放学回家,两个人都想斜躺在沙发上,居然还抢起了毯子。再有一次学院会议,其实主题跟燕子无关,她听来听去,显然有些茫然,不知为什么没有退场,而是坐在那里,还无所顾忌地打了好几个哈欠。有了这些印象,我夫人说,这孩子真是没什么心机,傻得让人有些为她操心。

　　好在燕子很勤奋,那几年出了一些成果,很顺利地评上了副高,后至正高。我有心读过她的文章,其文笔之优美自不待言,有些惊讶的是字里行间流淌的从容大气,不似一般女子的笔触,竟像有男子的心胸,便从此就有惜才之意,当时任《海洋文化概论》责编,还向燕子征过稿。总体而言,她的稿子没有辜负我的期待。她后来负笈游学,受教于美国耶鲁大学孙康宜教授,回来后所作对《红楼梦》中"成长主题"的探讨等文,都给人以襟怀高旷动人、阐释绵密精到之感,让我这个"前辈"老大哥颇感欣慰。

　　让我感到不足并着实为其担心的主要有两点:其一,燕子博士学位论文做的是女性文学研究,工作期间又写过不少《红楼梦》研究文章,我担心她定性不足,犹疑中会错失发展的良机。其二,燕子固然有一颗"男人的心",却有些"任性使才"习惯,我也担心她锤炼不足,影响其发展的后劲。大约我对燕子的欣赏不容错认,她很领我的情,我的话她还是听的。尤其这两年长了几岁,经历了一些磨练,她更看重这些意见,此次写了这样一本专著,犹还记得我这个老大哥,虽我已经离开青岛前往南方大学任客卿,仍专程向我"求正"。

我是去年11月份第一次粗读了初稿,实在高兴,深觉其内容充实、广泛,有很多新见、深见,真心向燕子表示祝贺。今年四月份又收到修订稿,再读一遍,更了然于其运思宏大,立意高远,值得大赞。但仍有一些内容,感觉扣题似尚未紧合。这部专著需要紧扣海上国际交流史与文学史之间的关系,许多议题都是新提出来的,想做好确实不太容易。我担心燕子过去两个老毛病没改,辜负了这样一个不可多得的好题目,再三嘱咐她好好修订稿子。从这次最后一校的稿件看,我依然觉得有些地方不尽人意。深盼读者诸君像我一样严厉苛刻,多给燕子提些宝贵意见,让她有机会多加修正,更好地发挥其天分,多做出些成绩。

2021 年 12 月于福建厦门集美大学

目　录

概　　论

　　本书所讨论的主要是两个方面的问题:第一,中外海上交流史在中国文学中的呈现;第二,中外海上交流对中国文学的影响。以上议题从学科归属上看属于交叉学科,但仍以文学史为基础。做以上探讨,是立足于对文学创新的基本判断:真正意义上的创新,经常来自不同文化形态、不同价值观念之间的交流碰撞;而伴随人类发展由陆地走向海洋、由海洋走向世界的历史轨迹,海上交流在推动不同文化的发展演进中发挥着越来越重要的作用。基于此,我们大胆推断,海上丝绸之路与陆上丝绸之路相仿,都在中国文学发展演进过程中产生过重要影响;而二者发挥作用的方式、途径、形态、效果又有所异同,值得相互对比参证,以期取得更具体细微,而有一定实证价值的成果,为得出规律性、重复性、推广性的认识奠定基础。

　　一般来说,从中外交叉影响角度展开讨论和研究的文学发展史,主要采取以下三重视角:（一）国史研究视角;（二）国际关系史视角;（三）全球史视角。

　　中外文学交流史当初就是因国史撰述的需要及其研究的深入而得到重视的,但从本土视野所做的中外文学交流史研究还存在诸多缺憾:首先是史实研究方面有待继续努力。如果要详细了解有关事件的具体过程,依靠已有的著述难以达成目标。貌似简单的问题,要得到一个准确而完整的答案其实也并不容易。其次,相关研究在关于中外文学交流的叙述方面,往往主要依靠中方记载或时人记述,缺乏对方记载的充分参照,故难以做到完整细致地再现历史的具体场景,在客观性方面也有待于提高。

　　中外文学交流史的另一个层面是国际关系史。与中外交流史研究总体情况相似,存在以下需要注意之处:第一,从区域上看,传统上与中国关系密切的国家与中国的关系,通常是学者们关注的重点,如中西、中日、中俄、中朝、中越、中琉(球)等。而自20世纪起对中国影响相对较小的区域、国家与中国的关系(如中印、中非、中国与西亚等),则重视不够。第二,从时间上看,近代中外交流史更为贴近现实,汉唐等时代中国国际地位较高,以上时期最受研究者重视,相比之下,其他历史时期得到的关注明显较少,缺憾较多。第三,各国文学的双边或多边接触、冲突、碰撞、融合,相关学术成果更少。

在一定范围内或一定层面上,可以探索运用全球史研究的理念和方法来促进中外文学交流史研究。国史视角和国际关系史视角的中外文学交流史,大体上侧重于以国家为主体的文学、政治、外交等范畴,但在此之外,中外文学交流史还有着丰富的内容,如经济、商贸、器物、制度、民俗等。这些内容大多可在全球史框架内予以进一步论述。在"中"和"外"之间发生的很多事情原本不是以"国家"为单位的;有些事情以国家为单位来思考是合理的,但它们同时在更广大的体系中也具有意义。我国古代与外部世界交往的西域、南海两大通道,现在一般被称为"丝绸之路"和"海上丝绸之路"。在晚清时期,这种原本以中国为出发点的商业—文化网络在遭遇欧洲殖民主义东进的浪潮后,如何调整或如何被后者整合进新的世界体系,在其中发挥怎样的作用?

本书从国史、国际关系史、全球史等三重视野出发,尝试就中外文学交流史研究提出以下问题:

1. 国史视野:中国文学的源流在多大程度上受到过外来影响或产生过国际影响? 具体过程是怎样的? 其中以西域为通道的陆上丝路与南海为出口的海上丝路,二者对中国文学的影响或中国文学的国际传播影响过程、形态有何异同? 其中有无模式、规律可循?

2. 国际关系史视野:中国文学在不同时期所受外来影响或国际传播过程分别有何具体内容? 不同时期有何异同? 其中有无模式、规律可循? 其中以西域为通道的陆上丝路与南海为出口的海上丝路,与二者有关的国际相互交流碰撞过程是怎样的? 二者之间有何异同?

3. 全球史视野:中外文学之间的交流碰撞受哪些非国别因素影响?历史上的区域性、非区域性现象与当今的全球化、逆全球化潮流之间有何联系,有何异同? 中国文学的发展曾经受制于哪些一般性和特殊性规律? 等等。

在探索以上问题过程中,本书主要提出了以下基本观点:

第一,海上国际交流的增强,与世界通俗文学的兴起之间,二者有着重要的内在关联。毕竟《小说的兴起》等名著就是把海洋历险小说的出现,当作近代小说史的开端或重要地标来看待。

第二,海上丝绸之路与中国通俗文学的兴起之间,有着必然的内在联系。而正如海上丝路源远流长,不能因近代中国曾在西方海洋强国面前暂时处于守势而否定中华文明长期以来在海上国际交流中所做出的成绩那样,也不能因中国小说戏剧的某些特殊性,而简单做出中国通俗文学相对"晚出"或"晚熟"的结论。

从国史、国际关系史、全球史的多重视野着眼,对照海上国际交流(广义的海上丝绸之路)的三个历史阶段(距今五千余年前到公元前一世纪、公元前一世纪到公元十五世纪、公元十五世纪至今),大家可以发现,古希腊荷马史诗、梵剧出现在第一阶段,唐宋传奇、宋元戏剧话本、欧洲流浪汉小说出现在第二阶段,而欧美小说、中国近代小说则兴于第三阶段。以上三个阶段中,出现通俗文学繁荣现象的国度恰恰正是当时在海上国际交往中起主导作用的国家(只有中国近代小说例外,而其主要得益于欧美翻译文学)。这种对应关系提示我们,通俗文学的发展与海上丝绸之路的繁荣,二者之间有着不可分割的联系。

为什么戏剧小说的发展会与文明之间的交流碰撞有关? 为什么会与海上国际交往有关?

这需要从认识戏剧小说的本质谈起。戏剧的本质是模仿(动作模仿与空间模仿)。这就会带来模仿者与被模仿者之间或模仿时空与所模仿时空之间的"主体间性"。小说的本质是"杂语性",也会出现不同人物的声音意识之间的"主体间性"。

古希腊、古印度、近代欧洲之所以出现戏剧、梵剧或小说的兴起现象,与需要满足海上扩张所带来的新阶层的政治诉求有关，与需要处理民族矛盾、国际矛盾有关。海上国际交往所带来的社会关系或国际关系的深刻变化，为主体间性意识的成熟创造了条件。而主体间性意识的成熟，恰恰是以戏剧小说等通俗文学走向繁荣为基本前提。

海上国际交流同样在中国通俗文学的崛起中发挥过至关重要的作用。

一般认为中国戏剧"晚出"。王国维等强调，直到宋元中国才出现成熟戏剧。主要原因在于，早期中国戏剧与古希腊悲剧、古印度梵剧相比，通常缺少足够长度的剧本。有足够长度的剧本，意味着能代替对象思考，所想象的故事比较完整。而缺乏足够长度，通常是主体间性意识还不够自觉或成熟的表现。

但在缺乏"足够长度"剧本的同时，中国早期戏剧还存在某些特殊情况，值得我们反思中国戏剧晚熟说。主要在于，中国传统文类之间相互融通，史传等文本都可直接或间接借作为演出或说唱蓝本。不仅唐戏"一千多条"材料中有不少以史传为借镜，甚至魏晋南北朝不少剧目也以史传为底本，如《许胡克伐》《馆陶令》《辽东妖妇》等，或以文赋为蓝本，比如《天台山伎》就是以《游天台山赋》为本事。在此意义上，不仅任半塘先生"唐戏已为成熟戏剧"的说法值得考虑，甚至早在南北朝时期已呈现戏剧繁荣的现象，当时的歌舞或科白戏类多开启后世剧目渊源。以北齐洛阳、邺城两大都城为中心，表演风行，已成"爆炸"之势。

当然，北齐之所以出现史上第一次"爆炸"，与其在所处的沟通内外的位置有密切联系，与工商消费业的繁荣有密切联系。总之，北齐戏剧之所以已趋向成熟，与当时社会环境能够催发间性意识有关。尤其《钵头》《辽东妖妇》等剧目，明显受到梵剧或东北亚传说的影响，带有海上丝绸之路的时代烙印。

类似情况也存在于中国小说的起步过程中。

中国小说为什么起步较早？这种现象与海上丝路之间有何联系？中西小说与海洋国际交往之间的关系有何异同？

《汉书·艺文志》所做概括（当然此段概括出自刘向、刘歆父子的《七略》)："小说家者流,盖出于稗官;街谈巷语,道听途说者之所造也。"所强调的主要是"小说"的传播方式:口耳相传,欠缺权威性、经典性及可信度。就这样的传播方式而言,小说只能是一种通俗文类。与西方 fiction 或 novel 等概念不同,《汉志》强调的是小说的阶层属性、社会属性。

但同时,与戏剧模仿所带来的"主体间性"特征相仿,小说的"街谈巷语,道听途说"的传播方式,也带来了多元的话语及观念形态,造成了文本的间性特征。这就是西方学者所说的"杂语性"。

自《汉志》到《四库全书总目提要》所载小说,选家一方面要求"小说家"要编织"可观之词",即不能没有自己的观念或立意;另一方面则强调不收在观念上另类的作品。但与 Novel 这个词的"新颖"之意主要体现在内容(新鲜、奇特)与思想(有个性、有创新性)两方面相似,中国"小说"(尤其是"传奇")也有以上两方面的追求。同时,中国小说在以上两方面的追求也与西方小说的兴起相似,与海洋经验(见于唐前杂传的方士之作)或海上交流(见于唐传奇的龙女、虬髯客、昆仑奴等形象)有一定关联。换言之,中国小说在由唐前到唐传奇的发展演变过程中,并未脱离海上国际交流的影响。

中西小说所受海上国际交流影响的方式途径或具体语境,不同之处主要在于:其一,在海上国际交流影响下出现根本突破的历史阶段不同。西方小说兴起于近代,而中国小说或传奇早在唐代已趋于成熟。其二,产生根本突破的思想背景不同。西方小说之兴起代表了新兴资产阶级的世界观和价值观,而中国小说或传奇则主要承载非主流文化意识形态。这就决定了中国小说对传奇性的要求相对较强烈,而对思想性的要求则不够自觉。

中国小说普遍追求思想性这种现象,还是直到近代才出现的情况。而之所以有上述表现,主要是受西方文化及翻译文学影响的结果。当然,从这个意义上看,中国小说的近代转型本质上更是海上文化交流碰撞的结果。这更能够说明中国通俗文学的发展与海上国际交流之间存在紧密的内在联系。

毋庸讳言,以上讨论陈义虽高,实际还很粗糙,存在不少缺憾或疏漏。

逐章细审,至少有以下细节处理失当,何妨一一自揭其短。比如:

在第一章第一节中,将《奥德赛》与《穆天子传》做比较,未将二者分别与海上国际交流之间的关系梳理清楚,尤其是《穆天子传》,周穆王巡游主要走的应该是陆路,那么将其作为个案与《奥德赛》相对比,究竟有何理据? 同样,外国文学只选《奥德赛》等做样本,也过于单薄,很难与所追求的全球史、国际关系史视野相匹配。

此外,第三节之"战马、铜铁(兵器)与中西文学",写战马、铜铁(兵器),也适宜更属意于文学史,而非战争史或科技史的梳理勾勒。

其后各章或多或少也存在类似问题,在紧扣文学史,紧扣海上丝绸之路两个基本要点上时时出现问题。之所以有以上毛病,概因三重视野的贯穿始终,确实有较大难度,需要解答不少疑难问题。而类似繁难,反过来恰恰说明了本书所提出的以上议题的研究价值。亟盼读者或同行学者们不吝批评赐教,以利于改进或修正。

在修订本书过程中,我曾经的同事、前辈,国内"海洋文化"研究的重要开创者曲金良教授曾多次给予鼓励及修正意见,并蒙其慷慨赐序;我的师兄、戏曲学大家杨栋教授亲手修订,并帮我深化了中国戏剧是否"晚熟"的有关思考;我的师姐杜桂萍教授、师兄程相占教授也都曾提出过具体的修改建议。尽管此书至今仍存在这样那样的一些遗憾,但这些学术名家的指点校正,对笔者本人的学术成长影响至巨。故期盼本书能对读者或同行学者有些微启发,则有回报师友提携之功于万一。

第一章 早期中西文学交流概观

第一节 早期中西文学的异域想象

需要说明的是,鉴于一般认为西方文学更富于有关海洋或异域的幻想,故而本节首先讨论西方相关典范文本;而受限于笔者的研究视野,也仅选择古希腊史诗作为西方典范文本之个案,暂时未有能力兼顾其他。

一、早期西方文学的异域想象

(一)西方范本:《奥德赛》(古希腊荷马创作的史诗之一)

《奥德赛》(希腊语:ΟΔΥΣΣΕΙΑ,转写: Odýsseia)又译《奥狄赛》《奥德修纪》,或《奥德赛漂流记》,是古希腊最重要的两部史诗之一(另一部是《伊利亚特》,统称《荷马史诗》)。《奥德赛》延续了《伊利亚特》的故事情节,相传为盲诗人荷马所作。

《奥德赛》共二十四卷,一万两千多行。把奥德修斯的十年海上历险,用倒叙手法放在他临到家前四十多天的时间里来描述。其中包含许多远古神话。

这部史诗是西方文学的奠基之作,与《吉尔伽美什史诗》《伊利亚特》一样,是现存最古老的西方文学作品。

史诗讲到,特洛伊战争结束后,希腊将士们纷纷回乡,足智多谋的奥德修斯却在海上漂流未归。奥德修斯的船队漂流到一个海岸,船员吃了"忘忧果",流连忘返,不想回家了。奥德修斯把船员绑在船上,不久到了一个海岛,被独眼巨人波吕斐摩斯因在山洞里,独眼巨人是海神波塞冬的儿子。波吕斐摩斯杀害了奥德修斯六个队友,奥德修斯刺瞎了巨人的独眼,逃出了洞口。

由于奥德修斯伤害了海神的儿子,海神在其返乡过程中一路兴风作浪,处处同他作对。他们逃到风神岛,风神送他们口袋,可以把逆风都装进去,从而一帆风顺。不料快行驶到家时,众水手以为里面装的是金银财宝,乘奥德修斯睡觉时打开口袋,结果逆风呼啸而至,又把他们吹回到风神岛。风神拒绝再次帮忙,他们只能任凭船漂流到巨人岛。巨人们击沉了共十一条船,捕捉溺水的人充饥。只有奥德修斯的船没有靠岸,幸免于难。他来到魔女喀耳克的海岛上,喀耳克把他的同伴变成了猪。奥德修斯战胜了魔女,并受到魔女的款待。为了打探回家的路,他在魔女帮助下游历了冥府,从先知忒瑞西阿斯的预言中得知了自己的未来。

奥德修斯在冥府中遇到了许多旧时战友,并与阿伽门农、阿喀琉斯交谈。他们继续航行,顺利地通过了以歌声诱人的妖鸟岛。从海怪斯库拉和大漩涡卡律布狄斯中经过时,奥德修斯又失去了六个同伴。在日神岛上,由于同伴不顾奥德修斯的警告,宰食了神牛,激怒了宙斯,宙斯用雷霆击沉了渡船,大多数人因此丧命。奥德修斯只身被冲到女神卡吕普索的岛上,被软禁了七年。

与此同时,百余名贵族子弟盘踞在奥德修斯的宫殿里,向他美丽的妻子珀涅罗珀求婚,终日宴饮作乐,尽情消耗他的家产。珀涅罗珀忠于丈夫,借口要为公爹准备殓衣,等布织好后才可以改嫁。于是她白天织,晚上拆,往返重复,拖延时间。奥德修斯的儿子忒勒马科斯受女神雅典娜暗中指点,离家寻找父亲,最后知道奥德修斯还活着,在女神卡吕普索的岛上。众神同情奥德修斯的遭遇,派神使赫耳墨斯命卡吕普索放奥德修斯回去。女神恋恋不舍地送奥德修斯乘木筏离开了海岛。奥德修斯在海上航行了十七天,家乡的山峦已隐约可见,却不幸又被波塞冬发现,木筏被击碎。

奥德修斯漂到斯克里亚岛。公主瑙西卡在海边发现了奥德修斯,把他带回王宫,国王设宴招待,席间歌手吟咏特洛伊战争的故事,其中恰好有奥德修斯本人的事迹,他听后泣诉了自己的遭遇。国王阿尔咯诺俄斯非常尊重并同情奥德修斯,派船送他回国。

回到自己的国度,奥德修斯化身乞丐,到牧猎人家里与儿子忒勒马科斯先见了面。父子俩共同商议回家复仇计划。第二天父子相继回宫。奥德修斯假装乞丐,遭到众人侮辱,只有给他洗脚的老奶妈从脚上疤痕上认出了旧主人。奥德修斯利用比武机会杀死了所有求婚者,一家人终于团聚。

《奥德赛》被看成西方海洋文学的源头之作。《少年文艺》2002年第4期刊载《十部经典海洋文学推荐榜》,指出:"……《奥德赛》即是人类第一部海洋文学。"①海洋出版社2009年出版的《海洋文学研究文集》,其中《序言》也指出:"《荷马史诗》就是西方海洋文学的源头。其中《伊利亚特》是欧洲文学史上第一部战争题材的巨著,而《奥德赛》则是近代流浪汉小说的先驱,实质上也是西方海洋小说的源头。"②而通过前文对故事情节的概述,不难发现,《奥德赛》也是西方第一部书写异域想象的文学作品。

（二）《奥德赛》的异域想象具有时间叙事或历史叙事的特点

1. 形象特征的历史内涵

（1）奥德赛

《奥德赛》中的主人公奥德修斯是伊大卡岛的王。在特洛伊战争中,他是足智多谋的政治家和领袖,曾多次献计,屡建奇功。而在《奥德赛》中,作为主角,他更是巧用智谋,战胜了无数次艰险,成功地带领同伴和战友们返回了祖国。鼓励他战胜困难的,正是他对部落集体也即自己王国的深厚感情。

这种感情在历史社会学的层面上考察,本质上是奴隶主的世界观和价值观。而在文学层面,这种感情通常表达为对妻子、家庭乃至王国的忠贞不渝之情。奥德修斯曾对卡吕普索仙女说,他的妻子"无论是容貌或身材都不能和你相比,因为她是凡人,你却是长生不衰老。不过我仍然每天怀念我的故土,渴望返回家园,见到归返那一天。即使有哪位神明在酒色

---

① 《十部经典海洋文学推荐榜》,《少年文艺》2002年4月。
② 段汉武:《海洋文学研究文集·序言》,海洋出版社2009年5月。

的海上打击我,我仍会无畏,胸中有一颗坚定的心灵"①。当他经过十年漂泊,终于踏上伊萨卡岛的土地时,他狂吻着土地,心中的喜悦难以形容。

接着,摆在他面前的又是一场恢复王位和向求婚者复仇的斗争,一场争夺和维护私有财产的斗争。出于"守土有责"的领主意识,奥德修斯即便对他在口中"天天怀念"的妻子,也多次采用欺诈、试探的手段,甚至对天神也如此。而史诗对这些内容,都是主要当做正面品质加以歌颂的。根本原因主要在于,历史地看,奴隶主的思想意识在当时仍有着先进内涵。

(2)波塞冬

《荷马史诗》中集海神、震神和马神于一身的宙斯的兄弟波塞冬,在《伊利亚特》中,他与宙斯、雅典娜一样,支持阿开亚人(希腊人)一方,坚定地与特洛伊为敌。但是,在《奥德赛》里,他却成为阻碍奥德修斯归家的罪魁祸首。海神强权、霸道、爱自己的子女,奥德修斯几乎被他逼迫到死亡边缘,若不是海神女伊诺相救、波塞冬停手并离开以及雅典娜停息部分风浪,奥德修斯恐怕早就命归西天了。

为什么海神波塞冬在这部史诗中会被当作主要的反角? 这大概与整部史诗的异域想象主题有一定关联。海神这个符号,顾名思义,意味着远离大陆、远离本土,在故事中代表着返乡行为的阻挠性力量;这个形象原有的易怒、好战等特点,在此表现为异域想象的几个主要内涵:危险、神秘、排他、永恒。

而相形之下,怀乡情结则包孕了安全、现实、包容、理性等内涵。这就使《奥德赛》相对于姐妹篇《伊利亚特》,具备了更多由神话叙事向历史叙事转型的特点。

2. 叙事方式的历史叙事、时间叙事特征

(1)复杂性与理性的叙事

按照亚里士多德的分类,《奥德赛》是一部复杂史诗,因为它"处处有

---

① [古希腊]荷马著,王焕生译:《荷马史诗·奥德赛》,人民文学出版社 2003 年 1 月,第 94 页。

发现(anagnçsis)"，所谓的"发现"，是"从不知到已知的转变"，亚氏是从情节安排的意义上谈论"发现"，他认为如果"采取从文学作品里追溯思想和认识论发展史的研究方法"，则"发现"就有了哲学认识论的意义(《诗学》)①。而陈中梅等则用另两个词："探查""辨识"，来概括《奥德赛》情节设置中所表现出的理性精神②。

概略地说，《伊利亚特》中的人物对神示深信不疑，对神唯命是从。对神的依赖在《奥德赛》里也仍然有明显痕迹，奥德修斯的回家就是由总设计师雅典娜一手运作的。

但在神学阐释的氛围里，《奥德赛》里的人物具有更多的实证精神。女神雅典娜举杖拍打奥德修斯，改变了他的容貌，不仅皱褶了腿脚上的皮肤，而且还毁损了头上的毛发，模糊了他原本明亮的眼睛，使他看来显得老态龙钟，像一个要饭的乞丐。雅典娜声称，她要让伊萨卡人认不出奥德修斯，以便使其占取有利于侦探的暗处，过细探查处于明处的各色人等。

奥德修斯与儿子忒勒马科斯相认时，儿子对他的怀疑；老女仆欧律克勒娅凭脚上的伤疤对奥德修斯的识认；奥德修斯对牧猪奴证明自己的身份，向父亲拉埃尔特斯追忆儿时赠送果树的情景；妻子珀涅罗珀以婚床为命题对丈夫的考验，等等。以上情节都具有认识论意义，说明古希腊人已有这种思维倾向：开始相信自己的眼睛和耳朵，用事实求证，这是由神学释事到实证释事的转变，是从公元前八世纪的秘索思(mythos，神话、故事)到公元前五至四世纪希腊古典时期的理性的过渡。

（2）时间性的叙事

以上观点，主要是由文艺社会学视角入手所作的分析描述，而借助叙事学方法，还可在时空观层次更深刻地阐释或"探查"《奥德赛》的理性化程度。

首先，《奥德赛》故事中虽然有环形结构暗示的神学时间观，但由表

---

① 王振军：《〈奥德赛〉：追寻西方小说的精神原点》，《海南大学学报（人文社会科学版）》2011 年 1 月。

② 陈中梅：《〈奥德赛〉的认识论启示——寻找西方认知史上 logon didonai 的前点链接》，《外国文学评论》2006 年 2 月。

层的平行结构暗示的线性时间也赫然显现在《奥德赛》中。奥德修斯的回乡过程有正叙、倒叙、插叙,有单线的故事推进,有双线(奥德修斯父子两人的行动)的并列展开,它们都是在明晰的时间之线中依次进行。《奥德赛》中无处不在的平行结构是线性的矢量的个体时间的表征,它有着历时性特征,是个体对生命体验的结果,是社会历史时间观的萌芽。简单来说,双线之间必须有对应关系,是奥德修斯父子两人同一时间历程的不同经历呈现,表现出回归或成长的不同现实主题。

第二,《奥德赛》故事的空间性位移要受到时间性流程的约束:奥德修斯出征时儿子忒勒马科斯尚在襁褓中,回家时——也必须在回家时——儿子才长成英俊的美少年;奥德修斯的父亲拉埃尔特斯收买欧迈奥斯时还是一个儿童,奥德修斯回乡时这个当年的儿童已变成忠勇的牧猪奴。

第三,从文学史的角度看,线性时间叙事对西方批判现实主义小说产生过很大影响。十八世纪的小说《鲁滨孙漂流记》《汤姆·琼斯》已经有了清晰的时间线索,十九世纪经典现实主义小说如《红与黑》《高老头》《包法利夫人》《战争与和平》中,时间更是有了压倒一切的地位。在经典现实主义小说家看来,如果没有严格的时间进程,就会失去小说的社会历史内涵和认识价值。

二、中国早期文学中的异域想象

(一) 典范文本

1. 《穆天子传》

又名"周王传""穆王传""周穆王游行记""周穆王传"[①],是西晋时期发现的汲冢竹书的一种,撰者不详,一说成书于战国。

《穆天子传》前四卷详细记载了周穆王驾八骏西巡天下,自宗周北渡黄河,逾太行,过贺兰山,经祁连山,走天山北路至西王母之邦;又北行至"飞鸟之所解羽"的"西北大旷原",终自天山南路归都。第五卷叙述周穆

---

① 一说为《列子·周穆王传》,与《穆天子传》并非同一篇。

王两次向东,沿途与各民族频繁往来赠答的事迹。第六卷记穆王美人盛姬卒于途中而返葬事①。

西王母神话传说最早见于战国至汉代成书的《山海经》,大约是一位崇拜虎豹图腾的部落女首领。随后在《穆天子传》《汉武帝内传》中,一改怪神之貌,成为善于歌舞、热情好客的天帝之女,并与周穆王、汉武帝这样的帝王相会,衍生出许多故事。

汉、晋时期有关西王母神话传说散见于《汉武故事》《神异经》《淮南子·览冥训》《枕中书》《西王母传》《搜神记》等书籍中。再经过道教兴起后的渲染,西王母愈为民间崇拜和敬畏,有关她的神话传说愈加繁杂,流布愈广。新疆天池一直为道教圣地。围绕着西王母瑶池相会周穆王的古老故事多年经久不衰。2007 年已作为古代口传故事系列,列入新疆的非物质文化遗产项目。

很多史料表明,西王母实际为一个部落国家。

《尔雅》云:"西荒有西王母国。"②

《尚书帝验期》云:"王母之国在西荒,凡得道授书者,皆朝王母于昆仑之阙。"③

《易林·坤之二》云:"稷为尧使,西见王母。"④

《金楼子·兴王篇》云:"舜摄行天子政……西王母使使乘白鹿、驾羽车、建紫旗来献白环之玦。"⑤

《风俗通》云:"舜之时,西王母来献白玉琯。"⑥

《玄中记》云:"殷地太戊,使王英采药于西王母。"⑦

《汉书》《晋书》《宋书》等均有"西王母来献其白玉玦"的记载。这说明,早期西王母国时常向中原帝王朝贡。《尔雅》还记述:黄帝在位时,西

①　一说此卷为《列子·周穆王传》中所记,而《穆天子传》中原无。
②　（晋）郭璞注,（宋）邢昺疏:《尔雅注疏》卷七,《十三经注疏》阮刻本下册,上海古籍出版社 1997 年,第 2616 页。
③　参见［日］安居香山、中村璋八:《纬书集成》,河北人民出版社 1994 年,第 387 页。
④　参见袁珂、周明:《中国神话资料萃编》,四川省社会科学院出版社 1985 年,第 178 页。
⑤　同上,第 229 页。
⑥　《太平广记》卷二〇三引《风俗通》,参见袁珂、周明:《中国神话资料萃编》,第 230 页。
⑦　《古小说钩沉》辑《玄中记》,参见袁珂、周明:《中国神话资料萃编》,第 310 页。

王母曾命使者助帝克蚩尤之暴,舜帝在位时西王母命使者献白玉环,夏代西王母曾献白玉玦,后帝德薄,渐不交往,断和平,以武力胁之。意思是在夏代,西王母国还敢于同夏朝以武力相对抗。

2.《山海经》中夸父、精卫及其他相关故事

夸父逐日、精卫填海等神话,在学者们看来都多少记载了民族迁徙的历史记忆。而从类似记载中,可以读出先民安土重迁的精神。类似精神,隐隐传达了对异域的带有畏惧感、神秘感的想象。当然,此中也不乏挑战意识。

先看夸父逐日故事:

> 夸父与日逐走,入日。渴欲得饮,饮于河、渭;河、渭不足,北饮大泽。未至,道渴而死。弃其杖,化为邓林。
>
> ——《山海经·海外北经》①

> 夸父不量力,欲追日影,逐之于隅谷之际。渴欲得饮,赴饮河、渭。河、渭不足,将走北饮大泽。未至,道渴而死。弃其杖,尸膏肉所浸,生邓林。邓林弥广数千里焉。
>
> ——《列子·汤问》②

对夸父故事内涵的阐释主要是迁徙说。学者们从"河渭不足""夸父二死""弃其杖,化为邓林"等细节分析夸父逐日,得出夸父逐日的历史学解释,即:夸父逐日不是追赶太阳的"逐走"运动,也不是驱赶太阳的巫师祈雨活动,而是夸父族由于干旱和战争而进行的迁徙。③

近年随上古气象学研究不断深入,不少学者指出,夸父逐日等神话实际上是上古气象测量活动的记载。如,王福利等认为,夸父的逐日行为与

---

① 袁珂:《山海经校注》,上海古籍出版社1980年,第238页。
② 杨伯峻:《列子集释》,中华书局1985年3月,第161—162页。
③ 唐利华:《"夸父逐日"的历史学阐释》,《重庆交通大学学报(社会科学版)》2009年4月。

《尚书·尧典》所载羲、和氏奉尧帝之命守四方以测日影一样,有敬日与测日影双重目的①。吴晓东指出,女娲补天、后羿射日与夸父逐日三则神话具有共同的历法来源,农历要用闰月的方法来补齐阴历少于阳历的天数,这便是补天。补天数讹误为补苍天,神话主角"娲""羿""夸"都是从日月拟人化演变出的制历之人②。

再看精卫故事:

　　精卫填海,交让递生。

　　　　　　　　　　　　　　　　——《抱朴子·内篇》卷八③

　　有鸟如乌,文首、白喙、赤足,名曰精卫。故精卫常衔西山之木石,以填东海。

　　　　　　　　　　　　　　　　——《博物志》卷三④

　　昔炎帝女溺死东海中,化为精卫……每衔西山木石填东海。偶海燕而生子,生雌状如精卫,生雄如海燕。今东海精卫誓水处,曾溺于此川,誓不饮其水。一名鸟誓,一名冤禽,又名志鸟,俗呼帝女雀。

　　　　　　　　　　　　　　　　——《述异记》卷上⑤

其中"精卫填海"神话源远流长,对其内涵的解读众说纷纭:

第一,族群矛盾斗争乃至迁徙说。

倪浓水将其解读为"南北方文化斗争"的一个寓言和象征,"认为它

---

① 王福利:《"夸父逐日"神话新解——从"入日"一词的训诂说起》,《甘肃社会科学》2007年6月。
② 吴晓东:《女娲补天、后羿射日与夸父逐日:闰月补天的神话呈现》,《民族艺术》2019年2月。
③ 王明:《抱朴子内篇校释》,中华书局1996年9月,第155页。
④ 《太平广记》卷四六三《精卫》注引《博物志》。参见李昉等:《太平广记》第10册,中华书局1961年,第3803页。
⑤ 参见袁珂:《中国神话传说词典》,上海辞书出版社1985年,第423页。

是当时南北历史文化和政治对抗的一种隐喻性神话叙事"①。

田兆元通过认为"炎帝神农氏的东进失败是败在蚩尤氏手下,就相当一次溺水,化为精卫鸟表达炎帝部落失败后还保持自己的精神理想,填海表达一种复仇对抗的情绪"②。

于成宝等提出,"精卫填海"神话反映了炎帝神农氏与东夷蚩尤氏冲突的历史,炎帝携女娃东巡蚩尤族领地导致了女娃被害的惨剧,炎帝虚构了精卫鸟衔西山之木石以复仇东海的故事。女娃被害促进了炎黄部落的联合,引发"黄帝擒蚩尤"的战争③。

段玉明则认为"精卫填海"的主题蕴涵实则是殷商后人的复国愿望的某种表达④。

第二,古文化遗存说。

范正生认为"精卫填海"实际描写了炎帝公主女娃嫁与帝俊部落王子后思亲的伤悲意绪,是中国历史上最早的"和亲"史事的反映⑤。

王红旗认为在距现代7 400年前海平面上升达到最高点,"海岸线西进到今日太行山脚的京广铁路线一带,此后海平面逐渐回落,海岸线也随之东退。精卫填海和愚公移山的故事,正是对上述沧海桑田变化的古老记忆"⑥。

（二）中国神话传说的异域想象兼备伦理叙事（空间叙事）与历史叙事（时间叙事）的特点

1. 人物形象塑造的伦理内涵

主要表现在去性别化（外在）、道德化（内在）两个方面。

与希腊神话凸显众神（尤其是女神）的性别魅力不同,中国早期神话

---

① 倪浓水:《西山和东海:"精卫填海"里的南北文化隐喻》,《社会科学论坛（学术研究卷）》2008年2月。

② 田兆元:《神话文本研究方法探索:多元的要素扩展分析法——"精卫填海"的扩展研究》,《长江大学学报（社会科学版）》2007年5月。

③ 于成宝、曹丙燕:《从"精卫填海"与"黄帝擒蚩尤"看上古部落的冲突与融合》,《中国海洋大学学报（社会科学版）》2015年1月。

④ 段玉明:《亡国之痛的记忆——"精卫填海"神话母题探析》,《中华文化论坛》2005年1月。

⑤ 范正生:《"精卫填海"神话考释》,《泰山学院学报》2010年1月。

⑥ 王红旗:《经典图读·山海经》,上海辞书出版社2003年8月,第44页。

传说中众神的性别特征并不明显。即便像夸父这样的英雄,故事中也未曾渲染其外表或状貌。同样,对于不幸湮没于东海的精卫,"少女"符号信息也并不鲜明。相形之下,《穆天子传》中的"西王母"可能是个例外,后者在送别穆王时,所吟出的"白云在天,山陵自出,道里悠远,山川间之。将子无死,尚能复来"①,曾引起后人多少旖旎或温馨的联想。但实则在作品中也并未渲染西王母的外貌。类似去性别化的描写方式,是与故事整体的道德化主题(赞美忠勇、坚韧、奉献、宽厚)相适应的。

形象塑造的道德化内涵,主要包括仁、智、勇、忠等方面。如《穆天子传·序》交代,穆天子"……与七萃之士巡行天下,然则徒卫简而征求寡矣,非有如秦汉之千骑万乘,空国而出也……"②,即言其巡游并非出于个人好奇、娱乐甚至征伐、敛财等目的,而是谨守其作为天子的政治职责。

2. 异域想象的自我超越内涵

与《奥德赛》等西方史诗相比,夸父逐日、精卫填海等故事有一个明显特点:夸父、精卫们挑战的对象有些符号化,不像奥德修斯在归乡途中,是与独眼巨人、波塞冬等具体的对手或敌人作战。令夸父们感到压力的,甚至并不是太阳神、海神等具体神祇,而只是作为自然物的太阳、东海,或具有社会属性的帝王职守。相应的,夸父们的故事,传达出更多的是自我挑战、自我超越精神,甚至有些接近后世儒家思想的内圣外王的价值观念。

前文曾说,夸父等故事大多来自族群迁徙的记忆,从类似记载中可以读出先民们安土重迁的精神。而安土重迁,意味着先民们对异域或他乡抱有畏惧感。但同时在挑战畏惧感的基础上,类似故事中又表达了自我超越的勇气和快感。

我们在分析《奥德赛》中波塞冬等形象时曾提出,这部史诗想象中的异域有着几个特点:危险、神秘、排他、永恒。同样认为异域是危险的,但中西早期异域想象还是存在一些细微差异,其中很重要的一点就在于,西

---

① 王贻樑、陈建敏:《〈穆天子传〉汇校集释》,华东师范大学出版社 1994 年,第 161 页。

② 元代王渐为《穆天子传》作序。参见王贻樑、陈建敏:《〈穆天子传〉汇校集释·附录三》,第 415 页。

方的异域想象更现实,更物质化,而东方的异域想象则比较理念化或隐喻化。

3. 叙事方式兼具伦理道德叙事(空间叙事)和历史叙事(时间叙事)特征

夸父逐日等故事从主题或立意上看,有着神话叙事或道德叙事的诉求,本质上表现出空间叙事的特点,而《穆天子传》作为一部帝王游记(尽管有虚构成分),则带有显著的历史叙事(时间叙事)特征,值得高度注意。

怎样理解神话叙事或道德叙事的空间性呢?简单地说,以上叙事都强调对象的永恒性或超时间性。故而在相关故事中,主要以空间而非时间作为叙事元素。

又该怎样理解《穆天子传》兼备时间性与空间性的叙事特征呢?

首先,从叙事空间上看,故事前四卷详细记载了周穆王驾八骏西巡天下,行程三万五千里,会见西王母之事。周游路线自宗周北渡黄河,逾太行,过贺兰山,经祁连山,走天山北路至西王母之邦;又北行一千九百里,至"飞鸟之所解羽"的"西北大旷原",终自天山南路归都。从叙事时间上看,详载了周穆王在位五十五年率师南征北战的盛况,有年月可寻。其中,在十三年至十七年进行了一次西访西王母的远行。

第二,《穆天子传》故事中,空间性位移与时间性流程之间存在相互对应与相互制约关系。

其中叙事时间受制于空间,主要表现在周穆王朝圣之行的方向是确定的,这个确定性来自这次巡游的政治道德主题。

而反过来看,叙事空间也受制于时间,标志着历史理性意识的产生和成熟。具体而言,周穆王意欲参拜华夏祖先轩辕黄帝,这在其执政早期很难成行,只有在位十三年后,政局趋于稳定,这个巡游计划才有可能完成。

尤为值得注意的是,《穆天子传》文本中有一种写作方式和两个细节,表达了较强的历史意识及较理性的死亡观念:

其一,这种"写作方式"主要是指《穆天子传》解构了西王母、解羽原、玉生烟等神话,还原了以上神话的历史或现实面貌。

其二，所谓"两个情节"，则都与死亡有关，也都与穆天子的巡游活动能否持续之间有直接关联。第一次，是在西巡过程中，穆天子与西王母两位政治领袖宾主尽欢，依依不舍，西王母表示"将子无死，尚能复来"，即言，理性上知道很难再有相见机会，但也不得不分别，而旅程也不得不继续；这一次是意念中的死亡，并非实际的死亡。二是盛姬之死。这次则是实际的死亡。穆天子深爱盛姬，甚至由于后者的死亡，而终止了巡游，匆匆踏上归程。这个情节，赋予了穆天子这个历史形象、政治形象以更多的情感色彩和人文情怀。相形之下，不必说夸父或精卫们充满奉献或超越意味的死，甚至连《奥德赛》描写奥德修斯同伴们的死亡等细节，都远不如《穆天子》以上两个相关细节更具有现实感和历史感。而对死亡加以认识并给予描写，恰恰是历史叙事区别于神话叙事的关键所在。因为对神而言，并不存在真正意义上的死亡。伽达默尔说过："人性特征在于人能构建并思索超越其自身在世上生存的能力，即想到死。"[①]

在西王母口中有一天终会来临的周穆王之死，导致巡游终止的真实的盛姬之死，都在周穆王巡游的叙事空间中交织，增强了后者的历史真实性，也大大增强了中国早期异域想象中个人体验的深刻程度。

第二节　中华早期神话与华夏民族迁徙及其相互融合的记忆

本节内容旨在说明，即使在中外文明相互之间未及展开充分交流的上古时期，各族群或部落之间的交流碰撞也历来都是中华文明得以演进（尤其是出现突破性发展）的主要动力之一。

作为文化形态的重要组成部分，神话反映了古代人类的世界观、人生观和价值观，后者迄今仍对民族品格的形成产生着重要影响。我们从创世神话、造人神话、灾难神话等类型出发，对中华早期神话中有关民族形成的直接、间接的记载给予概略性的整理分析。

---

① 转引自李向平：《死亡与超越》，上海文化出版社 1997 年，第 1 页。

一、创世神话(含造人神话、化生神话)

(一)创世神话

学者们大多认为,中国较少典型的创世神话。就连为大家熟知的"盘古开天地"神话,也存在很多争议,被认为很有可能是"舶来品"。

西周时期的兵书《六韬·大明》(又称《太公六韬》)有盘古之名。但今本《六韬》无《大明》,我们看见的《大明》断章出自南宋罗泌《路史》:"召公对文王曰:'天道净清,地德生成,人事安宁。戒之勿忘,忘者不祥。盘古之宗,不可动也,动者必凶。'"[①]

盘古故事的叙事见于三国时期《三五历纪》《五运历年记》及南朝《述异记》等。《三五历记》中对盘古的描述可以概括为"元气"说及"九变"学说,取之《周易》的"天阳"之数。《五运历年记》曰:"元气濛鸿,萌芽兹始,遂分天地,肇立乾坤,启阴感阳,分布元气,乃孕中和,是为人也。"[②]专家认为,"九变"说、"元气"说只能是发生在汉代以后,而不可能为先秦或中国远古之说[③]。

志怪小说集《述异记》也有"盘古开天"相关记载:"先儒说:'盘古氏泣为江河,气为风,声为雷,目瞳为电。'"[④]《述异记》,旧题南朝梁任昉(460—508)撰。宋晁公武(1105—1180)《郡斋读书志》题下注云:"昉家藏书二万卷,采前世异闻成书。"然后人有以唐前史志不见著录,书中有记任昉卒后事,内容多剽剟别书等理由,疑其为中唐人伪托。

上述记载大多出自汉末或南北朝时期。无怪乎有不少学者对其是否出自本土表示质疑。以下让我们对持"本土说"或"外来说"者的主要论据加以简单梳理,以便准确辨析。

持"本土说"的学者主要从两方面立论。其一,多将"盘古"与"槃瓠"相联系,然瓠本是神犬,而盘古是巨人;且瓠最初并无开辟天地、创生万物

---

①　罗苹注:《路史·新纪一》,参见袁珂、周明:《中国神话资料萃编》,四川省社会科学院出版社 1985 年,第 8 页。
②　《绎史》卷一引《五运历年记》,参见袁珂、周明:《中国神话资料萃编》,第 6 页。
③　吕思勉:《盘古考》,见《古史辨》第 7 册,海南出版社 2005 年,第 256 页。
④　《述异记》卷上,参见袁珂、周明:《中国神话资料萃编》,第 7 页。

的神迹。或如闻一多①、常任侠②等先生认为盘古即是伏羲。李福清已辨其非，这些都是基于所谓音转的证据③。而事迹却往往不相符合，故结论很可怀疑。其二，多有用近世乃至现当代搜集的民族学或民俗学材料来论古代盘古来源者，这种方法面临的挑战更多。

持"外来说"的学者主要认为盘古传说来自南亚或东南亚。比如《述异记》中记载的"南海中盘古国"，其遗迹就在今广东省花都区境内狮岭炉山，也是古代瑶族的居住地。从《述异记》"今南海有盘古氏墓……桂林有盘古氏庙"④等语，则可知历史上盘古神话当在古代百越族系中有流传。

《淮南子》《山海经》等古书记载中，略具创世神格的是昊天上帝、伏羲等，但也不是严格意义上的创世祖。汉末至唐宋间，古人接受南方少数民族的卵生神话及吠陀经典中巨人尸体化生的神话，但也并没有放弃本土原有的气化宇宙论。盘古神话虽出，但自三国至唐宋，盘古神话的文献记载非常少，且多见于"述异"之作、道典秘籍，或是文人戏谑之作，也应是其实际影响有限的一种反映。宋明之后，"自从盘古开天地，三皇五帝到如今"的说法才随蒙学得到了普及。

结合"本土说""外来说"两种观点，盘古开天之说从本质意义上应该并非华夏民族原创，且受后者"气化宇宙观"影响，盘古开天说传入后较长一段时间内实际影响都比较有限。但从此说最终在蒙学等文化传承中得到了认可这一事实看，中华文化传统的包容性、混融性特点也可见一斑。

也有学者认为，盘古神话出现在汉文献里的时间之所以比较晚，是因为这个神话是其他神话故事发生分化、变形的产物。曾有学者提出，盘古神话与伏羲女娲神话有许多共同之处，而盘古与伏羲其实是同一个人⑤。

---

① 闻一多：《神话与诗》，中华书局 1959 年，第 61—62 页。
② 常任侠：《常任侠艺术考古论文选集》，文物出版社 1987 年，第 6 页。
③ ［俄］李福清：《古典小说与传说》，中华书局 2003 年 6 月，第 191—192 页。
④ 《述异记》卷上，参见袁珂、周明：《中国神话资料萃编》，第 7 页。
⑤ 吴晓东：《盘古名称源于羲和考》，《长江大学学报（社科版）》2016 年 4 月。

（二）造人神话

伏羲、女娲等造人的传说，更应被看作是宗族传说，而非创世神话。伏羲，风姓，燧人氏之子。又写作宓羲、庖牺、包牺、伏戏，亦称牺皇、皇羲，史记中称伏牺，后与太昊合并，在后世被称为"太昊伏羲氏"，亦有青帝太昊伏羲（即东方上帝）一说。被认为是华夏民族人文先始，三皇之一，亦是福佑社稷之正神，同时也是有文献记载的最早的创世神之一。女娲，中国上古神话中的创世女神，是华夏民族人文先始，福佑社稷之正神。

唐李冗《独异志》载，"昔宇宙初开之时，只有女娲兄妹二人，在昆仑山，而天下未有人民"①，于是结为夫妻。《山海经》一书中，女娲虽然出现在昆仑神境，但并没有兄妹结为夫妻的记载。伏羲也是昆仑神境的成员，他上下于建木，从那里来往于天国和昆仑之间②。伏羲、女娲同是活动在昆仑神境，然而，他们还没发生交往，不是夫妻神，而是彼此独立。由此可见，初始阶段的伏羲、女娲神话出自两个系统，一个属于黄淮文化，一个属于东部黄土高原文化，只是由于昆仑一带是两个文化区的边缘，两个文化区在此重合，伏羲、女娲才都出现在昆仑神境。先民在此阶段还没有把二者沟通，女娲兄妹在昆仑山结为夫妻的情节，是后来兴起的传说，不是原生态的神话。

西南有些少数民族称自己是伏羲、女娲的后裔。清初陆次云《峒溪纤志》写道："苗人腊祭曰报草，祭用巫，设女娲、伏羲位。"③现代人类学者实地考察证实，苗族的确以伏羲、女娲为自己的祖先，并把他们说成是兄妹夫妻。

苗族奉伏羲女娲为祖先神，这与伏羲及炎帝后裔向西南迁徙有直接关系，《山海经》保留了这方面的材料。《海内经》云："西南有巴国。大暤生咸鸟，咸鸟生乘厘，乘厘生后照，后照是始为巴人。"④照此说法，伏羲氏的后裔迁入了巴地，成为那里的早期居民。

①　参见袁珂：《中国神话传说词典》，上海辞书出版社 1985 年，第 164 页。
②　袁珂：《山海经校注》，上海古籍出版社 1980 年，第 450 页。
③　参见袁珂：《中国神话传说词典》，第 164 页。
④　袁珂：《山海经校注》，第 453 页。

汉代民族大融合中,伏羲、女娲两人成亲,成为人类始祖的故事,基本已经定型。《淮南子·览冥训》论述伏羲功绩时,提到的却是女娲修整天地的壮举。洛阳西汉卜千秋墓壁画上,有蛇身的伏羲女娲图,分别绘于顶棚两端。汉代已经开始把伏羲、女娲联系在一起,他们不再是两位互不相干的神灵。河南南阳汉画像砖、山东安丘汉墓画像石、四川合江汉代画棺,都有人首蛇身的伏羲女娲交尾图,这说明伏羲、女娲为夫妻的神话汉代已经兴起,并且基本定型。

（三）人体化生神话

盘古神话之所以被认为与伏羲女娲神话有相似之处,主要在于二者都有"化生"的描述。比如《五运历年记》云:"首生盘古,垂死化身,气成风云,声为雷霆,左眼为日,右眼为月,四肢五体为四极五岳,血液为江河,筋脉为地里(理),肌肉为田土,发髭为星辰,皮毛为草木,齿骨为金石,精髓为珠玉,汗流为雨泽,身之诸虫,因风所感,化为黎甿。"[1]而《山海经·大荒西经》也说:"有神十人,名曰女娲之肠,化为神,处栗广之野,横道而处。"[2]伏羲、女娲等宗族传说中的神祇之所以后来表现出一定的创世神品格,是其连续被植入化生万物的作为的结果;而来自西南民族或者东南亚国家的盘古传说之所以获得接受、认可,也与其发生了类似的融合或变形有关。

除上述宏观视野的化生万物神话,还有其他较微观类型的化生故事,后者也是精变、志怪故事的主要来源。现代科学告诉我们宇宙间的物质是守恒的,它们既不会凭空生成,也不会凭空消失。而在遥远的古代,一些思维敏锐的先民早已模糊地认识到了这一规律,然后以神话的方式表达了出来。如"精卫填海"神话就是典型的变形神话,且属于变形神话中的"死后托生"神话,即将灵魂托付给现实存在的一种物质。同时还是复仇神话,女娃生前与大海无冤无仇,但是却不慎溺水身亡,如此与大海结下仇恨,化身为鸟终身进行填海的复仇事业。

学者们认为精卫填海故事的历史内涵在于"炎帝神农氏的东进失败

---

① 《绎史》卷一引《五运历年记》,参见袁珂、周明:《中国神话资料萃编》,第 7 页。
② 袁珂:《山海经校注》,第 389 页。

是败在蚩尤氏手下,就相当一次溺水,化为精卫鸟表达炎帝部落……复仇对抗的情绪[①];或"是中国历史上最早'和亲'史事——炎帝公主女娃嫁与帝俊部落王子——的反映"[②]。总之,与民族之前的交往交融等史迹的诗性遗存。

二、灾难神话(含洪水神话、惩罚神话)

美国著名民俗学家斯蒂·汤普森的六卷巨著《民间文学母题索引》最为全面地关注和研究了这些母题,归纳世界各地区、各民族神话表现人类灾难的母题一百多个,其中有九十九项分目反映世界性的灾难母题,主要有突发性的世界灾难、洪水、世界之火、持续的寒冬毁灭人种、世界末日里地球上的骚乱、世界末日里的战争、世界灾难等母题。上述世界性灾难不仅表明其对人类发生影响的普遍性,而且这些灾难都来自人类最初无力控制的大自然。另外一些灾难母题则源于人类自身,如:烦恼的开始、伊甸园的失落、语言的混乱、死亡的起源、谋杀的起源、疾病的起源、战争的起源、嫉妒和自私的起源、懒惰的起源、人类仇恨的散布等。

其中最具有普遍性的灾难神话当推洪水神话。十八世纪英国著名人类学家弗雷曾对洪水神话作过相当广泛的调查与研究,认为世界洪水神话有三个中心:即巴比伦、美洲印第安人、以东南亚为中心波及于大洋洲的地区。但他认为非洲与亚洲较少或根本没有[③]。而1932年美国学者汤普森发表的《民间文学母题索引》对此进行了补充,列出了非洲和亚洲的一些洪水神话。

中国早期神话中,洪水通常作为故事背景出现。比如在女娲补天或大禹治水神话中,洪水是造成巨大灾难,从而引发补天或治水行为的前提。而无论女娲补天抑或大禹治水,都包含一定的家天下的宗法制伦理观念。这也强调了伦理政治秩序在民族融合、文化融合过程中的意识形

---

①　田兆元:《神话文本研究方法探索:多元的要素扩展分析法——"精卫填海"的扩展研究》,《长江大学学报(社会科学版)》2007年5月。

②　范正生:《"精卫填海"神话考释》,《泰山学院学报》2010年1月。

③　参见[日]大林太良著,林相泰、贾福水译:《神话学入门》,中国民间文艺出版社1989年,第61页。

态价值。

我国早期神话中的炎黄之战、蚩尤与黄帝之战等神话则是典型的战争灾难母题。《新书·制不定》记:"黄帝行道而炎帝不听,故战涿鹿之野,血流漂杵。"①《山海经·大荒北经》载:"蚩尤作兵伐黄帝,黄帝乃令应龙攻之冀州之野。应龙畜水,蚩尤请风伯、雨师从(纵)大风雨。黄帝乃下天女曰魃,雨止,遂杀蚩尤。"②借助如上记载,也可发现炎黄民族的形成曾经历了怎样的血雨腥风的矛盾斗争和相互交融过程。

总之,中国早期神话传说沉淀了华夏民族迁徙及各民族之间相互碰撞融合的记忆。这一事实告诉我们,民族文化之间的交流碰撞,早已成为中华文明嬗变或演进(尤其是出现突破性发展)的主要动力。

第三节　东西方文化之间的交流:战争与和平

东西方文化之间的交流态势无非有两种:战争与和平。丝绸之路是和平交往的纽带,但也时时为战争所干扰,或传送出争端或强权的不和谐音符。而上述和平与战争的变奏,也影响着中西文学的意蕴或主题。中华文明在人类战争与和平的全球化发展进程中,主要曾以何种方式,做出了怎样的贡献? 无疑,这是个过于庞大的议题。我们尝试选择战马、铜铁等与战争或和平直接相关的元素,作为对历史做贯穿或比较考察的切入点。之所以选择以上元素,一方面由于战马等元素本身就是中国文学史上的重要意象,而另一方面,也是受到了《历史的细节》③等学术名著的影响。

一、战马、铜铁(兵器)与中西文学

(一) 古中国与战马乃至世界文明

专家认为,马被驯化大约是在 5 000 年前。而就"伏羲"("伏羲"本身

---

① 参见袁珂、周明:《中国神话资料萃编》,第 33 页。
② 袁珂:《山海经校注》,第 430 页。
③ 杜君立:《历史的细节》,生活·读书·新知三联书店 2013 年 4 月。

就含有驯服野兽的意味)等名称看,中国应该在距今 6 700 年就已进入畜牧阶段。总之,从人类文明的整体版图看,大约新石器时代,开始驯养马匹。

据杜君立概括,马的使用基本上分为三个阶段:第一个阶段,用马驱动车,速度提高,但仍然受到地形道路影响;第二个阶段,骑马,骑士靠双膝力量驾驭马匹;公元前 2000 年左右,人类终于骑在了马背上;第三个阶段,配马镫,下肢驾驭,上肢战斗,解放上肢和手——这是人类在直立行走后又一次身体解放。它也能够减轻骑手对道路的依赖。

最早在夏王启指挥的甘之战中,战车就开始使用。但直到商朝,还没有把马广泛用于战争。亚欧民族大迁徙逼迫周人向东迁徙,"古公亶父,来朝走马,率西水浒,至于岐下"①。周人正是在与印欧人或阿尔泰人的接触和斗争中学会了用马拉战车,并且拥有了较多战马,才最终取代了商。当然,不独周代殷商,在世界历史上,文明也经常被野蛮所征服,古今中外,概莫能外。从公元前 2000 年战马出现后,在全球范围内,农耕文明就不断经历被游牧文明洗劫的噩梦,郝梯人洗劫巴比伦,亚述人攻入欧洲,雅利安人冲入印度,希腊人侵入爱琴海……而战马则为游牧文明的洗劫之梦插上了双翼,俨然成为古帝国的加速器,同时也是古文明的收割机。中国历史之所以多次改朝换代,与腹心地带的农耕文明始终被周边游牧文明所包围裹挟这种地缘政治特征,有着密不可分的联系。

在马的使用历史上,古中国做出的重大贡献之一,就是专家们反复强调的马镫的发明。这一发明,推动马的使用史进入了上文所述三个阶段中的最高阶段。中国在西汉时期就已经开始使用马镫,不过出土文献的证据较晚——北燕贵族冯素弗墓中出土的一对木芯长直柄包铜皮的马镫,大概是世界上现存最早的马镫实物。《大英百科全书》说,"让人无比惊讶的是,人类骑兵时代的实现居然是因为马镫的发明"。

据说亚述武士在公元前 835 年就有了马镫,但西欧出现马镫却是 1 000 多年以后的事情。据说亚述人之所以能够侵入欧洲,拥有马镫起到

---

① 见《诗经·大雅·绵》,参见高亨:《诗经今注》,上海古籍出版社 1980 年 10 月,第 368 页。

了至关重要的作用。马镫不需要过高的技术,但设计却很取巧,是一两拨千斤的范例,这是典型的东方智慧。有了马镫,骑手的灵活机动性就大大提高了,可以说马镫增加了骑兵的攻击半径,这有时候可以起到扭转战局的作用。

亚洲公元前后就已出现马镫,至晚到公元三世纪,马镫已得到普及。而西欧却在公元六、七世纪才开始推广马镫。在欧洲,最早的马镫实物出现在阿瓦尔人的墓葬中,而阿瓦尔人是来自蒙古高原的柔然人的后代。据此,西方学者认为,马镫是由中国北方,经柔然人之手传入欧洲的。而马镫,确实又曾被称为"中国靴子"。

就如马镫曾被称为"中国靴子"一样,"中国铁"也曾是享有较高声誉的国际货物。事实上,"中国靴子"马镫,确实也是由"中国铁"锻造而成。早在公元前六世纪,中国就已经生产铸铁;古罗马时代,"中国铁"已经成为欧洲市场上的畅销货。这些通过安息传来的中国铁,被罗马历史学家奥罗息斯称为"马尔吉"。中国历史上,冶铁业之所以较早成熟,与古中国较普遍地使用鼓风机这种现象之间有一定关系。与铜的冶炼相比,冶铁需要更高的温度:一方面要求更高的鼓风技术;另一方面则增加了能耗。而中国的鼓风机则较早就在争取高能低耗之间取得了某种平衡。中国从春秋战国即进入铁器时代,与双向推拉的鼓风机的发明及使用有着重要的联系。我们或许应该回忆起《道德经》中的那段话:"天地之间,其犹橐籥乎? 虚而不屈,动而愈出。"[①]其中的"橐籥",指的就是鼓风机。不可否认,这种鼓风机之所以很早就出现在中国历史长河中,与中华文明特有的气化宇宙观、五行生克观有一定的联系。在此意义上,中国哲学很早就在生产力层面上推动过历史的进展。

就像在马镫的发明中体现了中国式智慧那样,在马蹄铁、马钉等重要铁器配件的发明制作之中,中国古人也担当了主要角色。而在西方文化中,铁器最广泛的应用除了制作马镫或马蹄铁,另外的一种小而不能忽视的产品就是钉子。古罗马时代,耶稣被钉在十字架上;殖民探险时代,铁

---

① （魏）王弼注,楼宇烈校释:《老子道德经注校释》,中华书局 2008 年 12 月,第 14 页。

钉成为白人对土著最常用的交易货币。甚至,即便到了工业化时代,铁钉也是应用最广泛的一种配件。在战马已经不再是能够影响战局的一种重要角色的时候,曾经促进了马镫、马蹄铁、马钉等配件的发明的中国技术乃至中国智慧,仍然并继续将为人类文明的演进发挥作用。当然,离开了文明之间的交流碰撞,讨论任何文明的贡献与价值,实际上都是一个伪命题。

(二) 中西文学中的战马

1. 西方文学中有关战马的几个典范文本

(1) 史诗中的战马:海神的伙伴,抑或战神的标配

《荷马史诗》描写海神波塞冬:他坐在铜蹄金鬃马驾的车上,经常手握提坦之战时独眼巨人所赠的三叉矛,这成了他的标志……波塞冬的三叉矛并非只用来当武器,也被用来击碎岩石,从裂缝中流出的清泉浇灌大地,使农民五谷丰登,所以波塞冬又被称为丰收神(海水、淡水趋同)。波塞冬还使人类拥有了第一匹马,他乘坐的战车就是用金色的战马所拉的,当他的战车在大海上奔驰时,波浪会变得平静,并且周围有海豚跟随。尽管他在奥林匹斯山上拥有一席之地,但是大部分时间,他都住在深海华丽夺目的宫殿中。这个海神似乎同时具备战神与丰收神的品格,是战争与和平共同的宠儿。

而史诗中的战神阿瑞斯则有点尴尬。他本身也是十二主神之一。但在奥林匹亚诸神中,战神阿瑞斯是最招人憎恨的,他被形容为"嗜血成性的杀人魔王以及有防卫的城堡的征服者"①,这事实上是一位没有马或战绩的战神。

无怪乎有学者猜测,海神原来就是战神,只不过是一位失败后被边缘化了的战神。而所谓的战神,则是后来被添加进神系的一个符号。

(2) 圣经中的马

大家会记得新约中耶稣诞生的一段文字:

《圣经·路加福音》2 章 1—7 节"耶稣诞生在伯利恒"和 8—14 节"天

---

① ［希腊］索菲娅·N·斯菲罗亚著,张云江译:《希腊诸神传》,国际文化出版公司 2007 年 11 月,第 84 页。

使报喜讯给牧羊人"讲到,耶稣的养父约瑟奉国王之命,必须回原籍登记户籍。他的原籍在伯利恒,但是,他现住在远离伯利恒的拿撒勒,原籍他没有家。因为客店里没有地方。马利亚即将临盆。只好在郊外牧羊人暂居的山洞(马棚)降生:

> 他们在那里的时候,马利亚的产期到了。
>
> 就生了头胎的儿子,用布包起来,放在马槽里,因为客店里没有地方。
>
> 在伯利恒的野外有牧羊人,夜间值班看守羊群。
>
> 有主的一个使者站在他们旁边,主的荣光四面照着他们,牧羊人就很惧怕。
>
> 那天使对他们说:"不要惧怕！看哪！因为我报给你们大喜的信息,是关乎万民的:因今天在大卫的城里,为你们生了救主,就是主基督。你们要看见一个婴孩,包着布,卧在马槽里,那就是给你们的记号。"

无上尊贵的救主,无比卑微地诞生在马棚之中。而这位救主,将为万民带来救赎与新生。反过来,对比《旧约·启示录》第6章关于战马的一段文字:

> 1. 有一匹白马;骑在马上的,拿着弓,并有冠冕赐给他。
>
> 2. 就另有一匹马出来,是红的,有权柄给了那骑马的,可以从地上夺去太平,使人彼此相杀;又有一把大刀赐给他。
>
> 3. 有一匹黑马;骑在马上的,手里拿着天平。
>
> 4. 有一匹灰色马;骑在马上的,名字叫作死,阴府也随着他;有权柄赐给他们,可以用刀剑、饥荒、瘟疫(或作"死亡")、野兽,杀害地上四分之一的人。

很明显,《新约》中关于耶稣在马厩中降生的记述,与《旧约》中充斥战争、惩罚不同,《新约》彰显救恩。如果说旧约的主题是战争与死亡,那么新约的主题则是救赎与新生。《旧约》中战马的马棚,化身为《新约》中救主的产房,这大概是彰显新旧约不同的一个特别有意味的起点。这也启示我们,马的使用,除前文引述的三个阶段,其实还有更高的一个阶段,即:它以超功利的博爱与审美为主题。而后者,正是有能力骑上战马驰骋的人类对自我所展开的救赎。

2. 中国文学中战马的主要隐喻义

(1)以"马祸"作灾难预兆或谶纬

庄子《至乐篇》有"马生人"的奇特表述:"种有几,得水则为继,得水土之际则为蛙蜒之衣,生于陵屯则为陵舄,陵舄得郁栖则为乌足。乌足之根为蛴螬,其叶为胡蝶。胡蝶胥也化而为虫,生于竈下,其状若脱,其名为鸲掇……久竹生青宁,青宁生程,程生马,马生人……"①有些专家认为,"马"(馬)应该是"为"的繁体字"爲"。比如师从梁启超、王国维的古文字学家、先秦文化史研究和古籍校勘考据专家高亨教授,就说"马(馬),疑原作为(爲),形近而误"。许慎的《说文解字》说:"为(爲),母猴也。其为(爲)禽好爪。爪,母猴象也。下腹为母猴形。"②按照这种说法,庄子说的不是"马(馬)生人",而是"为(爲)生人",意思是"猴子变成人"。但这种过分接近进化论的观点,容易受到质疑。

而《汉书·五行志》"皇之不极"名下,则有"马祸"一项:"皇之不极,是谓不建……时则有射妖,时则有龙蛇之孽,时则有马祸。"③班固称:"于《易》,《乾》为君为马,马任用而彊力,君气毁,故有马祸。一曰,马多死及为怪,亦是也。"④"《吕氏春秋》曰:'人君失道,马有生角。'及惠帝践阼,昏愚失道,又亲征伐成都,是其应也。"⑤

所谓马祸,其实是在马身上发生的某些异常现象。迷信者用以附会人事,以为灾祸之兆。《晋书》《宋书》记载马祸多起,其中有一例:

---

① 陈鼓应:《庄子今注今译》,中华书局 1983 年 4 月,第 460 页。
② (汉)许慎:《说文解字》,中华书局 1978 年 3 月,第 63 页。
③ (汉)班固著,(唐)颜师古注:《汉书》,中华书局 1962 年版,第 1458 页。
④ 同上。
⑤ (唐)房玄龄等:《晋书》,中华书局 1974 年版,第 905 页。

"武帝太熙元年,辽东有马生角,在两耳下,长三寸。案刘向说曰:'此兵象也。'及帝晏驾之后,王室毒于兵祸,是其应也。"①京房《易传》云:"'臣易上,政不顺,厥妖马生角,兹谓贤士不足。'又曰:'天子亲伐,马生角。'"②

　　甚至马的很多异常反应也被附会为灾祸之兆。《隋书·五行志》:"侯景僭尊号于江南,每将战,其所乘白马长鸣蹀足者辄胜,垂头者辄不利。西州之役,马卧不起,景拜请,且棰之,竟不动。近马祸也……景因此大败。"③至于《三国演义》等小说中类似"的卢妨主"的故事,更是比比皆是。

　　根据《道经》所载的"拜斗"理论,按北斗计有九星,称之为九星,其七星明显,二星隐蔽,又称北斗七星,其中"破军星"(灾星之一)为相马(马年)生人的星君主宰。这可能是"马生人""马祸"等有关说法的理论基础所在。而促使此类说法流传的心理基础,则大抵还是战马在冷兵器时代作为凌驾于他民族之上的"大杀器"的地位,所带来或造成的畏惧与阴影。

　　(2)比喻人才、机会或优势资源

　　如塞翁失马、伯乐相马、田忌赛马……从中可以发现,谋略论是中国传统战争理论的重要组成部分。这与马镫的发明相近,都表达了四两拨千斤的道理。而上述思维方式,与主要建立在农耕文明基础上的汉文化相对缺乏战马资源有一定关系。

　　除了强调以谋略取胜,为了减少对敌我双方的重大伤害,中国传统故事中还经常有相关渲染以德服人的篇章。比如《列子·说符》中有一篇寓言④,说秦穆公拜托伯乐的接班人九方皋,千方百计在沙丘深处找到了一匹跑起来像飞一样快,而且尘土不扬,不留足迹的千里马。而秦穆公在岐山打猎时,晚上却不幸丢失了这匹好马,派人去查,结果在山脚下发现

---

① (唐)房玄龄等:《晋书》,第904页。
② (汉)班固著,(唐)颜师古注:《汉书》,第1470页。
③ (唐)魏徵、令狐德棻编:《隋书》,中华书局1982年10月,第669页。
④ 杨伯峻:《列子集释》,中华书局1985年3月,第255—258页。

有三百个乡民正围坐在那里吃马肉。秦穆公手下的人逮捕了他们,要依法惩治。秦穆公却最终赦免了乡民杀马之罪,还赐酒于他们,三百乡民十分感动。后来,听说秦国与晋国开战,这三百乡民"皆推锋争死,以报食马之德"①,自愿随军作战,结果在危急时刻,正是这样一群乡民变成了一支制胜的奇兵。

传说汉武帝对马的喜爱程度,也可谓是前无古人。由于得到宝马,他曾亲自作《天马歌》颂扬,并坚持把《天马歌》与祭祀天地、太一、后土、太阳等大神的颂歌一起放到《郊祀歌》中;为得汗血宝马,他甚至不惜发动战争。而这两件事,则让汉武帝在当时以及后世常常受人诟病。

(3)用骏马来代指或表达志向

如杜甫在《房兵曹胡马》中描绘了一匹神清骨峻、四蹄腾空、凌厉奔驰的骏马形象,抒发了诗人渴望建功立业的远大志向:"胡马大宛名,锋棱瘦骨成。竹批双耳峻,风入四蹄轻。所向无空阔,真堪托死生。骁腾有如此,万里可横行。"②

李白的长诗《天马歌》更写尽了马的神态与雄姿:"天马来出月支窟,背为虎文龙翼骨。嘶青云,振绿发,兰筋权奇走灭没。腾昆仑,历西极,四足无一蹶……神行电迈蹑恍惚……尾如流星首渴乌,口喷红光汗沟朱……"③

李贺则是历史上写马最多的诗人,仅其《马诗》就包含23首,大多以写马来喻诗人怀才不遇,希望实现奔腾天地间的抱负。如《马诗》(其五):"大漠沙如雪,燕山月似钩。何当金络脑,快走踏清秋。"④堪称脍炙人口的名句。

---

① 见《史记·秦本纪》,(汉)司马迁:《史记》,第189页。
② (唐)杜甫著,(清)钱谦益笺注:《钱注杜诗》,上海古籍出版社1979年10月,第293页。
③ (唐)李白撰,瞿蜕园、朱金城校注:《李白集校注》,上海古籍出版社1980年7月,第234页。
④ (唐)李贺撰,(清)王琦等注:《李贺诗歌集注》,上海人民出版社1977年10月,第101页。

第四节 海上中西文明交流概观

中国第一部地理著作《禹贡》中,这样描写国家的边界:"东渐于海,西被于流沙,朔南暨,声教讫于四海。"[①]要探索未知的世界,传播文明,就必须向西穿越流沙,向东渡过大海。

海上丝绸之路研究经过了萌芽(1840—1900)、形成(1900—1948)、停滞(1949—1977)、繁荣(1978—2000)四个阶段。学者们认为,推进与深化海上丝绸之路的研究,基本概念仍需要梳理,更需要查漏补缺。不应过分地沉溺于古代海上丝绸之路所取得的成就和发生的领域,而要将目光放长远。因为古代海上丝绸之路与二十一世纪海上丝绸之路属于两个时代,具有明显区别,不要将古代完全套用到现代。

海上丝绸之路与陆上丝绸之路各有哪些特点?古代海上丝绸之路的上限和下限何在?古代海上丝绸之路与二十一世纪海上丝绸之路之间是什么关系?

相比而言,陆上丝绸之路在国际上发挥作用要早一些,交通方式主要是以驼队为主;海上丝绸之路则以木帆船为主,是以中国为中心,连接日本、韩国、东南亚国家乃至更远的大洲的海上交通线路,在地理大发现之后从原来的区域性的交通线路演变为全球性的航线。全球化对于中国的影响,主要是来自海上丝绸之路的冲击,而在近代之后又转型为近代航海线。

早在成书于西汉的《尚书大传》,以及王充《论衡》中都记载说,周代即有来自越南北部与日本岛屿的使节来到首都镐京,献上珍贵的长羽珍禽"雉"与珍贵的香草"鬯",足见西周时期中原文明已经与东瀛以及亚洲东南半岛地区拥有官方的海上交往。《尚书·禹贡》中也记载了较早的沿海航路,即从北方的黄河入海口向南,绕过山东半岛东端,沿黄海、东海南下,到达淮河与长江入海口,早期兴盛的海港包括渤海西北的碣石(河

---

① 顾颉刚、刘起釪:《尚书校释译论》,中华书局 2005 年 4 月,第 821 页。

北昌黎)、山东的转附(芝罘)、长江口的吴(苏州)、钱塘江口的句章(宁波),以及番禺(广州)。

尽管有如上记载,但当时借助海上丝路而进行的官方交往恐怕并非常态。当汉武帝在位,几乎是陆上丝绸之路刚刚形成之时,这位帝王又派遣使者出海,寻求政治外交上的联络与全新的贸易通道。之所以如此急迫,大抵由于较之陆上交通线路时常因政治动荡而发生的梗阻,海洋是一片更为自由与便捷的通道。这条最早的南海贸易通路始于日南(越南广治)、雷州半岛的徐闻,以及广西合浦。在航行 5 个月后,到达都元国(马来半岛东南部),再航行 4 个月,到达邑卢没(缅甸南部锡唐河入海口附近的勃固),然后抵达谌离国(缅甸伊洛瓦底江口),再船行两月有余,抵达黄支国(印度半岛东岸马德拉斯西南的康契普腊姆)。使团携带了大量的黄金与丝织品,交换这些国家的珍珠宝石(明珠、碧琉璃、奇石)。

东汉时期,从东南亚一带前往中原遣使通好的国家就已经包括日南(今越南,131 年)、天竺(今印度,159、161 年)、掸国(今缅甸,97、120 年),其中掸国国王雍由调不仅进贡珍宝,还奉上魔术师(乐及幻人),能够"变化吐火,自支解","又善跳丸"[1]。根据《后汉书·南蛮·西南夷传》的记载,这些魔术师自称来自与掸国西南直通的"海西",即西方遥远的强国大秦。其实,早在西汉,"炫术"等魔术已传入中土。《史记·大宛列传》说:"条支在安息西数千里,临西海……国善眩。"[2]"眩",据颜师古注云:"今吞刀、吐火、殖瓜、种树、屠人、截马之术皆是也。"[3]另据史载,汉武帝好"四夷之乐,杂以奇幻",安息王曾"以大鸟卵及黎轩善眩人献于汉"[4]。颜师古《汉书·张骞传注》:"犛轩,即大秦国也。张掖骊靬县,盖取此国为名耳。"[5]

中国史籍中的大秦,传统上被认为是罗马帝国。今日被丝路研究者

① (南朝宋)范晔撰,(唐)李贤等注:《后汉书》,中华书局 1965 年,第 2851 页。
② (汉)司马迁:《史记》,中华书局 1959 年,第 3163 页。
③ 同上,第 3164 页。
④ 同上,第 3173 页。
⑤ (汉)班固著,(唐)颜师古注:《汉书》,中华书局 1962 年版,第 2694 页。

广泛列举的一条史料,即是《后汉书·大秦传》中记载①,166 年,大秦王安敦遣使,自日南(越南)入朝参觐,献上象牙、犀角、玳瑁等宝物。尽管学界对此使团是否为罗马帝国朝廷所派使团,抑或私人商团,一直纠缠不清,但两国此时已有间接贸易往来,已经是不争的事实。而大汉与罗马帝国之间此时之所以能够建立联系,与印度河流域的贵霜帝国统治地位的确立有一定关联。贵霜帝国始自公元 55 年,亡于 425 年。公元 127—180 年为其巅峰时期。该帝国疆域从今日的塔吉克斯坦绵延至里海、阿富汗及印度河流域。贵霜帝国对国际贸易的重视,使货物可以从地中海运往中国,两大洲之间的贸易量因此剧增。

据《后汉书·西域传》记载,大秦"与安息、天竺交市海中,利有十倍。……其王常欲通使于汉,而安息欲以汉缯彩与之交市,故遮阂不得自达"②。直言罗马意欲绕过安息、天竺等海上贸易中介,与中国进行直接贸易往来以获丰厚利润。作为佐证,诗人塞勒斯特也说,东方世界让罗马人眼界大开。罗马士兵到了东方才能长大成人,亚洲"充满诱惑,引人神往",但"贪图享乐将迅速瓦解士兵们的战斗意志"③。

"罗马人的购买力如此强劲,甚至对中亚东部的钱币设计都产生了显著影响"④。罗马商船通往中国的航路大致为穿越尼罗河、红海,向东南方跨越印度洋,进入太平洋西南部、东南半岛,最终抵达广州。

魏晋南北朝期间,虽然中原战乱不休,但沿海割据政权如孙吴,亦大力开拓海上贸易与外交。此时,除了传统意义上的外交使节与贸易商人,中原与东南亚之间的海上旅行,也有了一批全新的参与者:随着自觉的传播佛教活动,佛教国际化的速度大大加快,到了汉末魏晋,往来僧人(当时被称为"外国道人")更是频繁往返于西域南海之间。在东晋法显的

---

① (南朝宋)范晔撰,(唐)李贤等注:《后汉书》,第 2920 页。
② 同上,第 2919—2920 页。
③ Sallust, Bellum Catilinae, Ⅱ, 5 - 6, in Sallust, ed. And tr. J. Rolfe (Cambridge, MA, 1931), P. 20; A. Dalby, Empire of Pleasures; Luxury and Indulgence in the Roman World (London, 2000), P. 162.
④ [英]彼得·弗兰科潘著,邵旭东、孙芳译:《丝绸之路》,浙江大学出版社 2016 年 11 月,第 17 页。

《高僧传》中,他提及,从多摩梨到广州的航线已经固定,大约航行需要50日,且高度繁荣,有能够乘载超过200人的大型商船往来。魏晋时代中国沿海与南亚海上贸易往来的繁盛,由此可见一斑。

　　从魏晋到唐宋,陆上丝路之所以逐渐被海上丝路所替代,原因不仅在于西域至中亚民族政治版图的更迭与动荡,更多原因则是中国经济重心逐渐南移,丝绸、茶叶、瓷器等大宗出口商品的产地集中在东南一带,如果再以陆上丝路运输,就会造成转运繁复,劳民伤财。同时,从国际视野中着眼,中唐之后,随着大食(阿拉伯帝国)定都于巴格达,取代波斯成为中西贸易中最大的中继站,也迫切需要与中国产生商品经济交换与往来。

　　随着海上丝路的拓展,中国关于世界地理疆域的称谓与认知也在持续进步,曾经泛指北印度洋水域的"西海"也开始逐渐囊括地中海。《隋书·裴矩传》描述自敦煌通西域之道时记载,经葱岭、吐火罗、北婆罗门,能够抵达西海①。而杜环在《经行记》中描述佛林国,也指出其与大食相邻,"西枕西海"。而宋人周去非在《岭外代答》中称,东大食海在"天竺以西""渡之则西,为大食诸国";而对于西大食海,周氏的记载则是"渡之而西,则又木兰皮诸国,凡千余",更西则是太阳沉入地平线所在,"不得而闻"②。可见,大食帝国兴起后,能够沿着阿拉伯半岛海岸西进的中国商人,不仅不再泛泛称所经海域为"西海",还将新称谓"大食海"更具体划分为"东大食海"与"西大食海"。

　　较之唐代,宋代的外销瓷器出口产地越发扩展,不拘于沿海省份,包括越窑(浙江余姚等地)、龙泉窑(浙江龙泉)、景德镇窑(江西)、耀州(陕西铜川)与磁州窑(河北)。汪大渊在《岛夷志略》中记载,宋代瓷器外销国家达到44个③。远在埃及开罗南郊的福斯塔特,曾是阿拉伯法蒂玛王朝时期兴盛的贸易城市,在1168年第二次十字军东征时沦为废墟,在二十世纪六十年代的考古发掘中,曾出土中国陶瓷残片达到1.2万片之多,包括唐至宋初越州窑青瓷,唐代三彩,宋元时代龙泉窑青瓷、潮州窑白

①　(唐)魏徵、令狐德棻编:《隋书》,第1579—1580页。
②　(宋)周去非著,杨武泉校注:《岭外代答校注》,中华书局1999年9月,第75页。
③　(元)汪大渊著,苏继顾校释:《岛夷志略》,中华书局1981年5月。

瓷等。

唐宋两代,海上丝路贸易为政府带来了巨额收入与贵金属:北宋高宗时,仅广州、泉州两地,市舶收入每年就达 200 万贯,而每年市舶总收入即占宋代国家总收入的 20% 左右。而正是在宋元时期,中国的 GDP 开始反超印度,居于全世界的领先地位,直到中英鸦片战争前期。

宋朝中期前,朝廷对华商出洋并不鼓励,甚至一度禁华商下海,属被动型国际贸易,此时在广阔的海洋世界,仍是阿拉伯商人们掌控优势。宋朝廷出于贸易营收依赖等原因开始支持鼓励,国家和商业力量的合力,使得中国海商成功地参与到被阿拉伯垄断的海洋贸易中,并超过他们,在此后几百多年的时间里,开创出一个中国主导国际贸易的时代,并基本上垄断了中国——印度的航运。

斯塔夫里阿诺斯《全球通史》中,对于中国宋元时期的世界图景是这样描述的:"宋朝期间,中国人在造船业和航海业上取得巨大的进步,十二世纪末,开始取代穆斯林在东亚和东南亚的海上优势。宋元时期,中国的船只体积最大,装备最佳;中国商人遍布东南亚及印度港口……中国的进出口贸易情况也值得注意,表明这一时间,中国在世界经济中居主导地位。"①

宋元时代的欧亚大陆展开了前所未有的商品和技术交流。海洋四通八达,技术与市场、原料与商品、生活习俗与宗教信仰、思想与艺术彼此交流、相互影响,从东北亚的日本、高丽,到东南亚各地和印度沿海,乃至波斯湾和东非各港口,已经形成了一个"小全球化"的活跃海丝贸易网络②。

但在 1573 年春,两艘西班牙加利安大帆船,满载着来自美洲、用于购买中国丝绸瓷器以及东南亚香料的白银,在菲律宾马尼拉港靠岸,这一事件正式标志着中国被纳入了西方航海强国的环球大贸易体系。

长期以来,欧洲对中国的印象大多来自想象而且比较片面或过于理想化。正如陈旭麓先生在《近代中国社会的新陈代谢》一书中写道:

---

① [美]斯塔夫里阿诺斯著,董书慧等译:《全球通史》,北京大学出版社 2005 年,第 200 页。

② 《海上丝绸之路》,泉州网 2018 - 01 - 13。

　　在相当长的时间内,西方人对东方和中国的了解曾是支离破碎而且隔膜的,希腊罗马时代的不里尼乌斯作《博物志》,以"丝国"称中华。据他描述,丝国人"是以树林中所产的毛(即丝)出名的。他们在树叶上洒上水,然后由妇女们以加倍的工作来整理,并织成线。靠着在那么远的地方,那么繁重的手工,我们的贵妇人才能在公共场所,光耀夺目。丝国人固温良可亲,但不愿与人为伍,一如鸟兽,他们也只等到别人来和他们交易"①。

　　据史料记载,唐宋时期,外国人沿海上丝路前来广州留居者,有大食、波斯、天竺、狮子国、真腊、诃陵等国商人,据说有十余万之众。有的留居数十年而未归。于是便出现了历史上的所谓"蕃坊"。蕃商和华人相处甚洽,有的还"嫁娶相通"。当时同住广州的人,语言、风俗各异,海外的舶来品充塞市场,一派国际性港市的气氛。在这个时期,西方人来到中国定居的较多,并且留下了大量在中国生活的记录和游记,他们笔下的描述已经逐渐接近中国的原貌。

　　笃伽司脱(Taugast)国主,号曰"戴山",意谓上帝之子。国内宁谧,无乱事,因皇帝乃生而为皇者。人民敬偶像,法律公正,其生活充满智慧。国俗禁男子用金饰,其效力与法律同。但其国盛产金银,而又善经商。

　　　　　　　　　　——[东罗马]西摩卡塔《莫利斯皇帝大事记》②

　　引文中"笃伽司脱"指中国,"戴山"指"天子"。在这里的叙述中,已经对中国政治体系有了一个整体的描述。但是"禁男子用金饰"这一点存疑③。"善经商"的描述也更适于界定阿拉伯人。大抵由于当时西方人接触到的大部分中国商品是由阿拉伯商人手中辗转获取,故而在一定程度

---

①　陈旭麓:《近代中国社会的新陈代谢》,上海人民出版社 2006 年,第 24 页。

②　方豪:《中西交通史》,岳麓书社 1987 年 12 月,第 365 页。

③　中国民间倒是有"男不带金,女不带银"之说。

上将阿拉伯人与中国人相混淆了。

　　宋朝时，海外贸易发达，更加开放。广州作为海港的作用也由此加强，北宋年间颁布的《元丰广州市舶条法》是迄今为止所发现的世界上最早的海上外贸成文法规，其"不仅行于广州，而且遍行其他诸路"，成为当时官府进行海外贸易管理的基本法律依据，标志着海上贸易在政府的鼓励下逐渐成形。海上贸易的发展引起了中西方文化交流的进一步发展，十二世纪中叶西方教士柏郎嘉宾曾经使华，并在其游记中记叙中国事迹云：

　　　　其国历史记其祖先之传记，国中有隐士，遁山林。有特备屋宇，类吾国之教堂，专供祈祷之用。有圣人甚多，深信世间仅有一真主。亦礼拜崇敬吾教之耶稣基督。又信灵魂不死之说，皆与吾人相同，惟无洗礼。其人亦敬信吾人之《圣经》，礼爱基督徒。好施舍，以济贫乏。其俗谦让温恭，无须，貌与蒙古人同，而不及其宽。自有言语。工艺之精，世无其匹。地极富饶，盛产五谷、酒、金、银、丝及各种养生之物。①

　　他的记叙中仍然带有传教士口吻，对中国的理解还是基于一个基督徒的视野。不过从他的文字中，已经可以看出当时西方世界的人们对于中国的丰沛和富裕开始有了一定的印象。

　　在宋元时期，支撑海上丝绸之路的主要商品，已由原来的丝绸变为瓷器。沿线国家也开始以陶瓷代称中国。自 Seres（丝）到 China（陶瓷）的称谓变化，从另一个方面佐证了陶瓷在海上丝路中的主导地位。那时，海上航行的大都是中国的商船，船中大都是瓷器商品。

　　丝绸之路之所以曾经表现出改变历史的力量，不仅在于其作为经贸活动主干道的地位，而很大程度上是因为在丝路上穿行的人们把他们各自的文化像其带往远方的种子一样，沿路播撒。他们交流、融合、冲突、厮

---

① 方豪：《中西交通史》，岳麓书社 1987 年 12 月，第 513 页。

杀,使这条连接太平洋、中国、中亚、中东、北非与欧洲的通道形成了东西方宗教、艺术、语言与技术交流的大动脉。

以丝路对宗教传播的影响为例。贵霜王朝的崛起曾加强了大汉与古罗马两个东西方帝国之间的联系,也曾促进了佛教的东传。同理,当波斯的萨珊王朝兴起时,琐罗亚斯德教则得到强化,而异教徒则受到驱逐、迫害。君士坦丁大帝对基督教的皈依曾给罗马带来翻天覆地的变化。而就在此时,北部草原部落一路向西、南下,将死亡与灾难带入了欧洲的中心。伊斯兰教势力从阿拉伯半岛崛起,它东击波斯,西扫埃及,甚至将星月旗插到了如今叫作西班牙的伊比利亚半岛。随着拜占庭基督教帝国陷入困境,受信仰驱使、更受世俗利益所引诱的欧洲骑士,佩戴十字架,开始多次东征之旅。

不难发现,驱动宗教传播的往往是大国之间的博弈。与东征的十字军相随的是意大利城邦的繁荣与埃及萨拉丁王朝的兴盛。几百年后,欧洲以葡萄牙和西班牙为先锋,开启了海洋贸易的时代,新教价值观也随海洋强国的崛起而迅速覆盖不同板块的"新大陆"。站在东方视角,海上丝路取代陆上丝路的历史进程似乎与"西风压倒东风"差不多同步;而在全球视野中,事实可能并非如此简单。造成这种"不简单"状况的,其中一个重要因素就是"中东"的存在[①]。按专家们的说法,宋元时期,中国在海上丝路取代了中东帝国曾经拥有的主导地位。而几百年后,欧洲海洋强国则攫取了这一地位。那么能否认为,中东是中西方之间的稳定剂、海上丝路与陆上丝路之间的平衡器或变速箱?

不少学者将丝路贯穿的世界史阐释为帝国更替的兴衰史,而实际上,在这样一部历史中,所谓帝国都不过只是昙花一现,文化才是真正的主角。但是固然,在具体情境中,文化跟着经济走,没有强大的帝国做依托,文化也很难真正发挥其影响力。不过,文化发挥其"软实力"的规律、模式,及其反作用于"硬实力"的方式、方法,迄今还缺乏深入而系统的总结。

---

①　正像《丝绸之路》作者弗兰科潘所说:"数千年来,连接着欧洲和太平洋、坐落在东西方之间的那块区域,才是地球运转的轴心。"《丝绸之路·前言》,浙江大学出版社 2016 年 11 月。

概言之,海上丝绸之路主要是受各强国对异域物质或精神文明成果的消费需求的刺激而产生,并受其推动而发展的海上贸易航线。作为世界上唯一延续至今的文明古国,中国曾长期、连续在海上丝绸之路上发挥重要作用(尤其在宋中期以后,取代阿拉伯国家,在海丝商圈居主导地位),但公元1840年之后,中国逐步沦为半殖民地半封建社会,在海上丝绸之路上的地位与此前也不同。不能将古代与近代的海上丝绸之路混为一谈。更不能把上述二者与当前的海上丝绸之路混为一谈。

二十一世纪海上丝绸之路是在信息化、全球化时代提出的概念,是为了应对一系列发展中所遇到的问题而提出的,在内容上是古代海上丝绸之路远远无法相比的。二十一世纪海上丝绸之路在范围上远远超出古代所涉及的贸易、文化、宗教、人员、外交等领域,而包含了信息技术合作、反恐合作、金融合作等新的时代内容。同时,虽然二者都是以和平外交为主,但区别于曾在以中国为主的朝贡体系中建立起来的古代海上丝绸之路,二十一世纪海上丝绸之路是在"和平共处五项原则"的基础上建立的平等关系。总之,古今丝绸之路在内容、性质方面存在巨大差异,当然也有着深刻的联系。尤其近代海上丝绸之路在连接古今丝绸之路的时空长河中究竟起到了怎样的作用,也有待于在综合各学科研究成果的基础上,给予符合事实并能指导现实的准确判断。

第五节　中西早期文学中的海神形象

一、西方神话中的海神形象

(一)古希腊海神波塞冬

波塞冬(希腊语:Ποσειδῶν;英语:Poseidon),是古希腊神话中的海神,奥林匹斯十二主神之一。同时也是掌管马匹的神,传说他给予了人类第一匹马,他的坐乘是配金马的黄金战车。波塞冬是克洛诺斯与瑞亚之子,也是主神宙斯和冥王哈迪斯的兄弟,较宙斯年长,较哈迪斯年少。

波塞冬与兄弟年轻时团结一致,推翻了他们父亲,也就是前任神王克洛诺斯的残暴统治,经宙斯分配,波塞冬成为海洋之神,掌管所有水域,地位仅次于宙斯,可谓是权倾天下。

荷马史诗描写,波塞冬时常坐在铜蹄金鬃马驾的车上,手握提坦之战时独眼巨人(《奥德赛》中,波塞冬的儿子也是独眼巨人)所赠的三叉矛,能掀起滔天巨浪、使大陆沉没、天地崩裂。波塞冬的武器原型应该是捕鱼用的鱼叉,中国译者一般翻译为三叉戟。波塞冬愤怒时海中就会出现海怪,当他的战车在大海上奔驰时,波浪会变得平静,并且周围有海豚跟随。因此爱琴海附近的希腊海员和渔民对他极为崇拜。波塞冬的三叉矛并非只用来当武器,也被用来击碎岩石,从裂缝中流出的清泉浇灌大地,使农民五谷丰登,所以波塞冬又被称为丰收神(海水淡水趋同)。波塞冬也给予了人类第一匹马,他乘坐的战车就是用金色的战马所拉的。

当年重新划分势力范围是通过抓阄分天下,表面上海陆空权利由三兄弟平均分掌,但是分配并不均衡。宙斯动辄发出狂言,要把大地和大海一起拉上来,吊在奥林匹斯山上。波塞冬表面上不得不尊重宙斯的主神地位,但是心里却很不服气,地震和海啸都是他内心愤愤不平的表现。

奥林匹斯山的主神们大都是某个城邦国家的保护神。波塞冬被哪个国家敬奉为保护神呢? 荷马史诗没有相关交代。

据柏拉图的记述,大约 12 000 多年前,直布罗陀海峡以西的大西洋海域中,曾经有一个高度先进的古代文明存在。抓阄三分天下之后,波塞冬成为亚特兰蒂斯的保护神,相传,亚特兰蒂斯人在大西洲的中央建立了自己帝国的首都,并用伟大的保护神波塞冬的名字来命名这座城市①。

据说,亚特兰蒂斯全城用五个同心圆划分为五个区,首都通过四通八达的运河系统与全岛联系。在岛的正中心有一根巨大的黄铜柱子,铜柱上面镌刻着海神波塞冬为居民制定的神圣法律。这个强大的帝国历经了

---

①　亚特兰蒂斯的意思是"阿特拉斯的岛屿",也被称作大西洋之岛、大西国、大西洲,传说中是一个曾拥有高度文明的古老大陆,也有人认为是一个国家或城邦的名字。关于亚特兰蒂斯的最早的记录出现在古希腊哲学家柏拉图的著作里,他晚年的著作《提迈奥斯》(Timaeus)和《克里特阿斯》(Critias)两本对话录中对此都有提及。根据柏拉图的记述,由于亚特兰蒂斯的文明程度极高,国势富强,渐渐社会开始腐化,贪财好富,利欲熏心。遂发动征服世界的战争。但遇到强悍的雅典士兵便吃了败仗。亚特兰蒂斯这种背弃上帝眷顾的行为,导致天神震怒,因而唤起大自然的力量,消灭了这个罪恶之岛。柏拉图本来的设想是,写一个三部曲来分别讨论人的本性、世界的起源、亚特兰蒂斯的故事,但这个想法并未完全实现。

十个伟大皇帝的统治,当时无人能与之抗衡。他们派出强大的舰队征讨地中海沿岸的国家,无往而不胜,只是进军雅典的时候,才在强大的重装步兵攻击下遭到失败。

从荷马史诗中,我们发现,与其他十一位奥林匹斯山的主神相比,波塞冬同英雄世界的联系较弱,很难说他是哪一个城市的创建者或保护神。在同一些主神争夺城市的斗争中,他通常是失败者:他被宙斯从埃癸那岛上排挤出去,被狄俄倪索斯从那克索斯岛上排挤出去,被阿波罗从得尔菲排挤出去;在与雅典娜比赛对雅典的命名权中他也是失败者,被雅典娜从特罗曾排挤出去;他手中的阿耳戈斯也被赫拉夺走;为此他曾降下干旱作为报复,后又把这地区化成海洋。他和他的后代的王国并不是城邦或国家,而是海洋。即使在这里,宙斯还曾因他的后代不敬神明,而把波塞冬的亚特兰蒂斯神岛沉入海底。

总之,看上去威风凛凛的海神波塞冬,史诗《奥德赛》中的大反角,事实上在奥林匹亚神系中,只处于边缘地位。如果我们信从柏拉图等先哲所提出的"亚特兰蒂斯古文明说",那么波塞冬这个形象实则应脱胎于在城邦国家的历史斗争中落败的某位政治领袖。

（二）罗马神话中的海神尼普顿

尼普顿是罗马神话中的海神。神话传说中,鱼、海豚和水下生物组成了尼普顿的外形轮廓。其坐骑是 Hippocampus,即海马、马头鱼尾兽。

罗马人在帝国后期以罗马神与希腊神对应。与波塞冬对应的罗马神为水神尼普顿(Neptune),海王星的拉丁名便起源于他。他在罗马作为马神被崇拜,管理赛马活动。罗马在公元前 25 年曾在赛马场附近建立尼普顿神庙。尼普顿的妻子名叫萨拉克亚,是与希腊神话中的安菲特里忒相类似的女神。

环绕太阳运行的第八颗行星,是围绕太阳公转的第四大天体(直径上看),命名为海王星。海王星在直径上小于天王星,但质量比它大。其质量大约是地球的 17 倍。海尼普顿命名,又因为尼普顿是罗马神话中的海神,故而中文通常译为海王星。其天文学符号,是希腊神话中的海神波塞冬或罗马神话中的海神尼普顿使用的三叉戟。

二、中国神话传说中的海神形象（这里主要谈两汉之前历史文献中的"海神"）

（一）北海若

中国古代海洋神话中最古老的海神是谁？庄子在他的《应帝王》篇中说：执掌南海的海神叫作"倏"，执掌北海的海神叫作"忽"。在汉语中，"倏忽"有"突然、匆匆"之意。庄子的故事中的海神之所以名"倏""忽"，正是体现了海洋来无征去无兆的变化，突然而不可捉摸①。但是，上古凡地之荒远边鄙者均可谓之曰海。因此，所谓执掌北海或南海的倏忽二帝，很可能指的是北方或南方之神帝。

庄子在其《秋水》中给我们讲了另一位著名的海神——北海若的故事。文中写道：秋天山洪应时而发，众多大川的水流汇入黄河，河面变得宽阔起来，以至两岸和水中的沙洲之间连牛马都不能分辨了。这使得河神沾沾自喜。但当他向东流入海时，朝东一望，大海根本望不到尽头。他这才对北海之神海若仰首感叹自己的渺小与无知。这位北海之神海若，也就开始了与河伯展开了一番"哲学对话"，共七段，内容涉及事物的相对性、不定性、无穷性，提出了自然规律的客观存在、人如何认识这个规律和如何返归本真的哲学主张。在这里，海若并没有什么神奇怪异的举止性状，反而成了一位哲学家②。

不仅在《庄子》中有关于这位北海若的记载，《楚辞》中也有"使湘灵鼓瑟兮，令海若舞冯夷"之句③。这说明在上古时代的确有关于他的神话传说，而绝非庄子与屈原的随意杜撰，只不过其他记载已经散佚了。依庄子或屈原所言，这位北海若既然能和注入海洋的黄河之神相遇，那么他有可能是渤海之神。而古人也的确有"北海亦通渤海"之说。考之谭其骧《中国历史地图集》（第一册）相关内容，当时黄河入海之处在今渤海一带，与成玄英《南华真经疏》所言"北海，今莱州是"同，即北海之海域，当

---

① 陈鼓应：《庄子今注今译》，中华书局 1983 年 4 月，第 228 页。
② 同上，第 428—429 页。
③ 林佳骊：《楚辞》，中华书局 2009 年，第 172 页。

在今渤海湾一带。相传就在山东荣成,即秦始皇入海处。

这位北海若长什么样?北魏郦道元《水经注·濡水》引《三齐略记》说:"(秦)始皇于海中作石桥,海神为之竖柱。始皇求一相见,神曰:'我形丑,莫图(描画)我形。当与帝相见。'(秦始皇)乃入海四十里,见海神,左右莫动手,工人潜以脚画其状。神怒曰:'帝负约,速去!'始皇转马还,前脚尤立,后脚随崩,仅得登岸。画者溺死于海,众山之石皆倾注,今犹岌岌东趣。"①

到了唐宋以后,海神若不但作为北海神而被记载流传,同时在各种文献中更多地出现了东海若的记载,名家如柳宗元的《东海若》,整篇文章便是以东海若为主角,讲述了一个关于三教关系的寓言,其篇首即说"东海若陆游,登孟诸之阿"②。李商隐《戊辰会静中出贻同志二十韵》"吟弄东海若,笑倚扶桑春"③。苏辙的《用林佀韵赋雪》一诗则有"出盐东海若,链石古皇娲"④等。则"北海若"又变成了"东海若"。这种变化,当然与中国经济文化发展中心向东、向南转移的大趋势有关。

(二)黄帝后裔——禺疆

也有些典籍中,将北海海神称为禺疆。

禺疆是在中国古代海洋神话中最重要的海神之一。《山海经·大荒北经》载:"北海之渚中,有神,人面鸟身,珥两青蛇,践两赤蛇,名曰禺疆。"⑤海洋生物特征不明显。他掌管着杀伐生灵的"不周之风":每当不周之风自北海吹来,万物凋零,生机顿消。所以,他是一位恐怖的黑色死神。

清郝懿行《山海经笺疏》引《列子·汤问》中言:《大荒经》记载,"北海之神名曰禺疆,灵龟为之使"⑥。这也在蛇神禺疆身上,明确地增加了龟神的性格。此外,《列子·汤问》曾把禺疆描写为"使巨鳌十五",举首

---

①　(北魏)郦道元著,陈桥驿校证:《水经注校证》卷一四,中华书局2007年,第351页。

②　(唐)柳宗元:《柳宗元集》,中华书局1979年,第565—568页。

③　(唐)李商隐:《李商隐诗歌集解》,中华书局2004年,第927页。

④　(宋)苏辙:《苏辙集》,中华书局1990年,第37页。

⑤　袁珂:《山海经校注》,上海古籍出版社1980年,第425页。

⑥　《庄子·大宗师》释文引《山海经·大荒东经》,有此段。今本无。参见袁珂:《山海经校注》,第350页。

而戴山的人物;《庄子·秋水》称北海之神名"若",《周礼·春官·龟人》则说"北龟曰若属"。这样一来,在禺疆身上便体现了蛇神同龟神的合一。

这位禺疆是位神通广大的神。《列子·汤问》载:渤海的东方有一片茫茫大海,名叫归墟。归墟中有五座仙岛,岛上住着的都是神仙,他们常在海岛间飞来飞去。但海岛常随波浪沉浮漂流。天帝怕海岛漂流到西方极远的地方,众仙就没有住的地方了,就让海神禺疆去想办法。于是禺疆派来十五只巨鳌,托举顶负着海岛不使它们再漂流。巨鳌们还分成三拨,每六万年一换班,真是顶天而立地,神奇之极。这是否可以看作人们在认识到海洋的破坏力的同时,已认识到它的创造力呢?

《山海经》还提到有"少昊之国",《大荒东经》载:"东海之外大壑,少昊之国。"①《拾遗记》载,少昊神的母亲皇娥,在穷桑的苍茫海面上,遇到了"白帝之子"。他们"泛于海上""游漾忘归",过着超乎人世又入乎人世的生活,结果生下了少昊。少昊的神格中也有"海神"的成分。

《开元占经》"四海神"条引《金匮》说:"南海神曰祝融,东海神曰勾芒,北海神曰玄冥,西海神曰蓐收。"②陈子艾认为这是将四位方位神与四海海神相混同了③。

西汉末佛教传入,由于佛经描述西方无量诸大龙王法力无边,能兴云布雨,逐渐同原龙蛇形状的早期海神相融合。唐宋传奇中,开始出现四海龙王形象。

(三) 海龙王

龙王形象在中国文化中出现很早,但海龙王形象出现较晚。《史记·淮南衡山列传》中,伍被曾向淮南王刘安讲述道:

> (秦始皇)又使徐福入海求神异物,还为伪辞曰:"臣见海中大神,言曰:'汝西皇之使邪?'臣答曰:'然。''汝何求?'曰:'愿请延年

---

① 袁珂:《山海经校注》,第 338 页。
② (唐)瞿昙悉达著,李克和校点:《开元占经》,岳麓书社 1994 年,第 1135 页。
③ 参见陈子艾:《海神初探》,《中国渔岛民俗》,温州市民俗文化研究所编印 1993 年 7 月。

益寿药。'神曰：'汝秦王之礼薄，得观而不得取。'即从臣东南至蓬莱
山，见芝成宫阙，有使者铜色而龙形，光上照天。于是臣再拜问曰：
'宜何资以献？'海神曰：'以令名男子若振女与百工之事，即得之
矣。'"秦皇帝大说，遣振男女三千人，资之五谷种种百工而行。徐福
得平原广泽，止王不来。①

　　引文中，徐福向秦始皇声称，说他寻访海外仙山时，曾见到过"海中大
神"，后者答应赐给延年益寿药，但索取三千童男女和各类工匠，还有五谷
杂粮的种子。故事最后交代，徐福在海外找到一片"平原广泽"，在那里
称王，再也没有回来。虽然没有说明徐福找到的"平原广泽"在什么地
方，但可以确定的是，徐福一行到了海外，并在那里建立了自己的国家。

　　《淮南衡山列传》这段记载有一个细节值得注意，其中说海神的外貌
是"铜色而龙形，光上照天"，这是可见最早的海龙王形象的雏形，这与
《山海经》等文献中记载近似于海神的龟蛇神、方位神都不完全相同。徐
福自称"西皇之使"，那么海龙王应该来自东方神话传说，具体而言，应该
来自道教传说或东夷文化。

　　在这篇传记外，唐前文献关于"海龙王"的叙述极少。本书有专章论
及海龙王形象的发展过程，此处不赘。

三、中西方早期文学中海神形象的主要异同

　　通过以上整理，不难发现，希腊神话或罗马神话中的海神形象比较具
有连贯性、一致性、统一性，而中国神话传说中的海神则相对零乱，有碎片
化特征。

　　上文提到，希腊神话中的海神波塞冬，在奥林匹亚神系中实际处于边
缘位置，这实际上象征着其所出自的古文明在竞争中已被边缘化。要言
之，海神波塞冬所处的神话符号体系，其主题是权力和战争，而海神形象
作为特殊的地缘符号，象征着权力斗争的失败者。

_____

① （汉）司马迁：《史记》，第3086页。

　　相形之下,东方海神想象的主题中,权力斗争的因素并不突出。早期海神形象主要与道教文化体系中的龟蛇崇拜或方位神有关,其隐喻义一般压倒指涉意义。如果说西方早期海神形象处于政治权力象征体系的边缘,那么中国早期的海神叙事则如同道德或修身符号体系中浮沉的碎片。

第二章　两汉魏晋时期

第一节　海上丝绸之路的历史起点

一、"海上丝绸之路"名称的由来

"丝绸之路"一词,最早来自德国地理学家费迪南·冯·李希霍芬(Ferdinand von Richthofen)1877 年出版的《中国——我的旅行成果》。而所谓"海上丝绸之路",则于 1913 年由法国的东方学家沙畹首次提及。"海上丝绸之路"是古代中国与外国交通贸易和文化交往的海上通道,也称"海上陶瓷之路"和"海上香料之路"。这条商路萌芽于商周,发展于春秋战国,形成于秦汉,兴于唐宋,转变于明清,是已知最为古老的海上航线。

二、具体路线及其开端

(一) 东北亚航线

1. 路线概况

春秋战国时期,齐国在胶东半岛开辟了"循海岸水行"直通辽东半岛、朝鲜半岛、日本列岛直至东南亚的黄金通道。徐福船队走的也是这条航线。当时远海航行的导航只能靠日月星辰或目视,船的动力也只能靠海风吹送或人力摇橹。秦代的航海条件,只能是"循海岸水行"。沿海岸线航行不仅可以及时补充淡水和给养,而且一旦遇上风浪和恶劣天气还可以及时靠岸躲避,船只受损也可以及时靠岸维修。

不用说秦代,即使到了唐初,当时的造船技术和航海水平已经有了相当大的提高,中韩日之间的海上官方往来也仍然要经庙岛群岛。日本的遣隋使和唐初的遣唐使走的就是这条航道,后期的日本遣唐使开始横渡黄海直通扬州,是因为当时日本和朝鲜半岛的新罗关系紧张,不得不走南路直通扬州,但这是"一条最危险,遇难率极高的航路"。

大家很熟悉唐朝历史上著名的"鉴真东渡"故事。742 年,日本留学僧荣睿、普照到达扬州,恳请鉴真东渡日本传授"真正的"佛教,为日本信徒授戒。当时,大明寺众僧"默然无应",唯有鉴真表示"是为法事也,何惜身命",决意东渡。742 年冬,鉴真及弟子 21 人,连同 4 名日本僧人,到扬州附近的东河既济寺造船,准备东渡。当时,日本僧人手中持有宰相李林甫从兄李林宗的公函,因此地方官扬州仓曹李凑也加以援助。不料鉴真一位弟子道航与一名师弟如海开玩笑说:"人皆高德行业肃清。如如海等少学可停却矣",如海信以为真,大怒,便诬告鉴真一行造船是与海盗勾结,准备攻打扬州。那时候海盗猖獗,淮南采访使班景倩闻讯大惊,派人拘禁了所有僧众,虽然很快放出,但是勒令日本僧人立刻回国,第一次东渡就此夭折。第二次东渡是在 744 年 1 月,作了周密筹备后,鉴真等 17 僧(包括日本僧人荣睿、普照),连同雇佣的"镂铸写绣师修文镂碑等工手"85 人,共 100 余人再次出发。结果尚未出海,便在长江口的狼沟浦遇风浪沉船。船修好后刚一出海,又遭大风,飘至舟山群岛一小岛,五日后众人方被救,转送明州(今浙江宁波)阿育王寺安顿。开春之后,越州(今浙江绍兴)、杭州、湖州、宣州(今安徽宣城)各地寺院皆邀请鉴真前去讲法,第二次东渡遂结束。这次不像第一次东渡,失败原因来自人为,这次主要来自自然原因和技术条件了。直到 753 年第六次东渡才终于成功。

鉴真第六次东渡的时候,有个著名的日本遣唐留学生阿倍仲麻吕(698—770),也曾来劝说邀请鉴真东渡日本。这个阿倍仲麻吕入唐后改名晁衡,留学于"国子监太学",毕业后考中了进士,备受唐玄宗等厚遇,官至客卿,荣达公爵。唐朝著名诗人王维、李白等都与之有过亲密交往。有人误传他海上溺死,李白写诗《哭晁卿衡》悼念:"日本晁卿辞帝都,征帆一片绕蓬壶。明月不归沉碧海,白云愁色满苍梧。"[①]仲麻吕看到李白

---

①　安旗:《新版李白全集编年注释》,巴蜀书社 2000 年,第 1026 页。

的诗,当即写下《望乡》:"卅年长安住,归不到蓬壶。一片望乡情,尽付水天处。魂兮归来了,感君痛苦吾。我更为君哭,不得长安住。"①之所以大家谣传晁衡溺死,正因为从东海、黄海直通日本的这条航线,在当时的航海条件下,还是一条风险极高的海上线路。

直到明代,造船技术和航海水平有了更大幅度的提高后,中朝(韩)官方海上往来,走的仍是这条经庙岛群岛然后"循海岸水行"的航路。这在中韩史料中都有具体记载。因为这一直是一条最安全的航道。

2. 汉代以前及汉代的历史记载

早在成书于西汉的《尚书大传》,以及王充《论衡》中记载,周代即有来自日本岛屿及东南亚诸国的使节来到首都镐京,献上珍贵的长羽珍禽"雉"与珍贵的香草"邑",作为西周时期中原文明已经与东瀛以及亚洲东南半岛地区拥有海上交往的佐证。而当时的航路,大约从朝鲜半岛南端越海,经过对马海峡、冲岛以及大岛,最终抵达筑前,这条航路在《日本书记》中,被称为"北海道中"。

而被大家津津乐道的"徐福东渡",虽然并非起于开发商路的初衷,其真实性更经常受到质疑,但仍然算得上海上丝路的一个典范案例,值得对其具体内容再做详细查考。有关"徐福东渡"的原始史料,主要来自《史记》。据《史记·秦始皇本纪》记载:

> 二十八年,始皇东行郡县……南登琅琊,大乐之,留三月……齐人徐市等上书,言海中有三神山,名曰蓬莱、方丈、瀛洲,仙人居之。请得斋戒,与童男女求之。于是遣徐市发童男女数千人,入海求仙人。②

秦始皇二十八年,即公元前219年,秦始皇东巡山东半岛,从峄山(也叫"邹山""东山")来到"琅琊",即今青岛市所辖黄岛区琅琊镇沿海一

---

① 张国刚:《胡天汉月映西洋:丝路沧桑三千年》,生活·读书·新知三联书店2019年,第92—93页。

② (汉)司马迁:《史记》,线装书局2006年,第29页。

带。秦始皇在此羁留三月，筑琅琊台，并命李斯刻石铭文。当地的方士徐福上书秦始皇，称海中有三座神山，山上住着仙人，特请命到海里寻仙。秦始皇遂令徐福带领"童男女数千人""入海求仙人"。徐福究竟是确信海上有仙山、仙人，还是以此欺骗秦始皇，《史记》中并没有明示。但徐福作为一名方士，又是生活在山东半岛的齐人，应该非常熟悉当地沿海一带关于仙山、仙人的传说，所以能够利用自己掌握的方术道行说服秦始皇，令其信以为真。

据《史记·秦始皇本纪》记载，可以肯定徐福首次东渡的起航地为青岛琅琊。但这次起航后究竟驶向何方，却未明其详。不过再次叙及徐福第二次东渡时，则交代了自琅琊起航后的走向。

徐福首次"入海求仙人"九年之后，即秦始皇三十七年，公元前210年，秦始皇再次东巡来到琅琊。这时候徐福历经多年到海中寻找仙山、仙人和仙药，没有任何结果，且耗费了大量钱财。因为害怕秦始皇追责，徐福便谎称海里有蓬莱仙药，但由于海中有大鲛鱼阻挡，所以无法到达海中仙山。恰巧这时候秦始皇做了一个梦，梦见与海神交战，占梦博士也建议秦始皇，应该除掉化作大鱼的恶神。于是，秦始皇就当真命人携带捕捉大鱼的器具，亲自率领弓弩手去射杀大鱼。一行人从琅琊出发，向北到达荣成山，即今威海市所辖荣成市成山头沿海一带，未见大鱼踪影。又从荣成山向西，行至"之罘"，即今烟台市芝罘区芝罘岛沿海一带，则真的遇到"巨鱼"，并射死了一条。接着秦始皇和徐福一行又沿海岸西行。

大家还记得，我们曾讲到，秦始皇曾经想去面见海神，海神说他太丑，不允许秦始皇带画工为他画形。秦始皇阳奉阴违，结果画工堕入海中，秦始皇险些也遇难。这些记载，虽然带有传说色彩，但所强调的秦始皇这次巡游试图深入到海中的延伸程度、海滨奇遇的惊险程度，可能还是有着一定的真实性。

《史记·淮南衡山列传》另有记载，说是徐福声称见到过"海中大神"，后者答应赐给延年益寿药，但索取三千童男女和各类工匠，还有五谷杂粮的种子。故事最后交代，徐福在海外找到一片"平原广泽"，在那里称王,再也没有回来。虽然没有说明徐福找到的"平原广泽"在什么地方,但可以确定的是,徐福一行到了海外,并在那里建立了自己的国家。《淮南衡山列传》这段记载还有一个细节值得注意,其中说海神的外貌是"铜色而龙形,光上照天",这是可见最早的海龙王形象的雏形,与《山海经》等文献中记载近似于海神的龟蛇神、方位神不完全相同。徐福自称"西皇之使",那么海龙王应该来自东方神话传说,具体而言,应该来自道教传说或东夷文化。

徐福东渡,从今青岛琅琊沿海一带出发,沿海岸线北上,到了今山东半岛最东端的荣成市成山头沿海一带,再绕过成山头西行至今烟台市芝罘岛沿海一带。这一段航线,《史记》记载得很清楚。但其后"遂并海西",沿海岸线继续向西到哪里,没有明确记载。

徐福的船队,肯定是要离开海岸线进入大洋的。这是因为他要向秦始皇履行诺言,就必须驶向经常出现仙山的大海。芝罘岛以西的大海之中,哪里经常出现仙山呢?

芝罘岛以西的渤海中出现海市蜃景最多的地方,就是现今烟台市所辖蓬莱市以北,庙岛群岛周边海面。这也是当年汉武帝派人寻找仙山的海域,蓬莱县(今蓬莱市)、蓬莱阁等名字由来,就是因当年汉孝武帝东巡此地,"至海上望,冀遇蓬莱焉",在此瞭望"蓬莱"仙山而得名。

那么,徐福的船队进入茫茫大海之后,会再驶向何方呢?

张炜等在其《徐福与海上丝绸之路考辨》(《山东师范大学学报》2018.3)文中指出,虽然《三国志·魏书·乌丸鲜卑东夷传》只记载了从朝鲜半岛北部到日本这一段航程,没有提到从山东半岛到朝鲜半岛这一段的航路,但《新唐书·志第三十三下·地理七下》非常具体地记载了这一段路线,即"登州海行入高丽渤海道"。而徐福船队走的也是这条航线。因为当时远海航行的导航只能靠日月星辰或目视,船的动力也只能靠海风吹送或人力摇橹。以秦代的航海条件,只能是"循海岸水行"①。

---

① 张炜、祁山:《徐福与海上丝绸之路考辨》,《山东师范大学学报(人文社会科学版)》2018 年 1 月。

（二）南海航线

1．"徐闻、合浦南海道"远洋航线

著名思想家王充（27—97）成书于东汉时期的章和二年（88）的著作《论衡》，其中的《恢国篇》有："武王伐纣，庸、蜀之夷佐战牧野。成王之时，越常献雉，倭人贡畅。"①《儒增篇》有："周时天下太平，越裳献白雉，倭人贡鬯草。"②有些专家说，引文中的"越"即越南北部，说明周代即有越南北部的使节来到首都镐京，献上珍贵的长羽珍禽"雉"与珍贵的香草"鬯"。是否属实，尚需进一步考证。

但先秦时期，确有岭南先民在南海乃至南太平洋沿岸及其岛屿开辟了以陶瓷为纽带的交易圈。唐代的"广州通海夷道"，是中国海上丝绸之路的最早叫法，是当时世界上最长的远洋航线。明朝时郑和下西洋更标志着海上丝路发展到了极盛时期。南海丝路从中国经中南半岛和南海诸国，穿过印度洋，进入红海，抵达东非和欧洲，途经100多个国家和地区，成为中国与外国贸易往来和文化交流的海上大通道，并推动了沿线各国的共同发展。

官方路线历史起点情况如下：

据《汉书·地理志》记载，该航线情况如下："自日南障塞、徐闻、合浦船行"，先后经都元国、卢没国、谌离国、夫甘都卢国、黄支国（故地或以为在今印度马德拉斯西南的康契普腊姆附近，或以为在今印度尼西亚苏门答腊岛西北部亚齐附近）。自汉武帝以来常有使节往来："自武帝以来皆献见。有译长，属黄门，与应募者俱入海"③。

引文中出现的"黄门"，即黄门侍郎，又称黄门郎，秦代初置，即给事于宫门之内的郎官，是皇帝近侍之臣，可传达诏令，汉代以后沿用此官职。可以看到，汉代海上丝路管理权是直属朝廷的。

这条路线有以下三个特点：一是线路相对固定。从北部湾畔出发，沿岸前行经由马来半岛，抵达今印度和斯里兰卡；二是官方主导，民间参

---

① 柴荣：《论衡》，黑龙江人民出版社2004年，第177页。
② 同上，第71页。
③ （汉）班固著，孙建军主编：《汉书》卷二八下《地理志》第八下，吉林文史出版社2017年。

与。由黄门的"译长"即朝廷近侍翻译官率领，也有部分敢于冒险的商人——"应募者"加入；三是主要进行商贸活动。汉使团携带朝廷赏赐的黄金和各类丝织品前往，买回"明珠""璧流离"和"奇石异物"；四是伴随着国家间的外交活动和文化交流，是和平之路，沿途甚至还出现"蛮夷贾船，转送致之"的友好场景。

2."东汉—罗马"远洋航路

东汉初年，匈奴重新控制西域，为了恢复对西域的管辖，公元 73 年，东汉政府派班超出使西域，班超带领三十六人到达鄯善，受到鄯善王的热情接待。过了几天，鄯善王的态度忽然冷淡起来。班超估计这是匈奴的使者到了鄯善的缘故，就对侍从说："不入虎穴，焉得虎子。当今之计，只有夜袭匈奴大营！"夜半风起，他率领三十六人放火焚烧匈奴营帐，斩杀匈奴使者。鄯善王这才决计与匈奴断绝来往，一心归附汉朝。

班超帮助西域各国摆脱了匈奴的控制，被东汉政府任命为西域都护。他在西域经营三十多年，进一步加强了西域和内地的联系。班超在西域时，曾派部下甘英出使大秦。而甘英到达波斯湾海岸后，却未能继续前进。166 年，大秦派使臣访问洛阳，送给东汉皇帝象牙、犀角等礼物。这是欧洲国家同我国之间的首次直接交往。相关记载见于以下史料：

> 和帝永元九年，都护班超遣甘英使大秦，抵条支。临大海欲度，而安息西界船人谓英曰："海水广大，往来者逢善风三月乃得度，若遇迟风，亦有二岁者，故入海人皆赍三岁粮。海中善使人思土恋慕，数有死亡者。"英闻之乃止。[1]
>
> ——《后汉书·西域传》

> 汉时都护班超遣甘英使其国。入海，船人曰："海中有思慕之物，往者莫不悲怀。若汉使不恋父母妻子者可入。"英不能渡。[2]
>
> ——《晋书·四夷传·西戎传（附大秦国传）》

---

① （南朝宋）范晔：《后汉书》，太白文艺出版社 2006 年，第 682 页。
② 曹海东：《二十五史通鉴》第五卷，北京团结出版社 1997 年，第 3363 页。

两则记载都说,海中有令人思慕故土的某种存在(妖物),能令航海者停舟不前,待在那里听下去,一直到死亡为止。只有不念故土之人,才能抗拒这种妖物的诱惑,而继续前进。

上述记载中的妖物,就是希腊神话中提到的一种海妖。海妖故事较早见于公元前九至前八世纪的荷马史诗《奥德赛》。据称,海上女妖居住在位于喀耳刻海岛和斯库拉住地之间的海岛上,特洛耶战争的希腊英雄之一奥德修斯在战争结束后与同伴回国途中经过海妖居住的岛屿,奥德修斯听从巫师喀耳刻的建议,用蜡封住同伴们的耳朵,让同伴们将自己绑在桅杆上,抵御住了海妖们歌声的诱惑,才将船驶过海妖岛而存活了下来。

另一则希腊神话也说,阿耳戈斯的英雄们在得到金羊毛返回途中也路过海妖岛,英雄之一俄耳甫斯用自己的歌声吸引住同伴们,才侥幸躲过了海妖们歌声的诱惑。

海妖来自哪里?史诗《奥德赛》介绍,海妖姐妹(塞壬女仙)本是貌美的海上姑娘,因为没有援救被冥神哈得斯劫走的丰产女神得墨忒耳的女儿珀耳塞福涅,而被发怒的得墨忒耳变身为鸟。也有传说提出,是她们自己请求变成鸟,以便找回女友珀耳塞福涅。

不管怎样,希腊神话中有关海妖的传说,总是以海妖以优美歌声诱惑航海者、致使海员死亡为主要内容。这与甘英从安息西界船人那里听到的"海中善使人思土恋慕,数有死亡者"①"海中有思慕之物,往者无不悲怀"②的故事框架基本相合。

第二节　汉赋中的"海外青丘"

一、"秋田乎青丘,彷徨乎海外"之"青丘"考

西汉司马相如的《子虚赋》有这样一段文字:

---

① (南朝宋)范晔:《后汉书》,第 682 页。
② 曹海东:《二十五史通鉴》第五卷,第 3363 页。

齐东陼巨海，南有琅邪；观乎成山，射乎之罘；浮勃澥，游孟诸；邪与肃慎为邻，右以汤谷为界。**秋田乎青丘，彷徨乎海外。**①

《子虚赋》是汉赋大家司马相如的名篇，作品以游猎为主题，虚构了子虚、乌有先生、亡是公三人，通过他们讲述齐、楚和天子田猎的状况以及他们对此事的态度。

"青丘"字面义是青色的山林。《说文解字》称："青，东方色也。木生火，从生丹，丹青之信言象然。"②《周礼》也认为，"东方谓之青"③；《淮南子》中"合而下青海"中的"青海"即指东方之海；南朝陶弘景《水仙赋》④"上朝紫殿，还觐青宫"中的"青宫"指的是太子寝宫，而古代太子恰居东宫；《礼记·曲礼上》中记载的"行，前朱鸟而后玄武，左青龙而又白虎，招摇在上，急缮其怒"⑤。其中的"青龙"，也是指东方之神。

对于青丘的考证，基于"青"字的上述字面义及《子虚赋》的具体内容，现代学者刘凤鸣先生持"青丘即朝鲜"说⑥。

《史记正义》引东汉服虔注曰："青丘国在海东三百里。"《通志·天文略》记："青邱，七黑星在轸东南，主东方三韩之国。"《新唐书·东夷传》载，唐贞观年间，唐太宗征高丽，贞观二十一年（647）三月，"诏左武卫大将军牛进达为青丘道行军大总管……自莱州渡海"（《新唐书》卷一四五）。贞观二十三年（648），"诏右武卫大将军薛万彻为青丘道行军大总管，右卫将军裴行方副之，自海道入"（《新唐书》卷一四五）。类似记述，都说明"青丘"，同青邱，就在朝鲜半岛。至于《子虚赋》中具体记述的早期"韩国印象"，程园园根据《山海经》中"青丘""九尾狐"隐喻贤君政治的符号特点，猜测司马相如在此篇中赞扬，当时的韩国有贤君当政。"秋

---

① （汉）司马相如著，费振刚、仇仲谦译注：《司马相如文选译》，巴蜀书社 1991 年 10 月，第 10 页。

② 殷寄明：《〈说文解字〉精读》，复旦大学出版社 2006 年 2 月，第 100 页。

③ 崔高维：《周礼》，辽宁教育出版社 1997 年 3 月，第 82 页。

④ （南朝梁）陶弘景：《陶弘景集校注》，上海古籍出版社 2009 年 11 月，第 21 页。

⑤ "青少年成长必读经典书系"编委会：《礼记》，河南科学技术出版社 2013 年 10 月，第 19 页。

⑥ 刘凤鸣：《山东半岛与古代中韩关系》，中华书局 2010 年 12 月。

田乎青丘,彷徨乎海外",暗指当时的齐国可以到朝鲜半岛的青丘去打猎,两地之间可以自由往来①。

二、《山海经》中"青丘"②之民族内涵

《山海经》中确实有这样几段话:

"青丘之山,有兽焉,其状如狐而九尾,其音如婴儿,能食人,食者不蛊。"(《山海经·南山经》)

"青丘国在其北,其狐四足九尾。"(《山海经·海外东经》)

青丘在哪里?这里的青丘却并不是朝鲜半岛。

青丘国,中国古代传说中的一处地名,位于泗水上源附近。《绎史》卷五引《归藏》云:"蚩尤登九淖空桑,黄帝杀之于青丘。"

据说蚩尤活动在青丘一带,而蚩尤墓自古就在菏泽、巨野一带,可能此地是黄帝处死蚩尤之地。

《太平寰宇记》和《元和郡县志》均载:"旧传初置县在濮水南,常为神狐所穿穴,遂移(城)濮水北,故曰离狐。"而古代的离狐县在山东省菏泽市一带,至少到唐代这里依然是神狐出没的地方。

"青"的本义是指颜色(黑、绿、深蓝)。《说文》:"青,东方色也。木生火,从生丹。""青"字里的"丹",乃是一种具有神奇变化的东西;有趣的是,我国古代掌握炼丹术的方士,也大多在东部沿海地区。在此意义上,青出于蓝胜于蓝,揭示的不仅是颜色之间的关系,更总结了某种变化和提炼过程;其中的"青"也指"精",而"精"字有变化、提炼之意。

《海外东经》记述东方的人文地理,青丘位于朝阳谷之北(包括东北、西北方位),黑齿国之南(包括东南、西南方位)。《大荒东经》记述东方的自然地理和人文地理,青丘国位于黑齿国、明星山之间,与白民国和嬴土国相邻。

《归藏·启筮》云:"蚩尤出自羊水,八肱、八趾、疏首,登九淖以伐空桑,黄帝杀之于青丘。"蚩尤为东方九黎族首领。空桑为古代相当显赫的

① 程园园:《司马相如〈子虚赋〉中的古代韩国印象》,《北方文学》2014年8月。
② 王学典:《山海经》,哈尔滨出版社2007年8月,第221页。

地名,亦位于东方;《东山经·东次二经》记述的第一座山即空桑山,根据《帝禹山河图》,空桑山位于今日山东省淄博一带。

综上所述,青丘为地名,青丘国指居住在青丘的人们建立的方国,其地处中原地区的东部。由此可知,现存版本《南山经·南次一经》记述的青丘山,当系错简,其原本应编排在《东山经》内,相对来说比较可能是在《东次四经》内。这是因为,《东山经》其他三条山脉均自北向南排列(经文为"又南",偶有"又西南"),其中《东次三经》有一处山为"又东水行"方向,表明其是海岛;唯独《东次四经》的排列方向既包括自北向南,也包括又东南、又东北、又东等方向。由于青丘山属于"又东"方向,因此符合《东次四经》诸山排列之中。

如果我们有条件深入考察,"青丘"应该是当年九黎族和东夷族的圣山,正如昆仑丘是黄帝族的圣山,不周山是共工族的圣山一样。

中国自古就有分野的说法,即天上的二十八宿和人间的地域相对应,而二十八宿又分别与一动物对应,比如室火猪,心火狐,即室宿的分野是猪,心宿的分野是狐狸。而室宿的分野是河南的北部,河南北部古代就有一个豕韦国,是一个以"豕"为图腾的国家;以此类推,那么心宿的分野应该是以狐狸为图腾的国家,而心宿的分野是宋国,即是河南东部,山东西部的菏泽一带。

《山海经》中还有如下内容:大禹等人再继续前进,来到了君子国的北面,到了青丘国。而到这个国家是需要经过那长有虎身、八足、八尾、八个脑袋的水神吴所居住的朝阳之谷的。青丘国的人也种植五谷,纺织丝帛。这个国家出产一种狐狸,四只脚,九条尾巴。每当天天下太平时,它们便出现在人间,以显示天下的祥瑞。据说禹在涂山娶妻之前遇见的那只九尾狐,就出自这个国家。《史记·夏本纪》载,大禹在涂山会盟之前,看到一只九尾白狐,他说,白色是我族的吉祥色,看到白狐是件很吉祥的事情啊!他于是决定成亲,娶了涂山氏的女儿。在涂山会盟中,涂山氏全族帮助大禹,取得了盟主地位。为大禹实现九州一统立下了莫大的功劳。安徽涂山,曾经也是九黎文化和东夷文化的势力范围。

就在朝阳谷北边的青丘国。这个国家的百姓都以五谷为主食,穿的也都是丝帛织成的衣服者这青丘国中长着四只脚,九条尾巴的狐狸。原来就是九条尾巴的老狐狸成道的地方。青丘国附近,还有天山上住着的神帝江。帝江远远看去,身形似黄色的皮囊,近看起来,他的皮肤红如火,长有六只脚和四只翅膀,非常精通歌舞。帝江也被称为混沌。大家会想到《庄子》中的一个故事:倏忽二帝为混沌开了七窍,七窍开而混沌死。这位倒霉的混沌不知道是否是《山海经》中这个精通歌舞的帝江。但据说,帝江神也确实看不出来其本来面目。

大禹说白色是其宗族的吉祥色,九尾狐是祥瑞之兆。实际上,舜帝也曾经把白狐当做瑞兽。《孟子·离娄下》说:"舜生于诸冯,迁于负夏,卒于鸣条,东夷之人也。"[1]舜帝是东夷人。泗水上源在东夷地区腹地,这里不仅是大禹治水的主战场,也是舜帝发迹的故乡。今本《竹书纪年》:"帝禹夏后氏……又有白狐九尾之瑞。当尧之时。舜举之。"就是说,大禹不仅因治水有功,而且还很可能因其有得见"九尾狐"之瑞象,才被舜帝推举,最后得以荣登大宝。也许涂山氏与大禹联姻,不仅由于大禹见到了青丘九尾白狐,投了涂山氏之好,还因为涂山氏得到了舜帝的授意,也未可知。毕竟只有如此,政权才能在禅让同时完成正统的延续。

俗语云:"天富有四海。"《古本竹书纪年》:"(夏)柏杼子征于东海,及王寿,得一狐九尾。"[2]此句中的"东海"在当时可理解为是夏朝东部的疆域。《左传·襄公四年》:"昔有夏之际方衰也,后羿自鉏迁于穷石,因夏民以代夏政。"[3]后羿夏初曾代夏政,使"(太康)乃失邦","柏杼子征于东海"应是收复被后羿所夺之国土,或向夏境东部地区扩大疆域面积。"一狐九尾"和"九尾狐"应是青丘国同一种物象。柏杼子要收复国土,也需要强调得到了九尾狐这种瑞兽,因为这不仅表明天命在兹,还说明九黎文化、东夷文化的正统在夏后氏这里,从而赢得九黎文化、东夷文化旧地各氏族的支持。

就以上分析看,青丘应该是蚩尤统治区域的圣山,尊崇九尾狐;九黎

---

① (战国)孟轲著,杨伯峻、杨逢彬注译:《孟子》,岳麓书社2000年7月,第134页。
② 范祥雍:《古本竹书纪年辑校订补》,上海人民出版社1957年9月,第12页。
③ 张帅、程开元:《左传》,山东画报出版社2014年5月,第239页。

文化又是华夏文明的一个重要支流,所谓"黎民百姓",其中的"黎"字就来自九黎民族。蚩尤被黄帝所败,九黎文化融入华夏文明,而九黎族也融入中华民族的黎民万姓中。青丘,就由此成为黎民的一个久远的记忆。但九黎文化、东夷文化的故地百姓,始终都把青丘当做心中的圣地。屈原《九章》这样歌咏:"鸟飞反故乡兮,狐死必首丘。"①这应该算是歌颂忠贞怀旧之情的现象级的诗句了。就此埋下了狐狸必然成为有灵性、有血性、有魅力的典范符号的伏笔。尽管她也经常被抹黑。

那么,青丘就青丘吧,为什么到了汉代司马相如笔下,转而被移到了"海外"呢?

实际上,《山海经》《竹书纪年》等典籍,也经常将"青丘"置于"东海""海外"。我们推断,这一方面是由于青丘文化已经消融,另一方面则由于这种文化包含有非常浓厚的海洋特色,因为她本来就与曾兴盛于东部沿海地区的东夷文化有着千丝万缕的联系。而东夷文化则恰恰是仙道文化的重要来源。

再一个重要原因,在于"青丘"抑或"海外",实际都归属于"天富有四海"中的"四海",正如《子虚赋》所言:"若乃俶傥瑰伟,异方殊类,珍怪鸟兽,万端鳞崒充牣其中,不可胜记。"在《子虚赋》共时态地展示园林收藏的各方珍奇之富,或《山海经》《竹书纪年》历时态地铺陈大道行于四海过程之雄的文字中,能读到的,无疑都是中华民族对文化交流、文明交融的几乎毫无保留的热情与信任。

三、《子虚赋》中"海外青丘"的性别诗学阐释

文学史上较早的狐形象,是大禹的妻子涂山氏。今安徽省蚌埠市怀远县涂山,有涂山氏祖庙。据东汉赵晔《吴越春秋·越王无馀外传》记载:禹三十未娶,行到涂山,恐时之暮,失其度制,乃辞云:"吾娶也,必有应矣。"乃有白狐九尾造于禹。禹曰:"白者,吾之服也。其九尾者,王之证也。涂山之歌曰:'绥绥白狐,九尾厐厐。我家嘉夷,来宾为王。成家成

---

① (战国)屈原著,文怀沙译:《屈原九章今绎》,百花文艺出版社 2005 年 5 月,第 43 页。

室,我造彼昌。天人之际,于兹则行。'明矣哉!"禹因娶涂山,谓之女娇。取辛壬癸甲,禹行。十月,女娇生子启。启生不见父,昼夕呱呱啼泣。[①]"九尾白狐来见三十岁还未娶妻的大禹。大禹认为这就是来自上天的启示,故而娶了涂山氏族的女儿,名叫女娇。女娇生下大禹的儿子启,就是得到上天启示的意思。

对大禹来说,治水的业绩决定着前途;但是对女娇来说,爱情是唯一的。禹出门在外的日日夜夜,女娇独守空房,不觉忆起了初次见到这个"身九尺二寸长"的魁梧男子的情景,一缕笑意袭上弯弯的嘴角,恰如那天边的一勾新月。触景生情,这个野生野长的不识文字的女子,居然触动灵机,发为心声:"候人兮猗!"在那弯弯的月亮下面,我等候着心爱的人儿。爱情多么伟大,多么神奇,它不仅开启了这个痴情女子的心智,而且书写了汉语爱情诗的最初篇章。涂山女娇,也因此成为中国远古神话中的诗歌女神。后来的《诗经》《楚辞》用"兮"这个字,都明显是受到了这首歌的影响。有"南音导其源,楚辞盛其流"之说,以后的汉赋也与之一脉相承。《诗经·国风》里的那些"乐而不淫,哀而不伤"的诗歌,都可看作是受了这首诗歌的影响。此后,先秦的爱情诗歌才蔚为大观,周王朝也才有诗可采了。

涂山氏发源于滁河流域,长久以来是江西省、安徽省一带的盛族,尤其宋、元、明、清之际,他们人才辈出,备享盛誉。在古代,这条河不叫滁河,而叫涂水,涂氏家族的祖先,便由于居住在涂水之旁,因而"以水为姓",这就是《名贤氏族言行类稿》所说的:"洪州人,因水为姓",另外,《通志氏族略》也记载说"南昌洪州有涂氏,因水为姓"。

史载,涂山氏拥有强大的军事力量,在中原各方国中势力最强。皋陶为涂山氏首领,禹任命皋陶为刑官,两族结成了牢固的政治联盟,对大禹治水给予了强有力的支持。据《尚书·舜典》记载:帝舜之时,大禹为司空,皋陶作士,伯益为虞。禹即帝位后,皋陶、伯益迭为首辅,涂山氏成了夏后氏最倚重的力量。为了进一步获得妻族的支持,大禹便携同女娇,在

---

① (汉)赵晔:《吴越春秋》,时代文艺出版社 2008 年 7 月,第 76 页。

涂山召开了紧急军事会议,准备与共工决一死战。据《左传》记载:"禹会诸侯于涂山,执玉帛者万国";《史记》云:"夏之兴也以涂山。"①正是涂山之会,确立了禹的天下共主地位。去朝见禹的人手里都拿着玉帛,仪式十分隆重。会议开始后,当时有个叫汪芒氏方国的部落首领防风氏,被共工收买了,有意怠慢大禹的命令。大禹当机立断,就在会上杀了防风氏,以儆效尤。这说明,那时候的大禹已经从部落联盟首领变成名副其实的天子了。这使得与会的所有方国之君深感敬畏,他们只得小心翼翼地服从大禹的指挥。共工很快被大禹打败了,但共工的臣子相柳却桀骜难驯,妄图继续顽抗。相柳为人贪婪,时常抢夺民众的粮食,民众形容他长了九个脑袋,食量惊人,每次都要吃掉九座山高的食物。大禹于是又领兵继续进攻,再一战杀掉了相柳。共工知道不是禹的对手,便逃掉了,但最终还是被祝融杀死。

九尾狐象征子孙繁息,这也是大禹娶涂山氏之女的遗意。但后世反其意,认为九尾狐是"食人"的妖怪,六朝时李逻注《千字文》"周伐殷汤",就开始说苏妲己是九尾狐;唐代白居易在《古冢狐》中也把"能丧人家覆人国"的妲己和周幽王的妃子褒姒比作九尾狐妖。

"青丘""九尾狐"的上述性别诗学内涵,在《子虚赋》及《上林赋》中也有潜隐的表达。

《子虚赋》说楚王与众多美女一起在蕙圃夜猎:

> 于是郑女曼姬,被阿緆,揄纻缟,杂纤罗,垂雾縠。襞积褰绉,郁桡溪谷。衯衯裶裶,扬袘戍削,蜚纤垂髾。扶与猗靡,噏呷萃蔡。下摩兰蕙,上拂羽盖。错翡翠之威蕤,缪绕玉绥。眇眇忽忽,若神仙之仿佛。②

郑国漂亮的姑娘,肤色细嫩的美女,披着细缯细布制成的上衣,穿着麻布和白娟制作的裙子,装点着纤细的罗绮,身上垂挂着轻雾般的柔纱。裙幅

---

① (汉)司马迁:《史记》,第243页。
② (汉)司马相如著,费振刚、仇仲谦译注:《司马相如文选译》,第7页。

褶皱重叠，纹理细密，线条婉曲多姿，好似深幽的溪谷。对此，乌有先生批评说"今足下不称楚王之德厚，而盛推云梦以为高，奢言淫乐而显侈靡"，就是把"郑女"们当作了狐媚惑主之流。

而《上林赋》则这样描述天子的上林苑：

> 若夫青琴、宓妃之徒，绝殊离俗，妖冶娴都，靓妆刻饰，便嬛绰约，柔桡嫚嫚，妩媚纤弱。曳独茧之褕絏，眇阎易以恤削，便姗嫳屑，与俗殊服，芬芳沤郁，酷烈淑郁；皓齿灿烂，宜笑的皪；长眉连娟，微睇绵藐，色授魂与，心愉于侧。①

来自西戎的女乐，凡百赏心悦目、增添情致的娱乐，全都展现于天子面前。柔美窈窕的女乐，如同神女青琴宓妃，容貌非常，美妙姝丽，精心妆饰，妩媚绰约，纤弱苗条，身着纯丝的薄衫，修长而又宽松，婆娑多姿，与世俗有别。散发出郁烈的芳香，清馨而又浓厚。皓齿灿烂，光洁闪烁，修眉弯曲，明眸美好，美色诱人，心驰神移，令人难以自持。这跟楚王夜猎的盛况并无二致。

但汉家天子却"茫然而思，似若有亡"，最终"解酒罢猎"，表现出贤能之君的本色。如果说《山海经》"青丘""九尾狐"本来就有指代贤能之君的语义的话，那么，《子虚赋》《上林赋》则将自然物象赋予了类似后世狐妖的魅惑功能，并设计了明君战胜魅惑的情节，最终凸显了其"贤能"的政治品格。通过否定之否定，《子虚》《上林》延续和强调了"青丘""九尾狐"等符码的原意。

那么，"海外"为"青丘""九尾狐"等符码又增加了哪些含义呢？主要在于增加了"海外"的空间维度。这就像《诗经·简兮》中的诗句"云谁之思？西方美人。彼美人兮，西方之人兮"；尽管空间发生了改变，而原有的价值观却愈显永恒。

但在青丘九尾狐的文本链条中，也有颠覆这一价值观的案例。唐传

---

① （汉）司马相如著，费振刚、仇仲谦译注：《司马相如文选译》，第36页。

奇《任氏传》讲，狐精任氏陪同情人郑六去西方上任，走到马嵬，被受训的猎狗扑倒杀害。这件事看上去有隐喻马嵬坡之变的意味。但不同于时人将杨贵妃视为祸水的一般看法，沈既济对这类极有魅力的女子寄予了深切的赞赏与同情。

再来看看清代蒲松龄的名作《青凤》。故事中，耿生初见青凤一家，给大家讲涂山氏的故事，青凤一家听到先祖的这个美好传说，非常动情，耿生更对青凤产生了好感，说是如果能娶这样的绝色佳人，哪怕给个帝王当也不换。言下之意，他绝不会像大禹那样过家门而不入，辜负这样的女子。这个价值观是不是与《山海经》《子虚赋》截然不同？故事最后，耿生郊游，从猎犬的爪牙之下拯救了受伤的青凤，最后与青凤结合。这个故事对涂山氏故事、任氏传故事都表示了回应，强调了后两个故事中的两个主题：政治主题与爱情主题，并在两个主题中表达了爱情至上的立场和态度。算是给传统的狐狸精传说来了个总结，来了个曲终奏雅。

第三节　汉末魏晋与汉字文化圈的
"日月之行，若出其中"

汉末动乱，东北亚地区落入公孙氏之手。公孙氏统治这一地区 50 余年，历公孙度、公孙康、公孙恭、公孙渊三代四任，阻隔了魏朝与朝鲜半岛、日本列岛的联系，"隔断东夷，不得通于诸夏"[1]。景初二年（238），在司马懿消灭公孙氏后，日本很快遣使前来；而晋史官结合各种纪录完成的《魏志·倭人传》，正是中国正史上最早的系统介绍日本的篇章。此时朝鲜半岛的一些部族，如高句丽等，也已经开始走向强大，为后来南北朝时期朝鲜半岛错综复杂的形势变化埋下了伏笔[2]。

最初，魏朝接掌东北地区诸族领导权的过程中没有出现过武力对抗。正始二年（242），高句丽王"宫寇西安平"，诸部族也开始不稳，东北局势出现动荡。正始五年，幽州刺史毋丘俭征讨高句丽并获胜。以此为开端，

---

① （晋）陈寿：《三国志》卷三〇，浙江古籍出版社 2000 年，第 524 页。
② 陈轩：《魏晋南北朝时期东亚国际关系的演变》，复旦大学 2011 年博士学位论文。

魏朝改变了自平定公孙渊以来对东北诸族较为温和的政策,开始强硬地以武力镇压东北的乱局。

景初二年(238)公孙渊被平定之前,日本列岛与中原文化的交流被阻碍,与中央政府没有直接交往,但就在一年后的景初三年(239),倭女王卑弥呼所派遣的使者难升米、都市牛利抵达带方郡,要求朝贡,被太守刘夏派人送至京城,呈上奉贡。据《三国志》记载,当时的日本列岛还没有统一,女王统治的倭国应当只是以邪马台国为中心,数十国联合组成的一个部落联盟。正始元年(240),带方太守弓遵派遣建中校尉梯儁将诏书印绶送到了倭国,这是魏倭之间的第一次来往,此后魏朝与倭国之间的来往次数,应该有四五次之多。三世纪中,以《三国志·魏志·倭人传》记载作为依据,曹魏政权与邪马台女王卑迷呼及其继承者壹与的交往,将古代日中交流推上一个新的高峰。魏晋更替当年及翌年(泰始元年、二年,公元265、266年),倭国继续向晋派遣使节①,双方的交往并未因中国王朝的更替而停顿。

魏明帝厚待倭国,当然有谋求东北亚局势稳定的考量在内。正始六年,魏朝特赐倭国黄幢。黄幢为魏朝的军旗,由皇帝特赐,用意当在于提高其军威,显示魏是邪马台国的坚强后盾,明确显示出了对邪马台的支持。据《魏志·东夷列传》记载,同在正始六年,带方太守弓遵在征讨濊貊时战死,赖乐浪太守刘茂才勉强平定了局势;同年,毌丘俭再次出征高句丽。由这一系列事件可见,此时东北亚的大混战虽然已进入尾声,但依旧很不稳定。如果此时日本列岛形势恶化,魏朝将无法对朝鲜半岛提供有效的援助,整个东北亚地区的局势也将趋于恶化。此时,尽可能帮助邪马台国稳住局势就显得十分必要了。

更何况,从曹魏的主要战略目标——一统江山看,东北亚地区过于混乱不仅会给魏朝的国家安全带来隐患,更可能为孙吴所趁——一直以来,孙吴就在不断联络公孙氏、高句丽,想要南北呼应,对魏形成夹击之势。

《魏志·明帝纪》记载:"(青龙元年)十二月,公孙渊斩送孙权所遣使

张弥、许晏首,以渊为大司马、乐浪公。""(青龙四年)秋七月,高句骊王宫斩送孙权使胡卫等首,诣幽州。"①《三国史记·高句丽本纪》的记载也与之呼应:"(东川王)十年春二月,吴王孙权,遣使胡卫,通和,王留其使。至秋七月,斩之,传首于魏。"②

《三国志·魏书·乌丸鲜卑东夷传》《三国志·吴书·孙权传》记载,孙吴还曾派船入海寻找亶州、夷州,其中夷州今称台湾,这是历史上首次加强对台湾地区的治理。而亶州就是日本。《三国志·吴书·孙权传》有这样一段话:

> (黄龙)二年(230)春正月……遣将军卫温、诸葛直将甲士万人,浮海求夷洲及亶洲。亶洲在海中,长老传言秦始皇帝遣方士徐福将童男童女数千人入海,求蓬莱神山及仙药,止此洲不还。③

在当时的航海条件下,循原来的路线沿海岸水行,可以经辽东半岛到朝鲜半岛、日本列岛;而孙吴的航海实践证明,如果想从东南沿海横渡大海直达日本九州岛,其结果通常是"不可得至"。

自汉魏起,随着统一的汉帝国的崩溃,公孙氏崛起于辽东,长期以来由汉代边郡统领周边民族事务的管理模式在魏晋时期已经发生转变。为了应对趁势而起的东亚各民族的挑战,魏晋当局对联络或统御东北亚地区各国、部族(民族)的机构进行一系列的调整,东夷校尉的设立就是其中最重要的组成部分。而由上文分析看,曹魏、孙吴已能根据具体情况灵活调整与不同势力间的关系,为后来整个东亚地区的国际体系的建立打下了基础。

在尝试经营东北亚政治格局同时,孙吴还加强了对东南沿海各部族乃至东南亚的管辖。与东北亚不同,东南沿海及东南亚此时并未崛起强

---

① 陈世明、孟楠、高健:《二十四史西域史料辑注中·魏晋南北朝时期》,新疆大学出版社2013年,第626页。
② 朴灿奎:《〈三国志·高句丽传〉研究》,吉林人民出版社2000年,第168页。
③ 蔡志忠:《三国志》(第04部),生活·读书·新知三联书店1992年,第174页。

大的政治力量,因此这一时期孙吴着重发展了对东南各地的边郡统领制度。

《三国志·吴书·陆逊传》记载:黄龙二年(230)春天,孙权欲派军队取夷州(今台湾)、朱崖(今广东徐闻县及海南岛),曾征求陆逊的意见。陆逊认为不必,上书提出,做这样的事情没有益处。[①] 陆逊是这样说的:

> 臣愚以为四海未定,当须民力,以济时务。今兵兴历年,见众损减,陛下忧劳圣虑,忘寝与食,将远规夷州,以定大事,臣反覆思惟,未见其利,万里袭取,风波难测,民易水土,必致疾疫,今驱见众,经涉不毛,欲益更损,欲利反害。又珠崖绝险,民犹禽兽,得其民不足济事,无其兵不足亏众。[②]

大意是说,在当时条件下,经营管理夷州这样一块地方没有太大意义。这是符合当时一般政治地理观念的看法。而孙权则颇有些在当时显得还过于超前的海权意识,他坚持派遣卫温、诸葛直抵达夷洲,并对这个地方进行了管理。《三国志》说他后来果然觉得得不偿失,有些后悔。事实如何,不得而知。这是中国历史上较早的治理台湾的历史记载。丹阳太守沈莹曾作《临海水土志》,记载了台湾当时的人文地理与物产情况。

孙权还曾积极派人与扶南(今柬埔寨)、林邑(今越南南方)诸国建立了友好关系,又派交州刺史出使南洋诸国,与印度建立了外交关系。三国时期百蛮各有各的语言,只有极少数部落仍旧流传着上古文字,与中原人语言沟通需要三译。虽然是同祖同宗,东南亚土人尚未开化,接受的中原文明是很有限的。降蜀、吴后,晋主却认为在蛮荒地区设官置守得不偿失,只要百蛮承认天子为万国之主就可以了,因此撤销了在东南亚的边郡设置。相形之下,孙权作为一个政治家的国际视野无疑非常卓著,以致做出的某些决策在当时显得很超前。

唐人杜佑曾对历代南海交通做过一个总结:"元鼎(前116—前111)

---

① 富阳市图书馆:《三国东吴名人资料汇编》(2),2011年。
② 李永鑫:《绍兴通史》(第二卷),浙江人民出版社2012年,第76页。

中遣伏波将军路博德开百越,置日南郡,其徼外诸国自武帝以来皆献见。后汉桓帝时,大秦、天竺皆由此道遣使贡献。及吴孙权,遣宣化从事朱应、中郎康泰奉使诸国,其所经及传闻,则有百数十国,因立记传。晋代通中国者盖鲜。及宋、齐,至者有十余国。自梁武、隋炀,诸国使至逾于前代。大唐贞观以后,声教远被,自古未通者重译而至,又多于梁、隋焉。"①可以发现,孙吴在海上丝路的发展开拓史上曾做出过杰出的贡献。

其中,在经营东南亚政治格局方面,孙吴所做出的最突出的成绩,莫过于借郡守、地方军阀,加强了对交阯的管理。汉代平定南粤,设合浦、九真、日南、交阯等九郡,因为土人男女同川而浴,所以称为交阯,是贬义。交阯之南为古越裳国,曾向周王朝派出过使臣。汉光武帝设官置守,教民耕作,学习中原礼仪,开始接受王化。东汉末年天下大乱,东南亚也呈分裂状态。三国时期诸葛亮七擒孟获,主要是平定云贵一带,缅甸地区当时尚处于未开化地区。吴国的政治中心在南方,其势力范围深入到南越。

《三国志·吴书·张严程阚薛传》说:

> 权以交阯县远,乃分合浦以北为广州,吕岱为刺史;交阯以南为交州,戴良为刺史。又遣陈时代燮为交阯太守。岱留南海,良与时俱前行到合浦,而燮子徽自署交阯太守,发宗兵拒良。良留合浦。交阯桓邻,燮举吏也,叩头谏徽使迎良。②

这里出现了冲突:孙权派吕岱、戴良分别为广州、交州刺史。而当地军阀、原交州刺史士燮的儿子徽自封为交阯太守,抗拒戴良。

士燮是什么人?士燮(137—226,《历代神仙通鉴》中被误记为杜燮),字威彦。苍梧广信(今广西梧州)人。汉末三国时期割据交州一带的军阀。年少时师事学者刘陶,其后逐渐升任交阯太守。后被朝廷加职

---

① 杜佑撰,王文锦等校点:《通典》卷一五《选举三·历代制下》,中华书局1988年,第361页。

② (晋)陈寿撰,(南朝宋)裴松之注:《中国史学要籍丛刊·三国志下》,上海古籍出版社2016年,第1100页。

绥南中郎将,迁安远将军,封龙度亭侯。在步骘接管交州时积极予以配合,归附孙权,被孙权加为左将军;此后又因诱降益州豪族雍闿而迁任卫将军,进封龙编侯。任交阯太守四十年。黄武五年(226),士燮去世,享年九十岁。有《士燮集》《春秋经注》《公羊注》《榖梁注》等传世,今多已佚失。

士氏家族是汉末三国实力雄厚的地方势力,士燮及其三个兄弟共领四郡,占据岭南疆土过半。在岭南及越南历史上,士燮威望极高,不在南越王赵佗之下。后越南陈朝追赠士燮为"善感嘉应灵武大王"。我们知道,三国英雄中,关羽后世在民间信仰中被封赠为"王",而士燮也曾有类似的殊荣。只不过他的文化影响集中在中国岭南地区、越南及东南亚其他国家,在中国本土文化中的影响力不及关羽等人。

士燮一生经历过哪些重要事件?

其一,他是儒家门人,还是位卓有建树的儒学家。尤其对《春秋》《尚书》都能兼通古、今文,对其中大义理解十分详备。在当时今古文之争中有自己的系统见解。士燮于乱世之中,能参照公羊学"末世"说理论,通晓治政,在大乱中保全一郡之地,二十余年疆界内没有战祸,百姓没有失去他们的产业,商人旅客,都蒙受他的好处。时人评价说,连窦融(新莽末至东汉时期的军阀、名臣,有保全河西之地的功劳),或南越王赵佗(南越国的创建者),也都不能超过士燮。士燮与曹操相仿,不做篡位之举,在他九十多岁高龄死去后,他的儿子意图自立,被孙吴所灭。两个人在权位上之所以能"知止",与他们本身的儒学修养及时人的价值观是有联系的。

其二,归附吴国。汉末朝廷在朱符死后派遣张津为新任刺史。但张津行为却荒诞不经,不久即为部将杀死。荆州牧刘表得知此事,派赖恭前往接替了张津的职位;同时派吴巨出任苍梧太守,接替病逝的史璜。为避免刘表势力过于强大,曹操赐予士燮有玺印、封号的书信,声明刘表的任用命令无效。从这个事上可以看到各方势力对岭南及东南亚的重视。建安十五年(210),孙权派遣步骘为交州刺史,士燮率兄弟归附,而刘表委任的苍梧太守吴巨却怀有异心,被步骘斩杀。此后,士燮被孙权封为左将军。建安末年,士燮将儿子送至东吴为人质,孙权却将其直接任命为武昌太守,士燮在南方的子侄也都被委任为中郎将。相应的,士燮在吴国和蜀汉的"荆州"之争、"夷陵之战"中全力支持吴国,甚至诱导益州的豪族雍闿等人叛蜀附吴,因此被孙权拜为卫将军、龙编侯。从这件事上,可以看到孙权与士燮两方已经达成战略同盟的政治关系。尤其在夷陵之战中,士燮配合孙权、陆逊,劝降益州豪族,扼守水道,逼迫刘备舍舟登陆,导致后者最后被各个击破。此战在战略思想上有着以"水权"挑战"路权"的意识,在战争史、政治史上都有超前的意义。

其三,士燮不仅将儒学传入交州,而且对越南文字的创造也作出了贡献。明代严从简《殊域周咨录》说士燮"取中夏经传翻译音义,教本国人,始知习学之业。然中夏则说喉声,本国话舌声,字与中华同,而音不同"[1]。士燮为越人创造了"喃"字,假借汉字形声演变为越字,为古越文字之嚆矢。士燮并将汉字音韵译作越声,平仄都有一定方式,越人之所以能吟诗作对,有赖于此。正由于以上这些语言文字建设及规范管理工作,越南人至今怀念、歌颂士燮的功绩。

正因为知人善任,借助有儒将之风的士氏家族稳定和发展了在交趾的管辖,孙吴得以大大降低了受南北夹击的风险,获得了发展壮大的良好环境。从历时的角度看,此举更开启了汉文化影响东南亚的序幕,为扩大和发展汉文化圈奠定了基础。

早有学者提出,汉唐之间,东亚国际体系的建立、发展、变化过程中,最重要的阶段在魏晋南北朝时期。通过对这一时期的这个过程的考察、归纳,可以对中国古代东亚世界国际体系有一个较为直观的认识。而事实上,可进一步将这一推断的空间范围推广到整个东亚东南亚的汉字文化圈。

为什么要这么说? 我们要强调的重点并不完全在于汉末魏晋各政权在经营东亚东南亚国际关系中所做出的努力,而是主要着眼于"文化圈"的下列几个要素此时已趋于成熟:

首先,语言文字方面。汉武帝时张骞通西域,使安息(今伊朗、伊拉

---

[1] (明)严从简著,余思黎点校:《殊域周咨录》,中华书局1993年,第236页。

克）、大夏（吐火罗，北至今阿富汗北部）、大宛（今费尔干纳盆地乌兹别克斯坦、吉尔吉斯斯坦）、大月支（大夏衰落后，据有其地，东汉时属贵霜王国）、康居（粟特故地，今哈萨克斯坦西南部，咸海东部）、罽宾（今克什米尔）等国和汉朝有了通道。中亚各国是雅利安人，语言上属印欧语系，但因和东方的秦汉王朝有通商往来，不少商人、僧侣既懂梵文又略懂汉语，汉语言文字随丝绸之路传播到西域各地。汉字文化国际地位的提高，无疑有利于汉字文化圈的形成。汉末魏晋时期，随汉代以来边郡制度的执行及东夷校尉制度的发展，汉文化在东北亚、东南亚的实际影响力也随之凸显，"汉字文化圈"已展露雏形。

第二，思想意识方面。汉末动乱，儒学遭遇危机，为不同思想的交流碰撞提供了机会。汉末魏晋时期，印度佛学西传受阻，而在东传过程中则与中国传统的道、儒相结合，如鱼得水，促进了东方思想体系的成熟。

学者指出，佛教传东不传西，根本原因在于其文化差异：基督教的至高无上的"神"，与佛不同；基督教"原罪"与佛教"轮回报应"不同；基督教的"忏悔"与佛教的思过、"禅"以及儒家的"自省"不同；而相反，佛教的"空"观与老子的"虚"近似；佛教的"法相"与老庄的"道"，儒家"仁""礼"近似[1]。总之，宗教信仰的"类同"是佛教赖以顺利东传的文化因素。而儒释道三教之间的"类同"局面，正是在汉末魏晋时期才开始出现的。东晋孙绰（314—371）在其《道贤论》中，就曾将天竺七贤比作"竹林七贤"，将僧会比作其中的山涛（巨源）[2]。从中可以看到魏晋士阶层对佛教的认同程度。

为什么佛教当时能够获得如此深刻的认同？专家认为，这与中国思想体系需要形而上学，而佛教所提供的答案恰好能满足中国所需有关。例如，大乘佛教第一传人是龙树，他创建的大乘佛教就活跃于中国的东汉明帝至三国时期。学者认为，支谶（约二世纪）所传译的《般若道行》这部经，"把本无当作它的宗教唯心主义体系的至高概念""与魏晋玄学提倡

---

[1]　郑学檬：《印度佛教向西而非向东传播的原因》，《文史哲》2014 年第 6 期。
[2]　（南朝梁）慧皎著，汤用彤校注：《高僧传》，中华书局 1992 年，第 23、24 页。

的'以无为本''有生于无'的唯心主义本体论是很相似的"①。这种"类同"因素，导致佛教（大乘佛教）能和流行的儒道思想之间达成"通解"，这一点非常重要。当然，更重要的是，儒释道三者之间所实现的通解或结合并非简单的趋同，而是相互攀升、相得益彰的结果。

细究之，佛与道、儒之间其实有很多区别。遑论佛家的"非有非无"本体论思想与道家的"崇无"或"贵有"理论之间明显不同，而得以相互阐发；即便不以本体论见长的儒家，也因与佛学思想的歧义，而对后者产生了深刻的影响。

康居人僧会（？—280）于赤乌十年（247）到建业，他对孙皓（243—284）强调佛教也与儒教一样，有补于世道人心，他说："虽儒典之格言，即佛教之明训。"皓曰："若然，则周孔已明，何用佛教？"僧会曰："周孔所言略示近迹。至于释教，则备及幽微，故行恶则有地狱长苦，修善则有天宫永乐，举之以明劝沮，不亦大哉。"②

诚如吴主孙皓所言，如果佛、儒二者之间完全"同质"，那么佛教也就失去了东传的价值；而在受儒教"异质"因素启发，理解了入世情怀基础上，佛教如脱胎换骨，加速了其融入东亚、东南亚社会的进程。如佛学家冉云华所指出：佛教的宗教方向以出世为主，"无论是早期的部派或是后期的佛教经典，都是为出家人写的，多是以出家修道为解决烦恼的最后法门。因此之故，佛教在印度历史上，从来没有领导过社会运动"③。佛教的关注点开始着眼于人，这个主旨是融入中国社会后才出现的变化，是与儒家思想交融后，由二者之间的"异质"而向"同质"转化的结果，从而成为印传佛教和汉传佛教的本质区别之一。正因为能够实现和而不同、求同存异，"三教合一"才成为世界文化交流史上的范例。

第三，宇宙观层面的东方自我定位意识的萌芽。汉末魏晋时期，中国政治、经济、文化自西之东、然后自北之南的发展大趋势已经初显端倪。尤其孙吴政权及后来南朝政权，开启了南方政权与北方政权分庭抗礼、平

---

① 任继愈：《中国佛教史》，中国社科出版社 1985 年，第 120 页。
② （南朝梁）慧皎著，汤用彤校注：《高僧传》，第 17 页。
③ 冉云华：《从印度佛教到中国佛教》，台北东大图书公司 1995 年，第 3 页。

分秋色的历史。而国家政治变迁带动了思想重心的转移,新的地理体验则带动了自然观和世界观的发展。为什么要这样说呢?

还是以我们关注的海洋观的发展为着眼点。受中国地形西高东低、百川入海特点的影响,大海被视为众流的归宿和水的本源,这使传统的陆地中心观念有了向海洋中心发生反转的可能性。而从史籍看,这种反转完成于魏晋时期,重要的表现是海洋成为哲学反思的对象,中国传统的道论、元气论至此蜕变为一种"以水为本"的海洋宇宙论。

学者们根据张衡《浑天仪图说》、张华《博物志·杂说下》、杨泉《物理论》等著作对天地、自然的描述,认为在对万物存在根据的思考上,相对于先秦的道论、汉代的元气论,魏晋思想家已经形成了水一元论,实际上也是海洋本体论①。而自汉至魏晋,为海洋理论提供重要基础的"元气论"者王充、郭璞、葛洪、杨泉等人,要么是江浙地区的本土居民,要么是南迁的士人,可见生活经验、现实认知对思想形成有着决定性的作用。如我们刚才所讨论,国家政治变迁带动了思想重心的转移,新的地理体验则带动了自然观和世界观的发展。

那么,这样的宇宙观在我们所说"东方定位意识"或"汉字文化圈"的形成过程中又有何价值呢?

这主要应该从两方面考虑:

一是在方位概念方面,中国早期文化对东方、南方等方位的认知相对模糊,而魏晋时期的社会变化填补和丰富了以上领域的认知经验;不可否认,方位认知又是自我意识及理性思辨能力的重要内涵,只有在此基础上,才能提升汉字文化的抽象性和思想性,增强其文化价值及其影响力。

二是在政治地理层面,上述宇宙观使《尚书·禹贡》等构建的相对封闭的国家地理模式,至此有了一个面向大海、面向世界的开放结构,从而在交易、交流的基础上,开始追求形成以邻为伴、生生不息的文化生态链。

---

① 刘成纪:《中国社会早期海洋观念的演变》,《北师大学报》2014年第5期。

第三章　南北朝时期

第一节　双声叠韵

　　南朝齐永明六年（488）二月，中书郎沈约终于完成奉敕撰写的《宋书》，上呈朝廷且获得朝野好评，这一年沈约48岁。事隔不久，年仅17岁的陆厥给沈约写信，对《宋书》的一个文学观点提出强烈质疑。沈约对陆厥的来信颇为重视，回信释疑。其实，陆厥不是唯一对沈约提出质疑的人，沈约针对此问题的回复也不是唯一的一次。到底是什么问题会引起当时学者的如此关注？这便是沈约在《宋书·谢灵运传论》中提出的汉字声韵批评理论，这种"汉字批评"中常用的也是重要的观念及方法，被后人称为"永明声律论"。沈约提出的汉字声韵批评理论就是利用汉字声、韵、调的搭配关系形成的一套诗文创作规则，后人也常将其理论内容概括为"四声八病"说，而依此规则创作的诗文则被称为"永明体"。

　　中古时期汉字声韵批评理论的出现及流行，与那个时代的文化大背景是分不开的，而佛教的传入及广泛传播，在其中发挥了重要作用。汉字可用声、韵、调注音在今天已是常识，但这一常识作为知识出现，则直至东汉始有。东汉之前，汉字注音常用的方式有譬况、读若、直音等等。这些早期的注音方法有一个特点，就是以一字之整体读音去注另一字，而东汉时期反切注音法的出现使情况发生了变化。

　　中国人知道有佛教，是在西汉武帝通西域之后。现在有些人以为佛经翻译是东汉安世高开启的，其实最早的佛经翻译是西汉哀帝元寿元年（前2），贵霜帝国大月氏王遣使来中国口授佛经，博士弟子秦景宪协助来使伊存口授佛经。东汉明帝永平年间（54）又有佛僧迦叶摩腾、竺法兰来华翻译佛经。但是大规模有影响的传入中国,则是在东汉桓帝建和年间(147年后)安世高来华译经之后。自此以后大约700年,印度佛教通过佛僧译经传教。

佛经翻译运动大体上经历了两个阶段。第一阶段自西汉哀帝年间(前2)至东晋后秦(384—417),大约四百年,这一阶段的佛经翻译主要是由外来的佛僧担任主纲。自后秦弘始年间(399)鸠摩罗什来到长安,至唐武宗会昌五年(845),这是后一阶段,这四百多年中佛经翻译主要由中国本土的佛僧担任主纲。以上分两个阶段的特点也符合本土对外来语言文化从陌生到熟悉的自然发展过程。

佛教传入中国之初,其经文都是西域文字、伊朗文字和印度文字。最先为犍陀罗文、焉耆文(吐火罗语A)、龟兹文(吐火罗语B),后来则是巴利文、梵文。

为什么反切注音法会在东汉出现? 这一方面与汉字音韵发展的历史需求分不开,另一方面则与佛教在两汉之际传入中国后的大量译经有关。佛教在中国的早期传播以佛经翻译为主要手段,而佛经翻译必然会涉及梵汉两种语言的对译。梵文是拼音文字,梵文字母称为"悉昙",一类为"体文",一类为"摩多"。"体文"即辅音字母,"摩多"即元音字母,两者类似于汉语的声母和韵母,而梵文文字由体文、摩多的拼切而获得。据唐义净《悉昙十八章》载,体文、摩多相互拼切成十八章,合计一万多字。梵文的元、辅拼合原理与汉字声、韵拼合原理非常相似,由此可以推断,自东汉开始的佛经翻译活动中,梵文的拼音方法必然会逐渐为中国信徒及学者所了解,并不断积累和扩散,从而会对反切注音法的出现,起到重要的促进作用。

汉字声韵批评理论的出现,还与将声韵知识应用于诗文创作的上层社会的时尚潮流有关,这一点与佛教在六朝时期的逐步盛行也是分不开的。印度佛经原本就很重视声韵问题,尤其是佛经中的偈颂体。《法句经序》曾云:"偈者结语,犹诗颂也。"[①]印度梵文偈颂多数以四句为一首,每

---

① （梁）释僧佑:《出三藏记集》卷七《法句经序》,中华书局1995年,第272页。

句包括八个音节,并饶有声韵节奏之美,可摄入管弦,付诸赞叹歌咏。佛教入华之初,翻译者根据偈颂体的特点,在文体上与中国流行的诗歌篇句结构保持一致,分别译成三言、四言、五言、六言、七言、八言等各种句式,其中以五言偈颂最多。不过,由于语言水平的限制,梵文偈颂原来具有的音节调谐之美,在转梵为汉的过程中几乎丧失殆尽,所以鸠摩罗什(Kumārajīva,344—413)来华译经之后感叹一般的翻译工作是:"虽得大意,殊隔文体。有似嚼饭与人,非徒失味,乃令呕秽也。"①说是经过翻译,原本很有美感的经文就像嚼碎了的馒头,喂给人吃,变得令人作呕。而鸠摩罗什所作的译文就没有这样的毛病。

我们以鸠摩罗什翻译的《金刚般若波罗蜜经》为例:

开经偈

> 无上甚深微妙法,百千万劫难遭遇。
> 我今见闻得受持,愿解如来真实义。

这个偈子,已经有些接近于七言绝句。

再如《金刚经》卷末四句偈文,"一切有为法,如梦幻泡影,如露亦如电,应作如是观"②,也接近于五言诗。容易让我们想到白居易的诗歌《花非花》:

> 花非花,雾非雾。
> 夜半来,天明去。
> 来如春梦几多时?
> 去似朝云无觅处。

从文化与语言接触的角度,提出梵文声律对四声说及永明体的发明

---

① 参见严可均辑:《全晋文下》,商务印书馆 1999 年,第 1789 页。
② 参见杨延毅:《金刚经·坛经》,青海人民出版社 2004 年,第 47 页。

所起到的决定性作用,这是国学大师陈寅恪先生较早提出的观点①。沈约之流恰在永明之时与善声沙门接触甚密,由此发现梵呗新声与汉语四声的相似之处,固然可以理解,但具体如何与汉语四声相对应,也是必须解答的问题。

学者猜测,印度古时声明论有三声,表现为音高的高低区别,从类别上讲,正好可以和汉语的平上去三声相对应。至于入声,它和其他三声性质不同。汉语"四声"概念起步比较晚,但中国古时候早有"五音"的说法:宫、商二音都是平声,所以叫作合律;角徵羽三音,则正好跟上去入相配。因此所谓的"四声",本质上是梵文佛经的"三声"理论与中国本土的"五律"理论体系的结合。

我们刚才谈到,沈约推出他的"四声八病"声律理论的时候,一位年轻人,名叫陆厥,向他写信质疑。其实沈约的声律论并非他个人的看法,而是有一定的代表性。《南史·陆厥传》中还提到一个人,更早提出四声论,这个人名叫王斌,是个道人,曾广博地涉猎各种经书典籍,很有辩才,善于写文章,能宣唱开导而修容仪。曾经穿着破旧的衣服在瓦官寺听云法师讲《成实论》,当时没有坐的地方,只有僧正慧超那里还有空席,王斌就直接坐在了他的旁边。慧超十分不满,便骂道:"哪里来了这么个道人,像个莽撞乞丐一样唐突人。"命人把他赶出去。王斌笑着说:"既然有叙勋僧正,怎么就没有乞丐道人。"坚持不移动座位,而对慧超及云法师进行质问辩难。他理辞清晰有力,四座都为之瞩目。② 这个王斌,《南史》中说不知他是何许人,又说他是个道人。在当时玄佛合流的文化背景中,王斌

① 详参陈寅恪《四声三问》,选自《金明馆丛稿初编》,生活·读书·新知三联书店2001年,第368页。"南齐武帝永明七年二月二十日,竟陵王子良集善声沙门于京邸,造经呗新声。实为当时考文审音之一大事。在此略前之时,建康之审音文士及善声沙门讨论研求必已甚众而且精。永明七年竟陵京邸之结集,不过此新学说研求成绩之发表耳。此四声说之成立所以适值南齐永明之世,而周颙、沈约之徒又适为此新学说代表人物之故也。"

② 参见(唐)李延寿:《南史·陆厥传》:"约论四声,妙有诠辩,而诸赋亦往往与声韵乖。时有王斌者,不知何许人。著《四声论》行于时。斌初为道人,博涉经籍,雅有才辩,善属文,能昌导而修容仪。尝弊衣于瓦官寺听云法师讲《成实论》,无复坐处,唯僧正慧超尚空席,斌直坐其侧。慧超不能平,乃骂曰:'那得此道人,禄蕃似队父唐突人?'因命驱之。斌笑曰:'既有叙勋僧正,何为无队父道人?'不为动。而抚机问难,辞理清举,四座皆属目。后还俗,以诗乐自乐,人莫能名之。"

大概代表本土玄学一派。这也提示我们，不能简单地将四声论的发明归结于佛学或转译佛经的影响，而应该在南朝梁武帝（464—549）所强调的儒道佛"三教圆融"的文化背景中考虑这个问题。

更重要的是，汉字、汉语本身在这一时期的发展情况，也对汉字声韵理论的出现提出了要求。正如我们开头所说，为什么反切注音法会在东汉出现？一方面固然与佛教在两汉之际传入中国后的大量译经活动有关，另一方面则体现了汉字音韵发展的历史规律。

汉末魏晋南北朝时期，异体字大量涌现。其中由于声符换用而形成的异体形声字分为同音声符换用、音近声符换用、声符的构件增省、声符被记号化构件替代、声符形近换用等五种类型。汉末魏晋南北朝异体形声字声符换用的特点表现为突出的类化性、类推性、简化性、随意性等。为什么会这样？作为一种字本位的文字系统，汉字规范工作历来都受到重视。秦始皇统一六国后，即推行书同文政策，东汉许慎的《说文解字》，更是为后来的文字学与文字规范奠定了基础。但是，汉末魏晋南北朝时期政局动荡，南北分裂对峙，战争频仍，民不聊生，正字工作此时几乎停滞不前，异体字因此数量大增，字形多样，声符、形符的换用以及在笔画上的书写差异势必随之增加。而在这种情况下，为了满足民族大迁徙背景下的交流所需，汉字注音方法及声韵理论的发展就成了大势所趋。

大量异体形声字的出现及汉字声韵理论的发展，还共同体现了汉语言文字发展的一个突出特点，即对"示源功能"的较强烈的要求。王宁、李国英等专家提出，所谓声符的示源功能，是指"声符显示形声字所记录的词的源义素的作用"[1]。声符的示源作用不是个别现象，大多数形声字声符都具有示源功能。东汉许慎、刘熙早在《说文》《释名》中就已经开始了对声符示源功能的研究，有了最早的词源学意识，以后经过学者们的不断探索，到清代段玉裁、王念孙对音义关系的研究，很大一部分已涉及从声符来研究同源词了，但还不够系统。现代学者沈兼士、杨树达等人在声符示源的研究方面更作了许多有益的探索，提出了许多"从某声者有某

---

① 王宁：《汉字的优化与简化》，《中国社会科学》1991 年第 1 期。

义"的强有力的语言实例。

　　总之,汉字声韵理论的发展一方面受到民族迁徙、方言碰撞、佛经翻译等因素的影响,另一方面则体现了字本位语言文字体系重视表意、示源的自身规律。如果说前者更多体现出来自丝绸之路、海上丝绸之路的"异质"文化的影响或渗入,那么后者则表达了汉文化对自身民族文化本质的热爱和坚守。当西晋学者杨泉发现形声字的声符不但主声,也主义,进而在《物理论》中说从"臤"得声的"坚""紧""贤"等字在意义上有联系,即"在金曰坚,在草曰紧,在人曰贤"时①,他已经将词语乃至文化的属性当做了自然的物理属性。正像我们反复强调的,杨泉也是从北方南迁的士人,长期生活在吴越一带。这一个案再次说明,文化之间碰撞交流的深度和广度,对能否出现实质意义上的创新成果,经常有着决定性的影响。而真正意义上的创新,也从来不是放弃自我,而是在学习、对话基础上的自我扬弃与自我超越。

第二节　海洋诗歌的兴起②

　　作为海洋文学的组成部分之一,"海洋诗歌"的定义应当与其保持一致。目前学界对"海洋文学"一词虽未有公认的概念定义,但已有学者做出了有益探索,可供参考。

　　"海洋文学"之名,最早见于台湾学者杨鸿烈在香港出版的《海洋文学》一书。二十世纪末期,海洋文学开始进入大陆学人的研究视野,也有学者试图对这一概念予以界定,如杨中举③和日本学者龙夫④先后从海洋文学的审美特性入手,来定义海洋文学,然未免流于抽象暧昧。对此,段汉武予以批判辨析,并对海洋文学重新做出界定:"以海洋为背景或以海

---

　　① 参见(宋)李昉编纂,夏剑钦、王巽斋校点:《太平御览·人事部·叙贤》第四卷,河北教育出版社 1994 年,第 361 页。《物理论》曰:"在金石曰坚,在草木曰紧,在人曰贤。千里一贤,谓之比肩。故语曰:'黄金累千,不如一贤。'"

　　② 本节作者曹海燕,系中国海洋大学 1997 级古代文学专业硕士生。

　　③ 杨中举:《从自然主义到象征主义和生态主义——美国海洋文学述略》,《译林》2004 年第 6 期。

　　④ 〔日〕龙夫:《大海的倾诉:日本学者论海洋文学的发展》,《海洋世界》2004 年第 7 期。

洋为叙述对象或直接描述航海行为以及通过描写海岛生活来反映海洋、人类自身以及人类与海洋关系的文学作品,就是海洋文学。"①张郐则试图找寻海洋文学作为一种类型文学的存在依据:"一类文学作品,如果具备了确定的题材和主题、程式化的写作技巧和叙事元素、特殊的艺术意图和审美效果等三个条件,就有可能成为一个独立的文学类型。"②此外,段波也对此问题做出了探讨,主要是沿着段汉武、张郐的定义路径进行了具体细化③。

我们认为,所谓海洋文学,就是以海洋(包括一切海上活动)为审美主体,表现人—海关系的文学作品。海洋文学的表现内容既包括海洋景观、人们的航海经历,也包括海岛、沿海以及内陆地区人民与海洋密切相关的生活事务、劳动风俗。这一定义同样适用于"海洋诗歌"的概念内涵。

具体来说,什么样的诗歌可以纳入"海洋诗歌"的研究范畴呢?

张如安、钱张帆在《中国古代海洋文学导论》中曾特意强调:"判断一部(一篇)作品是否属于海洋文学更主要的是看它是否将海洋作为审美主体。最简单的判断是看'海洋'在作品中的比重,以及对'海洋'的描写是属于表现内容还是修辞手法。像唐人祖咏的'沙场烽火连胡月,海畔云山拥蓟城'、李忱的'溪涧岂能留得住,终归大海作波涛',虽然都用海抒发了诗人宽广的胸怀,表现了诗人激昂的情绪,但这里的抒情并不是由海洋引发的,海并非是整首诗的描绘核心,而只是用来抒情的一种媒介(或意象),因此这些诗歌就不都能属于海洋文学。"④

张、钱二人对古代海洋文学的概念辨析可谓一语破的,对厘清笔者的研究课题同样适用。翻开《全唐诗》,唐诗中的"海"几乎俯拾皆是。但细

---

① 段汉武:《〈暴风雨〉后的沉思:海洋文学概念探究》,《宁波大学学报(人文科学版)》2009年第1期。

② 张郐:《"海洋文学"的类型学困境及出路》,《宁波大学学报(人文科学版)》2009第3期。

③ 段波:《"海洋文学"的概念及其美学特征》,《宁波大学学报(人文科学版)》2018年第4期。

④ 张如安、钱张帆:《中国古代海洋文学导论》,《宁波服装职业技术学院学报》2002年第2期。

查之下,会发现唐诗的海洋书写主要有两种表现方式:一是主题型描写,海洋(包括一切海洋活动,比如刻画海景、记叙航海经历、描写海洋生活等)是诗作的表现对象和审美主体;二是修辞型描写,即海洋在诗作中担任比喻、意象等修辞和表现功能。我们认为,前者更准确地贴合"唐代海洋诗歌"的概念要求,即本节的研究对象。

在中国古代海洋诗歌的研究领域,受古代海洋文学研究的整体情形所限,目前尚未形成大的研究格局,但已有不少断代、区域视野的局部研究可供参考。

以断代研究为例,唐宋两代因其诗歌发展的繁荣,获得关注最多。唐代方面,尚光一《唐诗中的海洋意象与唐人的海洋意识》归纳了唐诗中常见的海洋意象[1]。叶赛君的《唐代诗歌中的海洋情怀》探讨了唐人诗歌中流露出的海洋情怀及其成因[2]。夏燕梅的《唐代航海诗研究》将唐代咏海诗的研究范围缩小,只关注航海诗作,论证了唐代航海诗的史学价值和文学价值[3]。此外,曾建生《唐代诗人的海洋情结》[4]、兰翠《论唐人诗人的东方海域体验——以唐人咏新罗诗作为考察对象》[5]徐涵含《唐代海洋诗歌特征化描写及成因剖析》[6]等文也值得参考。宋代方面,王红杏的《宋代涉海韵文研究》以宋代涉及海洋的诗、词、赋等韵文为研究对象,详述其发展状况,分析其文化价值和艺术成就[7]。另纪玉洪、呼双双《唐宋诗词中海的审美意象探析》[8]、刘峰峰《论唐宋诗中"海"的意象》[9]等也具有一定参考价值。先秦方面,王玉玲《探究〈诗经〉〈楚辞〉中的海洋文化因

---

[1]　尚光一:《唐诗中的海洋意象与唐人的海洋意识》,中国海洋大学硕士学位论文2008年。

[2]　叶赛君:《唐代诗歌中的海洋情怀》,宁波大学硕士学位论文2013年。

[3]　夏燕梅:《唐代航海诗研究》,首都师范大学硕士学位论文2011年。

[4]　曾建生:《唐代诗人的海洋情结》,《广州航海高等专科学校学报》2009年第1期。

[5]　兰翠:《论唐代诗人的东方海域体验——以唐人咏新罗诗为考察对象》,《东岳论丛》2015年第9期。

[6]　徐涵含:《唐代海洋诗歌特征化描写及成因剖析》,《河南科技学院学报》2019年第9期。

[7]　王红杏:《宋代涉海韵文研究》,吉林大学博士学位论文2016年。

[8]　纪玉洪,呼双双:《唐宋诗词中海的审美意象探析》,《青岛大学师范学院学报》2004年第1期。

[9]　刘峰峰:《论唐宋诗中"海"的意象》,《湖北第二师范学院学报》2011年第4期。

素》一文,详析了两部代表性的诗歌总集中隐藏的海洋因素①。

在地域研究上,浙江海洋诗歌的研究相对活跃。杨凤琴《浙江古代海洋诗歌研究》一书论述了浙江地区古代海洋诗歌的发展状况②。张如安《沧海寄情——话说浙江海洋文学》一书以海洋诗歌为主要考察对象,梳纳了浙江古代海洋文学的主题分类③。另有姜鹏《清代东海诗歌研究》以"清代""东海"为时空框架,以东海文化交流圈为主轴,论析了东海诗歌的发展面貌④。

如果将研究对象进一步缩小,创作比较突出的个别诗人(如李白、苏轼、丘逢甲等)或诗人群体(如宋代谪宦等)也引起了学人的注意,这种研究方式也是充实和细化古代海洋诗歌研究的必要路径。目前,这类研究以篇幅短小的期刊论文为主,主要是简单的梳理和赏析,暂不赘列。

本节,我们将对唐前海洋诗歌进行分阶段阐述。

一、先秦两汉时期

从这一时期诗歌的创作情况看,海洋诗歌尚处于萌芽阶段。

先秦时的诗作首推《诗》与《骚》。《诗经》主要从现实主义的角度反映了西周至春秋时期内陆先民的生产生活情况,而对内陆之外的海洋描写涉及甚少。在《诗经》中,"海"一共出现了 6 次,但多出于写实叙述的需要,如《大雅·江汉》纪周宣王平乱功事,"于疆于理,至于南海"⑤一句写宣王下诏,将领土范围扩展之南海之滨。《鲁颂·閟宫》也是一首歌颂僖公文治武功的颂诗,"莫不率从,鲁侯之功。至于海邦,淮夷来同"⑥一句写鲁僖公将领土扩展至遥远的东边沿海地区,淮南蛮夷无不俯首称臣。《商颂·长发》是一首殷商后代宋君祭祀先王的颂诗,"相土烈烈,海外有

---

① 王玉玲:《探究〈诗经〉〈楚辞〉中的海洋文化因素》,《广东技术师范学院(社会科学版)》2015 年第 4 期。

② 杨凤琴:《浙江古代海洋诗歌研究》,海洋出版社 2014 年。

③ 张如安:《沧海寄情:话说浙江海洋文学》,浙江大学出版社 2019 年。

④ 姜鹏:《清代东海诗歌研究》,苏州大学博士学位论文 2016 年。

⑤ 程俊英:《诗经译注》,上海古籍出版社 1985 年,第 603 页。

⑥ 《诗经译注》,第 668 页。

截"①一句指成汤的祖先、契的孙子相土武功伟烈,使海外的诸侯都听命于他(亦有解释说此句指相土迁徙海外之事)。这三首诗的涉海描写均与君主开疆拓土至沿海之滨有关,反映出远古先民们初步形成的海疆意识。

除了作为地理名词出现外,《诗经》中的"海"还难得作为审美意象的一部分,初步具备了表情达意的比兴功能。《小雅·沔水》:

> 沔彼流水,朝宗于海。鴥彼飞隼,载飞载止。嗟我兄弟,邦人诸友。莫肯念乱,谁无父母?②

《尚书·禹贡》有云:"江、汉朝宗于海。"③受我国大陆性地理环境的影响,人们对"海"的早期认知主要来自其"由河而海"的流动性,海是百川汇聚之所,所以汉民族对海洋的审美观照也多从此角度生发。这首诗以江海入海,飞鸟有所止的自然现象起兴,为下文诗人所处的动乱处境进行铺垫,也见"百川归海"这一文学意象发生历史的源远流长。

《楚辞》由西汉刘向辑录成集,收录了自先秦屈原、宋玉至两汉贾谊、刘向等不同时代作家的作品。与《诗经》相比,《楚辞》的涉海内容更广,对海洋物象的审美观照也更加多样和深化。

首先,《楚辞》中记录了大量的海洋神话传说,如对四海之神的记述:"冥凌浃行"(《大招》)④"伯强何处"(《天问》)⑤"历祝融于朱冥"(《九叹·远游》)⑥"令海若舞冯夷"(《远游》)⑦"凌阳候之泛滥兮"(《九章·哀郢》)⑧。《楚辞》中还出现了大量的海洋生物,虽多为传说,然亦有史料

---

① 《诗经译注》,第 678 页。
② 同上,第 342 页。
③ 李民、王建:《尚书译注》,上海古籍出版社 2004 年,第 66 页。
④ (汉)刘向:《楚辞》卷一〇《大招》,上海古籍出版社 2015 年,第 278 页。
⑤ 《楚辞》卷三《天问》,第 106 页。
⑥ 《楚辞》卷一六《九叹》,第 410 页。
⑦ 《楚辞》卷五《远游》,第 216 页。
⑧ 《楚辞》卷四《九章》,第 161 页。

价值,如"鱼鳞屋兮龙堂,紫贝阙兮珠宫""乘白鼋兮逐文鱼"(《九歌·河伯》)①"鳌戴山抃,何以安之"(《天问》)②"玄螭虫象并出进兮,形蟉虬而逶迤"(《远游》)③"鲖鳙短狐,王虺骞只""鲜蠵甘鸡,和楚酪只"(《大招》)④等等。

其次,《楚辞》反映了先民对海洋自然现象的认识与探索,如屈原的《离骚》中有"吾令羲和弭节兮,望崦嵫而勿迫……饮余马于咸池兮,总余辔乎扶桑"⑤之句,诗人言太阳从东海升起,运行一天后降落于西方崦嵫,还会在咸池之海中洗澡。在上古时代,人们以神话传说来解释天体运行的自然规律,《离骚》诗句正是这种神秘观念的遗留。《天问》是一篇求索和质疑自然宇宙和社会历史的诗篇,全诗以问句结撰而成,其中有"八柱何当,东南何亏"一句⑥,追问东南地势何以如此之低,是对地球海陆变迁问题的最初疑问。还有"伯强何处?"考问传说中的海神伯强所居之地。"东流不溢,孰知其故?"⑦疑问百川归宗的东方大海缘何不满不溢。这些对地理现象的质疑与追问都从不同侧面反映出上古先民们对宇宙自然的认知和思考。

最后,更重要的是,从文学审美的层面而言,《楚辞》中对海洋物象的审美表现要比《诗经》丰富和深刻得多。作为富于浪漫色彩的楚地歌辞,在屈原、宋玉等人的战国楚辞作品中,海洋已经富有主观象征意味,成为表达和渲染情感的重要媒介,以《大招》为例:

> 东有大海,溺水㳽㳽只。螭龙并流,上下悠悠只。雾雨淫淫,白皓胶只。
> 魂乎无东!汤谷寂寥只。⑧

---

① 《楚辞》卷二《九歌》,第 94 页。
② 《楚辞》卷三《天问》,第 118 页。
③ 《楚辞》卷五《远游》,第 216 页。
④ 《楚辞》卷一〇《大招》,第 278 页。
⑤ 《楚辞》卷一《离骚经》,第 29 页。
⑥ 《楚辞》卷三《天问》,第 106 页。
⑦ 同上,第 111 页。
⑧ 《楚辞》卷一〇《大招》,第 278 页。

《大招》是招魂之辞,诗人力劝亡魂快些归来,不要去往东方的大海,因为那里"溺水沵沵,雾雨淫淫",是太阳所出之地,只有死一般的寂寥与宁静。东海被描绘为晦暗寂寥之所,成为恐怖虚无的象征,这种海洋描写缘于远古神秘观念的遗留。

又如《远游》:

> 祝融戒而还衡兮,腾告鸾鸟迎宓妃。张咸池奏承云兮,二女御九韶歌。使湘灵鼓瑟兮,令海若舞冯夷。玄螭虫象并出进兮,形蟉虬而逶蛇。雌霓便娟以增挠兮,鸾鸟轩翥而翔飞。①

《远游》是神游四荒之作,诗人想象人神欢聚一堂的情景,其中"令海若舞冯夷"一句写到海神海若与河神冯夷对舞翩跹。这首诗是屈原渴望超尘遁世的心愿投射,这里对虚幻仙境的刻画已有后世游仙诗的影子。

而在刘向、贾谊、王褒等汉人作品中,海洋已成为独立的文学意象,其审美价值被进一步挖掘和发扬,主要表现在两方面:一是江海的物象意义逐步消减,成为诗人派遣愁绪的幻想环境载体;二是海上仙岛、神人等战国楚辞中已出现的概念物象逐渐转变为主人公寄托其精神追求的海外净土意象。

前者如东方朔《七谏·怨世》:"愿自沉于江流兮,绝横流而径逝。宁为江海之泥涂兮,安能久见此浊世。"②与《九章·悲回风》中"曰吾怨往昔之所冀兮,悼来者之愁愁。浮江淮而入海兮,从子胥而自适"③。对比,同是控诉世事险恶,要弃世寻他境以摆脱现实失意,屈原诗的"入海"还只是作为背景而出现的陪衬,东方朔诗中的"自沉于江海"之举与陆上现实世界相对立的意味更加明显和浓厚,江海成为作者的抒情依托。

后者如王逸《九思·伤时》:"超五岭兮嵯峨,观浮石兮崔嵬……放余

---

① 《楚辞》卷五《远游》,第216页。
② 《楚辞》卷一三《七谏》,第317页。
③ 《楚辞》卷四《九章》,第201页。

綷兮策驷,忽飙腾兮浮云。跖飞杭兮越海,从安期兮蓬莱。"①《九思·疾世》:"沥沧海兮东游,沐盥浴兮天池……望江汉兮濩渃,心紧絷兮伤怀。"②屈原《离骚》《远游》等诗中同样不止一次地提到咸池、扶桑、丹丘等神仙居所,但基本只充当地名意义,尚无太多文化及情感内涵。而王逸诗中的"浮石""蓬莱""沧海"等意象的寄托象征意味非常显著,作者神游四海八荒,有意虚拟出一个与现实社会截然不同的海上神仙世界,以表现因政治不如意而产生的幽怨之情,这种"神游四海"的书写模式对后世游仙诗的发展影响很大。

大汉王朝的建立使得华夏疆域重归统一,汉武帝对东南近海地区的征服和海上丝绸之路的开辟都促使人们的日常生活与海洋有了更加紧密的接触,汉时比较发达的沿海地区是北方的山东半岛一带,以出产海盐闻名,有汉诗为证:"白盐海东来,美豉出鲁门。"③

在两汉乐府诗中,"海"作为一种自然景物,主要发挥其不同侧面的比兴作用:

> 大海荡荡水所归,高贤愉愉民所怀。
>
> ——《安世房中歌》④

> 专精厉意逝九垓,浮云六幕浮大海。
>
> ——《天门》⑤

> 有所思,乃在大海南。
>
> ——《有所思》⑥

① 《楚辞》卷一七《九思》,第433页。
② 同上,第422页。
③ 逯钦立:《先秦汉魏晋南北朝诗》汉诗卷一〇《古艳歌》,中华书局1983年,第292页。
④ 《先秦汉魏晋南北朝诗》汉诗卷四《安世房中歌》,第146页。
⑤ 《先秦汉魏晋南北朝诗》汉诗卷四《天门》,第152页。
⑥ 《先秦汉魏晋南北朝诗》汉诗卷四《有所思》,第160页。

山海隔中州，相去悠且长。

——《李陵录别诗二十一首其七》①

枯桑知天风，海水知天寒。

——《饮马长城窟行》②

汉初唐山夫人所作《安世房中歌》和《天门》等郊庙歌辞中的"海"表现出汉帝国大一统的昂扬兴盛之貌。而乐府诗《有所思》则以大海的阻隔无期象征思人相距之远，《李陵录别诗二十一首其七》诗意与之类似。《饮马长城窟行》则以海水虽不结冰但也能感知天寒暖来比兴，喻远方良人当感知思妇苦心，显得直接、素朴而情深意长。

两汉乐府诗中，以"海"比兴最著名者当属《长歌行》一诗：

青青园中葵，朝露待日晞。阳春布德泽，万物生光辉。常恐秋节至，焜黄华叶衰。百川东到海，何时复西归？少壮不努力，老大徒伤悲。③

这是一首咏叹人生之作，以园中之葵起兴，写自然界时序变化，人生亦由青春而衰老，一去不回，故警醒少壮当及时努力。"百川归海"本是常见意象，多用以比喻大势所趋或众望所归，此处则用来喻指时间的一维性：逝者如斯夫，人生如众川归海一般匆匆流逝，势不可挡。这个意象的使用显得壮大浩荡，有振聋发聩之效，后世李白《将进酒》中的名句"君不见黄河之水天上来，奔流到海不复回"④与此句有异曲同工之妙。

从先秦两汉诗歌中的海洋描写来看，从写实之"海"到比兴之"海"，海洋的审美属性被逐渐挖掘、发扬，成为诗歌中的常见意象，其中尤为特

---

① 《先秦汉魏晋南北朝诗》汉诗卷一二《李陵录别诗二十一首其七》，第339页。
② 《先秦汉魏晋南北朝诗》汉诗卷七《饮马长城窟行》，第192页。
③ 《先秦汉魏晋南北朝诗》汉诗卷九《长歌行》，第262页。
④ 《全唐诗》卷一六二《将进酒》，第1682页。

别的是屈原、王逸等人的游仙之辞中,以"蓬莱"话语为核心的海洋意象成为理想异域的象征,这种幻想超越的撰写方式对后世的海洋书写影响深远。而此时尚未出现专题描写海洋的诗歌作品,故中国海洋诗歌尚处于萌芽阶段。

二、魏晋南北朝时期

魏晋南北朝时期,中国海洋诗歌处于兴起阶段。

建安以来,五言诗创作活跃,此时"海"仍是诗歌中常见的审美意象,承担着表情达意的比兴功能,其运用也愈加圆融成熟,如曹操《短歌行》:"山不厌高,海不厌深。周公吐哺,天下归心。"[1]曹植《赠丁翼诗》:"大国多良材,譬海出明珠。"[2]又如傅玄(217—278)《拟四愁诗其一》:

> 我所思兮在瀛洲,愿为双鹄戏中流。牵牛织女期在秋,山高水深路无由。悯予不遘婴殷忧,佳人贻我明月珠。何以要之比目鱼,海广无舟怅劳劬。寄言飞龙天马驹,风起云披飞龙逝。惊波滔天马不厉,何为多念心忧泄。[3]

此诗写男女思慕之情,因现实种种桎梏而无缘会合,诗情哀怨清切。作者将爱人所处之地比作虚无缥缈的东海瀛洲,以"明月珠""比目鱼"喻爱情之忠贞,又用"海""舟""飞龙""天马"等多种意象来隐喻重重险阻使得主人公上天无路,入地无门,而"佳人"依旧遥不可及,空留余恨。在这首诗中,海洋作为阻隔之界的象征意味被渲染到极致,给人以强烈的印象。

此时还值得称说的,还有游仙诗中的海洋神话意象。先秦两汉以来,神仙思想兴起,以蓬莱神山为中心的海洋仙话传说影响深远,蓬莱海上世界成为神仙异境的代名词,也深刻地影响了文人对海洋世界的表现方式。魏晋以来,游仙诗兴起,海洋也成为这类诗歌中虚构仙境的重要质素,以

---

① 《先秦汉魏晋南北朝诗》魏诗卷一《短歌行》,第349页。
② 《先秦汉魏晋南北朝诗》魏诗卷七《赠丁翼诗》,第452页。
③ 《先秦汉魏晋南北朝诗》晋诗卷一《拟四愁诗其一》,第574页。

下列两首诗歌为例：

> 远游临四海，俯仰观洪波。大鱼若曲陵，承浪相经过。灵鳌戴方丈，神岳俨嵯峨。
>
> ——曹植《远游篇》①

> 杂县寓鲁门，风暖将为灾。吞舟涌海底，高浪驾蓬莱。神仙排云出，但见金银台。
>
> ——郭璞《游仙诗其六》②

曹植诗写神游四海的想象，他俯瞰人间种种，只见四海广袤，洪波翻涌，大鱼身如山丘，穿浪而过。高山巍峨，超尘脱俗，"大鱼"这一意象也是首次在文学史上出现。全诗由大海上的风浪之灾写起，惊涛骇浪之后，是一个超然世外、金银为台的神仙世界，"吞舟涌海底，高浪驾蓬莱"一句风格劲健，语力超迈，颇有撼神荡魄之感。魏晋游仙诗这种"神海合一"的书写方式上承《楚辞》，下开后代海洋诗歌，影响深远。

专题咏海之作的诞生，以曹操（155—220）《步出夏门行·观沧海》一诗为里程碑，此诗正以牢笼百世的雄浑面目拉开了中国古代海洋诗歌的序幕。曹植（192—232）也有《泰山梁甫行》一诗。在诗歌史上，这也是第一首描写滨海人民生活的诗歌。

观涛也是士人历来热衷的一项海洋观赏活动，西晋诗人苏彦（生卒年不详）有《西陵观涛》一首，是最早的观涛诗作：

> 洪涛奔逸势，骇浪驾丘山。訇隐振宇宙，漰磕津云连。③

诗写浪涛奔腾驾丘之势，洪涛骇浪，气象之壮，宛在目前。

---

① 《先秦汉魏晋南北朝诗》魏诗卷六《远游篇》，第434页。
② 《先秦汉魏晋南北朝诗》晋诗卷一一《游仙诗十九首》，第866页。
③ 《先秦汉魏晋南北朝诗》晋诗卷一四《西陵观涛诗》，第923页。

晋宋以来,文坛风气"性情渐隐,声色大开",诗歌的表现功能也发生转变,由寓意抒怀转向极貌写物,山水诗兴起。同时,南朝朝廷偏安东南沿海地带,文人士子有了更多登临览海的机会。在此背景下,出现了一批以描写海景为主题内容的诗作篇章。

生活于晋宋之际的谢灵运(385—433)一生大力创作山水诗,他曾出任永嘉太守,永嘉是滨海之地,故而谢灵运的诗作中亦有览海篇章,其《行田登海口盘纡山》云:"羁苦孰云慰,观海藉朝风。莫辨洪波极,谁知大壑东。"①《郡东山望溟海》云:"开春献初岁,白日出悠悠。荡志将愉乐,瞰海庶忘忧。"②均写观海游赏之乐,反映出谢灵运以纵情山水为赏心乐事的人生观念。

泛海出游此时也成为士人常见的一种游赏活动,《世说新语》就曾记载谢安与友人乘船泛海,遇风浪而色不变之事③。谢灵运的名作《游赤石进帆海》就写泛海之兴:

> 首夏犹清和,芳草亦未歇。水宿淹晨暮,阴霞屡兴没。周览倦瀛壖,况乃陵穷发。川后时安流,天吴静不发。扬帆采石华,挂席拾海月。溟涨无端倪,虚舟有超越。仲连轻齐组,子牟眷魏阙。矜名道不足,适己物可忽。请附任公言,终然谢天伐。④

诗写初夏时节游赤石、泛海上的经历,重在后者。首句"犹""亦"二字点染出诗人怀有一种聊胜于无的郁闷心情。滨海周围,赤石一带的阴晴水淹之景已了无新意,令人倦怠,因此诗人生出泛海之想。而在行舟进入海域之后,奇景忽开,令人惊喜:海波渊深无底,水平如镜;海产涵括万类,任君掇取。在这种凌虚凭空的近似"虚无"处境中,诗人获得了一种任己顺天、中充外谦的感悟体验。全诗语言自然高浑,于层层写景抒情中逐步

① 《先秦汉魏晋南北朝诗》宋诗卷二《行田登海口盘纡山》,第1168页。
② 《先秦汉魏晋南北朝诗》宋诗卷二,第1163页。
③ (南朝宋)刘义庆:《世说新语》,上海古籍出版社2012年,第77页。
④ 《先秦汉魏晋南北朝诗》宋诗卷二《游赤石进帆海诗》,第1162页。

引向恬淡自适的哲理升华,水到渠成,契合无迹。

历仕宋、齐、梁三代的沈约(441—513)诗文兼备,为世所重,他留有《临碣石》和《秋晨羁怨望海思归》两首观海诗,诗云:

> 碣石送返潮,登眺礼朝日。溟涨无端倪,山岛互崇崪。骥老心未穷,酬恩岂终毕。
>
> ——《临碣石》①

> 分空临澥雾,披远望沧流。八桂暖如画,三桑眇若浮。烟极希丹水,月远望青丘。
>
> ——《秋晨羁怨望海思归》②

前一首诗是登临碣石而作,写海潮涨退,山岛耸兀之景,最后抒己虽老而心犹壮,仍愿为社稷效力之情,显然受到曹操《步出夏门行·龟虽寿》中"老骥伏枥,志在千里"③一句的影响。后一首诗则当作于诗人任南清河太守时,南清河郡临长江而望东海,此诗抒望海思归之情。全诗展示出一幅烟波浩渺、海天一色的清旷之景,颇能代表沈约诗歌的"清怨"之风。

谢朓(464—499),南朝齐诗人,他有一首《和刘西曹望海台》传世:

> 沧波不可望,望极与天平。往往孤山映,处处春云生。差池远雁没,飒沓群凫惊。嚣尘及簿领,弃舍出重城。临川徒可羡,结网庶时营④。

诗写望海之景:远海与高天相平,孤山和春云相映,远雁群凫不时出没,在这幅宁静清澹的画面中,作者不由生出退隐江海之念,但愿望成真却有

---

① 《先秦汉魏晋南北朝诗》梁诗卷六《临碣石》,第 1623 页。
② 《先秦汉魏晋南北朝诗》梁诗卷七《秋晨羁怨望海思归诗》,第 1661 页。
③ 《先秦汉魏晋南北朝诗》魏诗卷一《步出夏门行》,第 354 页。
④ 《先秦汉魏晋南北朝诗》齐诗卷四《和刘西曹望海台诗》,第 1439 页。

待来日。全诗自然流转,情景交融,也间接地透露出谢朓一生浮沉于政治旋涡的苦闷之感。

北朝魏诗人郑道昭(455—516),生平喜修身养性,炼气化丹,他有《登云峰山观海岛》一首:

> 山游悦遥赏,观沧眺白沙。云路沉仙驾,灵童飞玉车。金轩接日彩,紫盖通月华。腾龙蔼星水,翻凤映烟家。往来风云道,出入朱明霞。雾帐芳宵起,蓬台植汉邪。流精丽昊部,低翠曜天葩。此瞩宁独好? 斯见理如麻。秦皇非徒驾,汉武岂空嗟?①

诗人登山游赏远眺海岛,随后营构一派神仙世界,最后以反诘热衷求仙的秦皇、汉武作结,反映出他对求道成仙的深信不疑。

南朝梁刘孝威(?—548)的《小临海》一诗则流露出对凡人妄求成仙的质疑:

> 碣石望山海,留连降尊极。秦帝枉钩陈,汉家增礼秩。石桥终不成,桑田竟难测。蜃气远生楼,鲛人近潜织。空劳帝女填,讵动波神色。②

作者将秦皇汉武登临海畔的历史故实,海市蜃楼的自然景象以及鲛人潜织、精卫填海的神话故事融入诗中,以对比海洋的广大神秘,从而生发出人类有限,求仙渺茫的生命伤感意识。

王筠(481—549),南朝梁时人,少负才名,是昭明文学集团的重要成员之一,曾出任临海太守,他亦有两首观海诗留存于世:

> 善即谁为御,我来无别心。聊复寓兹兴,兹兴将何咏。照本苟不昧,在昧理知莹。忽乘搏角势,超腾送崖上。卑牧会善下,智流心不

---

① 《先秦汉魏晋南北朝诗》北魏诗卷一《登云峰山观海岛诗》,第 2207 页。
② 《先秦汉魏晋南北朝诗》梁诗卷一八《小临海》,第 1868 页。

争。借悟虽由外,鉴至成铜镜。

——《观海》①

　　王生临广隰,潘子望洪河。同轸怀归思,俱兴年逝歌。日余异二子,承睫泪滂沱。剖符瀛海外,结绶层山阿。因心留恻悯,恕已息烦苛。缮筑循时隙,兴动藉民和。高门惟壮丽,修雉亦骈罗。层楼亦攀陟,复道亦经过。昧旦清音上,风气入纤萝。云起垂天翼,水动连山枝。奔涛延澜汙,积翠远嵯峨。乡关屡回曲,还顾杳蹉跎。曾微肃肃羽,望路空如何。

——《早出巡行瞩望山海》②

　　前一首咏海比德,由海水谦卑善下、清澄鉴物的品性引发对人生价值的哲思感怀。后一首则借观海抒怀古思归之情,诗情伤感消沉,在王筠诗中较为少见。

　　刘峻(463—521),字孝标,以注释《世说新语》闻名于世,他有《登郁洲山望海》一诗:"沧潦联霄岫,层领郁巑岏。下盘盐海底,上转灵乌翼。滇泗非可辨,鸿溶信难测。轻尘久弭飞,惊浪终不息。云锦曜石屿,罗绫文水色。"③写登郁洲山望海之景,景象如画,雄奇壮美,境界开阔,诗风古朴刚健。

　　祖珽(生卒年不详,约公元568年前后),北齐诗人,博学多才,其名作《望海》诗有尺幅千里之势:"登高临巨壑,不知千万里。云岛相接连,风潮无极已。时看远鸿度,乍见惊鸥起。无待送将归,自然伤客子。"④

　　魏晋南北朝时期是海洋诗歌开始兴起的时代,曹操的《观沧海》一诗实为中国海洋诗歌的开山之作。这一时期,从诗歌题材来看,"观海诗""观涛诗""泛海诗"以及"海民生活诗"等涉及了海洋文学所包含的海洋

① 《先秦汉魏晋南北朝诗》梁诗卷二四《观海诗》,第2018页。
② 《先秦汉魏晋南北朝诗》梁诗卷二四《早出巡行瞩望山海诗》,第2012页。
③ 《先秦汉魏晋南北朝诗》梁诗卷一二《登郁洲山望海诗》,第1757页。
④ 《先秦汉魏晋南北朝诗》北齐诗卷二《望海诗》,第2273页。

景观、航海经历和海洋生活等各个方面,其中以"观海诗"的创作最为突出,也反映出我国古代咏海之作多以"远望""观览"等视角出发的创作特点,为后世海洋诗歌的发展奠定了基础。

第三节　中国戏剧史的重要节点:北齐戏剧

一、"北齐戏剧已成熟"说

北齐(550—577)是南北朝时期乃至中国历朝历代政权中,最动乱的阶段之一,国祚短短二十七年,却历经六帝,其中被刺、篡国、幼主临朝、叔夺侄位、兄位弟继、太上皇、禅让等等闹剧,都在这二十七年中轮番上演。

虽然时间不久,但若论中国戏剧的起源与发展,北齐则是非常重要的一个时代。为什么这么说?大家可能知道,自王国维《宋元戏曲考》以来,学者们一般都认为中国戏剧晚熟。任二北(1897—1991)先生在《唐戏弄》①等论著中提出,唐戏已经是成熟的戏剧,但响应者不多。而任先生所认定的唐戏成熟说的几个表现,比如已经形成演出中心等,其实这些因素早在北齐已经具备。所以我们认为,北齐戏剧在中国戏剧史上应当占有重要的位置。

较早持元杂剧成熟论的是近代戏剧开山之祖王国维。但他又说,宋杂剧与南戏"或反古于元杂剧"②"故虽谓真正之戏剧,起于宋代,无不可也……而其本无一存,故当日已有代言体之戏曲否,已不可知,而论真正之曲,不能不从元杂剧始也"。③ 所谓"真正",即后来戏曲史家所说的"成熟"或"形成"。王国维在引文中提出了以"代言体""有无本(剧本)"等作为判断戏剧是否成熟的具体标准。南北先熟之争由此而起,成为古代戏曲史争议最多的难题之一。

周贻白1960年出版的《中国戏剧史长编》,一反王说,提出"直到近

---

① 任半塘:《唐戏弄》,作家出版社1958年。
② 王国维:《王国维文学论著三种》之《宋元戏曲考》第十四《南戏之渊源及时代》,商务印书馆2017年,第142页。
③ 同上,《宋元戏曲考》第七《古剧之结构》,第103页。

年,才发现南戏的价值,在质量上并不比元剧相差多远,而其出生的年代,却还在元剧之前"。在具体的章节安排上,也是将"宋元南戏"置于"元代杂剧"之前①。

张庚、郭汉城 1963 年主编的《中国戏曲通史上》第二编《北杂剧与南戏》认为南戏成为"成熟"的"完整的戏剧形式"是在宋光宗朝(1190)前后,并说:"总之,在这段时期内,不论是北方的杂剧,还是南方的南戏,它们都在各自不同的情况下逐渐地形成和兴起了。"②这是说二者同时了,而到后面却说元杂剧"到了元代初年才趋于成熟"③。这可能是两个参编者意见相左,北杂剧的成熟时间才差出近百年。此书是所见最早用"成熟戏剧"一词解释王国维"真正之戏剧"概念的。

南戏研究专家无一例外认定《张协状元》是早期南戏的标本,是中国戏曲成熟的标志。钱南扬 1979 年出版的《永乐大典戏文三种校注·前言》主张现存南戏最早的剧本《张协状元》是"戏文初期的作品",这里的"初期"特指"宣和之后,南渡之际"④。他的名著《戏文概论》认为《张》剧"通本没有一支北曲"⑤。这就用实物翻了王国维的案,南戏成熟的剧本找到了。杨栋 2010 年《张协状元编剧时代新证》统计其中有 20 曲与元曲同名,证明【山坡羊】【红绣鞋】等曲牌源自元曲,推论《张》剧晚于关汉卿,中国戏曲史上的成熟期定位还应回归王国维说。此说引发激烈争论。胡雪冈《对〈张协状元编剧时代新证〉的商榷》⑥,马骕《杨栋〈张协状元编剧时代新证〉之异议》⑦,徐宏图《中国戏曲的成熟标志是南戏而不是元杂

---

① 周贻白:《中国戏剧史长编》,人民文学出版社 1960 年。在章节安排上,作者前四章的标题依次名为"中国戏剧的胚胎""中国戏剧的形成""宋元南戏""元代杂剧"。

② 张庚,郭汉城:《中国戏曲通史上》第二编《北杂剧与南戏》,文化艺术出版社 2014 年,第70 页。

③ 同上,第 73 页。该句与前文一句同源于第一章的综述部分,但前文一句源于第一节《本时期内戏曲发展的概况》,该句属于第二节《北杂剧的形成与发展》,猜测可能是编者不同且意见相左。

④ 钱南扬:《永乐大典戏文三种校注》,中华书局 1979 年,第 1 页。

⑤ 钱南扬:《戏文概论》,上海古籍出版社 1981 年,第 209 页。"一般戏文也运用北曲,而《张协》是例外,大概时代较早,其时北曲还未流传到南方,故通本没有一支北曲。"

⑥ 参见《第六届国际南戏学术研讨会论文集》,2014 年 10 月。

⑦ 参见《戏曲研究》第 87 辑,2013 年 4 月。

剧》①都是对杨说的专题反驳。

游国恩等主编的《中国文学史》明确肯定元杂剧乃是"成熟的戏剧"，是"成熟的文学剧本"②。此书在二十世纪六十到九十年代曾为高校文科通用教材，故影响极大。章培恒、骆玉明主编的《中国文学史下》第六编说："在元代文学中，首先异军突起的是杂剧，它标志了中国戏剧的成熟。"③又说"另有一个成熟稍迟的分支，是在东南沿海地区流行的南戏"④。这是有意维持平行说，南北兼顾。

袁行霈主编的《中国文学史》第三卷《元代文学》也说："由于宋金对峙，南北阻隔，便出现了南戏和杂剧两种类型，它们各有自己的表演特色，分别在南方和北方流行。"⑤

集任半塘戏剧学研究之大成的《唐戏弄》，专门研究唐五代戏剧，介绍比两宋更提前三百四十年之种种实际材料，不仅全面研究唐五代戏剧的发展形态，而且着重传达唐五代戏剧"有益于时用"的精神格调，以期对王国维《宋元戏曲史》问世以来四十余年的戏剧学作"重新体认，重作结论"。任半塘力纠"无剧本便无戏剧"的偏见，认为我国戏剧早在汉代就已形成，而唐代正是我国戏剧无限拓展的兴盛时期，《踏谣娘》等已是后世意义上的真戏剧，任半塘称之为"全能类戏剧"。任半塘认为歌舞与俳优才是我国戏剧的真正源头，外国戏剧只是中国戏剧的一支一派而已，中国戏剧自有其一脉相承的发展规律。这样，任半塘就在两个"王国维难题"（成熟说、起源说）上都提出了自己的创见。

近年戏剧史研究中，也有学者提出，"唐代已有'歌舞戏'的出现，虽未必如元明以来的戏曲有成熟的表演样式和文字剧本，但也应是一种较为成型的戏剧，而且具有'独立'的艺术样式，所以才会被《通典》这样的

---

①　参见《戏曲艺术》2012 年 1 期，第 53—58 页。

②　游国恩、王起、萧涤非、季镇淮、费振刚：《中国文学史三》，人民文学出版社 2002 年，第 212 页。

③　章培恒、骆玉明：《中国文学史下》，复旦大学出版社 1996 年，第 3 页。

④　同上，第 117 页，《南戏的形成和发展》一节中言："中国古代戏剧成熟较早的一支，是从宋杂剧、金院本到元杂剧，另有一个成熟稍迟的分支，是在东南沿海地区流行的南戏。"

⑤　袁行霈主编，莫砺锋、黄天骥本卷主编：《中国文学史》第三卷，高等教育出版社 2014 年，第 194 页。

巨著单独列为散乐的一类"①。如上观点虽然强调了唐戏的"独立"性,却仍把元明以来戏剧当做"成熟"戏剧,这实际上是糅合了王国维和任半塘的观点,而采取了折中立场,王国维的成熟说被维持下来,唐戏只被看作"较为成型"的文艺形式,还不能说是"成熟"的戏剧。

我们认同和支持任先生提出的"唐戏成熟论",并在此基础上,建议进一步将时间前推到南北朝时期的北齐。而这个建议,建立在我们对汉唐戏剧史的实证研究基础之上。

我们首先从观察工具的改良入手,发明了两面"镜子"。一面是借鉴西方戏剧学理论,提炼辨识戏与非戏的"显微镜",借以确定在中国史上,戏剧之所以为戏剧,而区别于其他歌舞、百戏乃至戏曲等相近艺术类型的本质特征,不是别的,只能是"行为模仿"。执此新镜以观,不止发现原来不被认为是戏的是戏剧,如汉代帝王游戏《宫贩戏》、汉末华佗发明的体操《五禽戏》等等;而且对以往似是而非的观念术语及种种误说,如"准戏剧""泛戏剧""脚色扮演""代言体"等也应彻底予以清洗与淘汰。

同时,我们之所以提出"北齐"才是中国戏剧成熟的节点,是因为我们综合使用了另一面镜子——"望远镜"。借助北齐戏与唐戏的对比研究,我们发现任先生判定唐戏成熟的种种标准,其实在北齐基本都已经出现。

具体而言,我们发现汉魏六朝时期多种戏剧形态纷纭多变,大量文献、出土文物证实这一时期的戏剧活动极为丰富、活跃。若以汉代为起点,北齐则成为南北朝时期戏剧走向"成熟"的重要节点。这一时期,雅郑并行、宫廷与民间互动,一戏之赏,动逾巨万,以《踏谣娘》《兰陵王》《弄愚痴》("弄"此时开始具备表演意义)为代表的节目,彰显愈加全能的戏剧形态。

北齐戏可做如下甄别研究:歌舞戏类群,如《东海黄公》《文康乐》《兰陵王入阵曲》《天台山伎》《上云乐歌舞伎》等,这些剧目以歌舞伎艺为主;科白戏类群,对《列肆贩卖戏》《许胡克伐》《说肥瘦》《辽东妖妇》《馆

---

①　黎国韬:《古剧续考》,中山大学出版社 2014 年,第 98 页。

陶令》等,此类剧目的本事源流应予以考原,这些剧目以科白伎艺为主。无论歌舞戏类还是科白戏类,多有开启后世剧目渊源的意义。此外,还应专门甄别能够判定具有戏剧质素,但不明剧情者,如《大予秘戏》《齐王卷衣伎》等等。

北齐戏与唐戏的对比,还盘活了很多学术难题。比如,唐代所创教坊的演剧组织何以要分左右并分两京?原来,明皇教坊分左右,主要是由于"散乐"戏剧之间要相互竞争成为"热戏";而分两京,则是因为洛阳与邺城曾分别是"北齐戏剧大爆炸"的两个中心,形成散乐的渊薮与蓄水池。理念一变眼界大开,所有知识的再生产或革新提升,都取得可能。

交替使用显微与望远二镜以照,我们发现中国戏曲史上共发生过三次"大爆炸":第一次"大爆炸"发生在六朝的北齐,地在河北邺城,唐教坊四大歌舞戏皆出于此;第二次是元杂剧遍地开花,直超古希腊悲剧与古印度梵剧;最后一次是前清乾隆间"花部乱弹"的蜂起,造成京剧与地方戏二百年独占戏剧舞台的统治局面。仿照任半塘先生发明的"人生之喻",我们重新对中国戏曲史前半期描述其成长过程:我们的类比是,把先秦歌舞、俳优与巫觋祭祀中的戏剧萌芽比仿为"胚胎",把汉戏比为"婴幼儿",而魏晋南北朝时期的戏剧已成长为少年,尤其是南北朝时期的北齐戏剧,已成长为青年,视其为中国特色的成熟戏剧,亦未尝不可。

王国维提出元杂剧成熟论,一个重要原因是,此前的阶段,戏剧没有足够长度和数量的剧本流传。任半塘提出唐戏成熟论,则强调不能以是否有剧本作为判断标准。但任先生并没有说,不能以剧本为标准,那有没有其他的替代标准呢?任提出,唐戏《踏谣娘》等已是"全能型"戏剧,这种全能型戏剧主要在表达什么?没有剧本,早期戏剧演员是根据什么表演剧情的?

演员依赖动作来讲述剧情,从这点来看,演员也是叙事者。袁行霈本《中国文学史》概括描述宋元文学特征,其中重要一点就是叙事文学的繁荣,打通了宋元戏剧与宋元话本两种叙事文体之间的界限。说明无人否认,叙事性是戏剧的一大重要特征。

汉唐戏剧没有成规模的剧本流传,一方面固然有可能是因为中国文学有一定长度的叙事出现较晚,毕竟鲁迅先生也参照王国维的标准,将小说成熟期判断为自唐宋开始。但也有可能出于我们对传统文类之间相互融通的程度估计不足,没有去正视史传等文本可直接间接借用为演出或演说、说唱的蓝本。不仅唐戏"一千多条"材料中有不少细节,说明唐戏并不是无所本,而是自成系统,其中不少以史传为借镜;甚至魏晋南北朝时期不少剧目,也是以史传为底本,如"许胡克伐""馆陶令""辽东妖妇"等,或以文赋为故事蓝本,比如"天台山伎"就是以东晋高士孙绰赏读天台山图画而写成的《游天台山赋》①为剧目蓝本②,后来变幻为一部神仙道化剧目。据此,我们建议用叙事研究替代剧本研究,以适应中国早期戏剧有剧无本(或无传本),或以其他文献为蓝本这一具体情况。

　　关于"天台山伎",《南齐书·卷十一·志第三·乐》云:"永明六年……太乐令郑义泰案孙兴公赋造'天台山伎',作莓苔、石桥、道士扪翠屏之状。"《魏晋南北朝音乐史料》引此后译曰:"永明六年(488)……太乐令郑义泰叫孙兴公做成'天台山伎',表现青苔、石桥、道士抚摩青翠石屏的状态。"③有人提出,上述译文有误(《读书献疑》)。④ 孙兴公是东晋有名的玄言诗人孙绰,兴公乃其字。绰生于晋愍帝建兴三年(315),卒于晋简文帝咸安元年(371),官至廷尉卿,《晋书·孙楚传》后附有其传。他曾作有《游天台山赋》。"永明"乃是南齐武帝萧颐的年号,已作古逾百年的孙兴公怎么可能遵太乐令之命而"造'天台山伎'"呢? 再说,《史料》译"案"作"叫","赋"字在译文中又无着落,亦使人莫名其妙。其实,只要弄清前述事实,再细审原文,就不难看出:"造'天台山伎'"者实非孙兴公,而是郑义泰;而"案"则是按照、依照之意;"赋"即指孙的《游天台山赋》。因此,"案孙兴公赋造'天台山伎'"一语的正确解释当是:"依照孙兴公的《游天台山赋》做成'天台山伎'。"从这条记载看,正如我们上面所说,《游

---

　　① (南朝梁)萧统选,(唐)李善注:《文选》卷一一《游览》,商务印书馆 1936 年,第221 页。

　　② 《游天台山赋》描写"践莓苔之滑石,搏壁立之翠屏",被太乐令郑义泰等改编为"天台山伎"的核心情节。后世因此又称"莓苔戏"。

　　③ 吉联抗:《魏晋南北朝音乐史料》,上海文艺出版社 1982 年,第 152—153 页。

　　④ 李祥林:《"天台山伎"与〈游天台山赋〉》,《读书》1989 年第 6 期。

天台山赋》正是"天台山伎"的"脚本"。

二、北齐戏剧成熟的原因

戏剧为什么能在当时的历史条件下得以迅速发展？

魏晋南北朝时期军阀割据,王室贵族自相杀戮,北方游牧民族如洪水一般从高原横冲直下,同农耕民族争夺生存空间。民族大迁徙促进了相互之间的文化交流。中原文明早熟,但在身体语言方面不及游牧民族狂放自由,因此在艺术领域反而经常沾溉于后者。当时北方民风不太喜欢中原地区正统的官方音乐"雅""颂",而对于表现粗犷悲壮、豪迈激昂的凉州乐却喜爱有加。最近在山西大同北魏司马金龙墓出土的石刻棺床上,刻有十三个精美的伎乐像,演奏的都是西域乐器。河南安阳北齐范粹墓出土的瓷壶上所绘的伎乐图,不但乐器是西域式的,而且人像和服饰都是西域少数民族。可见西凉乐和龟兹乐等西域音乐在中原地区的影响之深。在北齐、北周时期,西域乐舞在中原地区流传得相当广泛,其影响力进一步空前发展。"北齐文宣……或躬自鼓舞,歌讴不息,从旦通宵,以夜继昼"①。北齐幼主高纬对西域歌舞更是尤为痴迷,他"自弹胡琵琶而唱之,侍和之者以百数"②。陕西兴平出土的一件北朝时期佛坐石刻,上面有一幅乐舞图。图中有乐队八人,乐器有横笛、排箫、竖签摸、曲项琵琶等,前两种是中原乐器,而后两种则是由西域传入的。舞蹈是一男一女,男子为西域人,双臂高举,吸腿而立,含胸出胯,显然是龟兹舞姿。女子是中原汉人形象,正舞摆长袖。这种汉、胡乐器混合编制,汉人和西域人一同起舞的情景,准确、生动地体现了西域与中原地区乐舞的传播、交流与融合。

北齐帝王皆鲜卑化汉人,对西域胡戎乐情有独钟,所以西域歌舞戏在朝野大行其道。史载:"(北齐)后主唯赏胡戎乐,耽爱无已……后主亦自能度曲,亲执乐器,悦玩无倦,遂倚弦而歌……使胡儿阉官之辈,齐唱和

---

① （唐）李百药：《北齐书·帝纪第四》，第23页。
② （唐）李延寿：《北史》卷八《齐本纪下》，北京燕山出版社2010年，第92页。"盛为无愁之曲,帝自弹胡琵琶而唱之,侍和之者以百数,人间谓之无愁天子。"

之,曲终乐阕,莫不殒涕。"①西域乐师曹妙达于北齐文宣帝天宝元年(550)入北齐宫廷,后主高纬对西域音乐非常喜爱,常与曹妙达等西域乐师唱和。北齐天统二年(566),后主还为曹妙达封王。受西域乐舞影响,北齐戏剧在歌舞相融的表演形式、叙事及抒情艺术、一曲多叠唱法、代言体演唱方式、音乐程式、道具等方面,开始有意识地向西域歌舞戏借鉴,逐渐脱离传统百戏表演而进入了独立发展的蜕变期。

北齐戏《代面》,一作《大面》,又称为《兰陵王入阵曲》,此乐据《教坊记》《乐府杂录·鼓架部》《通典·乐六》等分别记载其本事:"《大面》出北齐。兰陵王长恭性胆勇,而貌若妇人。自嫌不足以威敌,乃刻木为假面,临阵着之。因为此戏,亦入歌曲。"②"戏有《代面》,始自北齐神武弟,有胆勇,善斗战,以其颜貌无威,每入阵即著面具,后乃百战百胜。戏者衣紫、腰金、执鞭也。"③"《大面》出于北齐。兰陵王长恭才武而貌美,常著假面以对敌。尝击周师金墉城下,勇冠三军,齐人壮之,为此舞以效其指麾击刺之容,谓之《兰陵王入阵曲》。"④就是说,兰陵王高长恭(541—573)相貌美好,颜值过高,为震慑敌人,在打仗时候经常戴上面具。邙山战争中被北周军队围困,至金墉城下,城上的人不认识他,等他摘下面具才施以援手,大败周军,后来士兵做《兰陵王入阵曲》纪录此事。从龟兹传来的西域歌舞戏《大面》始作民间驱鬼袚禊之用,表演者头戴面具,表演相应的驱鬼动作。《兰陵王入阵曲》名为《大面》,盖因其将《大面》之面具植入。然《兰陵王入阵曲》较西域歌舞戏《大面》更具有本土特色,故事性更强,舞姿由健舞向软舞转变。故借鉴西域歌舞戏《大面》而演绎的《兰陵王入阵曲》最终取代了西域歌舞戏《大面》,而在民间广为流传。

今存于日本、韩国、东南亚博物馆的歌舞戏《兰陵王》面具头部装饰一般是大鹏、麒麟、龙等禽兽图形,说明它在延续西域胡戏《大面》驱鬼避邪功能的同时,也将汉民族传说中大鹏、麒麟、龙等瑞兽植入。类似元素

---

① 《隋书》卷一四《音乐志中》。
② (唐)崔令钦等:《教坊记·外七种》,上海古籍出版社 2012 年,第 13 页。
③ (唐)段安节:《乐府杂录·鼓架部》,中华书局 1985 年,第 13 页。
④ (唐)杜佑:《通典下》,中华书局 1984 年,第 42—43 页。

的混融,反映了《兰陵王入阵曲》在融合中西文化方面所起到的先导作用。

同时也有说法认为,佛教传播对中国早期戏剧的出现起到了重要作用。

梵剧曾是传播佛教的一种重要形式。马鸣(Aśvaghoṣa,公元一、二世纪),古印度佛教大师、诗人、剧作家,生于婆罗门家庭,后皈依佛教。现存主要文学作品是叙事诗《佛所行赞》《美难陀传》(《庄严难陀》)和三部梵语戏剧残卷。而在新疆吐鲁番盆地,就曾出土过马鸣的梵语戏剧残卷。大家也许没有忘记,前面"外国道人"一章,曾讲过贵霜王朝的迦腻色伽大帝,非常重视佛教传播,进攻恒河地区的华氏城后,曾强迫城主交出佛教大师马鸣。说的就是这个人。

马鸣是贵霜王朝迦腻色伽时代德高望重的僧侣。其上述三部剧本均为佛教题材,以舍利佛、目犍连、佛陀或其他佛教人物的事迹宣传教义,感化世人,体现出强烈的宗教感情与目的性。贵霜文明对西域最大的影响是佛教,迦腻色伽王本人便笃信佛教并致力于佛教的传播。马鸣创作这三部戏剧便是顺应传教的需求,以这种通俗而为大众喜闻乐见的形式传播佛法,吸引信众。新疆吐鲁番盆地位于天山东麓,与贵霜王朝统治的印度河流域相距遥远,而马鸣的佛教戏剧写本为什么能跨越千山万水,流传到数千里之外? 这些梵语戏剧写本又是怎样翻译并上演传播的? 这些都是难解的谜团。

1927 年,许地山先生撰写了一篇文章,大义为梵剧和我国中原戏剧之间的相互关联,主要内容为印度佛教戏剧与我国汉族戏剧之间的关系[1]。1981 年,常任侠先生在《丝绸之路与西域文化艺术》[2]一书中回应了日本学者高楠顺次郎的研究成果,他认为《钵头》舞其实是出自印度的有本事的歌舞戏,其本事来自印度史诗《梨俱吠陀》,其中便有《钵头赞歌》。在此,常任侠先生找到了《钵头》与印度、与佛教之间最为密切的关

---

[1]　许地山:《梵剧体例及其在汉剧上底点点滴滴》,郑振铎:《中国文学研究下》,上海书店出版社 1981 年,第 7 页。

[2]　常任侠:《丝绸之路与西域文化艺术》,上海文艺出版社 1981 年。

系。1982 年,季羡林先生在《吐火罗文 A(焉耆文)〈弥勒会见记〉与中国
戏剧发展之关系》①一文中论证了中国戏剧与梵剧、印度文化之间的母题
关系,认为中国戏剧中的很多母题都来源于印度民间故事集《五卷书》,
此说在戏剧研究领域产生了很大反响。

佛教戏剧不像佛教文学那样有诸多的佛典,其大部分剧本演述公案、
伦理等世俗题材故事。按常理来说,佛教以宣传教义为目的,本应庄重肃
穆,通常会认为与滑稽荒诞无涉,但事实却并非完全如此。

印度梵语戏剧认为"味是一切之根","味"作为戏剧的基础,成为戏
剧创作和表演所共同追求的目标。《舞论》②中将戏剧的"味"分为八种,
分别为:艳情、滑稽、悲悯、暴力、英勇、恐怖、厌恶、奇异。其中滑稽味列
于艳情味之后,位于第二,在戏剧表演中发挥着重要的作用。梵语戏剧的
十种戏剧类型中,笑剧、街道剧和独白剧三种戏剧类型皆为篇幅短小、出
场人物少、情节简单的滑稽短剧,以滑稽味为主。在其他几种戏剧类型
中,除争斗剧不含滑稽味之外,其他几种戏剧类型也都可以追求滑稽之
味,就是说都可以采用滑稽表演。梵剧的如上特点与中国早期的俳优表
演有相同之处,而这种类同现象也加大了后世判断中国戏剧真正源头的
难度。但无论如何,梵剧曾对中国戏剧及通俗文学产生深刻影响,这是无
法否认的事实。

还应该看到,北齐戏剧之所以繁荣,除以上两个原因,还有另一个与
希腊戏剧、印度戏剧取得繁荣共通的因素,即大都市的兴起。可以北齐都
城邺城为例。

"邺"③之名始于黄帝之孙颛顼孙女女修之子大业的始居地。距今
4 000 余年。在唐尧、虞舜及夏时属冀州,商属畿内名相,西周属卫,春秋
属晋。

东汉末年(204),曹操击败袁绍进占邺城,营建邺都,邺城自此成为

---

① 季羡林:《吐火罗文 A(焉耆文)弥勒会见记剧本与中国戏剧发展之关系》,《社会科学
战线》1990 年第 1 期。
② 印度古代戏剧理论著作。作者传为婆罗多牟尼,即婆罗多仙人。成书年代约在公元前
后,一般认为在公元后,但其中引用了一些歌诀式传统诗句,可见来源应更早些。
③ 今临漳县香菜营乡邺镇一带。邺,业之居住地之意。

曹魏、后赵、冉魏、前燕、东魏、北齐六朝都城,所以临漳有"三国故地,六朝古都"之美誉。其中后赵(319—352)石虎将都城从襄国①迁至邺城,改太守为魏尹。后赵皇帝石虎让名都邺城的奢侈发展到空前的高峰。

邺城初建于春秋时期,相传为齐桓公所筑。公元前439年,魏文侯封邺,把邺城当作魏国的陪都。此后,邺城一步步成为侯都、王都、国都。战国时,西门豹为邺令。他治河投巫的故事,几乎妇孺皆知。

曹魏时建北邺城,东西长七里,南北长五里,外城有七个门,内城有四个门。曹操还以城墙为基础,建筑了著名的三台,即金凤台、铜雀台、冰井台。曹操和他的儿子们在这里宴饮赋诗,造就了著名的三曹七子,为后世留下了"建安风骨"的美誉,是为我国文学史上的一段佳话。

邺城的主要宫殿毁于西晋末年。公元334年后赵石虎迁都邺城时,沿用曹魏时的布局重建。公元六世纪北齐在城南增建新城,史称邺南城,比北城更大更奢华。有着南北两城的邺城在中国古代城市规划史上有重要意义。它继承了战国时期以宫城为中心的规划思想,改进了汉代长安宫城与闾里相参、布局松散的状况。邺城是一个功能分区明确、结构严谨的城市,主要道路正对城门,干道"丁"字形相交于宫门前,把中国古代一般建筑群的中轴线对称的布局手法扩大应用于整个城市。这种布局形式对此后的都城规划如隋唐长安城等有很大影响。

十六国时期,各国起兵混战。公元335年,后赵石虎迁都邺城后,西域沙门佛图澄到邺都弘扬佛法,佛图澄"诵经数百万言,善解文义。虽未读此土儒史,而与诸学士论辩疑滞,皆暗若符契,无能屈者"②。我国北方各民族区域的佛教即源于佛图澄于后赵的传播,因而可以说,安阳一带是佛教中国化的一个重要源地。

后赵全国大建寺庙,遍及各地,百姓也纷纷剃度出家学佛。据慧皎《高僧传》记载,佛图澄"前后门徒,几且一万。所历州郡,兴立佛寺八百九十三所"③。佛图澄以神异著称,其受业门徒有数百,前后弟子近万人。

---

① 今河北邢台西南。
② （南朝梁）慧皎:《四朝高僧传·高僧传》,中国书店2018年,第137页。
③ 同上,第144页。

后赵建武十四年(348),117岁的佛图澄圆寂于邺地,仅随葬有一钵一杖,被埋葬在漳河北岸紫陌附近。

继高僧佛图澄之后,最有影响的是他的大弟子释道安,后者成为全国佛教道场的一位重要核心人物。道安法师又带领众多弟子到我国南方各地弘法授徒,使这一时期的佛教活动在全国更加普及和兴盛。后赵邺地的佛教传播在中国佛教文化史上占有重要的地位。

北齐为什么没有定都于历史上更有名气的城市洛阳? 实际上,北齐之前的东魏权臣高欢,就已把都城从洛阳迁到了邺城,这是因为,当时洛阳以南襄阳、淮阳等重镇都控制在南朝(宋、齐、梁、陈)手中,基本无险可守。而洛阳以西的潼关则在西魏手中,可以说是四战之地。这种情况下,把都城迁到黄河北岸、西部有表里山河的山西大屏障的邺城,则是相对安全的明智之举。北齐后期,失去了先前夺取的淮阳,令北齐后主高纬非常害怕,宠臣就曾劝他,即便把黄河以南都丢了,那时凭借黄河,北齐还有大片江山,不必过于担忧。这种听上去有些混账的说辞,倒也充分说明了邺城的防御价值。

另一方面,洛阳曾是魏的都城,宗室力量强大。在北魏没有分裂为东西两魏的时候,北魏孝武帝在洛阳,当时的东魏权臣高欢在河北,就曾在孝武帝与高欢之间发生战争。把都城从故都洛阳迁到高欢河北的老巢邺城,有利于巩固北齐高氏的政权。

洛阳虽然并非北齐都城,但同样是重要的大都市,也是两大戏剧中心之一。为了争夺洛阳,分别脱胎于东魏、西魏的北齐、北周之间,曾发生长达二十多年的拉锯战。公元564年9月到12月之间,历史上著名的洛阳之战爆发,北齐领军的正是"兰陵王"高长恭,也是著名的戏剧《大面》即《兰陵王入阵曲》的主角。此战正是兰陵王的经典战役。

北魏时洛阳的繁华程度,有著名的《洛阳伽蓝记》为证。《洛阳伽蓝记》的作者杨衒之是北魏至北齐时人,曾任北魏的抚军府司马,北齐的期城①郡守等官。他在东魏武定五年(547)因事重过洛阳,看到洛阳城荒芜

———————————
① 今河南泌阳县西北。

的景象，追忆过去寺观的侈丽，都城的繁盛，写成这部书，用来寄托他对北魏覆亡的哀悼。全书五卷，所记除佛寺外，还有许多有关的历史事实和传说故事，也揭示了一些贵族荒淫奢侈的生活，是研究北魏社会、政治、宗教的重要史料。

其中有一段著名的描述：

> 于是帝族王侯、外戚公主，擅山海之富，居川林之饶，争修园宅，互相夸竞。崇门丰室，洞户连房，飞馆生风，重楼起雾。高台芳榭，家家而筑；花林曲池，园园而有。莫不桃李夏绿，竹柏冬青。
>
> 而河间王琛最为豪首，常与高阳争衡。造文柏堂，形如徽音殿。置玉井金罐，以金五色绩为绳。妓女三百人，尽皆国色……
>
> 琛在秦州，多无政绩。遣使向西域求名马，远至波斯国，得千里马，号曰"追风赤骥"。次有七百里马十余匹，皆有名字。以银为槽，金为锁环。诸王服其豪富。琛常语人云："晋室石崇乃是庶姓，犹能雉头狐腋，画卵雕薪，况我大魏天王，不为华侈？"造迎风馆于后园。窗户之上，列钱青琐，玉凤衔铃，金龙吐佩。素柰朱李，枝条入檐，伎女楼上，坐而摘食。[1]

引文中的介绍，不仅足见洛阳当时物质生活及国际交往之盛，还可看到在此基础上，不同阶层、民族、国籍之间（庶姓与天王之间、华夷之间）其实已达成一定意义上的平等关系。这无疑为消费业（包括娱乐消费）的发展繁荣创造了条件。

杨衒之为洛阳的蓦然衰落表示了叹惋，而伴随洛阳的暂时黯然，展露风华的正是北齐的新都邺城。在"三国故地，六朝古都"的基础上，尽管只有二十七年的时间，北齐邺城仍然焕发出耀眼的光芒，照亮了中国戏剧史的前夜。

---

[1]　杜洁祥：《中国佛寺史志汇刊》第2辑第2册，《重刊洛阳伽蓝记》，明文书局1980年，第84—85页。

三、北齐戏剧成熟是否与海上丝路有关

有关丝路文化影响中国戏剧史的看法，其实是一个常规观点。早在二十世纪初，王国维先生在《宋元戏剧史》中就曾提出，我国戏剧的源头其实在外国，他说包括早期乐舞中的《钵头》与《踏谣娘》在内的诸多歌舞戏都是从印度通过丝绸之路而进入中国本土的。那么究竟是通过陆上丝路还是海上丝路来到中国的？就考古发现主要集中于新疆等地看，应该主要是通过陆上丝路，由西域进入中土。那么，海上丝路在其中主要发挥了怎样的作用？

由于中华文明植根于黄河流域的农耕文化，中国社会早期对海洋的发现，基本遵循了从中原到东北，然后沿海岸线向南延展的路径。而中国上古时期对东部海域的发现，与当时东西两种文明的对峙有密切关系。这种对峙决定了国家的政治、文化和地理轴线。如傅斯年所言："在三代时及三代以前，政治的演进，由部落到帝国，是以河、济、淮流域为地盘的。在这片大地中，地理的形势只有东西之分，并无南北之限。历史凭借地理而生，这两千年的对峙，是东西而不是南北。"[①]这是就两千年的中华文明的基本面貌而作的判断。但在某些特殊时段，情况并不完全如此。北齐，恰恰处于这样一个特殊的时空节点。

魏晋南北朝期间，虽然中原战乱不休，但沿海割据政权如孙吴，亦大力开拓海上贸易与外交。从魏晋到唐宋，陆上丝路之所以逐渐被海上丝路所替代，原因不仅在于西域至中亚民族政治版图的更迭与动荡，更多原因则是中国经济重心逐渐南移，丝绸、茶叶、瓷器等大宗出口商品的产地集中在东南一带，如果再以陆上丝路运输，就会造成转运繁复，劳民伤财。同时，从国际视野中着眼，汉末魏晋时期，贵霜帝国崛起于印度河流域，而中唐之后，阿拉伯帝国定都于巴格达——以上南亚或中东帝国作为中西贸易之间最大的中继站，都迫切需要与中国产生商品经济交换与往来。

正像我们前面所谈到，汉末魏晋时期，中国政治、经济、文化自西之

---

① 傅斯年：《民族与古代中国史》，上海人民出版社 2014 年，第 1 页。

东,然后自北之南的发展大趋势已经初显端倪。尤其孙吴政权及后来南朝政权,开启了南方政权与北方政权分庭抗礼、平分秋色的历史。而国家政治变迁带动了思想重心的转移,新的地理体验则带动了自然观和世界观的发展。

北齐并非南方政权,但恰恰处于南北朝各国的中间地带。前面说过,北齐之所以迁都邺城,是因为旧都洛阳以南的襄阳、淮阳等重镇多数时间都控制在南朝(宋、齐、梁、陈)手中,基本无险可守。而洛阳以西的潼关则在西魏手中,可以说是四战之地。如果说洛阳是北朝各国逐鹿的猎物,那么淮阳则是南北各朝相互争夺的重镇:南朝宋时,移陈郡办公地点在项城,以陈令属南梁太守,隶属南豫州。南朝齐时置南陈县,属陈郡,隶豫州。而北魏合陈县入项县①,属陈郡,隶北扬州。北齐则移项县于故陈城,属信州,隶北扬州。北周改信州为陈州(陈州名自此始),项县为其附属,隶北扬州。北齐历史短暂,战乱频发,与其处于南北之间的夹缝位置有关。而反过来看,北齐也恰处于南北、东西文化碰撞交汇的前沿之地。

但是,即便新的政治变迁或地理体验带来了自然观与世界观的发展,即便北齐处于南北、东西文化交汇的前沿,这些因素与戏剧的繁荣之间又有何内在关联?

为了理解这个问题,我们需要讨论戏剧的本质,即"动作模仿"所要求的基本意识模式。在这里我们引入一个概念:"主体间性"。主体间性(intersubjectivity)即是一种"疏离感"。这种疏离,不只是存在于人与人之间,群体与群体之间,更在我与我、我们与我们、我们与我之间得以较为明确地显现。在主体间性概念的形成历史过程中,事实上涉及了三个领域,从而也形成了三种含义不同的主体间性概念,这就是:社会学的主体间性、认识论的主体间性和本体论(存在论、解释学)的主体间性。社会学的主体间性是指作为社会主体的人与人之间的关系,关涉到人际关系以及价值观念的统一性问题。认识论的主体间性意指认识主体之间的关系,它关涉到知识的客观普遍性问题。而本体论的主体间性意指存在或

---

① 在今河南省沈丘县槐店回族镇西郊。

解释活动中的人与世界的同一性,它不是主客对立的关系,而是主体与主体之间的交往、理解关系。本体论的主体间性关涉到自由何以可能、认识何以可能的问题。不难发现,间性意识本质上是主客两方面意识的对立统一。

西方学者评析小说,曾提出此种文体具"杂语性"特征,主要指小说的直接或间接"引语"代表不同的意识类型,因而表现出一定程度的社会学层面的主体间性。而与之相比,戏剧文体不仅同样具备"杂语性"或社会学层面的主体间性,还因演员需要进行"动作模仿",故而仰赖于对模仿对象更深刻、更抽象层次的移情、理解、认同等等情绪,即认识论或本体论层次的间性意识。中国文学史上戏剧小说等通俗文学类型之所以相对"晚熟",与古典美学缺乏主体之间的对立(即"疏离")感有关。而前述魏晋南北朝时期政治地理前所未有的对立性特征(南—北,东—西,内陆—海洋),为戏剧发展成熟所要求的间性意识(主客两方面的对立统一)创造了条件。后面第五章第二节"海上丝绸之路与通俗文学的兴起"一章,还将继续讨论这个问题。

第四章　隋唐时期

第一节　遣唐使、昆仑奴与唐代海上丝路

唐王朝的强盛与繁荣吸引了来自世界各地的人们。法国汉学家谢和耐说，"唐都长安是亚洲所有民族的汇聚地：突厥人、回鹘人、吐蕃人、高丽人、于阗人和龟兹人、粟特人、迦湿弥罗（今克什米尔地区）人、波斯人、大食人、印度人、僧伽罗（今斯里兰卡）人等"①。

深刻的国际影响力，与唐王朝先进的交通条件乃至国际交往能力是相表里的。唐宣宗大中五年（851），阿拉伯商人苏莱曼撰有《东游记》一书，其中记叙到他的航海见闻：

> 所有的货物，都预先从 Basra、Oman 和其他各埠运到了 Siraf，然后装在中国船里。其所以要在此地换船者，为的是（笔者注，以下同：波斯湾里的）风浪很凶险，而其他各处的海水，可并不很深。
>
> 在这最后一处地方，有一个处所，名叫 Durdur（意谓旋涡）……只有小海船可以通得过，中国船是不相宜的。
>
> 中国的船到了此地，应完纳过口税。每中国船一艘纳一千 dirham（约合一千法郎），其余（比中国船小）的船，（则视其大小）纳税自一至十不等 dirnar（约合二十至二百法郎）。②

---

① ［法］谢和耐著，耿昇译：《中国社会史》，江苏人民出版社 1995 年，第 226 页。
② ［阿拉伯］苏莱曼著，刘半农、刘小蕙译：《苏莱曼东游记》，中华书局 1937 年，第 18—19 页。

这些关于中国船只的零星记载恰从侧面印证了唐代海船的船身巨大、容积深广，以构造坚固，能抵抗风浪，可航行于深水闻名。可以说，唐代的海船制造是居于当时世界的领先水平的。

从文献资料来看，唐时的地文航海水平明显有了新提高。唐代海上交通，北自登、莱，南至交、广，皆通海外。《新唐书·地理志》保存了曾任鸿胪卿的宰相贾耽（730—805）对大唐"入四夷之路"的详细记述，所记两条海上路线，其航海方向、距离、航段时间记载得相当具体，俨然类同于今日的"航路指南"，其中"广州通海夷道"提到"提罗卢和国"时云："国人于海中立华表，夜则置炬其上，使舶入夜行不迷。"①海中的华表是专为远洋航行设立的人工航标。又如在地形的测绘与航距的确定方面，初唐时的数学家李淳风（602—670）将三国时期刘淳提到的"重差法"单独刊印并加注，成为国子监学生的必读教材，其中列举计算海岸、海中地形地物的距离与高度的算法，这对地形的测绘与航距的确定具有重要意义②。

在海航中，借助观测天体位置来确认船舶的航行方向也是一种常用的导航手段。通常意义上，船员只能在沿岸航行或较短距离的横渡海区中通过观测天体来辨别本船的航向，而不能在毫无陆标的海上测判船只所处的位置，这就是所谓的"天文定向导航"。但从文献留存来看，唐代的"天文定向"技术有了进一步发展，"天文定位"的导航技术或已萌现。初唐沈佺期被贬谪流放，其《度安海入龙编》一诗写自己渡安海（今北部湾）进入龙编（唐交州港口之一，约今越南河内）的经历，其中有"北斗崇山挂，南风涨海牵"③两句，意为当船员观测北斗星到达"挂"在崇山（今越南境内）顶上的高度时，在涨海（今南海）中的帆船即可渡过安海而进入龙编。这或可说明，唐人航海已懂得通过观测北斗星的高度来定位，这是天文定位导航术的萌芽。

唐代丝绸之路的特点是陆海两路相继繁荣与交替。陆上丝路在唐代前期发展到了高峰，形成了它的"黄金时期"，但随着"安史之乱"爆发，驻

---

① （宋）欧阳修、宋祁：《新唐书》卷四三《地理七下》，中华书局 1975 年，第 1153 页。
② （晋）刘淳撰，（唐）李淳风注：《海岛算经》，《四库全书》卷一〇七《子部》一七。
③ （唐）沈佺期：《度安海入龙编》，《全唐诗》卷九七，中华书局 2010 年，第 1048 页。

守西疆的四镇边兵东调长安，唐朝政府失去了对西域的控制，一时丝路上"道路梗绝，往来不通"，陆上丝路逐渐中断。而同时，伴随着造船、航海技术的迅速发展，唐代通往东南亚、马六甲海峡、印度洋、红海，及至非洲大陆的航路纷纷开通并延伸，海上丝绸之路逐渐替代了陆上丝绸之路，成为我国对外交往的主要通道。

贾耽所记两条海行路线，其中南海航线的"广州通海夷道"是唐代最具代表性的海上通道，也是"海上丝绸之路"繁荣往来的明证。"广州通海夷道"的大致路径是：从广州屯门出发，沿传统南海海路，穿越南海、马六甲海峡，进入印度洋、波斯湾；在乌剌国，如果沿着波斯湾西海岸航行，出霍尔木兹海峡后，可以进入阿曼湾、亚丁湾和东非海岸，经历 90 余个国家和地区，航期 89 天，是八、九世纪世界上最长的远洋航线，也是唐朝最重要的海上航线。而通往朝鲜半岛和日本列岛的航线则颇为复杂，众学者说法不一。

以上两条海上路线，为唐代文学的辉煌画卷增添了两种人物形象：遣唐使或昆仑奴，试一一论析如下。

一、日本及新罗遣唐使

四世纪中叶，大和朝廷大体上统一了日本列岛，日本国王曾多次向当时的中国南朝政权遣使朝贡，并请求授予封号。公元 589 年，隋朝统一中国，结束了自东汉末年以来中国近四个世纪的分裂动乱。日本通过四次派出遣隋使，朝野上下对中国文化更加仰慕向往，出现学习模仿中国文化的热潮。公元 618 年，李渊称帝，唐帝国经济文化空前繁荣发达，成为东亚最强大的帝国，声威远扬，对日本和亚洲各国都有巨大吸引力。这一时期，日本历经飞鸟时代、大化革新，进入奈良时代。由唐朝物质经济、制度文化、文学艺术的全面繁荣而激起的中日友好交流乃至东亚文化热潮风云激荡，在历史上留下了浓墨重彩的印迹。

公元 630 年，日本舒明天皇派出了第一批遣唐使，至公元 895 年的260 多年间，日本一共派出了十九次遣唐使。在这 260 多年间的十九次外事活动中，日本派出的遣唐使因故中止三次，实际成行的十六次，其中有一次仅抵达朝鲜半岛的百济国,另有两次是作为送回唐朝专使的"送唐客使",还有一次是因为入唐使者久客未归而派出的迎接使,因此实际上名副其实的正式遣唐使,应该共计十二批。

遣唐活动的终点是公元 894 年。这一年,日本又准备再次派遣唐使,已经任命了菅原道真(845—903)为遣唐正使,但是因为他的死命谏阻,遂从此正式停止派出遣唐使。从日本历年派出众多遣唐使的背景和目的上看,大致可以将其遣唐活动分为四个阶段:

其中公元 630—659 年为第一阶段,即从日本的舒明天皇时期(629—641)到齐明女皇时期(655—661),约 30 年,第一、二、三、四次的遣唐使的派遣都在这一阶段。其特点是:规模小(最多两只船),人数少(不超过250 人),组织不严密,各色人等配备不整齐,一般沿着朝鲜半岛、辽东半岛航行,然后横渡渤海湾口,到山东半岛登陆,再经陆路前往长安。这一时期的遣唐使重点在于前来学习大唐的先进政治体制,用以准备展开制度改革,其次旨在探查大唐帝国对朝鲜半岛的利益和态度。

公元 665—669 年为第二阶段,即日本天智天皇时期(662—671)的两次遣唐活动,包括第五、六次。这两次使团规模及航线都与第一时期差不多,但政治意义却有所不同。概因公元 663 年,唐、日在朝鲜进行了白江口之战,刘仁轨指挥唐军四次击败日本军,焚烧日本舰船四百艘,"烟炎灼天,海水皆赤"[1]。日本失败,并深恐唐军乘胜进攻本土。次年唐朝使者郭务悰、刘德高相继来日,故而第五次遣唐使主要是为了送返刘德高而派遣的。而第六次遣唐使也是为了修补白江口之战造成的唐日关系裂痕而派出。

唐军在白江口战役中之所以能够获胜,主要原因在于其在造船技术、铠甲技术乃至作战理论和战法上,都占绝对优势。与一百多年以来隋唐朝廷与高丽之间的战斗通常会陷入拉锯或胶着状态的情况相对照,唐军此次对日战争的胜利,似乎更多地表现出在海战方面的实力。而这种实力,当然有利于维护大唐朝廷在海上国际交往中的优势地位。

---

① (宋)司马光编撰,邬国义校点:《资治通鉴 4》,上海古籍出版社 2017 年,第 2231 页。

公元 702—752 年为第三阶段。从日本文武天皇时期(697—707)至孝谦女皇时期(749—758),约五十年间,共四次派出遣唐使,是遣唐使最频繁的时期。这阶段的特点是规模较大,航线也与以上两个阶段有所差异。此时的大唐已经进入全盛时期。在这一阶段,日本先后四次派出遣唐使来中土大唐,用以全面广泛地借鉴吸收盛唐的先进技术与文化。而日本此时进入了繁荣昌盛的奈良时代(710—794)。

正如我们前文所说,唐时通往朝鲜半岛和日本列岛的航线颇为复杂,众学者说法不一。总的来说,主要有四条:其一是"北路北线",即贾耽所记的另一条海上通道:"登州海行入高丽、渤海道。"①它从秦汉时就已存在,是中朝、中日之间的传统北路航线,其具体路径是从登州(今山东蓬莱)出发,横渡渤海海峡,沿辽东半岛东南海岸线和朝鲜半岛西海岸航行,到唐恩浦口(今仁川南)登陆上岸。其二是"北路南线",其基本走向是从登州启程,正东渡黄海,直取朝鲜半岛西岸的长白串、白翎岛一带;然后再沿岸南下,驶向日本。其三是"南路南线"。中唐时期,北路受阻,中日之间又开辟了中日"南岛航线":从扬州或明州出海,横渡东海,经过奄美大岛一带,然后沿萨摩海岸北上直到难波。唐代高僧鉴真最后一次成功东渡日本,走的就是这条航线。其四是"南路北线",于唐代后期开辟,它的航程最短,其基本走向是:从扬州、明州、温州等港口启航,横越东海,直抵日本肥前松浦郡的值嘉岛(今平户岛与五岛列岛),再转航驶向筑紫的大津浦和难波。

过去,遣唐航线一般取道北路,即沿朝鲜半岛西岸北行,再沿辽东半岛南岸西行,跨过渤海,在山东半岛登陆,再由陆路西赴经过洛阳、最后到长安。这条航线大部分是沿海岸航行,比较安全,船只遇难情况较少。皇甫冉(717?—770?)《送归中丞使新罗》诗称:"暂喜孤山出,长愁积水平。"②吉中孚(?—788?)《送归中丞使新罗册立吊祭》诗云:"路长经岁

① 载于唐贞元(785—805)年宰相贾耽写的《皇华四达记》,又称《道里记》。此书已亡佚,然据《新唐书》卷五八《艺文志》中记载,认为是贾耽的著作有《地图》十卷、《皇华四达记》十卷、《古今郡国县道四夷述》四十卷等。

② 皇甫冉:《送归中丞使新罗》,《全唐诗》卷二五〇,第 2807 页。

去,海尽向山行"①,正是古时船员航海"以山为标"、海岸水行的如实反映。

而在公元七世纪七十年代到八世纪六十年代这一百年间,为避开朝鲜半岛,日本遣唐路线改取南岛路,即由九州南下,沿南方的种子岛、屋久岛、奄美诸岛,向西北横跨中国东海,在长江口登陆,再由运河北上。这条航线主要航行于渺茫无边的东海上,难以靠岸,途中风险较大。北路和南路都需航行三十天左右,甚至更长时间。

公元 777—838 年为第四阶段。从日本光仁天皇时期(770—780),到仁明天皇时期(834—850),约六十年,共派出三次遣唐使。此时的唐朝日趋衰落,而日本遣唐规模虽并不弱于第三个阶段,但在精神上已是强弩之末。日本政府深感派出遣唐使逐渐失去原有的意义,故于公元 894 年最终做出了停止遣唐的决定。

为了节省支出,自公元八世纪七十年代直到停止派出,遣唐使所走路线改由九州西边的五岛列岛径向西南,横渡东海,在长江口的苏州、明州一带登陆,转由运河北上。这条航线所需时间较短,一般十天左右,甚至三天可达,但风涛之险基本上与南路相同。

遣唐使团初期约一二百人,仅一二艘船,到中后期规模庞大,一般约五百余人,使用四艘船,规模最大的一次是在公元 838 年,即第十七次派出,当时使团规模竟达 651 人。使团成员一般包括大使、副使、判官、录事等官员,还有文书、医生、翻译、画师、乐师等各类随员和工匠水手。每次还另带有若干名留学生和学问僧。

对这些外交使者,唐朝做出了很多限制,比如禁止他们与唐朝居民相接触。但是各国前往唐朝的使节往往携带大量货物,希望能够在唐都进行贸易,因此,唐朝在这方面的管理实际上较为松懈。遣唐使因此有机会与唐朝基层社会组织相接触,并有机会带走一些工艺技术。大唐朝廷禁止带走书籍和贵重物品,因此很多遣唐使退而求其次,特意招募来自中亚或其他地域的工匠,将他们带回日本。

---

① 吉中孚:《送归中丞使新罗册立吊祭》,《全唐诗》卷二九五,第 3345 页。

自太宗贞观年间开始，外国学生开始到华留学。唐朝政府对外国留学生予以优待，接受各国留学生到国子监中的国学、太学等官方学府就读，并保证其衣食需求，还特别设立宾贡科专用于外国学生在中国参加科举考试。

刚才提到的日本遣唐使，就有一些成员，最终选择留在唐朝学习，甚至终生都留在唐土，其中最有名的莫过于曾出现在电影《妖猫传》中的晁衡（698—770），本名阿倍仲麻吕。这位遣唐使不仅终身留华，还成功通过了科举，得以在唐朝为官。不过阿倍仲麻吕这样的日本人终究还是少数，大多数遣唐使，在完成出使任务后会直接返回。

晁衡于公元 717 年（开元五年）来到中国求学，卒业后长期留居中国。公元 753 年（天宝十二年）冬，晁衡以唐朝外任日本使者的身份随访华日本使者藤原清河等人分乘四船回国，但不幸在琉球附近遇到风暴，与其他船只失去联系。当时误传晁衡遇难，其实他所乘坐的船只漂流到安南驩州（治所在今越南荣市）一带，遇海盗，同船死者一百七十余人，独晁衡与藤原于公元 755 年（天宝十四年）辗转回到长安。这件事情也说明遣唐使所走的南线，风险较大。讹传晁衡遇难时，李白、王维等纷纷写下悼念文字，用"上才生下国，东海是西邻"[1]"万国朝天中，东隅道最长"[2]等诗句表达对这位国际友人的哀悯、惋惜之情。从中也可以看到唐代诗人带有骄矜、居高临下意味的异域想象。

当然，跟当时其他国家相比，日本在唐人眼里还并非穷兄弟或蛮夷。王维在《送秘书晁监还日本国序》中说："海东国，日本为大，服圣人之训，有君子之风。"[3]其实，之前日本的国际地位并没有到"该国为大"的程度。而之所以日本地位蓦然得以提升，其机缘主要来自玄宗时期举办的一次国宴。一般农历正月初一贺正，唐玄宗在含元殿接见各国使臣。从前的席次是：新罗、大食居东班，吐蕃、日本居西班。而天宝年间，日本遣唐使藤原清河等到达长安。由于仲麻吕的指导，藤原清河大使在朝见时表现

①　包佶：《送日本国聘贺使晁巨卿东归》，《全唐诗》，卷二〇五，第 2144 页。
②　储光羲：《洛中贻朝校书衡》，《全唐诗》，卷一三八，第 1405 页。
③　王维：《送秘书晁监还日本国序》，《全唐诗》，卷一二七，第 1288 页。

得礼仪不凡。唐玄宗曰："闻彼国有贤君。今观使者,趋揖有异。"①乃号日本为礼仪君子国,并给予破格的优遇,并命仲麻吕引导日本大使参观大明府库及收藏佛、道、儒经典的三教殿,又特请著名画家为藤原清河等人画像。这年正月初一贺正,唐玄宗照例在含元殿接见各国使臣,此次改变了此前的席次,而将原来居西班末位的日本,改迁到东班首位,从而提高了日本的国际地位。这一事例虽然是个案,但也部分地说明:文学与文化交流,有时候也能参与国家之间的政治博弈。

阿倍仲麻吕虽然没能回国直接向日本人民传授中国文化,但是由于他在唐的地位和影响,却为其他许多日本留学生的学习以及两国学者之间的往来提供了方便,例如鉴真和尚的东渡,就是与仲麻吕的努力分不开的。公元753年,藤原清河在吉备真备、阿倍仲麻吕等人的陪同下,到扬州延光寺参谒鉴真和尚,并邀请他东渡过海,赴日本去传戒。鉴真也欣然同意搭乘遣唐使船前往。其实此前,鉴真也曾多次渡海打算去日本,但都失败,唯这次成功了。

当然,日本遣唐使中,持"学生学者"身份的不止官方留学生,还有不少学问僧。据记载,其人数约在留学生人数的3.5倍以上。以空海为例,他于延历二十二年(804),随遣唐使渡海来唐,后在青龙寺拜惠果和尚为师,成为密教的正宗嫡传者。次年,他携带大量经书典籍返回日本,开创了真言宗,对日本佛教之后的发展产生重大影响。另外,空海还是著名的文艺理论家和书法家,撰有《文镜秘府论》等著作。

当时,位于朝鲜半岛的新罗,与唐朝官方关系也十分友好,是当时派遣留学生最多的国家之一,总量在数百人以上。以著名学者、诗人崔致远为例,他12岁来到大唐求学,苦读六年后登科及第,后以大唐三品官衔荣归新罗。崔致远平生远播汉学,致力于两国文化交流,被誉为"东国儒宗""东国文学之祖"。

---

① 据《日本高僧传》载:"天平胜宝四年,藤原清河为遣唐大使,至长安见元宗(案:元同"玄")。元宗曰:'闻彼国有贤君,今观使者趋揖有异。'乃号日本为'礼仪君子国'。命晁衡导清河等视府库及三教殿,又图清河貌,纳于蕃藏中。及归,赐诗。"参见蔡镇楚、龙宿莽:《比较诗话学》,北京图书馆出版社2006年8月,第84页。

与新罗留学生一起前来的,还有致力于求法的新罗僧。据考证,当时来唐的外僧,以新罗僧为最多,且居留唐境的时间最长。以新罗善德女王时代的名僧慈藏为例,他于贞观十年入唐求法,受到太宗的礼遇。贞观十七年,慈藏归国后,大受欢迎。自此,新罗佛法大盛。

对于来华留学生或学问僧,唐人也在送别诗及各种诗文作品中大力赞许其只身来唐、渡海求学的上进精神。这使"遣唐使"成为唐代文学中一个比较鲜明的文学形象。除上文所举因听到假噩耗,而"缅怀"阿倍仲麻吕的诗作外,还有其他一些有影响的诗作。以与新罗留学生有关的几首诗歌为例:

> 归捷中华第,登船鬓未丝。直应天上桂,别有海东枝。国界波穷处,乡心日出时。西风送君去,莫虑到家迟。
> ——杜荀鹤《送宾贡登第后归海东》①

> 家临沧海东,未晓日先红。作贡诸蕃别,登科几国同。远声鱼呷浪,层气蜃迎风。乡俗希攀桂,争来问月宫。
> ——张蠙《送友人及第归》②

> 沧波天堑外,何岛是新罗。舶主辞番远,棋僧入汉多。海风吹白鹤,沙日晒红螺。此去知投笔,须求利剑磨。
> ——许浑《送友人罢举归东海》③

唐贞观年间,朝廷针对外国留学生,在科举考试中专设"宾贡"一科,以满足外国人登第入科的需要。而当时,以新罗派遣留学生的数量为最多。如张蠙(生卒年不详,约公元895前后)诗中所说"乡俗希攀桂,争来问月宫",即言留学生来唐攀桂,以荣耀己身,这在新罗已成为乡俗。足见

① (唐)杜荀鹤:《送宾贡登第后归海东》,《全唐诗》卷六九一,第8002页。
② (唐)张蠙:《送友人及第归》,《全唐诗》卷七〇二,第8148页。
③ (唐)许浑:《送友人罢举归东海》,《全唐诗》卷五三一,第6118页。

新罗慕唐、留唐风气之盛。杜荀鹤诗赞许友人荣登科第,鼓励其顺利归家,开拓前程。许浑诗则是对未能如愿登第的友人予以宽慰。

当赠别对象为异国的僧侣时,唐人则不遗余力地表现出对这些僧人不远万里地求法传道的钦敬之情,如贯休《送新罗僧归本国》:

> 忘身求至教,求得却东归。离岸乘空去,终年无所依。月冲阴火出,帆拶大鹏飞。想得还乡后,多应著紫衣。①

贯休诗先称赞"新罗僧"为求佛法,克服险阻而来唐的舍身忘我精神,随后言当下归程事,祝愿"新罗僧"一路顺风,并能在还乡后,获"著紫衣"之荣。

二、南洋昆仑奴

与日本或新罗遣唐使相比,南洋昆仑奴形象来自南洋与大唐之间的民间交往,虽然不及前者风光,但在唐代文学中,同样留下了朴拙的身影。

在中国古代的历史地理中,昆仑是个朦胧模糊的地名,到底在哪个地方没人说得清。有广义上的昆仑,有狭义上的昆仑;有大昆仑、有小昆仑;有东昆仑、有西昆仑,实在是让人云里雾里。从史料记载上看,据不完全记载昆仑至少就有十多处,不仅有国内的,还有国外的。国内的"昆仑"地域可指:天山、巴颜喀拉山、葱岭(帕米尔高原)、冈底斯山、喀喇昆仑山脉等等,总体上都是处于西域到中亚地区。国外的"昆仑"则可指涉:喀喇昆仑山脉、马来半岛、伊拉克地区、非洲昆仑层期国(非洲马达加斯加及附近的非洲沿岸)等等。

我们已经知道昆仑奴就是黑人,那么应来自上述国外区域,如:1. 喀喇昆仑山脉,这个部分主要是指印度土著,他们皮肤较黑,被误以为是黑人。2. 马来半岛,东南亚的土著,也比较黑。3. 非洲昆仑层期国,这里是正宗的非洲黑人。4. 伊拉克地区,这里本来没有黑人,但阿拉伯人从北

---

① (唐)贯休:《送新罗僧归本国》,《全唐诗》卷八三二,第 946 页。

非地区掳了很多黑奴,极有可能通过丝绸之路再运到唐朝来。

隋唐以降,"昆仑"有用以形容黑色或是近黑之物者,如隋时有美酒名"昆仑筋",就是因其"色如绛"而得名;而隋炀帝大业末年,曾改称茄子为"昆仑紫瓜",大概也是因其色黑紫之故。有用以喻人体肤黑色,或作族名,或为王号者,如唐时曾泛称今中南半岛南部及南洋诸岛一些"卷发黑身"的居民为"昆仑",听其语言则名为"昆仑语",其文字则名为"昆仑书"。当然所谓的"昆仑语"或"昆仑书",并非谓其颜色,而指其为"昆仑人"所使用,同时又难懂,如同天外之语、化外之书。

唐代张籍《昆仑儿》诗中说:"昆仑家住海中州,蛮客将来汉地游。"[1]《一切经音义》卷八十一云:"昆仑儿是南海洲岛中夷人。"[2]在唐代,昆仑是对南海诸国人的泛称。诗中的"蛮客"指南方客商。将,带领。汉地,指中原汉族生活的广大地区。这两句诗是说,昆仑儿家住海岛上,南方客商带着他们来到中国。

因为昆仑儿"肌肤黑如漆",有学者认为,他们可能是来自非洲的奴隶。但依照诗中"海中州"推断,昆仑儿应来自今天的南海诸岛,属于马来人种,住在爪哇、苏门答腊、马来西亚等岛屿上,其肤色介于黄种人与非洲黑人之间。张籍《昆仑儿》诗中说他们"波涛初过郁林州",即言其曾越过波涛汹涌的大海经过郁林州。郁林州,辖今广西大部。从张籍诗歌中的昆仑儿所来自的方向或路线上看,应该也是南海诸岛。

一般认为昆仑奴善潜水,具有"入水不瞑""入水不眨"的特长,应该与他们长期生活在滨海地域有关。因此,唐时往往利用他们这种特长充作水手,或使之修船。《旧唐书·王方庆传》说:"广州地际南海,每岁有昆仑乘舶以珍物与中国交市。"[3]广州是海上丝绸之路的重要港口,昆仑人每年都会带着奇珍异宝在这里与唐王朝交易。当然,昆仑人所在的海域,也是海上丝绸之路的重要节点,是由南海通向印度洋必经的海路。昆

---

① （唐）张籍:《昆仑儿》,《全唐诗》卷三八五,第 4350 页。
② （唐）释慧琳:《一切经音义·正编五》卷八一《大唐西域求法高僧传》卷下,大通书局 1985 年,第 1776 页。
③ 《王方庆传》,《旧唐书》卷八九,第 1961 页。

仑人有时候被称为昆仑奴,其中一个重要原因是,昆仑儿本人经常也被当作商品进行交易、输入中国,成为奴隶。

概要来看,昆仑奴来到中国,一种是作为年贡送往京城长安,如《宋史》卷四九〇所载:"太平兴国二年,遣使贡方物,其从者目深体黑,谓之昆仑。"①一种是作为土著"蛮鬼"被掠卖到沿海或内地,如宋代周去非《岭外代答》卷三所载:"西南海上有昆仑层期国,连接大海岛……海岛多野人,身如黑漆,拳发,诱以食而擒之,动以千万,卖为蕃奴。"②还有一种是跟随东南亚或南亚使节入华而被遗留在中土者。

被卖为奴隶的昆仑奴所从事的工作,主要有杂役家奴、耕工、乐舞者、驯兽师等几种。宋人赵汝适在《诸蕃志》中提道:"托以(昆仑)管钥,谓其无亲属之恋也"③,就是说,因昆仑奴来自异域,在本地无故旧亲朋,因此可毫无疑心地将家里的钥匙交给他。昆仑奴一般又"绝有力,可负数百斤"。所以《太平广记》卷第一六中记载:"到天坛山南,适遇一昆仑奴,驾黄牛耕田。"④因为力气大,昆仑奴有时候可以做种田等重体力活。

唐元稹有《琵琶歌》云:"琵琶宫调八十一,旋宫三调弹不出。玄宗偏许贺怀智,段师此艺还相匹。自后流传指拨衰,昆仑善才徒尔为。"⑤从"昆仑善才徒尔为"一句,可看出昆仑奴中有擅长于音乐者,技艺非同一般。在敦煌莫高窟的壁画中,专家还发现了有驭狮昆仑奴、驯象昆仑奴等形象。似乎都说明昆仑奴可从事乐舞、杂技等艺术工作。

昆仑奴与中国文学最深的结缘,体现于唐传奇名篇《昆仑奴》。裴铏所作的这篇传奇故事,讲的是唐朝大历年间汾阳王郭子仪家中有一位歌女红绡,容貌美艳。而崔生是某位大官的公子,也是容貌如玉。有一天崔生代父亲看望病中的郭子仪,认识了红绡,两人一见钟情。后来崔生害起了相思病。他的黑人奴仆摩勒知道后,决定促成这桩好事。他在三更天

① (元)脱脱等:《宋史十二》卷四七四至四九六,大众文艺出版社 1999 年 4 月,第4538 页。

② (宋)周去非著,屠友祥校注:《岭外代答》,上海远东出版社 1996 年 12 月,第 63 页。

③ (宋)赵汝适:《诸蕃志》,中华书局 1985 年,第 23 页。

④ (宋)李昉等:《太平广记》,中华书局 2003 年,第 112 页。

⑤ (唐)元稹著,谢永芳编撰:《元稹诗全集(汇校汇注汇评)》,崇文书局 2016 年,第540 页。

的时候,拿了一个链子锤,眨眼的工夫就把郭府中凶猛如虎的看家狗给杀了,然后背着主人崔生越过重重高墙与红绡见了面,看到两人情投意合,摩勒又背着两人越过重重高墙跑回了家。

《昆仑奴》是中国最早的武侠小说之一。与唐传奇中另一篇武侠小说《聂隐娘传》相比,《昆仑奴》更能体现出《史记·游侠传》所赞扬的"言必行,行必果,已诺必诚,不爱其躯,赴士之厄困,千里诵义"[①]的精神,即不求回报地去帮助比自己弱小的人。而"聂隐娘"则更像荆轲、聂政那样的刺客或杀手。《昆仑奴》的作者裴铏有一部小说集,名叫《传奇》,正是号称中国小说真正起点的唐传奇这种文体取名的一个重要依据。裴铏之所以塑造这样一个黑奴形象,用来歌颂浪漫情怀与平等意识,大约与当时纯黑的昆仑奴身价最高,最能体现主人身份贵重,并可增强故事的传奇色彩有关。小说中昆仑奴的名字叫作"摩勒",原义就是"金之至美者,即紫磨金"。再往深处想,我们会发现这篇小说人物设置中的卑贱者与高贵者,二者之间身份属性其实是相反相成的。

与晁衡溺亡的假消息传出后,他的中国朋友们追悼他的诗句相似,唐代海上丝路所连接的交易双方,或许还有穷富、高低、贵贱、中心与边缘之分,但经由这一媒介而得到传递的,最终却是相对友好、平等与自由的普世情怀与博爱精神。

第二节　海上丝路与取经故事的三生三世

唐僧取经是国人耳熟能详的故事。但他并非历史上第一个西行取经的僧人,也不是第一个佛经译者,为什么他的取经故事会成为经典? 而比他更早的东晋法显等人却没有这种殊荣? 我们今天整理一下玄奘西行故事被传播和成为经典的简单过程,再跟法显等人的经历加以对比,来探索一下这个经典故事的形成之谜。

---

① （汉）司马迁:《史记》,第 518 页。

一、本事：玄奘找到了大唐帝王做靠山

　　大唐贞观十九年春正月，一位从印度求学回来的僧人轰动了长安。入城这一天，长安官民百姓填街塞巷数十里，沿途瞻仰这位僧人的仪容和他带回的经卷法器，其盛况丝毫不逊于刚刚过去的上元赏灯佳节。僧人法名玄奘，十七年前他违反朝廷禁令，冒着被抓捕的危险，混在难民中走出长安，踏上向西而去的求学之路；如今他学成归来，成了全民崇拜的偶像。二十多年后他逝世时，为他送葬的官民达一百多万人，在白鹿原墓地守夜的竟然有五万多人。

　　为什么会有这样的盛况和影响？是因为大唐天子李世民对这位僧人的厚待。李世民本来并不认识玄奘，他只是刚收到来自玄奘的信，信中承认自己偷越国境是犯了罪，但所幸十七年来虔心取经求学，将要带回六百多部经书。李世民亲自给这名法号玄奘的僧人回信，尊其为法师，并告诉玄奘：听说法师西行归来，我非常高兴，已命令沿途的官员迎接护送，请法师速来与我相见。

　　李世民不仅此前并不认识玄奘，他甚至也并不笃信佛教。相反，他曾宣布大唐天子姓李，是老子的后代，所以佛道两家的排名应是先道后佛；所以他坦白地告诉玄奘，那些为佛经命名庆贺的事就免了。他在《大唐三藏圣教序》里用八个字评价了玄奘的取经之行："诚重劳轻，求深愿达。"[1]就是说：一个人专注于一件事情，诚心诚意地感觉到自己的劳动很光荣，一心去追求，一心一意地感觉到自己的付出有意义值得去奋斗，就能够在劳动和工作的过程中感觉比较轻松。换言之，在唐王看来，（玄奘）取经求学的精神是值得尊重的，尽管唐王对他所追求的目标还有所保留。

　　在洛阳，李世民除仔细询问玄奘十七年的求学行程，还让他在两条道路中选择其一：第一条是还俗做官，为国家效力；第二条，如果实在不愿还俗，就将西行经历写出来，供朝廷以后经营西域做参考。第一条，被玄奘婉拒了，第二条，玄奘接受了，他在第二年完成了记载西域山川民俗的

---

[1]　周绍良：《全唐文新编》第1册，吉林文史出版社2000年，第130页。

《大唐西域记》(简称《西域记》),呈给了唐太宗。

在译经之事上,唐太宗也给予了许多支持,其中最重要的一条是从全国调集一批有一定佛学造诣且文字功夫深厚的僧人和官员,作为玄奘的弟子参加译经。其中一位叫慧立的弟子与玄奘朝夕相处二十年,在玄奘去世后,将平时听到的没有记载入《大唐西域记》的玄奘身世事迹作了记录整理,成书五卷。慧立去世后,玄奘的另一位弟子彦悰对慧立的记录重新梳理,又补充了玄奘回国后译经直到去世的经历,又成书五卷,然后将这十卷书合并,定名为《大慈恩寺三藏法师传》(简称《慈恩传》)。《慈恩传》被梁启超誉为"古今所有名人传记中,价值应推第一"。

玄奘的真实经历中,有几点信息值得我们注意:

第一,他是自己坚持要去取经,甚至不顾禁止西越国境的禁令,并非像小说《西游记》中所说,他是被李世民派遣而走上西行取经之路。在小说中,唐僧是个他觉性的人物,而历史现实中的玄奘却是个自觉觉他的宗教典范。这样虔诚的宗教人物,在历史上还有几人,像东晋的法显,唐代的鉴真等等,为了学习或传播佛教,都是甘冒风险的。

第二,我们也可以看到,唐人并不一味崇信佛教。唐初到盛唐的几代君王,一般更虔信道教。举国若狂,去迎佛骨,这样的状况中唐以后才有。而就邻国的宗教信仰状况看,东晋法显在印度所见及其归途经历,都说明当时佛教流传还要受婆罗门教等其他宗教的压制;而唐玄奘的取经经历表明,佛教在西疆、南亚、东南亚的影响力大大超出前朝。义熙七年(411),法显为了保护同舟的佛教徒,还曾经拿东晋皇廷崇信佛教说事,警告雇船的婆罗门教信众们不要过分苛待僧侣;而两百年后,五印十八国有无数的佛教信众,五年一度的无遮大会每次历时七十五天,有三四千大小乘佛教学者和外教参加。对比不同时代的取经经历,可以让我们从历时态、共时态上把握佛教传承及宗教文化传播的具体状貌。

第三,玄奘是个很有政治头脑的佛教徒。他一路上得到来自政教两界最高层的大力支持,比如高昌国君、烂陀寺主持、戒日王、无遮大会,都曾给过玄奘最高荣誉,之所以能够如此,并非偶然。否则他绝不会离开大唐的时候不跟政府打招呼,回来的时候却直接写信给李世民。我们读过

《佛国记》，曾经提到，法显和尚在取经过程中也曾得到来自地方官、贵族或朝廷的帮助，比如敦煌太守李浩、前秦皇族苻公孙、青州长广郡（也就是今即墨）太守李嶷的接待或资助。但东晋还处于分割内乱时期，国际地位与唐王朝也有很大差距，加上李世民的政治气度也远非一般帝王可比，故而敢于直接写信给大唐天子的玄奘，在际遇上就大大超出了法显等人。

从以上三点看，小说《西游记》虽然是虚构了玄奘与唐王之间的义兄弟关系及其受唐王差遣走上取经路的情节，但寻求与唐王之间的政治结盟确实也是历史上玄奘曾经采用的谋略。故而综合地加以认识，服务于盛唐王朝这一底色，无论在历史上还是文学作品中，都是促使取经故事经典化的一个重要因素。

过去我们经常谈《西游记》"三教合一"的思想意蕴，但谈佛道相对较多，谈儒则相对较少，更很少提起其中的政治内涵。而如果没有唐僧受命于李世民、最后又回归大唐受封传教类似情节，这部小说会流失很多怀抱家国情怀的士大夫阶层的读者。在《西游记》中，玄奘的父亲本来高中状元，却不幸被海盗戕害，不得施展抱负；玄奘生长在寺庙，自小出家，却受封御弟，西行取经，最终为王朝立下大功。父子两人的经历，曲折表达了对大唐王朝的赤诚之心。

当然，众所周知，小说《西游记》改编了玄奘的真实身世。史籍记载，玄奘公元 602 年出生于河南偃师，陈家从汉代历代为官，曾祖父曾任上党太守，祖父做过国子监博士，父亲陈惠突然心仪佛学，做过一任县令后坚持辞官不做，归家修佛，玄奘二哥则很早就在洛阳净土寺出家，玄奘本人也自六岁起就在净土寺礼佛听经，并很快正式成为一名小沙弥，起用"玄奘"法号。而《西游记》中写玄奘父亲姓陈名蕚，表字光蕊，江苏海州（今连云港）人，状元及第后娶丞相殷开山之女为妻并除授海州州主，但在赴任途中遇害……这个故事其实是受到了传说"三元大帝"的影响。传说海州人陈光蕊得道受封三元大帝，有三子，妻子为丞相殷开山之女，明代之前云台山就有三元宫，影响很大。

唐僧玄奘为什么会成为陈光蕊之子？可能故事流传中大家认为玄奘身世太平淡，不足以与其西行取经壮举相匹配，故张冠李戴。我们还应该注意到,经过这一张冠李戴,佛教信徒玄奘就变成了道教"三元大帝"之子,"三元大帝"陈光蕊则变成了曾高中状元的儒生,而心仪佛教的陈惠却消失不见。上述变化,都透露出本土化、合一化的宗教文化意识,这也就是所谓的"三教合一"的具体呈现。

二、晚唐五代时期:佛教底色的确定

1980 年前后,敦煌学的研究者们在敦煌附近的榆林窟发现了两幅已经故事化了的唐僧取经壁画,后来在东千佛洞又发现一幅,三幅壁画大同小异,画面都是唐僧取经归来,站在崖边礼佛,身旁有个毛头毛脑的猴子牵马随行,白马身上驮了经卷。虽然画面形成的时间可以判断是在西夏初期,但故事的出现应该更早。

另一件值得注意的事是,一百年前研究者曾发现过一本《大唐三藏取经记》(诗话),说唐僧取经途中,一个自称"花果山铜头铁额猕猴王"的"白衣秀才"主动随行护法,后来一众便称其为猴行者;在猴行者的帮助下,唐僧历经千山万水,终于取得真经。这本书的性质曾经有过争议,但就在二十世纪八十年代,有若干位学者从语法、用词、习俗、文体等不同的角度出发,同时得出令人信服的结论:这是晚唐五代西北寺庙里的"俗讲"(注:佛教很重视教义的宣传,比较专业的面向僧众的叫"僧讲",面向普通信众比较通俗的叫"俗讲")。

这两件事可以相互印证,说明唐僧取经已经完成了故事化的第一步:这些故事大约在晚唐已经出现,且与佛教的教义宣讲有关,应该是寺院"俗讲"的教材。故事发展到这一阶段的显著标志是:出现了猴行者形象,他的身份职责是护法。

这里其实有个问题:为什么"猴行者"会成为唐僧的护法?大家知道,围绕孙悟空形象究竟是来自印度婆罗门教传说的神猴哈奴曼,还是唐传奇水怪巫支祁,二十世纪初的胡适与鲁迅之间曾有过激烈的争论。但今天的学者认为,最后定型的孙悟空形象,其实是两只猴子拼合而成:一只是佛教猴,叫孙悟空或者猴行者,以护法为职责;一只是道教猴,叫齐天大圣,以顽劣闹事吸引眼球,是《西游记》大闹天宫的主角。所以说,孙悟空形象身上其实是既有进口元素,也有本土基因。

可是,既然神猴哈奴曼来自印度婆罗门传说,又怎能代表佛教猴,而进入取经队伍呢?有些学者(包括太田辰夫、矶部彰等日本学者)提出,晚唐五代时期取经人玄奘身边的猴护法,其实与史诗《罗摩衍那》中的神猴哈奴曼并无关系,而是源于佛教典籍(主要是密宗典籍)中的猴形护法神。其实,史学大家陈寅恪由于对佛经极为熟悉,早就以《罗摩衍那》及另一部《贤愚经》相互参证,他提出,"大闹天宫"的故事源自两个绝不相干的印度民间故事;而传入中国后,佛经传播者在讲说时有意无意将二者合一①。这个解释,为理解取经故事外来元素的多样性提供了借鉴。

三、宋金时期:故事世俗化,取经队伍更完整

大约二三百年后,在宋金时期,唐僧取经的故事传入了民间。1985年,山西省文化厅在上党地区发现了一本《礼节传簿》②(全称《迎神赛社礼节传簿四十曲宫调》),其中有丰富的唐僧取经的故事。

山西祭神风气浓厚,每一地区的迎神赛社在形式上、组织上都有一套程式规矩,规模庞大,仪式繁杂。操持祀神的核心人物是堪舆家。一般都是世代相传,他们手中一般都有记录各种祭赛规格、仪式的秩序册,也就是《礼节传簿》。《礼节传簿》是赛社完整运作仪程的记录,详细到每天、每项活动由谁主持,穿什么衣,说什么词;每天祭什么神,供什么食,演什么戏。

今天能看到的这本《礼节传簿》,不仅排演了一场队戏《唐僧西天取经》,而且还保留了它的剧情提示单:

> 唐太宗驾,唐十宰相,唐僧领孙悟恐(空)、朱悟能、沙悟净、白马,行至师陀国;黑熊精盗锦兰袈沙;八百里黄风大王,灵吉菩萨,飞

① 陈寅恪:《〈西游记〉玄奘弟子故事之演变》,见《金明馆丛稿二编》,上海古籍出版社1980年,第194页。
② 山西师大戏曲文物研究所整理:《迎神赛社礼节传簿四十曲宫调》,《中华戏曲》第3辑,陕西人民出版社1987年。

龙柱杖；前至宝象国，黄袍郎君、绣花公主；镇元大仙献人参果；蜘蛛精……①

　　这个剧本与《大唐三藏取经记》相比，取经故事更为完整：从"唐太宗驾"到"走到西天雷音寺"，有头有尾，有始有终。剧本中不仅有孙悟空，还有朱悟能、沙悟净、白马。不久前还刚刚发现一幅由四人一马构成的取经队伍石刻图：图上的孙悟空头戴"东坡巾"。东坡巾据说是由苏轼发明的，流行于宋金时期，但入元后便基本消失。这幅图有两个重要意义：一是证明了石刻的时代——即宋金；二是证明了故事又出现了进化——形成了取经队伍。

四、宋元时期：道教等文化元素融入，佛、道、婆（婆罗门教）等三只猴子被"合体"

　　刚才提到，孙悟空形象身上其实是既有进口元素，也有本土基因。

　　本土基因的齐天大圣，他的登场开始于元代，以杨讷所做的杂剧《西游记》为代表。这个剧本中的故事和现在的《西游记》略有不同，说的是，有一个翻江倒海、占山为王的恶猴家族，老大叫齐天大圣，老二叫通天大圣，弟弟叫耍耍三郎，还有两位叫老母的姐妹。这位齐天大圣神通广大，曾经大闹天宫，偷仙桃御酒，又强夺人家女子为压寨夫人，后来被观音与二郎神收服，追随唐僧去了西天。这个故事，像是为原来的护法大神孙悟空加了一段前传。

　　齐天大圣的故事是从哪里来的？我们发现，其实唐传奇《补江总白猿传》、宋话本《陈巡检梅岭失妻记》中，强抢美女的惹祸猴子，就叫齐天大圣或通天大圣。巧的是，故事都发生在闽南。日本学者中野美代子提出，婆罗门教哈奴曼神猴的故事随商旅们由海上丝路传到福建沿海，演变为齐天大圣的故事，可惜这种说法没有太多证据支撑②。

---

　　①　山西师大戏曲文物研究所整理：《迎神赛社礼节传簿四十曲宫调》，《中华戏曲》第3辑，陕西人民出版社1987年。
　　②　[日]中野美代子：《孙悟空的诞生》，日本福武书店1987年，第224页。

　　近年,学者们提出另一个观点。说是两个神猴传说各自有独立来源,后来捏合成了一个。福建顺昌县博物馆馆长王益民声称,在该县宝峰山顶曾发现孙悟空的墓地墓碑,因此他认为孙悟空的老家在福建。有关报道见诸媒体,公众喧哗。蔡铁鹰提出了以下判断:首先,这块祭祀碑——不是墓碑——可以确认是元代的;其次,当地这样的祭祀遗物竟然很多,仅在顺昌就陆续发现了一百多处,从宋元到明清都有;第三,这位齐天大圣事实上和《西游记》取经故事毫无关系,竟然别是一家①。其实,不管是祭祀神猴,还是敬拜三元大帝,都与海龙王传说有些近似,包含有海神崇拜的元素。福建多见神猴祭祀碑,或许与当地山林较多,猿猴数量多,盗贼也时常出没,乡民贫穷,娶亲不易等自然或社会现象有关。

　　那么,道教猴齐天大圣为什么会被加进取经故事呢? 蔡铁鹰提出,这和时代背景下的文化争斗及交融有关。

　　最初的取经故事属于佛教文化,主要在北方流传。但北宋被金所灭,以临安为首都的南宋就此诞生。南宋的文化主流是逃亡江南的中原人,在他们带去的中原文化中也包括了唐僧取经的故事,这就是为什么我们今天会看到《大唐三藏取经记》有临安翻刻本的原因。在南方,道教的势力可以与佛教抗衡,佛教的宣传品必然会遇到道教的抵抗。这就是为什么晚唐五代时期取经故事不曾与齐天大圣故事相融合,而宋末元初则出现了二者之间的融合的原因。

　　对此,我们有一个看法:即被"合体"的不只是两只猴子(进口猴,国产猴),而是三只猴子(其中进口猴有两只:佛教猴形神将与婆罗门教史诗中的神猴哈奴曼)。为什么这样说? 因为刚才我们就提到,晚唐五代时期,北方流传的取经故事中,白衣秀士化身而来的那位猴行者,其实也并非神猴哈奴曼,而是佛教的猴形神将。而我们进一步认为,神猴哈奴曼的故事,是与道教猴齐天大圣的故事一起,融入取经故事中的。

　　之所以做出以上判断,关键在于:

　　第一,"齐天大圣"说与"哈奴曼"说的多数传世文献或出土文献证据

---

　　① 蔡铁鹰:《南宋浙闽"猴行者"来源再探——以顺昌、泉州的田野考察为中心》,《淮海工学院学报(人文社会科学版)》,2015年第10期,第32—35页。

集中于福建及东南沿海,与晚唐五代之前流行于北方的取经诗话并无太多联系。正像蔡铁鹰判断"齐天大圣"故事与取经故事其实"别是一家"一样,"哈奴曼"故事与取经故事也并无内在关联。

第二,这样看,"齐天大圣"与"哈奴曼"进入取经图谱的时间、地点都基本一致。反过来说明,这"两只猴子"的"合体",其实早在其融入取经故事之前。

这样解释,有可能解答了"哈奴曼"说的一个难题:《罗摩衍那》的译介是很晚的事情,那它是怎样影响早期取经故事的呢? 为了解释这个难题,萧兵曾在《无支祁哈奴曼孙悟空通考》中提出,中国佛典如《六度集经》《杂宝藏经》中有相当完整的罗摩故事的记述,因此"中国人民是熟悉《罗摩衍那》故事的"。[①] 但问题在于,以上佛典并未正面介绍哈奴曼故事。正如此文所说:"唐僧的模特儿玄奘曾译《大毗婆沙》,卷四六谓:' 如《罗摩衍那书》有一万二千颂,唯明二事:一明逻伐拏将私多去;二明罗摩将私多还。'前引《大庄严论经》亦曾语及'罗摩造草桥,得至楞伽城'。只是哈奴曼记载未明。"[②]而我们刚才提出的假说,也许能够说明:其一,哈奴曼故事并未影响早期猴形神将形象,但影响并融入了道教齐天大圣故事。其二,哈奴曼故事确实如中野美代子等所估计,曾从福建及东南沿海传入中国,与多数佛典的传入并非徇同一路线;甚至主要通过口传故事,而非典籍来传播。其三,婆罗门教虽然对中国本土影响不大,但史诗《罗摩衍那》却很生动,正如其中不少内容被植入佛典一样,哈奴曼故事也深受东南沿海居民所喜爱,与福建等地原有猴精故事相融合,丰富了齐天大圣通天大圣等传说。其四,无论佛典还是民间故事,对婆罗门教都并不崇信,所以对后者采取拿来主义态度,对其史诗故事中的正反两派有时会加以剪裁甚至改写。正像大家所感叹,罗摩故事所发生的种种变形乃至"变种"[③],"恐怕是原作者跋弥所不曾想象得到的"[④]。

---

① 萧兵:《无支祁哈奴曼孙悟空通考》,《文学评论》1982 年第 5 期。
② 萧兵:《无支祁哈奴曼孙悟空通考》。
③ 钱钟书:《管锥编》第 2 册,中华书局 1979 年,第 547 页。
④ 萧兵:《无支祁哈奴曼孙悟空通考》。

这个事例也说明：共时地看，循海上丝路而展开宗教传播或文化传播，其实与陆上丝路之间有着所选择内容、交融方式、影响深度等各方面的差异。而历时地看，对海上丝路的重视程度由古至今也基本表现出逐渐加深的趋势。从中国文化重心向东、向南转移的历史视野考察，海上丝路取代陆上丝路而成为推动文化碰撞、创新的重要舞台，这种局面的出现可谓大势所趋。

五、《西游记》经过明代吴承恩之手所产生的变化：儒学内涵的增强

"三只猴子"的合体到了明代吴承恩手里，其实又得到了一层加持：即儒学思想的内涵。

首先，表现于形象的变化。在吴本《西游记》笔下，道教齐天大圣通天大圣身上的世俗气、色欲，通通甩锅给了笨笨胖胖的猪八戒，而重新亮相的孙悟空则变成了摈除私欲、一心求取理想、心明眼亮、披荆斩棘的行者形象，全身浸染了宋明理学的光彩。这样的孙悟空是知识阶层的代表，与猴形神将、哈奴曼或石碑上的猴祖先都有着截然不同的文化属性。而与之相匹配的猪八戒则俨然带有中小有产阶层的社会烙印，是通俗文化的代言人。两个师兄弟的对称隐喻着"存理灭欲""明心见性"等理学宗旨。

第二，表现于情节的变化。《西游记》号称九九八十一难，实际是四十多个故事，其中大约有三分之一是原本就有，但吴承恩作了修饰，如火焰山故事等等；另有大约三分之一，是原来粗陈梗概，吴承恩作了大幅改进，如车迟国故事；而更有三分之一则是出于吴承恩的原创，如木仙庵谈诗。后者故事中四个风雅精怪吟诗作对的形式，大约模仿唐人笔记《玄怪录》中的"元无有"，而吴承恩也曾明确说过，《玄怪录》是他很喜欢的一本志怪故事集①；其中那种"红袖添香夜读书"的想象，大抵也是读书人才有的雅趣。又如玉华国，这是书中唯一国王贤明的藩国，其实就是吴承恩曾

---

① 吴承恩在其《禹鼎志序》中曾说："余幼年即好奇闻……尝爱唐人如牛奇章、段柯古辈所著传记，善模写物情，每欲作一书对之，懒未暇也。"

经任职的荆王府的写照①。不难发现,明代成书的《西游记》小说中的原创故事,大多有着深厚的儒学内涵。

第三,表现于主题的变化。经过吴承恩之手,《西游记》的现实化主题得到了增强。比如在比丘国、灭法国等故事中,写到朝廷佞道成风,道士枉法横行;索取人事等故事,写到官场索贿之风;三打白骨精等故事,写到最高统治者的是非不分、忠奸不明。类似主题,其实都是吴承恩生活的嘉靖朝政治生态的真实写照。

最后,看文化价值观的变化。唐僧取经故事的题材本来是源于佛教,宋元时期在演变过程中得到道家文化的滋润,但最后之所以能够成为经典,最根本的原因还是明代心学和吴承恩赋予了取经故事以儒学思想立场的道德观和价值观。这其实是吴承恩最大的功劳,也是取经故事能最终成为经典的根本保证。

六、结语

最后,我们从文化交流的角度分析概括取经故事发展演变的模式。这个故事本身是陆上丝路文化交流的范例,但在故事的演变过程中,吸收了来自异域经典,如佛典《贤愚经》《拉麻传》、印度史诗《罗摩衍那》,及东南沿海道教传说、海神崇拜等各方面的叙事元素,因此也有着海上丝路文化交流的痕迹。最终,明代陆王心学对《西游记》故事做了价值观、道德观、审美观的提升改造,使之与中华文化的价值观体系相匹配,从而最终成为小说经典之作。从中可以发现,文化的创新与传承之间,其实是不可分的。

第三节　战马、蛾眉与盛唐天下

一、大唐的世界,世界的大唐

唐朝初年,由于全国尚未完全统一,北方又面临虎视眈眈的突厥的威

---

① 　蔡铁鹰:《吴承恩"荆州纪善"之任与西游记》,《江汉论坛》1989 年第 4 期。

胁。因此唐高祖李渊只能向其称臣,来换取生存空间和少量的马匹。然而突厥的始毕可汗当时也并非真心支持唐朝,他只不过是想乘着中华的分裂赚取本民族的利益而已。唐太宗联合对颉利可汗不满的势力起来反抗,沉重削弱了东突厥在亚洲的影响力,让唐朝的崛起成为可能。公元630 年,唐朝名将李靖、李绩率十万兵马出征漠北,一路势如破竹,攻灭东突厥汗国。这种分化瓦解的策略为唐帝国稳定北部边界做出了重要的贡献。

随着唐朝的政治影响力不断提高,唐太宗李世民被周边少数民族尊称为"天可汗",这个称号并非没有一点实际意义,而是证明了大唐帝国不仅包含传统的农耕文明,更融入了游牧文明。这一特点也体现在李世民的军事战术上,他在指挥骑兵时更注重他们的机动性,因此他效仿突厥骑兵的装束,使用不给马匹穿盔甲的轻骑兵,在战争中发挥了极其重要的作用。

唐太宗也在一定程度上实现了前所未有的民族平等,这在当时是一种具有超前进步意义的执政策略。这种进步性表现为李世民任用非汉人官员,授予他们军事职务,册封那些为民族和平做出贡献的人与皇室同姓的荣誉,甚至声明所谓的夷狄与自己的臣民享有共同的天性,他声称:"自古皆贵中华,贱夷狄,朕独爱之如一。"①唐太宗死后,唐高宗、武则天、唐中宗、唐睿宗和唐玄宗曾先后享有"天可汗"的称号。如果不是安史之乱导致唐朝衰落,这一传统很可能被延续下去。

在安史之乱前,由于帝国在中亚地区拥有很高的威望,使得丝绸之路重现了它往日的光辉,瓷器、茶叶、丝绸等名贵的物品通过中亚传播到了欧洲。除此以外,朝鲜和辽东的商品也可以经由辽阳的森林与平原,沿着山岭与海洋间的狭窄通道到达渤海湾的沿岸。而唐朝在西南也有一条非常古老的通商之路,就是经过四川到云南,分成两条路通过缅甸的伊洛瓦底江峡谷进入孟加拉。不过后来随着南诏国(738—902)的崛起,这条贸易路线很快便失去了存在的意义。

---

① (宋)司马光编撰,邬国义校点:《资治通鉴4》卷一九八,上海古籍出版社2017 年,第2200 页。

唐代的海上贸易也取得了显著的进步。公元八世纪中叶开始，经过阿拉伯海、孟加拉湾到中国南海，海上路线甚至比危机重重的陆运更受欢迎。当时的唐朝商人经常依靠外国的船舶和穆斯林商人进行远洋贸易。公元879年，黄巢的叛军攻陷番禺，即现在的广州时，无数的阿拉伯商人成为了战乱的牺牲品，而此前他们一直穿过印度南部将中国的丝绸和瓷器贩卖到波斯湾。唐朝商人也从东南亚地区大量进口种类繁多的药品、香料和名贵的木材，以满足国内对于这些商品的需求。虽然我们在史籍中找不到唐代商人通过大型船只主导海上贸易的记录，但唐朝依然在当时的国际贸易中扮演了非常重要的角色。

在开元年间，唐朝的都城长安已经成为一个拥有一百万人口的超级城市，其中也包含了许多外国人，他们分别代表着外交、经济、军事、娱乐和宗教等多方面的利益。其中各国觐见皇帝的使节都必须在名义上表示对唐朝的臣服，从而获得唐朝的爵位和官职。

除了国都长安以外，帝国在南方还有一个最大的外商中心，即前文提到的广州。在那里的二十万居民当中，包括了很大一部分印度人、波斯人、阿拉伯人、爪哇人和马来人。他们获得了唐朝当局的批准，居住在江南岸的外国人聚居区。这些移民在聚居区内安居乐业，繁衍生息，人口数量甚至逐渐超过了城墙内的唐朝人。这些外国商人的涌入为唐朝经济的发展注入了强心剂，当时番禺主要的贸易形式是以宝石、木材和药品来换取中国的丝绸、瓷器和被绑架而来的奴隶。不过令人遗憾的是，番禺在公元758年遭到了一伙来自阿拉伯和波斯海岛的海盗们的洗劫，将这里几乎夷为了平地；黄巢起义中，又再次遭到洗劫。经此两次劫难，番禺原先的商业地位逐渐被交州所取代。

唐朝的世界性还表现在自身强大的文化影响力，所谓的东亚文化圈也正是在那时慢慢形成的。唐朝初年朝鲜半岛分裂成高句丽、百济和新罗三个国家，而在七世纪中叶他们都不约而同地向唐朝进献了贡品，至少在表面上展现出臣服的态度，日本更是定期派遣唐使学习唐朝的典章制度，希望建立起中央集权的君主制国家。此外唐朝还征服了现在越南的大部分地区，并且在公元679年设立了安南都护府。

东亚文化圈的另一个显著特点就是文字的传播。中国文字开始成为日本、朝鲜等国文字的蓝本,这种非字母的书写体系为这些国家带来了特定的词汇与系统的概念,这也是很多东亚国家核心价值观所存在的基础。唐朝的服装、诗歌和音乐也成为日本平安时代的楷模。在宗教方面,随着唐朝在公元八世纪中叶放弃对西域的民间交往的控制,佛教逐渐与唐文化相互结合,以一种本土化宗教的形式持续发展,通过每年的节日典礼和生婚丧葬仪式渗透入人们的日常生活之中,并由此传入日本和朝鲜,也使得唐朝重新构建起一个独特的东亚佛教的传播体系。

大量的外国人定居到唐朝也对唐人的文化生活产生了重要的推动作用。这些作用表现在诗歌、歌曲、舞蹈、服装等各个方面。比如当时许多外国人都在唐朝开设了葡萄酒肆,几乎每个酒肆中都会看到当垆卖酒的胡姬,并且被融入唐诗之中。比如王翰的《凉州词》中写道的"葡萄美酒夜光杯,欲饮琵琶马上催"[1],就充满典型的异域风情。

从公元八世纪开始,唐朝的流行音乐已经与中亚国家音乐没有什么本质区别。唐玄宗为杨贵妃改编的《霓裳羽衣曲》与印度的《婆罗门曲》有着异曲同工之妙。龟兹国的音乐更是传遍凉州地区,连很多唐朝皇帝都会演奏。来自石国的男子们也会戴着尖尖的帽子,穿着窄袖衫,披着长带表演胡腾舞。此外还有一种叫胡旋舞的舞蹈,据说深受唐玄宗和杨贵妃的喜爱,胡旋女身穿宽摆长裙,头戴饰品,长袖摆,旋舞起来时,身如飘雪,让人感觉仿佛坠入仙境。甚至连悍勇的安禄山也会跳这种轻盈的舞蹈,因此后者也被文人们视为国家混乱的前兆。

白居易有《胡旋女》一诗,是这样说的:

> 禄山胡旋迷君眼,兵过黄河疑未反。贵妃胡旋惑君心,死弃马嵬念更深。[2]

可以说,唐朝的文化不同于中国历史上的任何时代,因为它所呈现出

---

① （唐）王翰:《凉州词》,《全唐诗》卷一五六,第 1609 页。
② （唐）白居易:《胡旋女》,《全唐诗》卷四二六,第 4704 页。

来的包容性、多样性与开放性，在中国历史上称得上是前所未有的。然而，世界上没有绝对的好事，也没有绝对的坏事。当时的国策有些有利于国家的发展，有些却有导致国家倾覆的隐患。唐玄宗在晚年毫无节制地信任安禄山等野心极大的番将，导致权力失控，最终乐极生悲，酿成了安史之乱的悲剧。这就是历史教训。

二、盛唐的马，盛唐的美人

我们在概论中讲过，战马是冷兵器时代的图腾，是陆上帝国的成就者，也是文明古国的收割者。战马在大唐时代的世界文明版图中，究竟充当过什么样的角色呢？

唐代从贞观年间直至麟德年间，短短四十年之间，由于实施了有效的管理机构和得力措施，又因为掌领马政的首领张万岁的措置有方，遂使唐代马匹数量由建国初的五千匹，猛增至七十多万匹，成为唐代马政的辉煌时期。《新唐书》卷五十说："于时，天下以一缣易一马。"[1]秦汉之盛，未之有也。唐代之所以能成为陆上帝国，唐皇之所以能被称为"天可汗"，战马在其中起到了至关重要的作用。

不要小看了唐代的马政。从马政的实践和效果上看，唐代尽管机构设置处于创始摸索阶段，然而牧马的实际效果非常可观，史称自秦汉以来，未之有也，实非过誉之词。宋代虽然在机构的级别和建设的投入上，较唐代大为加强，但落实到马政的根本目的上，却始终难望唐代贞观至麟德年间之项背。国之所恃者在兵，兵之所恃者在马。马之所恃者在马政之是否可行，而马政的兴衰则实与国运相牵系。

宋室南渡以后，马政更是元气难振。绍兴年间曾在饶州及临安、南荡等处设监牧马，亦不过是昙花一现，具文而已。终南宋一代，除从四川、广东买进少量劣质马外，马政活动已基本停止了。故史家感慨道：岂马政各因风土之宜，而非东南之利欤？这就跟政府管理重心区域的所在地有直接关联了。从根上讲，经济文化中心的南移是汉末以来的发展趋势，但

---

[1]　（宋）欧阳修、宋祁：《新唐书》卷五〇《兵志》，中华书局1999年，第877页。

政治军事中心主要仍然在北方。而大规模开拓西北疆域的是唐王朝，失去对西北控制能力的，也是唐王朝。所以，白居易的《长恨歌》中所说"渔阳鼙鼓动地来，惊破霓裳羽衣曲"①，其实被惊破的是一个时代、一个符号、一个范式。

在这个时代、符号或范式中，有一些非常有意味的元素。马、美人都是这样的一类元素。文学中是怎样组合或表达这些元素的呢？

在《诗经》中，马较其他动物而言出现的频率很高，尤其是在"小雅"中。据统计，关于马的称谓词就有 50 多个，使用的次数就有 91 次。可见，在古时候，马在人们的心中是有一定分量的。"四牡骙骙，载是常服。"（《小雅·六月》②）这是用四匹马拉装载军服的车。马在这解决了战争中的运输问题。"四牡彭彭，王事傍傍。"（《小雅·北山》③）意思是四匹雄马不停奔忙，君王的差事繁多紧张。马在这里起到了运输、传递信息的作用。"田车既好，四牡孔阜。"（《小雅·车攻》④）意思是狩猎的车已经很结实，四匹雄马肥大有力。马在此处为狩猎行了方便。"虽无予之，路车乘马。"（《小雅·采菽》⑤）意思是：赐予诸侯四匹马拉的辂车。"皎皎白驹，食我场藿。"（《小雅·白驹》⑥）这是借马留客。

虽说在古代，马并不是什么稀奇之物，它是百姓常能看到之物。但马同时也是一般人难得之物。养马的费用很高，生活拮据的人是没办法负担得起的。在《诗经》中，使用马匹的人，一般都是处在社会的中上层。这样来说，马却又是非凡之物了。

美人从什么时候开始与骏马结缘的呢？《诗·豳风·七月》中说"女心伤悲，殆及公子同归"⑦，这是说民间美女害怕被公子哥拉上马车带走。汉乐府《陌上桑》讲的也是类似的故事："使君从南来，五马立踟蹰。使君

———————

① （唐）白居易著，丁如明，聂世美校点：《白居易全集》，上海古籍出版社 1999 年，第 158 页。

② 程俊英、蒋见元：《诗经注析》，中华书局 2018 年，第 383 页。

③ 同上，第 490 页。

④ 同上，第 393 页。

⑤ 同上，第 536 页。

⑥ 同上，第 409 页。

⑦ 同上，第 315 页。

遣吏往,问是谁家姝?"①罗敷也俏皮,以毒攻毒,告诉他,自己的夫婿"东方千余骑,夫婿居上头。何用识夫婿? 白马从骊驹;青丝系马尾,黄金络马头"②。双方都是用拥有马匹的数量、质量等等来标识富贵程度。足见美女与骏马,都具有稀缺性品质,都是冷兵器时代的奢侈品。汉武帝时期李延年的诗"北方有佳人,绝世而独立。一顾倾人城,再顾倾人国"③,表面看来只有美女没有骏马,但真正具备倾城倾国能力的当然只有万乘之君,那肯定是不缺骏马的。

骏马与美人虽然都是传统时代男人的必争之物,但诗歌对这种占有欲的表达通常还是比较含蓄的。唐代诗人孟郊《登科后》诗中说:"春风得意马蹄疾,一日看尽长安花。"④用"马蹄"表示骏马,长安花表示美女,既放肆又蕴藉。张祜的《集灵台其二》嘲讽杨氏兄妹专权,说得就比较直白:"虢国夫人承主恩,平明骑马入宫门。却嫌脂粉污颜色,淡扫蛾眉朝至尊。"⑤说的是杨贵妃的姐姐虢国夫人受到皇上的宠恩,大清早就骑马进入了宫门,嫌弃脂粉会玷污她的美艳,淡描蛾眉就进去朝见至尊。

杜甫的《丽人行》也有这样的句子:"三月三日天气新,长安水边多丽人……就中云幕椒房亲,赐名大国虢与秦……后来鞍马何逡巡,当轩下马入锦茵。"⑥用妆容与骏马烘托威势,警告当权者奢侈之风和权力腐败已经过了头。更典范的句子是"一骑红尘妃子笑,无人知是荔枝来"⑦,更是突出了最无所顾忌的烧钱烧马来追求美女的方式,结论当然是两个字:作死。

三、我马玄黄,美人之殃

骏马与美女既然是必争之物和奢侈品,当然就有易主、贬值的风险,

---

①　(宋)郭茂倩编撰,聂世美、仓阳卿校点:《乐府诗集》,上海古籍出版社 1998 年 11 月,第 334 页。

②　同上,第 334 页。

③　同上,第 895 页。

④　(唐)孟郊:《登科后》,《全唐诗》卷三七四,第 4219 页。

⑤　(唐)张祜:《集灵台其二》,《全唐诗》卷五一一,中华书局 2010 年,第 5883 页。

⑥　(宋)郭茂倩编撰,聂世美、仓阳卿校点:《乐府诗集》,上海古籍出版社 1998 年 11 月,第 740 页。

⑦　(唐)杜牧:《过华清宫》,《全唐诗》卷五二一,第 5997 页。

也有可能马失前蹄,美人蒙尘。中唐诗文追思盛唐荣光,总结安史之乱的教训,就总以万乘之君李隆基与第一美人杨玉环为殷鉴,这时候对骏马与美女的描写方法就与盛唐时期有了差别。

我们最熟悉的当然是白居易的《长恨歌》①。第一句,"汉皇重色思倾国,御宇多年求不得"。直白,批评得也坦率。说到故事结局:"六军不发无奈何,宛转蛾眉马前死。"概括性十分强。当然对杨玉环,白居易还是颇有几分欣赏同情之感。所以长诗的最后,写到唐明皇苦思贵妃,令道士作法,说是贵妃去了"海外仙山",民间传说是去了东瀛日本,这就从陆上丝路脱身到了海上丝路,给了爱情故事以稍显温和的结尾。我们讲海上丝路,需要提醒大家注意,古代文学对两条丝路的想象方式,其实有着实与虚、功利化与非功利化的不同,这么说其实并不准确,但二者之间确实有很大的差别。这或许与当代学者所讲的地缘政治有关。当时的陆上丝路所连接的有不少实力强大的帝国,这条路线的政治性、博弈色彩难免都比较强,而海上丝路更多民间贸易交往,政治性、博弈色彩相应都要弱一些。再加上道教文化传说的影响,海洋想象难免更多浪漫色彩。

《长恨歌》还有一点非常了不起。这首诗推崇爱情,赞扬美,赞扬卓越。当时人都在埋怨李隆基与杨玉环因为个人爱情,葬送了盛唐的荣光,有这种想法其实很现实,也很正常,符合通俗伦理。而白居易在《长恨歌》中却在赞扬稀缺性的存在价值,"天长地久有时尽,此恨绵绵无绝期"。这句话隐含着一个判断:任何时代都是昙花一现,终将是一个泡影;而高质量的爱情却具有永恒的价值。即使从今天的眼光看,这个判断也太骄傲、太超前了。

白居易与元稹是好朋友,元稹就不像白居易这么骄傲。元稹写《莺莺传》,就是说一般人承受不起尤物或妖孽,应该选择普通一些的爱情。白居易看了《莺莺传》,觉得很不悦。他跟元稹说,莺莺什么坏事也没干过,不能称为妖孽。你看杨玉环才算是妖孽呢!而我倒佩服唐明皇,为了她敢于拿一个王朝作祭品,这才是爱情!正因为白居易有这种狂热的想法,

---

①　(唐)白居易:《长恨歌》,《全唐诗》卷四三五,第 4826 页。

他才写就了《长恨歌》。

跟白居易观点接近的,还有《任氏传》的作者沈既济。这本唐传奇故事讲的是,一个狐狸精结识了两个男子:浪荡子郑六,贵族子弟韦崟。而任氏只钟情于家世普通的郑六,这个郑六最后其实辜负了任氏,他强邀任氏与他到外地赴任,却没能保护住任氏,让她死在了猎狗的爪牙之下。出事的地方叫马嵬,我相信这是在影射安史之乱,而历史上杨玉环被赐自尽的地方,就是这个马嵬。从沈既济讲述的这个故事,我们就能看出他对杨贵妃的态度,对不称职的情人唐明皇的态度,以及对逼死美人的陈玄礼们的态度。跟白居易一样,沈既济大抵也算是个杨粉,也是个骄傲的质量派、精英派。

《任氏传》中还有一段特别有新意的马与美人的故事。写任氏不愿意跟韦崟作情人,但为了补偿和回报韦崟,她愿意帮韦崟赚钱。任氏告诉韦崟什么时候该去市场上买匹马,可以卖出大价钱。具体操作方式是,低价买进一匹尾部有瑕疵的马,而不久果然马政机构恰有这样体征的一匹马突然亡故,为了充数,只能高价再买这样一匹马来充数。这里美人不再单纯是商品,也有了谋生经营能力和自主选择的权力,这种意识很超前,在那个时代很少看到。到了明清小说中才有了一些例子,比如《三言》中的杜十娘,《聊斋》中的菊花仙子黄英,等等。但美人会用马来经营,来赚钱,这哪怕在明清小说中也很少见。

第四节　唐诗海洋意象之富及其古典特色[①]

唐代海洋诗歌承前启后,在海洋诗歌发展史上具有举足轻重的作用。海洋诗歌自魏晋南北朝时兴起。此时,在表现内容上,海洋文学本身所涵盖的三个基本方面都已有涉及:海洋景观、航海经历、海洋生活,且富有开创性意义。但具体而论,这三个方面的创作情形又很不平衡,以表现海洋景观的诗作为多,表现航海经历和海洋生活的诗歌相对较少,这与诗歌

---

① 　本节作者曹海燕,系中国海洋大学 2017 级中国古代文学专业硕士生。

的题材取向和海洋文化尚不够发达有关。

唐代海洋诗歌明显地继承了魏晋南北朝海洋诗歌的发展成就。比如在观海诗中,南朝诗人的观海诗就常从登临远望的视角出发,将海天一色、远岛近潮的景色尽揽于笔下。唐代观海诗则基本延续了观海诗的创作方式并予以丰富充实,如李峤《海》:"三山巨鳌涌,万里大鹏飞。楼写春云色,珠含明月辉。"①长孙佐辅《楚州盐壖古墙望海》"阴晴乍开合,天地相沉浮。长风卷繁云,日出扶桑头。水净露鲛室,烟销凝蜃楼。"②读这些诗句,不难发现,它们不仅与南朝观海诗的观察视角一脉相承,还充盈着唐王朝大一统时代所特有的刚健饱满、昂扬阔大之情调。在渡海诗方面,南朝谢灵运的名作《游赤石进帆海》诗影响深远,此诗写景抒情,借由泛海行为的逐层递进完成了出涯涘而睹汪洋的精神升华,也正式奠定了"泛海"这一行为的艺术底蕴,自此,文人泛海诗总与凌虚凭空的精神领悟联系在一起,唐代张说的《入海二首》和孟浩然的《岁暮海上作》都写浮舟远逝的遥想,流露出空灵渺然的意境特色,正见受谢诗影响之深。

除了继承关系外,唐代海洋诗歌更明显地表现出对前代海洋诗歌的全面超越和对后代海洋诗歌的影响,主要体现在诗歌数量上的大幅度增加,题材内容上广泛而深入的拓展,艺术风格上的基本成熟等方面。

唐代海洋诗歌的创作数量远多于前代海洋诗歌,这主要是由两方面因素决定的:一者,唐代是诗歌艺术的黄金时代,唐立国二百八十九年期间,诗人诗作层出不穷,诗人存有名姓者有 2 536 人,诗作流传至今者近五万首。诗歌成为唐人生活中应用最普遍、最流行的文学样式,这在客观上促进了海洋诗歌数量的增长;二者,作为封建社会的鼎盛阶段,唐王朝大一统的国家建设有力促进了沿海地区的开发和海洋交往的繁荣,从而推动了海洋文化的更新与发展,为海洋诗歌的出现提供了更加坚实广阔的现实背景。

在海洋诗歌中,最先发展成熟的题材类型是以观海诗和观潮诗为代表海洋景观类诗歌,这是由诗歌作为审美性文体的本质属性决定的。东

①　《海》,《全唐诗》卷五九,第 703 页。
②　《楚州盐壖古城墙望海》,《全唐诗》卷四六九,第 5336 页。

晋以来,浙东地区的山水文化发展起来,唐人漫游之风盛行,浙东的秀丽风景吸引着诗人文士竞相前往,游心寓目,畅神抒怀。其中,观海和观潮是两项流行的游赏活动,有唐诗为证,李白《越中秋怀》:"观涛壮天险,望海令人愁。"①皎然《送刘司法之越》:"三山期望海,八月欲观涛。"②唐人诗作中谈及越地的胜景时总不约而同地将"望海"与"观潮"并举,正说明这两项活动已成为浙东地区的游览标识之一。当然,除了浙东地区的东海外,南海、渤海等海域也都有诗人登临而咏,观海的地点多位于临海地区的高山,如北固山、秦望山等。李绅曾作《新楼诗》二十首,其中有一首《望海亭》诗,刘禹锡曾作《发苏州后登武丘寺望海楼》从侧面说明唐时观海活动已经盛行,故特修"望海亭""望海楼"等以便望海,宋以后此类诗作更多。至于杭州钱塘江的观潮文化,中唐至宋最为流行,由此促进了观潮诗的发展。

在航海经历的描写方面,虽然唐人诗中多有浮海之想,然而真正描写渡海经历的作品仍相当之少,或如张说、沈佺期等人因流贬行程而跨越海路,满纸愁郁苦闷;或如寒山这样的诗僧以海上船坏比喻佛法的修行历程:"如许多宝贝,海中乘坏舸。前头失却柂,后头又无柁。宛转任风吹,高低随浪簸。如何得到岸,努力莫端坐。"③以孟浩然的《岁暮海上作》为代表的文人泛海诗值得注意,自东晋谢灵运的《游赤石进帆海诗》传世以来,包括后世苏轼的《六月十二日夜渡海》王守仁的《泛海》等渡海名篇在内,虽所抒情感怀抱各有不同,然都有借"泛海"之举表达精神领悟的超越意味。唐人跨海送别诗的创作是唐代海洋诗歌的一大亮点,在当时唐与日本、新罗友好交往的国际背景下,唐人与这些国家的文士、使节以及僧侣产生了广泛而深入的交往,其以送别诗为代表的诗歌唱和正是其见证。"山川异域,风月同天",这些诗作在今天仍具有不可磨灭的文化价值。

在海洋生活的表现领域,海居纪实诗和涉海咏怀诗的创作主要与唐

---

① 《越中秋怀》,《全唐诗》卷一八三,第 1861 页。
② 《送刘司法之越》,《全唐诗》卷八一八,第 9223 页。
③ 《诗三百三首·二三一》,《全唐诗》卷八〇六,第 9091 页。

人的游宦、游历和安史之乱后南迁的风气有关,如白居易被贬为杭州刺史后,创作了很多游赏诗歌,钱塘潮水也成为他诗作中重要的表现对象之一。张籍的《蛮中》《蛮州》诗,王建的《南中》诗记录的正是他们南游至滨海地区的见闻感受。安史之乱以后,正如李白《为宋中丞都金陵表》中所言:"天下衣冠士庶,避地东吴,永嘉南迁,未盛于此。"①人口大量南迁,流入浙东、福建、广东等地。在这种情形下,无论是避居南迁的士人,还是南方本地诗人的数量都有所增加,自然也影响了海洋诗歌的创作。涉海咏物诗的创作主要跟唐人与海物的接触交涉有关,从以精卫、浮槎等传说海物为吟咏对象到海月、海蟹、海棕等真实海洋生物的出现,正见唐人与海洋文化的接触和亲近程度日深。但整体而言,在海洋生活领域,唐诗的表现还是相对薄弱,专题写海物、海事者为少。与之形成对比的是,宋诗因其取材的生活化、世俗化在这方面开拓明更深,比如欧阳修《初食车螯》诗,以不厌其烦的笔触刻画"车螯"(即蛤蜊)的样貌情状,这样的诗歌在唐诗中就很难找到。唐诗在海洋生活领域的表现明显不足,主要与时代的整体题材取向和审美追求有关。

总的来说,唐代海洋诗歌是中国海洋诗歌史上不可或缺的一部分。从它的整体创作情况来看,尚处于"过渡"阶段,在古代海洋诗歌的发展历程中具有不可取代的地位。

本节重点讨论一下唐代诗歌在海洋意象营造方面的成绩。

唐代海洋诗歌中,往往流露出浓重的神仙话语,表现出突出的浪漫主义审美特征,这与海洋文化自身浓郁的游仙特质密不可分。大致地说,这些神话意象包括海洋地理、海洋景观和海洋生物几类。

首先,最具有代表性的是"蓬莱""扶桑""十洲"等神话地理意象,它们是诗歌中构建海洋景观的主要承载者,为海洋世界的神异广袤提供了特定的环境发生背景。

以"蓬莱"意象为例,它是海洋诗歌中最重要的意象之一,在唐人诗句中屡有出现:

---

① （唐）李白著,郁贤皓校注:《为宋中丞都金陵表》第7册,《李太白全集校注》卷二五,凤凰出版社 2015 年,第 3599 页。

云生蓬莱岛,日出扶桑枝。

——吴筠《登北固山望海》①

毫厘见蓬瀛,含吐金银光。

——陈陶《蒲门戍观海作》②

日本晁衡辞帝都,征帆一片绕蓬壶。

——李白《哭晁卿衡》③

十洲云雾远,三山波浪高。

——虞世基《奉和望海》④

仙气凝三岭,和风扇八荒。

——李世民《春日望海》⑤

无论是"蓬莱岛""蓬瀛",还是"三山""三岭"等名词,它们指的都是传说中海上的蓬莱神仙世界。"蓬莱"最早出自《山海经·海内北经》的记载:"蓬莱山在海中。"⑥这里的"海"指渤海,蓬莱山也并无神异色彩。但到了《列子·汤问》中,"蓬莱山"的形象已大不相同,具有浓厚的仙话色彩。《列子·汤问》中对"渤海之东"和海上三神山的描述显然是完全的幻想附会之辞,然而在当时却被广泛采信。究其原因,与先秦两汉时期神仙方术之说的兴起有关,蓬莱神仙世界寄托着人们对生命永恒和超越自由的向往。《史记》对"海上三神山"的面貌描述与《列子·汤问》中几乎如出

---

① 《登北固山望海》,《全唐诗》卷八五三,第9648页。
② 《蒲门戍观海作》,《全唐诗》卷七四五,第8467页。
③ 《哭晁卿衡》,《全唐诗》卷一八四,第1886页。
④ 虞世基:《奉和望海》,逯钦立:《先秦汉魏晋南北朝诗》隋诗卷六,中华书局1983年,第2713页。
⑤ 《春日望海》,《全唐诗》卷一,第7页。
⑥ (清)郝懿行笺疏,范祥雍补校:《海内北经》,《山海经笺疏补校》卷一二,上海古籍出版社2013年,第313页。

一辙,显系继承而来。

唐代李益(748—829)《登天坛夜见海日》是描写蓬莱仙境的名篇:

> 朝游碧峰三十六,夜上天坛月边宿。仙人携我褰玉英,坛上夜半东方明。仙钟撞撞近海日,海中离离三山出。霞梯赤城遥可分,霓旌绛节倚彤云。八鸾五凤纷在御,王母欲上朝元君。群仙指此为我说,几见尘飞沧海竭。竦身别我期丹宫,空山处处遗清风。九州下视杳未旦,一半浮生皆梦中。始知武皇求不死,去逐瀛洲羡门子。①

此诗借观海日写游仙,驾驭其超凡的想象力营造了一派五彩缤纷、其乐融融的蓬莱仙道世界,实是借此浪漫超脱境界来对比现实的严峻和无力改变,“九州下视杳未旦,一半浮生皆梦中”一句,正表现出诗人对社会现实的无奈和迷惘。

“十洲”与“蓬莱”意蕴相似,都是传说中的海外神人所居之地。以李中(生卒年不详,约公元964前后)的《送王道士游东海》为例:

> 巨浸常牵梦,云游岂觉劳。遥空收晚雨,虚阁看秋涛。必若思三岛,应须钓六鳌。如通十洲去,谁信碧天高。②

李中此诗是送行之作,因特定的送行对象,诗人以“思三岛”和“通十洲”来代称王道士在东海的求仙修炼生活,极富脱俗逍遥的浪漫情怀。

“扶桑”也是海洋诗歌中常见的地理意象之一。从大陆居民的视角看,日出于海上,故“扶桑”当在海中。中唐诗人施肩吾有《海边远望》一诗,刻画海上日出:

> 扶桑枝边红皎皎,天鸡一声四溟晓。偶看仙女上青天,鸾鹤无多

---

① (唐)李益著,范之麟注:《李益诗注》,上海古籍出版社1984年版,第47页。
② 《送王道士游东海》,《全唐诗》卷七四九,第8539页。

采云少。①

　　这首诗也一派仙家景象,风格奇丽浓艳。

　　以"蓬莱""十洲""扶桑"等为代表的神话意象在唐代海洋诗歌中频频出现,成为人们对海洋地理的基本认知和建构,如陈陶(812?—885?)《蒲门戍观海》:"登楼礼东君,旭日生扶桑。毫厘见蓬瀛,含吐金银光。"②独孤及(725—777)《观海》:"白日自中吐,扶桑如可扪。超遥蓬莱峰,想像金台存。"③尽管这种地理认知和建构来源于神话传说,多与仙道相关,在性质上是观念的、幻想的,但它们为唐人诗作赋予了一层瑰丽奇幻的色彩,提供了广阔浪漫的想象空间,这正是海洋地理意象的审美价值所在。

　　海洋是一个神秘奇异的异域世界,这里有许多不同寻常的事物现象,比如海市蜃楼、风暴潮等。因古人的认识能力不足,海洋地区的很多特殊景观无法得到科学解释,长期笼罩在神话传说的灵异面纱中,从而使它们的面貌更加奇幻迷离,幽然难测。在海洋诗歌中,常见的海洋景观意象有"蜃楼""鲛室""阴火""龙窟"等。

　　以"蜃楼"为例,"蜃楼"即海市蜃楼,也称"蜃气"。古人不知晓其中原理,误以为是海怪大蜃吐气而成,唐人在诗作中描绘海洋景观时,就常常有海市蜃楼的身影出现:

　　　　长风卷繁云,日出扶桑头。水净露鲛室,烟销凝蜃楼。
　　　　　　　　　　　　　　——长孙佐辅《楚州盐壉古墙望海》④

　　　　辞天使星远,临水涧霜秋。云佩迎仙岛,虹旌过蜃楼。
　　　　　　　　　　　　　　——钱起《重送陆侍御使日本》⑤

_____

① 《海边远望》,《全唐诗》卷四九四,第5592页。
② 《蒲门戍观海作》,《全唐诗》卷七四五,第8467页。
③ 《观海》,《全唐诗》卷二四六,第2765页。
④ 《楚州盐壉古墙望海》,《全唐诗》卷四六九,第5336页。
⑤ 《重送陆侍御使日本》,《全唐诗》卷二三七,第2639页。

不择南州尉,高堂有老亲。楼台重蜃气,邑里杂鲛人。

——岑参《送杨瑗尉南海》①

长孙佐辅(生卒年不详,约公元 785—805 前后)《楚州盐壔古墙望海》一诗写望海之景:长风卷云,日出扶桑,海水清澈透明时,鲛人居室历历可见,烟云凝聚之时,海市蜃楼则适时出现。钱起《冲送陆侍御使日本》诗写"陆侍御"航海归国的景象:使臣辞别唐天子,此时正是秋天,海上云遮雾绕,仙岛隐隐,虹霓凌空,蜃楼绰绰。岑参《送杨瑗尉南海》诗为送友人赴南海任职而作,提到南海的特殊景象:蜃气幻化成楼台之景,乡邑多鲛人杂居。这些诗作均说明唐人对海市蜃楼的景象已多有闻知,"蜃楼"意象也为海洋诗歌增添了迷离恍惚的风采,但唐时还未有专咏之作出现。而宋代苏轼(1073—1101)就曾作《海市》一诗,两相对比,或可说明唐人对海市蜃楼的认知多限于传闻,了解不深。

海洋诗歌中,出现较多的景观意象还有"阴火"和"龙窟"。所谓"阴火",其实是海中生物所发之光,正如王建(766?—832?)《南中》诗所说:"瘴烟沙上起,阴火雨中生。"②而唐人多数此类诗作中,"阴火"常被认为是不明之物,给全诗笼上一种幽冥清冷的氛围,如法振(生卒年不详,约公元 756 前后)《送褚先生海上寻封炼师》:"明珠漂断岸,阴火映中流。"③贯休《送新罗僧归本国》:"月冲阴火出,帆捵大鹏飞。"④"龙窟"即龙宫,指海底龙王所居之地,也称水府,如杨师道《奉和圣制春日望海》:"仙台隐螭驾,水府泛鼋梁。"⑤吉中孚《送归中丞使新罗册立吊祭》:"气积鱼龙窟,涛翻水浪声。"⑥龙宫传说与唐以后龙王信仰的兴起有关,顾况(727?—816?)曾作《龙宫操》一首,想象龙宫之奇:

---

① 《送杨瑗尉南海》,《全唐诗》卷二〇〇,第 2073 页。
② 《南中》,《全唐诗》卷二九九,第 3390 页。
③ 《送褚先生海上寻封炼师》,《全唐诗》卷八一一,第 9142 页。
④ 《送新罗僧归本国》,《全唐诗》卷八三二,第 9384 页。
⑤ 《奉和圣制春日望海》,《全唐诗》卷三四,第 460 页。
⑥ 《送归中丞使新罗册立吊祭》,《全唐诗》卷二九五,第 3352 页。

　　　龙宫月明光参差,精卫衔石东飞时,鲛人织绡采藕丝。翻江倒海
倾吴蜀,汉女江妃杳相续,龙王宫中水不足。①

诗言龙宫之内月明参差,有精卫因衔石而飞跃,鲛人为织绡而采藕丝。忽
然之间,江海翻腾,海水径直流入吴蜀之江,海底龙宫之水因而不足。这
首诗想象跳跃,富有奇趣。

　　以"蜃楼""鲛室""阴火""龙窟"等为代表的海洋景观意象,是海洋
世界中的重要点缀。它们主要给海洋诗歌带来了迷离恍惚、捉摸不透的
审美感受,丰富了海洋诗歌的文化意蕴,这种神秘浪漫的美感特质,也是
海洋文学与其他类型文学重要的区别之处。

　　神话意象的第三种类群是海洋生物,除"鲸",其他如"鹏""鳌""龙"
等都非现实存在,而是神话传说之物,它们的共同特点是体型巨大、威力
无穷,海洋素以其巨大的水域空间著称,故只有这样的神物才有资格在茫
茫大海中腾跃长空,搏击巨浪,它们表现出拔山超海、动人心魄的强大能
量,成为海洋诗歌中一道最亮丽的风景线。

　　"鲸",古人认识较模糊,笼统视为生活在海中的巨鱼。柳宗元
(773—819)曾作《奔鲸沛》一诗:

　　　奔鲸沛,荡海垠。吐霓翳日,腥浮云。帝怒下顾,哀垫昏。授以
神柄,推元臣。手援天矛,截脩鳞。披攘蒙霿,开海门。地平水静,浮
天根。羲和显耀,乘清氛。赫炎溥畅,融大钩。②

武德六年(623),舒国公公祏起兵叛乱,僭位称帝,唐高祖命赵郡王李孝
率诸将破之,传首京师。柳宗元此诗正是以设喻的方式记述了这一事件。

　　"鳌"则是传说中以头戴三山的巨鳌,鳌者,大海龟也。白居易的《题
海图屏风》一诗:

──────────

　① 《龙宫操》,《全唐诗》卷二六五,第 2941 页。
　② 《奔鲸沛》,《全唐诗》卷一七,第 177 页。

　　海水无风时,波涛安悠悠。鳞介无小大,遂性各沉浮。突兀海底鳌,首冠三神丘。钓网不能制,其来非一秋。或者不量力,谓兹鳌可求。巇屃牵不动,纶绝沉其钩。一鳌既顿颔,诸鳌齐掉头。白涛与黑浪,呼吸绕咽喉。喷风激飞廉,鼓波怒阳侯。鲸鲵得其便,张口欲吞舟。万里无活鳞,百川多倒流。遂使江汉水,朝宗意亦休。苍然屏风上,此画良有由。①

诗人实际是借写鳌、鲸在海中兴风作浪来写中唐时宦官势力垄断朝政,故"遂使江汉水,朝宗意亦休。"讽喻愤懑之意,跃然纸上。

　　"鹏"者,即鲲鹏、大鹏。李白的《上李邕》一诗写道:

　　大鹏一日同风起,扶摇直上九万里。假令风歇时下来,犹能簸却沧溟水。世人见我恒殊调,闻余大言皆冷笑。宣父犹能畏后生,丈夫未可轻年少。②

大鹏此时正是李白自况之物,充盈着极度的自由自信、阳刚健气之美。

　　"鲸""鳌""鹏"等海洋动物大多是某种力量和信念的象征,表现出以"大"为美、以"勇"为美的审美观念,这些也深刻地映射着唐人文化品格的自塑取向。

　　再看"海洋人文意象"。就是与人类的社会活动相关的海洋意象,比如涉海的人物、事件、工具、时间、地点等。本节将其分为比德意象、隐逸意象和历史意象,以下详述之。

　　海洋诗歌中,常见的比德意象有"百川朝宗""有容乃大"和"海不扬波"意象。

　　"百川朝宗"意象的发展历史源远流长,最早出自《尚书·禹贡》:"江、汉朝宗于海。"③"朝宗"者,特指诸侯朝见天子,《周礼·大宗伯》:

---

① 《题海图屏风》,《全唐诗》卷四二四,第 4656 页。
② 《上李邕》,《全唐诗》卷一六八,第 1740 页。
③ 李民、王健:《尚书译注》,上海古籍出版社 2016 年,第 70 页。

"春见曰朝,夏见曰宗,秋见曰觐,冬见曰遇。"①杨广(569—618)有《季秋观海》一首,其诗曰:

> 孟轲叙游圣,枚乘说愈疾。逖听乃前闻,临深验兹日。浮天迥无岸,含灵固非一。委输百谷归,朝宗万川溢。分城碧雾晴,连洲彩云密。欣同夫子观,深愧玄虚笔。②

字里行间流露出作者自诩一代雄主的雍容与自得。

"有容乃大"意象,主要包括两层含义:一是海洋的广大之美;二是海洋的涵泳之德。《孟子·尽心上》有云:"孔子登东山而小鲁,登泰山而小天下,故观于海者难为水,游于圣人之门者难为言。"③孟子将海与"圣人之德"相比附,并将其与一般水域和"常人之德"作对比,以说明世人的道德层次有高下之别。《管子》中则说:"海不辞水,故能成其大。山不辞土石,故能成其高。"④

韩愈有《海水》一诗:

> 海水非不广,邓林岂无枝。风波一荡薄,鱼鸟不可依。海水饶大波,邓林多惊风。岂无鱼与鸟,巨细各不同。海有吞舟鲸,邓有垂天鹏。苟非鳞羽大,荡薄不可能。我鳞不盈寸,我羽不盈尺。一木有余阴,一泉有余泽。我将辞海水,濯鳞清冷池。我将辞邓林,刷羽蒙笼枝。海水非爱广,邓林非爱枝。风波亦常事,鳞鱼自不宜。我鳞日已大,我羽日已修。风波无所苦,还作鲸鹏游。⑤

---

① 黄公渚:《周礼》,商务印书馆1936年,第53页。
② 逯钦立:《季秋观海诗》,《先秦汉魏晋南北朝诗》隋诗卷三,第2670页。
③ (战国)孟轲著,(宋)朱熹集注:《尽心章句上》,《孟子集注》卷一三,上海古籍出版社1987年,第105页。
④ (春秋)管仲著,黎祥凤、梁运华等整理校注:《形势解》,《管子校注》卷二〇,中华书局2004年,第278页。
⑤ 《海水》,《全唐诗》卷三四五,第3869页。

这首诗是韩愈自明心志之作,自誓终有一天会海阔天空,一展抱负。

"海不扬波"则历来用来比喻四海安宁、天下无事的承平之象。《文子·精诚》说:"故精诚内形,气动于天,景星见,黄龙下,凤凰至,醴泉出,嘉谷生,河不满溢,海不波涌。"①《韩诗外传·第十二章》也说:"久矣,天之不迅风疾雨也。海不波溢也,三年于滋矣。"②李沛(生卒年不详,约公元786前后)曾作《海水不扬波》一首,其诗曰:

> 明朝崇大道,寰海免波扬。既合千年圣,能安百谷王。天心随泽广,水德共灵长。不挠鱼弥乐,无澜苇可航。化流沾率土,恩浸及殊方。岂只朝宗国,惟闻有越裳。③

李沛是唐宪宗李纯之孙,太和八年(834),被封为颍川郡王。这首《海水不扬波》是一首颂诗,赞颂大唐的圣明统治使得天下大定,四海皆服。

海洋诗歌固然有"比德于海"、积极入世的内涵,同时也有旷达自适、洁身自好的表达取向。而二者的结合恰好也是海洋诗歌在内涵上以儒道互补为特色的表征。

海洋与隐逸文化的密切联系,跟早期士人为避乱而隐居江海之滨的经历有关:

> 少师阳、击磬襄入于海。
>
> ——《论语·微子》④

> 伯夷辟纣,居北海之滨,闻文王作兴曰:"盍归乎来! 吾闻西伯善

---

① (春秋)辛妍著,(元)杜道坚注:《文子》卷二《精诚》,上海古籍出版社1989年,第9页。
② (西汉)韩婴撰,许维遹校释:《韩诗外传集释》卷五《第十二章》,中华书局1980年,第181页。
③ 《全唐诗》卷七八〇《海水不扬波》,第8820页。
④ (宋)朱熹集注:《论语集注》,商务印书馆2015年,第270页。

养老者。"太公辟纣,居东海之滨;闻文王作兴,曰:"盍归乎来! 吾闻西伯善养老者。"

——《孟子·尽心上》①

基于此,道家就经常将向海而居与崇尚恬淡无为的虚静之德相对应。《庄子·天道》云:"夫虚静、恬淡、寂漠、无为者,万物之本也……以此退居而闲游江海,则山林之士服。"②《庄子·刻意》也说:"就薮泽,处闲旷,钓鱼闲处,无为而已矣。此江海之士,避世之人。"③

唐代海洋诗歌中,常出现的隐逸意象有"忘机鸥""乘桴浮海""安期生"等典故。

"忘机鸥",也称"狎鸥""训鸥"等。如高适《和贺兰判官望北海作》:"揽辔隼将击,忘机鸥复来。"④杨广《望海》:"训鸥旧可狎,卉木足为群。"

"乘桴浮海"的典故出自论语。张说《入海二首其一》:"乘桴入南海,海旷不可临。"⑤孟浩然《岁暮海上作》:"仲尼既亦没,余亦浮于海。"⑥张九龄(678—740)有《与王六履震广州津亭晓望》一诗:

> 明发临前渚,寒来净远空。水纹天上碧,日气海边红。景物纷为异,人情赖此同。乘槎自有适,非欲破长风。⑦

诗中畅想自己像孔子一样乐意乘槎浮海,逍遥于江湖,而不复进取之念。"破长风"的典故来自《宋书·宗悫》:"悫年少时,炳问其志,悫曰:'愿乘长风破万里浪。'"

"安期生"也是海洋诗歌中出现频次较多的隐逸意象。"安期生",亦

① （战国）孟轲著,（宋）朱熹集注:《孟子集注》卷一三《尽心章句上》,上海古籍出版社1987年,第104页。

② （战国）庄周著,方勇译注:《庄子》外篇《天道》,中华书局2010年,第206页。

③ （战国）庄周著,方勇译注:《庄子》外篇《刻意》,第247页。

④ 《和贺兰判官望北海作》,《全唐诗》卷二一一,第2192页。

⑤ 《入海二首其一》,《全唐诗》卷八六,第931页。

⑥ 《岁暮海上作》,《全唐诗》卷一五九,第1628页。

⑦ 《与王六履震广州津亭晓望》,《全唐诗》卷四八,第590页。

称"安期""安其生",秦汉时齐琅琊人。因其曾有"卖药海边"的经历,因此唐代海洋诗歌中也经常出现他的身影:

> 安期今何在,方丈蔑寻路。仙事与世隔,冥搜徒已屡。
> ——宋之问《景龙四年春祠海》①

唐代海洋诗歌中常出现的历史意象则主要有"入海求仙""沧海桑田"和"伍子胥"等意象。

白居易的《海漫漫·戒求仙也》:

> 海漫漫,直下无底傍无边。云涛烟浪最深处,人传中有三神山。山上多生不死药,服之羽化为天仙。秦皇汉武信此语,方士年年采药去……②

此诗讽谏统治者莫要步秦皇汉武的后尘,正是其新乐府诗中一首典型的借古刺今的讽喻之作。

"沧海桑田"典故出自东晋葛洪的《神仙传·王远》中的仙人麻姑之语:

> 麻姑自说:"接待以来,已见东海三为桑田,向到蓬莱,水又浅于往昔会时略半也,岂将复还为陵陆乎?"③

麻姑自云已见东海三次化为桑田,此语蕴含了对人生有限及世事无常的深沉感慨。刘希夷(651—?)《代悲白头翁》:"已见松柏摧为薪,更闻桑田变成海。"④白居易《浪淘沙》:"海底飞尘终有日,山头化石岂无时。"⑤

---

① 《景龙四年春祠海》,《全唐诗》卷五一,第 621 页。
② 《海漫漫·戒求仙也》,《全唐诗》卷四二六,第 4691 页。
③ （晋）葛洪:《神仙传》卷三,上海古籍出版社 1990 年,第 18 页。
④ 《代悲白头翁》,《全唐诗》卷八二,第 885 页。
⑤ 《海上》,《全唐诗》卷二八,第 404 页。

伍子胥被奉为"潮神",史载他蒙冤而死,精魂化为钱塘潮水,日夜不息,激荡着世人的心魄。常雅(生卒年不详)《题伍相庙》咏其事曰:

> 苍苍古庙映林峦,漠漠烟霞覆古坛。精魄不知何处在,威风犹入浙江寒。①

以"百川朝宗""有容乃大""海不扬波"等为代表的比德意象,以"忘机鸥""乘桴浮海""安期生"等为代表的隐逸意象,以"沧海桑田""入海求仙""伍子胥"等为代表的历史意象反映出中国海洋文化在长期历史积淀中所形成的特色,即以儒家思想为核心的隐喻化、古典性的符号特征。

---

① 《题伍相庙》,《全唐诗》卷八五〇,第 9627 页。

第五章　宋元时期

第一节　沧海何曾隔地脉

一、唐宋时期滨海地区行政管理的增强

　　盛唐时期，几乎全部东亚大陆的沿海区域都属大唐的海疆管辖范围。也就是说，从北部的鄂霍次克海，经过日本海西部水域和朝鲜湾到渤海，到中部的黄海、东海，到南部的南海达北部湾的海域及沿海地带，都处于中央王朝的统治之下。

　　唐王朝实行的是腹地直辖和边疆羁縻并行的行政区划方式。贞观初年，唐太宗根据山川地理划分全国为十道。开元年间，唐玄宗将十道扩编至十五道，道下辖州（郡）、县。同时，针对偏远的边境地区，唐王朝继承了隋代的边疆"羁縻"策略，在羁縻州府设立都督府或都护府，以统辖特定地区的边疆治理，部分滨海地区也包括在其中。

唐代沿海疆域的行政区划如下表所示：

　　大唐的南部海域，主要归岭南道管辖。因五岭阻隔的影响，岭南自古以来就是"化外之地"，处于中央政权统治的边缘地带，经济文化相对落后。入唐以来，先进耕作方式的传入和公共水利的兴修使得岭南落后的农业生产面貌大幅度改观，纺织、陶瓷、采矿等手工业发展也取得了长足的进步。最值得注意的是岭南商业的普遍与繁荣，具体表现在贸易对象上，不仅国际贸易发达，而且区域内部尤其是岭北贸易也非常兴盛；在贸易机制上，墟市、夜市等多样化的市场形势兴起，以金银为货币的流通手段国际化，设立市舶使对外贸易管理专门化等。

河北道	河南道	淮南道	江南东道	岭南道
安东都护府				安南都护府
营州、平州、蓟州、幽州、沧州、棣州	青州、莱州、登州、密州、海州、泗州	楚州、扬州	苏州、杭州、越州、明州、台州、温州、福州、泉州、漳州	潮州、循州、广州、冈州、恩州、高州、潘州、罗州、雷州、崖州、万安州、振州、儋州、陆州、廉州、武安州、长州、交州、爱州、驩州、唐林州

（另端州、春州、辩州、山州虽不直接临海，但距海岸线不远，经济类型一致，亦属岭南沿海地区[①]）

北部海域靠近辽东地区和朝鲜半岛，其政治和军事地位不言而喻。为巩固版图，消除边患，唐朝前期对北方沿海区域以军事经略为主，在客观上带动了北方部分沿海港口及周边地区的经济发展，这些地区的海运仓储行业获得一定发展，从而刺激了部分沿海地区的经济活动，使其开始活跃起来。

唐朝监察机构道的划分是以山河地理为主要原则的，宋朝路的划分则是在唐朝的基础上，兼顾了经济和人文的差异性，从而更加科学。当时因南方经济已迅速发展并超过北方，南方的版图得以进一步细化。公元993年（淳化四年），宋革除陇右、山南东、山南西三道；并剑南东、西道为一；改岭南为广南道；增设两浙道。总体举措看，加强了对东南地区的管辖。公元994年，正式废去道制，改为路制。吴越地区独立为两浙路，以徽文化为核心的皖南及周边地区为江南东路，淮河下游为淮南东路。广州等地归于广南东路，桂州、琼州、崖州归于广南西路。华东、华南地区的如上划分方式，从地理、风俗、语言、经济形态各方面来看都较为均匀合理，因此才被采用至今。在这样的空间布局中，沿海不再是落后或化外之地的代名词，沿海各州除孤悬海外的琼州、夷洲，都渐次脱去了物质或精神上"贫困的帽子"。

---

① 　张炜、方堃：《中国海疆通史》，中州古籍出版社2003年，第138页。

二、唐宋咏海、观海诗及岭南贬谪诗歌

"观海诗"，也可称为"望海诗"。望海活动发生很早，据有关学者考证，原始的望海是祭祀和求仙之举，《越绝书·越绝外传记地传第十》记载："勾践徙都琅琊，起观台，台周七里，以望东海。"①勾践起台望海的行为当属古时的望祀之礼。又据《史记·秦始皇本纪》记载："上会稽，祭大禹，望于南海，而立石刻颂秦。"②秦始皇"望于南海"主要是为了寻找传说中海上三神山的仙药，以求长生不死。昔时帝王求仙之事未成，"望海"却作为一种登高怀远、睹物兴怀的审美活动流传下来，历代文人临海感怀，多有所作。

较早专题咏海之作的诞生，当推曹操（155—220）《步出夏门行·观沧海》一诗：

> 东临碣石，以观沧海。水何淡淡，山岛竦峙。树木丛生，百草丰茂。秋风萧瑟，洪波涌起。日月之行，若出其中。星汉灿烂，若出其里。幸甚至哉，歌以言志。③

建安十二年（207），曹操东征乌桓，于胜利归途中，途径碣石山，登山观海，而有此诗。此诗以牢笼百世的雄浑面目拉开了中国古代海洋诗歌的序幕。

自三国时曹操的咏海名作《步出夏门行·观沧海》流传于世以来，后代人主多有效仿之辞，隋炀帝杨广（569—618）就留有两首观海诗：《望海》和《季秋观海诗》。贞观十九年（645），唐太宗李世民（599—649）征高丽时经过渤海，亦作《春日望海》一诗：

---

① 《四库全书》史部汉袁康：《越绝书》卷八载："勾践伐吴，霸关东，从琅琊起观台，台周七里，以望东海。"
② （汉）司马迁：《史记》，第 34 页。
③ 逯钦立：《步出夏门行》，《先秦汉魏晋南北朝诗》魏诗卷一，第 353 页。

披襟眺沧海,凭轼玩春芳。积流横地纪,疏派引天潢。仙气凝三岭,和风扇八荒。拂潮云布色,穿浪日舒光。照岸花分彩,迷云雁断行。怀卑运深广,持满守灵长。有形非易测,无源讵可量。洪涛经变野,翠岛屡成桑。之罘思汉帝,碣石想秦皇。霓裳非本意,端拱且图王。①

这首诗视野开阔,气韵恢宏,表现出一代帝王开创盛世局面的豪迈胸襟。太宗此诗,长孙无忌、高士廉、杨师道、刘洎、岑文本、褚遂良、许敬宗、上官仪、郑仁轨等人均有同题奉和之作。

"平生江海心,宿昔具扁舟"②。对于士人来说,"海"还是避世隐逸的象征。无论是孔子的乘桴浮于海之想,还是田横不肯事汉的蹈海之举,在人们的文化观念中,江海之地远离尘嚣、清静无为,正是士人离世隐居的理想场所,试看薛据(701?—767?)《登秦望山》:

南登秦望山,目极大海空。朝阳半荡漾,晃朗天水红。溪壑争喷薄,江湖递交通。而多渔商客,不悟岁月穷。振缗迎早潮,弭棹候长风。予本萍泛者,乘流任西东。茫茫天际帆,栖泊何时同。将寻会稽迹,从此访任公。③

水面之上,渔商海客们次第往来,一片忙碌繁盛之景。诗人自己却感伤身世,哀叹自己漂泊无依,并用《庄子》任公之典,表明自己将弃世归隐,与渔人海客为伍。诗僧贯休(832—912)的《南海晚望》一诗,则透露出因对国家前途命运抱有深刻忧虑,而无法安然归隐的矛盾情怀:

海上聊一望,舶帆天际飞。狂蛮莫挂甲,圣主正垂衣。风恶巨鱼

---

① 《春日望海》,《全唐诗(增订本)》卷一,中华书局1999年,第7页。
② 《破船》,《全唐诗(增订本)》卷二二〇,第2332页。
③ 《登秦望山》,《全唐诗(增订本)》卷二五三,第2845页。

出,山昏群獠归。无人知此意,吟到月腾辉。①

此诗写南海夜望之景:海面千帆竞发,一派繁荣,对此承平之景,诗人忍不住告诫狂蛮,不要虎视中原!海上有风浪,才会出现巨鱼;山林有瘴气,才会出现獠兽。而目前圣主虽然宽仁,实际上却是垂拱而治,并非无能。尾联"无人知此意,吟到月腾辉",诗人看似语锐意正的笔触下,是衰世之中一颗清醒者的孤忠、忧患之心。

以上诗作表明,在君王或臣子目中,所谓的大海都并不是海,而是表达政治情怀的符号。其中,大海之所以有此类隐喻意义,与其在夷/夏、中心/边缘等不对称结构中所处的位置有关。而中国人的陆地与海洋观念中,海经常意味着文明与野蛮、华夏与蛮夷的弱势一方。

当然,与前代相比,唐代君臣的咏海诗在宇宙观上还是表现出一些新的气象。比如曹操诗中说:"周公吐哺,天下归心。"②而唐太宗诗中说:"怀卑运深广,持满守灵长。"虽然二者姿态上有辅臣与君王之别,而后者在宇宙、自然面前显然更为谦卑:面对宇宙,唐太宗表示"积流横地纪,疏派引天潢",即要尊重和利用天时地利;而曹操所表达的"日月之行,若出其中。星汉灿烂,若出其里",则以"若"字为媒介,将日月/大海及现实/理想的二元结构都进行了翻转,因此才产生了气吞万里之势。

相类似的,前引薛据的《登秦望山》诗,其中"秦望山"是实有的,位于今浙江绍兴。虽然诗中没有具体描写码头实景,但也对活跃其中的渔商海客略有着墨,并非一派自然风光,更不像庄子讲任公子故事那样,咏海完全只是虚拟。可见大唐丰富的国际交往活动,还是扩充了政治家们的眼界,更新了其世界观。类似改变,更集中地体现在实写海洋或滨海生活的诗文篇章之中。

曹植(192—232)曾随父曹操东征乌桓,到达今河北一带的渤海之滨,他有《泰山梁甫行》一诗:

---

① 《南海晚望》,《全唐诗(增订本)》卷八三四,第9481页。
② 逯钦立辑校:《先秦汉魏晋南北朝诗》魏诗卷一《短歌行》,第349页。

　　　八方各异气,千里殊风雨。剧哉边海民,寄身于草墅。妻子象禽
兽,行止依林阻。柴门何萧条,狐兔翔我宇。①

诗以白描之笔结构全篇,描画了战乱时期沿海地区农村的衰败景象:边
海之民困苦不堪,寄身于草野丛莽之间,举止言行宛如野人,家园荒败,狐
兔随意进出。此诗继承《诗》的风雅精神,寄寓了诗人关心民瘼的情怀。
在诗歌史上,这也是历史上较早描写滨海人民生活的诗歌。

　　中唐时的章孝标(生卒年不详,约公元 818 年前后)有《归海上旧居》
一首:

　　　乡路绕蒹葭,萦纡出海涯。人衣披蜃气,马迹印盐花。草没题诗
石,潮摧坐钓槎。还归旧窗里,凝思向余霞。②

诗人以动人的笔触绘写了故乡海滨的住处环境:蒹葭苍苍,乡路曲折蜿
蜒,一直延伸到海的尽头。身居海乡,人的衣服上都沾染了蜃气,路上也
留有海水晒干后的盐痕。草没题诗之石,暗示诗人离家之久;潮来潮去,
催促垂钓之人早归,隐喻作者思归之情。尾联以窗前对晚霞凝思收束,写
回到故居后的生活情境,一派闲居自适之意。

　　海滨居民的生活风俗和劳作方式有时也被诗人记录在诗作中,如施
肩吾(生卒年不详,约公元 820 年前后)的《岛夷行》:

　　　腥臊海边多鬼市,岛夷居处无乡里。黑皮年少学采珠,手把生犀
照咸水。③

施肩吾于元和十五年进士及第,却不慕名利,好修仙道,晚年携族人渡海
避乱,至澎湖列岛隐居,成为开发澎湖的先驱。这首《岛夷行》正是施氏

---

① 逯钦立辑校:《先秦汉魏晋南北朝诗》魏诗卷八《泰山梁甫行》,第 426 页。
② 《归海上旧居》,《全唐诗(增订本)》卷五○六,第 5794 页。
③ 《岛夷行》,《全唐诗(增订本)》卷四九四,中华书局 1999 年,第 5634 页。

居岛后所作,是对当时海岛生活方式的真实写照。诗中"鬼市"当为夜市,据郑熊(生卒年不详)《番禺杂记》记载:"海边时有鬼市。半夜而合,鸡鸣而散,人从之多得异物。"①诗中说,岛上住所分散,并无乡里划分。而采珠,则是海滨重要的谋生方式。

其中数量较多的此类作品,出自贬谪海隅(尤其是岭南)的文人笔下。

古时,岭南地区为烟瘴之地和官宦贬谪之所。《潮汕府志》云:"唐宋以前,山川之间多瘴疠,被视作贬谪的区域。"这就引出了"贬官文化。"较多的贬谪诗歌,通过将贬所或途中所见与京洛之地进行对比,来表达思归之情、政治理想等。这种对比背后,正体现了诗人们潜移默化了的强弱势对比的文化心理。唐代以前,岭南的诗歌作品留存极少。自唐开始,岭南诗歌才逐渐有所保留。在唐代岭南诗歌作品中,贬谪诗歌占有绝对比重。贬谪诗人们从以京洛之地为中心的强势文化圈,远谪岭南这一弱势文化圈,内心有着明显的跌落和反差。但因贬谪诗人出身不同,贬谪原因不同,政治理想或追求目标各异,对岭南的态度、在岭南的经历也不尽相同。

相同之处在于,贬谪文人在贬谪前大都是强势文化圈的核心人物。即便不是核心人物,也大多有一定的政治地位。而由于政治运动、党派斗争等原因,他们在强势文化圈突然沦为弱势一方,以致贬谪流放到岭南。这些在以京洛之地成长起来的文人来到岭南,在物质生活、精神生活上都转为弱势,不仅对烟瘴之地的自然环境极其不适应,对当地的社会习俗也不能接受。

有唐一代贬谪岭南的文人中,以张说、杜审言、沈佺期、宋之问、韩愈、柳宗元、刘禹锡、李德裕等八位在地位影响等各方面最具代表性。上面所讨论的强弱势文化在他们的具体诗歌作品中都有较为集中的体现。上述贬谪诗人虽然在无意识中用强弱势文化视角看待岭南,但随着历史的发展,贬谪文人在这个阶段的诗歌创作过程中关注点也发生了改变——上述曾在强势文化圈生存发展的贬谪文人到达岭南后,起初往往沉浸在过

---

① （唐）郑熊:《番禺杂记》,原书已失传。收入元陶宗仪《说郛》一书。参见(元)陶宗仪:《说郛三种》卷六,上海古籍出版社1988年版,第2838页。

去的生活中无法自拔。而随时间推移,加以中晚唐政治斗争愈加频繁,贬谪人数大大增加,受害系数的加大无形中减轻了相关个体的痛感体验。上述原因,都使得贬谪文人逐渐从自我内心世界及强势文化思维定式中脱离出来,转而关注所在地的民生与文化。

韩愈(768—824)曾被贬潮州,在《八月十五日夜赠张功曹》中他写道:"十生九死到官所,幽居默默如藏逃。下床畏蛇食畏药,海气湿蛰熏腥臊。"[1]这是对他在潮州恶劣的居住环境的真实刻画。再看张子容(生卒年不详,约公元 712 年前后)《永嘉作》一诗:

> 拙宦从江左,投荒更海边。山将孤屿近,水共恶溪连。地湿梅多雨,潭蒸竹起烟。未应悲晚发,炎瘴苦华年。[2]

张子容于先元元年(712)中进士,仕为乐成令(今温州乐清市),此诗当为此时而作。诗人因从宦偏远之地而心怀郁郁,此地又穷山恶水,湿热多雨,炎瘴流行,不禁有被放逐遗忘之感,心生年华空掷之恨。

宋代曾贬谪岭南的,以苏轼最为著名。北宋绍圣元年(1094),苏轼因"讥讪前朝"的罪名被远贬惠州,"不得签书公事"。苏东坡到惠州贬所,初寓合江楼。其《寓居合江楼》诗云:

> 海山葱昽气佳哉,二江合处朱楼开。蓬莱方丈应不远,肯为苏子浮江来。江风初凉睡正美,楼上啼鸦呼我起。我今身世两相违,西流白日东流水。楼中老人日清新,天上岂有痴仙人。三山咫尺不归去,一杯付与罗浮春。[3]

合江楼在东江和西枝江的合流处,为广东六大名楼之一,原是三司行衙中

---

① 《八月十五日夜赠张功曹》,《全唐诗(增订本)》卷三三八,第 3794 页。
② 《永嘉作》,《全唐诗(增订本)》卷一一六,第 1177 页。
③ (宋)苏轼著,(清)王文诰辑注:《寓居合江楼》,《苏轼诗集》卷三八,中华书局 1982 年版,第 2071—2072 页。

皇华馆内的一座江楼,而皇华馆是朝廷官员的驿馆。地点很具体,但描写并不具体,只是"身世两相违""生活在别处"的心情表达。

宋朝绍圣四年(1097),六十二岁的苏东坡被一叶孤舟送到了更荒凉之地儋州。海南至今还有这样一个美好的传说:说苏东坡被贬海南,来到儋州任所。他想为百姓做一些实事,其中就包括设馆办学。不料设馆近一个月里,竟一个学生也未招到。他四处打听,问附近一带到底有没有读书人。有人告诉他,离这里一百多里的地方有个青年人,名叫姜唐佐,很喜欢读书。苏东坡找到姜唐佐家。姜母却告诉他,姜唐佐出门打短工去了,不知何时归来。苏轼在姜家墙上所挂姜唐佐自画的山水条幅上填了几笔,就告辞了。姜唐佐回家后,从画中土坡上苏轼所写的"皮"字上猜出来人是大名鼎鼎的苏东坡,于是应邀去学馆报名。学成后,苏东坡想:琼州、儋州都是南荒僻壤,自古来读书人,至今还没有一个登科及第之士。为了鼓励后学,苏东坡在姜唐佐的纸扇上题了两句诗:"沧海何曾断地脉,白袍端合破天荒。"鼓励他说:"等你中了进上,再续写后两句。"姜唐佐后来果然考取了进士,但彼时苏东坡已经去世。苏辙听说此事,便续写了后半首:"沧海何曾断地脉,白袍端合破天荒。锦衣他日千人看,始信东坡眼力长。"

汉朝约在公元前100年就设置了儋耳郡。六百多年后的梁大同年间(546),冼夫人的大军渡海征服了海南,将郡治从南滩浦迁移至中和镇。时光再过了四百多年,东坡先生就被流放到了这里,谪居三年。都说,被流放的苏东坡是不幸的,而对儋州、对海南人民来说却是幸运的。这是因为在之后的岁月里,东坡先生就像中华文明沿着海上丝路托举到南海上空的月亮,长久地拂照着这座千年古镇,这个边远的海岛。

跟曾经贬居的惠州相比,当时海南岛儋州的自然环境更为恶劣,属于瘴疬之地。苏东坡在接到被贬流放琼州的消息后,心情也曾一度很沉重。离别之时,他在给友人王古的信中留下这样的文字:"某垂老投荒,无复生还之望。昨与长子迈诀,已处置后事矣。"①初到儋州时的苏东坡在给友

---

① （宋）苏轼著,孔凡礼点校:《苏轼文集》卷五六《与王敏仲十八首(十六)》,中华书局1986版,第1695页。

人的信中写道："此间食无肉、病无药、居无室、出无友、冬无炭、夏无寒泉。"①字里行间可以看出，这时的东坡先生并不快乐。

但三年之后离开儋州，苏东坡对这段经历做了小结，却道出"我本海南民，寄生西蜀州"②。这两句颇有感情的结论，与他最初的绝望情绪有了本质差别。为什么会这样？主要是三年中的文化传播行为，让这位大文豪找到了强烈的成就感、自豪感。就像当年谪居惠州，苏东坡也曾留下这样的名句："罗浮山下四时春，卢橘杨梅次第新。日啖荔枝三百颗，不辞长作岭南人。"③达观自在的生活态度，让他从中心/边缘的固化结构中破茧而出。

苏东坡在儋州谪居的三年期间，不因身负"重罪"而颓丧，反而积极传播中原文化。史书上说得明白，当时儋州的文化教育状况是"汉魏六朝至唐及五代，文化未开"。就是说，那里的文化教育状况非常落后。东坡先生当年曾去城东学舍考察，回后写了一首《和陶示周掾祖谢》诗："闻有古学舍，窃怀渊明欣。摄衣造两塾，窥户无一人。邦风方杞夷，庙貌犹殷因。先生馔已缺，弟子散未臻。忍饥坐谈道，嗟我亦晚闻。"④诗中所描述的情况就是儋州当时的教育状况的缩影。后来苏轼以载酒堂为平台，以文会友，传授中华诗词文化，"辟南荒之诗境""敷扬文教"。"以诗书礼乐之教转移其风俗，变化其人心，听书声之琅琅，弦歌四起，不独'千山动鳞甲，万谷酣笙钟'，辟南荒之诗境也。"⑤东坡先生的名人效应，让许多人慕他大名的学子，不远千里来到儋州，为的就是能够当他的学生。到了清代，进士王方清和举人唐丙章在此执教，载酒堂正式改称东坡书院。

公元 1100 年，东坡先生离开海南；临走时，留有著名诗作《六月二十日夜渡海》："参横斗转欲三更，苦雨终风也解晴。云散月明谁点缀，天容

---

① （宋）苏轼著，孔凡礼点校：《苏诗文集》卷五五《与程秀才三首》，第 1628 页。
② （宋）苏轼著，（清）王文诰辑注：《苏轼诗集》卷四三《别海南黎民表》，第 2362 页。
③ （宋）苏轼著，（清）王文诰辑注：《苏轼诗集》卷四〇《食荔枝二首》，第 2194 页。
④ （宋）苏轼著，（清）王文诰辑注：《苏轼诗集》卷四一《和陶示周掾祖谢》，中华书局 1982 年，第 2253—2254 页。
⑤ 王国宪：《重修儋县志叙》，参见《儋县志》，台湾成文出版社有限公司 1973 年版，第 1 页。

海色本澄清。空余鲁叟乘桴意,粗识轩辕奏乐声。九死南荒吾不恨,兹游奇绝冠平生。"①一句"兹游奇绝冠平生"说得十分准确。苏轼作诗的时候,只是表达个人对这段经历充实而满足的态度,他未必会想到,在海南文化乃至中华文化的传播史上,他的这段经历同样有着冠绝古今的价值。

宋代立国的一百多年里,海南从来没有人考中进士。苏东坡从海南岛回北方不久,他的海南学生姜唐佐就考上了进士。海南从此文脉不断。迄今在儋州地区,能写旧体诗词的人仍约有两千人左右。而东坡谪居的中和古镇更是享誉远近的"诗对之乡"。按照《琼台纪事录》中的说法,"宋苏文忠公之谪居儋耳,讲学明道,教化日兴,琼州人文之盛,实自公启之"②。这个评价很高,所说也符合历史事实。

三、明清小说对彼岸文明的判断

唐宋上述曾被贬官岭南的文人,无论心态如何,既然是贬谪海隅,面对的就是文化荒漠。这是真实的历史情况。而在小说中,也经常表达这种文化假想。

比如《红楼梦》,探春最后远嫁,一种说法是嫁到海疆,另一种说法是嫁到了藩国。这样一位能使家族中兴的人物,最后不得不淡出舞台。小说惋惜她"生于末世运偏消",末世是客观环境,主观方面看不能在本土发挥才干就是悲剧。这种想法,也是把中华文明当作正宗来看待的。小说中薛小妹曾去过西海沿子,就是西方极远的海,红学专家认为指的是南亚次大陆海岸港口。薛小妹跟随家族过去经商,见过一个真真国的女孩子,还会写相当工稳的律诗,这个情节中的西海沿子倒不再是文化落后之处,但显示其文化细节安排的是美女吟咏汉诗,这种想象中还是有着浓厚的文化优越感。《红楼梦》描写了不少洋货,使用精品洋货在小说中是家世富贵的表现,像王熙凤、贾宝玉,都拥有不少洋货。这里就出现了一个矛盾。出产了众多精品的西洋,究竟其文明程度是强于东方,还是弱于东

---

① （清）王文浩辑注:《苏轼诗集》卷四三《六月二十日夜渡海》,第2366—2367页。
② （清）戴肇辰:《重建东坡书院并修洄酌亭记》,参见《琼台纪事录》,同治八年1869年,第3页。

方？就像英法联军洗劫圆明园后，马恩等人都谴责英法政府，洗劫了文明之邦，是强盗行径。只承认器物文化，不承认制度文化、典籍文化，这虽然还是文化交融的初级层次，但毕竟开始出现了演进。

明代拟话本小说《转运汉巧遇洞庭红》中，文若虚到了海外"吉零国"，猛然想起："我那一篓红橘，自从到船中，还不曾开看过，会不会被人气蒸烂了？趁着众人不在，打开来看看吧。"放心不下，索性搬到甲板上面来，摆得满船红艳艳的，远远望来，就是万点火光，一天星斗。岸上走过的人，都拢过来问："这是什么好东西呀？"于是都要购买。开始"要一钱一颗"，后来"那些看的人见那人买去了十个，有买一个的，也有买两个三个的，都是一般的银钱。买了的，都千欢万喜去了"。使用什么样的钱来交易呢？"原来这个国家以银子铸钱，钱上有花纹。有龙凤花纹的最贵重，其次是人物，又次是禽兽、树木，最下等的是水草，却都是纯银铸的，分量一样。"买橘的人，付的都是水草花纹的，只以为把下等钱买了好东西，所以高兴。这段故事，写吉零国银钱用花纹不同表示价值不同，这完全是想象杜撰。但之所以有这样的想象杜撰，还是设身处地考虑了一下海外国家具体的贸易环境。这就是一种实事求是的假想方法，是现实主义的，而不是浪漫主义的。为什么要提起"浪漫主义"呢？是因为"橘子"意象本身有自己的符号出处，容易让我们想到屈原的《橘颂》。《橘颂》赞扬橘子"独立不迁，岂不可喜兮？深固难徙，廓其无求兮。苏世独立，横而不流兮。闭心自慎，终不失过兮。秉德无私，参天地兮。愿岁并谢，与长友兮。淑离不淫，梗其有理兮"[1]。对橘子形貌品质给予了多少浪漫主义的赞美！这么有品格的橘子，到了文若虚手里，就是用来卖的；到了吉零国的看客手里，就是用来吃的。文化落实到了银钱上，可不就只有交换价值了吗？至于其他，比如标识不同社会阶层的花纹，那都是虚幻的。这篇小说对文化交流的设想，是不是非常现实和实际？其中的文化优越感，显然淡了很多了。

清末小说《老残游记》《孽海花》等，对彼岸文明的想象又是另一种态

---

[1] （战国）屈原著，黄凤显注释：《楚辞》，华夏出版社1998年，第186页。

度。老残梦见自己去拯救一个将要沉没的大船，哪知那下等水手里面，忽然起了咆哮，说道："船主！船主！千万不可为这人所惑！他们用的是外国向盘，一定是洋鬼子差遣来的汉奸！他们是天主教！他们将这只大船已经卖与洋鬼子了，所以才有这个向盘。请船主赶紧将这三人绑去杀了，以除后患。倘与他们多说几句话，再用了他的向盘，就算收了洋鬼子的定钱，他就要来拿我们的船了！"①这就不是有没有文化优越感的问题，而变成有没有文化自信的问题了。从以上分析我们可以看到，盲目自大或自卑，都会影响一个人、一部作品、一个时代的文化魅力。

第二节　海上丝绸之路与通俗文学的兴起

近代学术有一个重要的判断：通俗文学的兴起，是文学近代化的一个重要表征。而治近代史者同样会有另一个判断：海上强国的兴起，是开启世界近代史的一把钥匙。我们不免好奇，海上国际交流的增强，与通俗文学的兴起之间，有无重要的内在关联？毕竟，《小说的兴起》等名著，就是把海洋历险小说的出现，当做近代小说史的开端或重要地标来看待的。

一、通俗文学与所谓的近代性、现代性

近代学术转型的标志之一，即在传统文学谱系中，强调通俗文学的价值，白话文学的价值。文学史学科初创的三大经典：《宋元戏曲考》《红楼梦考证》《中国小说史略》，无不以通俗文学为研究对象。

王国维曾说："凡一代有一代之文学：楚之骚、汉之赋、六代之骈语、唐之诗、宋之词、元之曲，皆所谓一代之文学，而后世莫能继焉者也。独元人之曲，为时既近，托体稍卑，故两朝史志与《四库》集部，均不著于录；后世儒硕，皆鄙弃不复道。"②后来学者又在这个描述后面加上了一个词："明清小说。"

---

① （清）刘鹗著，郁守校点：《老残游记》，山东文艺出版社1995年，第10页。
② 王国维：《宋元戏曲考序》，六艺书局刊本，第1页。

大家可以发现,在上述发展链条上,越到后面,通俗性、白话特征就越强。可以说,文学史走的是越来越通俗、越来越白话的道路。即便没有西方文学的影响,自身的发展趋向也是逐渐走向通俗化。这是为什么呢?

从经济基础决定论的角度看,文学发展的通俗化、市民化,本质上是社会生产力发展的结果。社会发展程度越高,剩余劳动力、剩余生产资源也就越丰富,生活水平越来越高。相应的,人们的精神需求也会越来越高。这是需求侧对文学或文化发展所提出的要求。而从供给侧来看,社会发展程度越高,受教育程度越高,通俗文学繁荣所需要的创作或表演等专业化人才也就越多。总之,宋元时期城市的繁荣、市民阶层的壮大,专业人才的增多,无疑给戏曲小说等通俗文学的发展成熟提供了温床。

同样,随着商品经济的发展,市民阶层的价值观也逐渐成为社会意识的重要组成部分,这种思想意识特点经由小说、戏曲等通俗文学文本的不同角色都能发声、整部作品"众声喧哗"的"杂语性"文本结构集中地得以呈现。而在此前,小说因其来自"街谈巷语,道听途说"的特点,而被列为"小道"或"九流十家"之末,只能是"残丛小语"或"短书"而很难成篇。而商品经济崛起的宋元,则不只是戏曲的爆发期,也是小说的繁荣期。不提宋元话本,即使经常列为明代作品的章回小说"四大名著"的前三部,事实上也都是在宋元时期得以成熟或定型。而在此前,即便能出现唐张荐传奇集《灵怪集》中《钮婆》那样表达"皆是小儿,何贵何贱"等平等宣言的单篇,也很难想象会有《水浒》故事等敷衍造反传说的数百万字长篇,发展成为市民文学的饕餮盛宴。

当然,中国文学通俗化或近代化的道路不仅受上述经济基础决定律所支配,也受中国语言文字发展的特殊动力的影响:表意性汉字符号体系所造成的中国语言文字的文白分离、语文分离的特点,决定了汉语言文学在走向口语化的大趋势的同时,也以雅化为其必要的辩证性补充。举几个文体的特点为例。如"赋",到底是雅的,还是俗的?看汉赋,似乎是书面的、雅的。但"登高而赋""直言为赋""不歌而赋"等说法,都说明"赋"同时有现场性、口语化的一面。二者如何统一?通过用典、出口成章而统一。"风雅颂赋比兴",赋与比兴相对,赋不是写作方法,而是使用方法,即用典。孔子教导儿子孔鲤所说的"不学诗,无以言",就是在强调当时贵族阶层的语言修养,要借用《诗经》中的成句来交际,而不能说大白话。

我们会发现,之所以会出现王国维所总结的"凡一代有一代之文学"的现象,关键就在于,每一代作家都借鉴、学习口语文学,又将其文本化或雅化,而下一代文学又从新的口语文学品种中寻找营养。雅化的需要,使得传统文学在走向口语化的同时不停地回溯。而近代西方文学的影响及中国的语言文字改革工作则中断了这一不断回溯的过程。

从以上的回顾和分析可以看到,中国历史上通俗文学的兴起确实与近代化有关,与西方文化的影响也有关。但是,与海上丝路又有何关联呢?

二、海上国际交流(广义的海上丝绸之路)的三个历史阶段对世界范围内通俗文学的影响

(一)第一个阶段:中东主导的阶段

(1)埃及

很多考古发现证明古埃及人在很早以前就开始从事北非、地中海及西亚的贸易。人们相信,在公元前十四世纪,埃及人已经造出了海船。在埃及的考古中,人们发现了距今五千余年,产自阿富汗的青金石,说明埃及人已经开始沿着这条被称为丝绸之路的道路上,展开了一定规模的贸易。一些被认为是公元前 1070 年左右丝绸残骸的碎片已经被发现,但这些前十一世纪的丝绸究竟是中国养蚕技术所出现的丝绸,还是一个来自地中海沿岸累范特或者中东的"荒野丝",就是一个极有争议的话题了。

(2)波斯

在一统古埃及和西亚的阿契美尼德王朝帝王冈比西斯二世(公元前529 年至公元前 522 年在位)和大流士一世(公元前 522 年至公元前 486年在位)统治下,波斯建立了中西亚地区的大帝国。史料记载这位帝王喜爱爱琴海生产的鲜鱼和故乡波斯的水。为此大流士建立了一条连接波斯帝国首都苏萨(位于底格里斯河下游东岸靠近扎格罗斯山脉的一个大城

市）到小亚细亚以弗所、萨狄斯的全长一千六百多公里的"波斯御道"，经由此御道，一位向大流士一世进献快信的人只需九天即可送至首都（大家可以设想穆天子的行进历史），而同样的距离对于普通人而言需要三个月。一方面波斯帝国利用这样一条联系小亚细亚和美索不达米亚各地的国道加强了中央对各地的统治，另一方面也直接带动了这一地区的商贸活动。

（3）希腊

托勒密一世在公元前 323 年最终控制了埃及后，希腊人开始积极促进小亚细亚、美索不达米亚、东非、伊朗高原、印度之间通过希腊管辖的港口而进行的贸易活动；在陆地上，希腊人也一样在贸易领域非常活跃。这一时期地处阿拉伯半岛及中亚的阿拉伯人——尤其是纳巴泰人（公元前 106 年为罗马共和国所征服）为中西亚的贸易起到了不可忽视的作用。

希腊人就是利用向东方的扩张来打通并控制东西方之间的陆上丝绸之路，帝国东部边境也许已经到达大宛国（今吉尔吉斯斯坦费尔干纳盆地）。现代考古发现了亚历山大大帝在公元前 329 年建立的一个城市——苦盏，希腊人命其名为"极东亚历山大城"，即亚历山大东征期间所建造的最东方的一个城市。

公元前 250 年，塞琉古帝国总督狄奥多特（Diodotus）据大夏和粟特独立，他和他的后继者德米特里一世（Demetrius I of Bactria，死于公元前 167 年）向四周斯基泰人地区、安息和大宛扩张领土。在国王欧西德姆斯（Euthydemus，公元前 230—200 年）执政时期，大夏控制的最东部国界线推进并超过了苦盏，有证据显示他们的侦察队在公元前 200 年左右甚至已经到达过疏勒，这是有史以来最早的，有据可考的一次连接中国与西方的活动。

早期的这种交流不完全等同于公元前一世纪繁荣的丝绸之路，也并没有持续下来。但随着各强国的出击和扩张，这些国家之间往往能发生直接接触，如西亚地区马其顿亚历山大的东征、阿萨息斯王朝与罗马共和国对地中海东岸的累范特和小亚细亚的征服,大夏国对中亚河中地区和大呼罗珊的控制、对印度河流域的统治,以及张骞出使中亚、匈奴世仇大月氏的西迁等等。说明上述地区之间已经具备进行大规模交通的条件,而出入中国的河西走廊与联通亚洲大陆各国的道路也业已被周边国家所熟知。

(二)第二个阶段:中东帝国与唐宋王朝共同主导的阶段

张骞出使西域,通过丝路的交流与贸易,在印度、东南亚、锡兰岛、中国、中东、非洲和欧洲之间迅速展开国际交流。罗马人很快就加入这条商道中。从公元一世纪起,罗马人就开始狂热迷恋从阿萨息斯王朝、贵霜帝国和阿克苏姆帝国转手取得的中国丝绸,而当时的罗马人相信丝绸是从树上摘下来的。古罗马市场上丝绸价格曾上扬至每磅约十二两黄金的天价,造成罗马帝国黄金大量外流。这迫使元老院断然制定法令,禁止人们穿着丝衣。

公元 97 年,东汉将军班超派甘英携带大量丝织品到达波斯湾和罗马的叙利亚行省(可能是今土耳其的安条克),而当时安条克以南正是罗马的埃及行省的管辖区域。因而中国与埃及最早的官方沟通应当就是在这一时期。

《后汉书》记载了公元 166 年(汉桓帝延熹九年),罗马帝国派遣出第一批特使抵达汉朝。这些使者到达汉朝后,以罗马帝国国王安敦的名义向汉朝皇帝汉桓帝进献了礼物①。罗马的使者通过海路抵达今越南,并在东南亚采购了犀牛角、象牙、玳瑁等奢侈品。汉朝也从罗马使者手中得到了有关天文学的书籍。

七世纪到十二世纪,随着中国进入繁荣的唐代,西北丝绸之路重新被打通,唐王朝在西域设立安西四镇,新修了玉门关,再度开放沿途各关隘,并打通了天山北路的丝路分线,将西线打通至中亚。丝绸之路的东段也再度开放,新的商路支线被不断开辟。丝路商贸活动大大激发了唐人的

---

① (南朝宋)范晔《后汉书·西域传》记载:"(大秦)其王常欲通使于汉,而安息欲以汉缯彩与之交市,故遮阂不得自达。至桓帝延熹九年,大秦王安敦遣使自日南徼外献象牙、犀角、玳瑁,始乃一通焉。"太白文艺出版社 2006 年,第 683 页。

消费欲望,美国学者谢弗指出:"七世纪(中国)还是一个崇尚外来物品的时代,当时追求各种各样的外国奢侈品和奇珍异宝的风气开始从宫廷中传播开来,从而广泛地流行于一般的城市居民阶层之中。"①

受到这条复兴了的贸易路线巨大影响的国家还有日本。八世纪日本遣唐使节带回了很多西域文物。这些宝贵文物在奈良正仓院保存下来。因此,奈良正仓院也被称为丝绸之路的终点。佛教也是通过丝绸之路传到日本的。

安史之乱后,唐朝开始衰落,西藏吐蕃越过昆仑山北进,侵占了西域的大部;中国北方地区连年战火,丝绸、瓷器产量不断下降,商人唯求自保,也不愿远行。十二世纪后,中亚和新疆荒漠地区的草原、绿洲被连年战火所摧毁,北方经济大受打击,黄河流域的丝绸生产几乎陷于停顿。西北丝绸之路的东段几乎荒废。蒙元之后,包括中国在内的亚欧大陆又进入了逐渐寒冷的阶段。十四世纪(中国称其为"明清小冰期"的开端)后,西域高原脊背上已不再适合当时的人类居住。

中唐以后,中国经济中心逐渐南移,南方对外贸易明显增加,带动了南方丝绸之路和海上丝绸之路的繁荣,成都和泉州也因此逐渐成为南方经济大城。当中国人开始将他们的指南针和其他先进的科技运用于航海活动时,海上丝绸之路迎来了它发展的机遇。

(三)第三个阶段:欧洲海权国家主导的时代

安史之乱导致大唐帝国、阿拉伯帝国走向衰落,却直接间接导致了中东、远东海上丝路及欧洲海权国家的兴起。蒙元时期,马可·波罗的中国游记刊行后,中国及亚洲成为许多欧洲人向往的一片繁荣富裕的文明国度。西班牙、葡萄牙企图绕过被意大利和土耳其控制的地中海航线与旧有的丝绸之路,要经由海路接通中国,并希望能从中获得比丝路贸易更大的利润。一些国家也希望将本国宗教传至东方。

1492年,受西班牙女王伊萨贝拉一世资助的热那亚人哥伦布,其远航的首要目标就是到达印度,并开创比丝路更好的贸易要道,但他却带领

---

① [美]谢弗著,吴玉贵译:《唐代的外来文明》,中国社会科学出版社1995年,第15页。

欧洲发现了美洲巴哈马群岛。哥伦布之后,西班牙帝国和葡萄牙帝国的探险家们在美洲开启了新世界的殖民地时代,荷兰、英国也陆续在非洲、美洲、南太平洋扩展他们的势力。西方在近代两百年期间,始终认为与中国交易能获得巨大利润。直到鸦片战争,中西之间交流碰撞的方式发生根本性逆转,东方文化才沦为保守落后的一方,此乃"两千年来未有之一大变局"。

对照以上三个阶段,大家可以发现,古希腊荷马史诗、印度戏剧(其中的"极所作剧"是城市庶民的社会世态剧)发生在其中第一个阶段,唐宋传奇、宋元戏剧、宋元话本、欧洲流浪汉小说发生在第二个阶段,而欧美小说、中国近代小说则兴起于第三个阶段。以上三个阶段中,出现通俗文学繁荣现象的国度恰恰正是当时在海上国际交往中起主导作用的国家(只有中国近代小说例外,而其发展繁荣也主要得益于欧美翻译文学)。这样的对应关系,是否能够说明,通俗文学的发展与海上丝路的繁荣,二者之间有着不可分割的联系?

三、怎样理解海上国际交流与通俗文学兴起之间的内在联系?

(一)戏剧兴起与海上丝路之间的关系

一百多年前王国维初创"戏曲史"学科时曾提出假说,中国戏剧不像希腊或印度那么早,直到宋元才趋于成熟[①]。大多学者认同此说,唯任二北强调唐戏已是成熟戏剧[②]。我们在认同任先生主张的基础上,进一步提出,北齐戏剧已具备成熟戏剧的基本要素。以上三种假说立足的时间节点,即宋元、唐、南北朝,都是中外文化交流最丰富的时期,尤其是海上丝路最繁忙的时期。

为什么戏剧发展会与文明之间的交流碰撞有关? 为什么会与海上国际交往有关? 要回答这个问题,必须从认识戏剧的本质谈起。

---

① 王国维:《宋元戏曲史》载:"综上所述者观之,则唐代仅有歌舞剧及滑稽剧,至宋金二代而始有纯粹演故事之剧,故虽谓真正之戏剧起于宋代,无不可也。"中国和平出版社 2014 年,第72 页。

② 任半塘:《唐戏弄》云:"至唐,歌舞戏实已成熟,已具备真正戏剧之条件;且形质兼至,变化尤多,价值不在科白戏之下。"上海古籍出版社 1984 年,第 233 页。

戏剧的本质是什么？王国维认为是"代言体"①。可以从两个方面认识戏剧的"代言体"本质：一是模仿，另一个则是模仿者（演员）与被模仿者（角色）之间的"主体间性"。

关于模仿，大家容易理解为动作模仿，即表演。这点没错，但大家容易忽略，表演还需要舞台，故而戏剧还有另一种模仿内容：即空间模仿。以大家熟悉的古希腊悲剧《俄狄浦斯王》为例。

俄狄浦斯出生后，其生父忒拜王拉伊奥斯从神谕中得知他长大后将会杀父娶母，因而令人把婴儿抛到荒郊野外。仆人怜其无辜，把他送给科林斯的一个牧羊人。科林斯国王因为没有儿子，于是就收养了他。俄狄浦斯从神那里得知自己注定要杀父娶母，为了躲避厄运，就逃离了科林斯，可是万万没想到正是这种刻意的躲避加速了他人生悲剧的步伐。他离开养父母朝忒拜城走去，在逃离的路上受辱，一怒之下杀了四个人，其中就有他微服私访的亲生父亲——年迈的忒拜国国王拉伊奥斯。

很容易可以发现，没有空间的错位——俄狄浦斯被抱离父母之邦——神谕的悲剧就不会发生。也就是说，安排空间上的上述错位，是表达悲剧主旨的重要手段。而全剧悲剧主旨的主要内涵，也主要在于命运无所不在、无所逃于天地之间的空间压迫感。该剧作者索福克勒斯生活在公元前 496 年至前 406 年之间，当时是雅典民主制鼎盛时期。公元前429 年至前 427 年，雅典经历了两次瘟疫的侵袭（剧中瘟疫取材于此），促成了公民内心对民主和理性的怀疑，同时也希冀出现治疗神迹。索福克勒斯借此重新诠释俄狄浦斯的故事，树立神明的权威，挽回宗教机构的声望，维护现有的先知体系与神谕体系，反对早期启蒙思想。从叙事手法上看，《俄狄浦斯王》用空间叙事否定了时间叙事：穷其一生，俄狄浦斯都无法逃离命运的安排。如果我们把时间叙事当做某种理性的、现实的元素，正像《奥德赛》中众人都凭自己与奥德修斯相处的记忆判断眼前所见是

① 参见王国维：《宋元戏曲史》第八章《元杂剧之渊源》："元杂剧之视前代戏曲之进步，约而言之，则有二焉……其二则由叙事体而变为代言体也。……虽宋金时或当已有代言体之戏曲，而就现存者言之，则断自元剧始，不可谓非戏曲上之一大进步也。此二者之进步，一属形式，一属材质，二者兼备，而后我中国之真戏曲出焉。"中国和平出版社 2014 年，第 73—74 页。

否奥德修斯本人,此类情节被亚里士多德认为意味着"从不知到已知的转变",因此具有认识论上的"发现"意义;那么相应的,《俄狄浦斯王》的时空叙事方式在认识论上则具有回溯性、保守型的特点。

空间模仿需要相应的空间意识,而早期中国方位观对东、南方位的认识相对模糊。中华早期文明以西北黄河流域文明为主体,而其总体上以东、南为重心的发展格局,在魏晋南北朝初见雏形,到宋代才基本确立。上述历史进程,与文学史上由雅向俗、由文向白的发展进程,基本上是同步的;而南北朝或宋元时期,也正是戏剧发展史上的爆发期。

再看戏剧"代言体"的另一特质,即模仿者与被模仿者之间的"主体间性"。《史记·滑稽列传》记载:楚相孙叔敖死后,儿子很穷。优孟穿戴了孙叔敖的衣冠去见楚庄王。楚庄王受到感动,封了孙叔敖的儿子。故事中的优孟是春秋时楚国著名的优伶,擅长假扮古人或模仿他人。楚庄王之所以受到感动,显然是因为优孟的表演很真实,令他想到了当年的楚相孙叔敖;即便如此,楚庄王也并不会认为眼前的就是孙叔敖本人,而是能识别出表演者为优孟,并能了解后者如此做的用意。显然,优孟与其所扮演的人物之间,有着像与不像、是与不是的关系,也就是存在一定的间距,这就是我们所说的"主体间性"。

从优孟这个例子看,能进行"主体间性"的动作模仿(并且不局限于降神等特殊活动),这在中国历史上其实是很早的事情。那么,为什么中国戏剧会晚出呢?为什么王国维等学者认为,直到宋元时期,中国才出现成熟的戏剧呢?其实,往前追溯,如同任二北先生所说,唐戏已经算是成熟戏剧;甚至北齐戏剧,从某种意义上也已成熟。但大家之所以对唐戏是否是成熟戏剧持保留态度,主要是由于当时还缺乏有足够长度的剧本。与中国较早时期的情况不同,古希腊悲剧、梵剧,都有不少足够长度的剧本。

有足够长度的剧本,意味着创作主体(剧作者、表演者)已有相当自觉的主体间性意识:能代替对象思考,模仿对象,想象对方有可能需要面对的事情,而所想象的故事又能达到一定长度。上面所举的优孟衣冠故事中,优孟也只是穿戴了孙叔敖的衣帽,神情哀戚,陈述死后亲属生活困难,而并没有编织一个相对独立完整的故事。所以我们看到这段故事,只能记得优孟的善举,而对孙叔敖本人的故事则并没有形成什么具体印象。

再试举一例。电影《手机》中,准备考电影学院的小姑娘,也就是严守一的表侄女,被要求表演矿工父亲每天回家后的表现,她走出考场,再不回来,说是父亲回家从来就是这样,不跟母亲交流,而是直接离家出门聊大天。从专业角度看,她的表演有一定代入性,但没有在几分钟之内的考场上为受模仿对象再造或虚拟生活空间的修养,也没有完整的故事。北齐到唐朝流行于市面上的《踏摇娘》等等剧目,大抵与此类似。当然,我们认为《游天台山》即"天台山伎"的剧本,而《李娃传》即"一枝花话"的剧本,故而不能断言北齐戏或唐戏没有传世剧本,这个观点需要另外撰文加以专论,此处暂不展开。不能否认,大部分北齐戏或唐戏,的确缺乏足够长度的故事或剧本。而动作及空间模仿缺乏足够长度,的确是主体间性意识还不够自觉或成熟的表现。

那么,主体间性的自觉或成熟,与海上国际交往之间又有何关联呢?

还是以古希腊戏剧或梵剧为例。

古希腊悲剧大致繁荣于公元前六世纪末至公元前四世纪初,恰好处在希波战争与伯罗奔尼撒战争两场大规模海洋战争之间。公元前五世纪(前480),雅典和斯巴达结盟,联合打败了波斯帝国。战争过程中,古希腊形成了两个同盟:其一为雅典所领导的提洛同盟,即环爱琴海同盟,是希波战争中由希腊的自由城市自愿成立的一个同盟,其目的是共同防御波斯人的威胁;而斯巴达也领导其在伯罗奔尼撒半岛上的邻国成立了一个防御同盟,名为伯罗奔尼撒联盟。希波战争结束后,雅典与斯巴达分别领导的两个同盟之间矛盾冲突逐渐升级,最终爆发大战,史称"伯罗奔尼撒战争"。古希腊历史学家修昔底德在其《伯罗奔尼撒战争史》中这样解释雅典和斯巴达两个城邦间连绵数十年,改变了整个希腊世界历史的战争:"雅典势力的日益增长,引起拉栖代梦(斯巴达)人的恐惧,从而使战争成为不可避免的了。"①这段话被称为"修昔底德陷阱",甚至有学者撰

---

① ［古希腊］修昔底德著,徐松岩等译:《伯罗奔尼撒战争史》,广西师范大学出版社2004年,第15页。

文称其为"国际关系的铁律",其主要内容是:一个军事强国,目睹大海对岸一个新兴大国不可阻挡地走向崛起,是否会产生恐惧的心态,从而不惜以战争手段来阻碍对方的发展呢?答案是肯定的。根据美国学者格雷厄姆·艾利森(Graham Allison)的解释,这意味着"一个新崛起的大国必然要挑战现存大国,而现存大国也必然会回应这种威胁"①。

并非所有古希腊戏剧都直接反映以上国际冲突,但亚里士多德所概括的古希腊剧场的"六大元素"之一的思想(thought),与上述国际冲突所带来的古希腊社会关系、社会意识的重大变化之间,无疑有着深刻的联系。

许多人都知道雅典是民主政体。准确地说,希腊的民主政体(dēmokratia)是"平民(dēmos)掌权(krateō)"之意。与雅典的民主化进程相伴随的,是一场独特的历史机缘。公元前五世纪初,强大的波斯帝国入侵希腊。分散的希腊城邦唯有团结才可能打败波斯,而当时刚刚兴起的海军战术在岛屿星罗棋布的希腊地区发挥了高超的战斗力。雅典带领希腊各国的联合舰队击垮了这一波入侵者,但波斯实力仍在。防备波斯再度入侵的城邦共同建立了提洛同盟,以维持一支常备的联合舰队。当时一艘三列桨战舰上需要一百七十名划桨的桡手,以开战时雅典海军规模为三百艘战舰计,就可以提供五万一千个就业机会。虽然全部战舰并不会同时出海参加军事行动,但一次出战经常达到六十艘以上,也需要雇佣上万人。而当时雅典成年公民总数不过四万左右,海军的存在让许多雇工得以经常获得每天一德拉克马的稳定收入。而雅典每年向盟邦收取高额贡金,大都用在了战舰的建造、维护和雇佣桡手上。希腊城邦的财富通过贡金、贸易和关税(雅典是重要的港口和货物集散地)源源不断地流向雅典,使平民得以维生,大土地所有者并未牺牲自己的土地所有权,就满足了平民的经济要求。换言之,希波战争使雅典得以将主要矛盾由国内阶级矛盾转化为对外冲突,而提拉同盟则使雅典得以将维持民主体制及

---

① 〔美〕格雷厄姆·艾利森在《注定一战:中美能避免修昔底德陷阱吗?》中再次提及类似的观点:"修昔底德陷阱指的是,当一个崛起国威胁取代现有守成国时,自然会出现不可避免的混乱。"参见陈定定、傅强译本,上海人民出版社2018年。

满足平民经济诉求所需的资金压力转嫁到其他同盟国身上。雅典综合国力及民主体制得以迅速发展壮大。

在希波战争中,雅典吃尽了主导海洋国际关系的红利。而物极必反,公元前五世纪中期,随着波斯势力再度入侵的可能性越来越小,许多盟邦认为无必要继续缴纳贡金,开始退出同盟。雅典人不能容忍同盟的瓦解,他们以武力征服脱离同盟的城邦,将其变为雅典的殖民地。于是,原来自愿建立的同盟,就变成了名副其实的雅典帝国。而雅典帝国则在以斯巴达为首的伯罗奔尼撒联盟沉重打击下最终落败。

与帝国在对外扩张上利益一致的是日益富庶的雅典工商业者。古典学家弗朗西斯·康福德(Francis Cornford)从史料中重构出这一经济集团对于雅典帝国的形成和走向战争过程中所发挥的重要作用。雅典舰队征服之处,多是雅典进口粮食和出口各种制造业产品的目的地和途中战略要地。康福德认为,之所以战争后期雅典在四面受敌的状况下还派出一支史无前例的大型舰队去远征西西里岛,正是为了实现工商业者打开西部市场的宏图[①]。

相比之下,雅典的两个农业阶级(大土地所有者和普通农民)几乎没有直接分享帝国扩张的红利。如果说大土地所有者还曾因毋须为民主政体而牺牲土地所有权,算得上间接受惠于帝国的扩张,那么普通农民则几乎纯粹是雅典强国之路的牺牲品。伯罗奔尼撒战争爆发后,斯巴达陆军每年都开到雅典城郊,将城墙外的农作物蹂躏殆尽,农民们不得不搬到有城墙保护的城内,挤在神庙等公共建筑或临时搭盖的茅屋中栖居。此后瘟疫大流行,这些进城人员大批死去,雅典人口在瘟疫中减少了三分之一,其中大部分都是进城的农民。

明乎此,就不难理解,为什么古希腊戏剧中心只能出现在雅典,而不是在斯巴达或其他城邦国家。因为随着雅典工商业者的崛起,国内消费之风大盛;而正如修昔底德所说,斯巴达政权"所采取的大多数政策总是

---

① [英]康福德著,孙艳萍译:《修昔底德:神话与历史之间》,生活·读书·新知三联书店2006年,第32—35页。

以防范希洛特（即奴隶）为基础的"①，而不是什么海外扩张。事实上，斯巴达人根本无福消受任何侵略扩张所得：在斯巴达，一切奢侈都被禁绝，如果官员被发现有什么奢华的生活享受，就很可能被检举落马。上述对比也补正了一点，即：为什么古希腊戏剧能得以繁荣？这种繁荣现象的出现与海上国际交往的增强不仅几乎同步，而且确实有历史上的因果关系。

回到前面讨论的古希腊戏剧六要素之一的"思想"和我们所说的"主体间性"。古希腊戏剧大多取材于神话、英雄传说或史诗，而同时又根据现实问题对原有故事进行了改造。比如前文提到的索福克勒斯的《俄狄浦斯王》，其中主人公无法逃离命运的安排质疑了民主与理性，转而向神权致敬；而瘟疫有关情节的设计则不仅直接取材现实，而且有否定雅典国际扩张战略的客观倾向。

再如欧里庇得斯（前485—前406），他是雅典奴隶制民主国家危机时代的悲剧作家。欧里庇得斯一生醉心于哲学思考，其所处时代的各种政治或经济矛盾，如奴隶主与奴隶之间的矛盾、新出现的城市富豪与贫民之间的矛盾、土地贵族寡头派与工商界民主派之间的矛盾、雅典集团与斯巴达之间的矛盾、甚至两性之间的矛盾等，都不同程度地在他的悲剧作品中得到反映。其《美狄亚》《特洛伊妇女》等作，正是揭示以上矛盾（尤其是两性矛盾）的杰作。

以上剧作家对日渐尖锐的社会矛盾的思考，增强了其作品的思想性，也在社会主体、认识主体等不同层面加深了动作模仿或空间模仿中的间性特征。

至于梵剧，相传希腊当时的马其顿国皇帝亚历山大东征时，曾带着一些戏剧用品到印度去，而印度雅语称"戏台上的幕"为"耶伐尼迦"，意思便是"希腊的"②。当然，如果仅凭这些就判定梵剧起源于希腊戏剧，尚不

---

① ［古希腊］修昔底德著，徐松岩等译：《伯罗奔尼撒战争史》，广西师范大学出版社2004年，第236页。
② 刘志群：《中国藏戏与印度梵剧的比较研究》，《西藏艺术研究（汉文版）》（拉萨）2007年1月期，第15—22页。

足为据。但是,不可否认,梵剧在产生、形成过程中受到了希腊戏剧的若干影响;正像中国戏剧在形成过程中曾受到来自梵剧的若干影响一样。重要的是,梵剧的成熟有赖于哪些因素? 这些因素是否与海上国际交流有关?

公元初的一两百年间,南印度河、恒河流域由著名的贵霜王朝统治。其扩张资本主要源自当时海上丝路的新开拓。自公元一世纪晚期以来,罗马人、阿拉伯商人为了避开帕提亚主导的高税额陆路商贸,加大了对海路贸易的投资。一船船的西方和中东金银,从地中海沿着红海和印度洋季风航道,直接流入贵霜境内,从而促进了帝国的繁荣。包括迦腻色伽在内的几代贵霜国王,能在当地缺乏黄金的环境下,不断发行足量优质的金币,就是得益于从罗马输入的大量贵金属。创造了世界闻名(在西藏也有着巨大影响)的长诗《佛所行赞》的僧侣大诗人马鸣,正是贵霜帝国著名的倡导佛教的迦腻色迦王的御前诗人。而此时,恰恰是梵剧趋于繁荣的关键时期。至于梵剧在模仿(动作模仿与空间模仿)及主体间性等方面如何具备了繁荣的条件,篇幅所限,此处不再展开。

(二) 小说兴起与海上丝路之间的关系

这里可参考英国学者伊恩·瓦特的《小说的兴起》。该书认为,“小说”在英文中原本表述为“fiction”,意为“虚构故事”;而十七、十八世纪后的“novel”一词,则以“new”为词根,表示新颖、创新、有个性之意,用来表达与资本主义相对应的意识形态①。不难发现,最能表现类似意识形态的,无过于描写海外拓展或历险的故事,如《鲁滨孙漂流记》《菲尔丁游记》等等。显然,在伊恩·瓦特看来,小说的兴起,与近代欧洲海权国家的崛起有关。

前面讲述古希腊荷马史诗中的海神故事时,我们曾谈到,奥林匹斯山的主神们大都是某个城邦国家的保护神。而海神波塞冬被哪个国家敬奉为保护神呢? 荷马史诗没有交代。据柏拉图记述,大约12 000多年前,直布罗陀海峡以西的大西洋海域曾经有一个高度先进的古代文明——亚特

---

① [美]伊恩·P·瓦特著,高原,董红钧译:《小说的兴起　笛福、理查逊、菲尔丁研究》,生活·读书·新知三联书店1992年版,第1—6页。

兰蒂斯文明,相传亚特兰蒂斯人曾在大西洲中央建立首都,并用保护神波塞冬来命名这座城市。而随着亚特兰蒂斯文明的消亡,海神波塞冬沦为奥林匹斯山十二主神中唯一名下没有城邦或领土的一个,像一个被放逐或边缘化的"过气"主神,这就决定了他身上有某些非政治化、非贵族化的品格。所以在《奥德赛》中,他成了奴隶主、君王奥德修斯返乡旅程中最大的障碍。而被称为西方最早的海洋书写典范的《奥德赛》,也因描写了奥德修斯的儿子、妻子、仆人都能凭借眼睛辨识亲人,而不是盲从神谕的诸多细节,被称为真正具备了小说元素的文本,甚至被认为开启了西方现实主义创作的先声。从这点来看,早在古希腊时期,海上交流就已经表现出开创通俗文学的潜质。

中国小说之兴起,与海上丝路之间又存在怎样的关联?

关于"小说"这个文类,最经典的界定当推《汉书·艺文志》中的概括(当然此段概括出自刘向、刘歆父子的《七略》):"小说家者流,盖出于稗官;街谈巷语,道听途说者之所造也。"[①]引文所强调的,其实是"小说"的传播方式:口耳相传,欠缺权威性、经典性及可信度。就这样的传播方式而言,小说只能是一种通俗文类。与西方 fiction 或 novel 等概念不同,《汉志》强调的是小说的阶层属性、社会属性。

"街谈巷语,道听途说"的传播方式,还决定了小说文体的转述性特征,即:此种文体没有确定的出处,不强调创作权。这样我们就能理解,为什么直到明清,小说已经成为所谓"一代之文学",但甚至连《红楼梦》这样确实是由作者原创的作品,都没有明确署名,以致对于大部分古典小说,后世都很难考知确定的作者。

但同时,正与前文提到戏剧模仿所带来的"主体间性"特征相仿,小说的"街谈巷语,道听途说"的传播方式,也带来了多元的话语及观念形态,从而造成了文本的间性特征。这就是西方学者所说的"杂语性"。这点非常有意思:尽管中国戏剧相对晚出,但小说却很早就已出现并成熟(即使从"作意好奇"的唐传奇开始算起,中国小说起步也不算晚);富有

---

①　(汉)班固撰,(唐)颜师古注:《汉书·艺文志第十》,中华书局 1999 年,第 1377 页。

间性特征的小说文体,很早就已成为通俗文学的重要样式。

中国小说为什么起步较早? 这种现象与海上丝路之间又有何关系? 要回答这个问题,同样需要从探讨小说的本质谈起。小说的间性特征或"杂语性",本质上决定了其不合于主流意识的思想倾向。换言之,像古希腊戏剧一样,小说也具有某种"思想性"。其实,伊恩·瓦特所强调的 new 这个词根为 Novel 所带来的,也正是题材与思想的新颖性,尤其在思想上,要求非常有创新性,非常有冲击力。否则仅凭题材的新颖,很难成为经典性的作品。

问题在于:来自"街谈巷语,道听途说"的中国早期小说,连署名权都不加以强调,会去自觉追求所谓的思想性吗?

答案恰恰是肯定的。

大家很熟悉现存最早有关"小说"的论断,及《庄子·外物》中的一句话:"饰小说以干县令,其于大达亦远矣。"①就是说,"小说"所表达的,通常是与所谓的"大道"不完全相容的价值观。东汉桓谭在《新论》中说:"若小说家,合残丛小语,近取譬喻,以作短书,治身理家,有可观之词。"②"小说家"要编织"可观之词",也不能没有自己的观念或立意;而且后者并不局限于"治身理家"的儒家立场,而是内涵更丰富。对于《汉志》存目的"小说",常见说法是大多出自方士之手。王瑶认为:"张衡所言小说本自虞初的说法,也就是说,小说本自方士。证以汉志所列各家的名字和班固的注语,知汉人所谓小说家者,即指的是方士之言。"③虽然"十五家小说"无法一以概之,至少后六家中的《待诏臣安成未央术》《待诏臣饶心术》《虞初周说》《臣寿周纪》《封禅方说》等五家出于方士身份的待诏或侍郎之手。而方士们以方术安身立命,方术源出古代巫术,在演进过程中又不断吸纳了神仙说、阴阳五行、道家长生思想和儒家学说等。编纂于清代中期的《四库全书》囊括四部、收罗广泛,在很大程度上体现着朝廷所认可的知识体系。一改前代小说收录入史部的惯例,《四库全书》将"小

① (战国)庄周著,(晋)郭象注:《庄子》,上海古籍出版社1989年,第139页。
② (汉)桓谭:《新论》,上海人民出版社1977年,第69页。
③ 王瑶:《中古文学史论集·小说与方术》,上海古籍出版社1982年,第85页。

说"放进了子部,其中就有强调小说非事实而系观念类的认知;且其收录作品中大多为笔记体,传奇体则不予收录,具体标准为"甄录其近雅驯者,以广见闻,惟猥鄙荒诞、徒乱耳目者则黜不载焉"①,即言,不收在观念上另类的作品。

如上文所言,《汉志》"十五家小说"不少出自方士之手,而后者的知识储备大抵以阴阳家、道家或道教学说为主。刘成纪曾经这样总结说:"海洋史研究中一个值得注意的现象是,在先秦时期,凡是为海洋论述提供理论支持的思想者,大抵出生或活动于中国东部偏北方位,然后随着历史的演进逐渐向东南推移。像老、庄、列,大抵活动于春秋至战国时期的中原东部,管晏学派及后来的稷下道家,则活动于东临大海的齐国。"②从这点来看,道家与海洋文化有关,而方士们所创造的早期小说也与道家及其海洋经验、海洋意识有关。

事实上,不少学者强调过道家、道教学说与海洋文化(尤其是滨海的东夷文明)之间的关联。宋镇豪进一步指出,自夏朝开始,东夷文明就是中华主流文明的重要助推力量:"当夏人崛起于黄河中游时,最初的(夏禹)治水和水流东注的地理因素,最足以使人们对东方奥秘发生兴趣。东方夷人发达的经济物质文化水平,在当时明显处于领先位置。……夏代的整个历史时期,对外关系的主要内容就是同东方夷人的社会交往或剧烈争斗。"③虽然自三代至宋,中国政治基本可称为黄河时代的政治。但从早期东夷到春秋时期的吴越,再到三国孙吴、南朝各代,直至南宋,上述较强政权的存在对主流文明而言都不妨视为由东部沿海沿着黄河逆流而上的一种补充。更有甚者,它似乎预示着:主导中国未来政治地理走向的,必然将是自西之东的模式。

加之,东方是日出之地,先民们总是将东方作为承载美好价值理想的区域。像中国社会早期的五行方观念,东方对应于五行中的木、五色中的

① (清)纪昀:《四库全书总目提要》,河北人民出版社 2000 年,第 2560 页。
② 刘成纪:《中国社会早期海洋观念的演变》,《北京师范大学学报(社会科学版)》2014 年第 5 期,第 120 页。
③ 宋镇豪:《夏商社会生活史》,中国社会科学出版社 1994 年,第 45 页。

青、四季中的春,预示着一年农耕生活的开始,代表着春天般的温暖和希望。而存在于东方的大海,虽然有时也引起畏惧感,但同时也经常成为有待不断打开并最终需要达至的宏阔之境。

东方、沿海所承载的以上意蕴指向,使得人们对海上交往充满了积极、热情、浪漫的畅想。"海客谈瀛洲,烟涛微茫信难求。"[①]先民们想象海外有仙山或仙境,想象有来自海外的所谓秘方、秘药、仙丹。不少早期小说其实就是讲述到海外寻找不老神药的故事,不是直到唐代,大家还在传说杨贵妃到了海外仙山吗? 神秘浩瀚的海洋,符合传奇的审美需求。早期唐传奇故事《古镜记》中,王度的弟弟王绩游历山水过程中,最诱人的经历之一,就是拿古镜照钱塘潮水,阻止海水向前推涌。《补江总白猿传》,欧阳纥在福建长乐丢失妻子,也是在沿海之地。《西游记》与这个故事之间有微妙的联系。而《柳毅传》故事中,如果没有急公好义、疾恶如仇的钱塘龙君,整部传奇将减色不少(而钱塘君这个龙王,正是后世海龙王的雏形)。更不必说来自"海中洲"(其实很可能是东南亚)的"昆仑奴"身怀绝技、一身是胆;胸怀天下的"虬髯客"最终在海外实现了政治抱负。上述唐传奇故事中,"海外"都是构成"传奇"的最核心的要素。

这里可以发现,与 Novel 这个词的"新颖"之意主要体现在内容(新鲜、奇特)与思想(有个性、有创新性)两方面相似,中国"小说"(尤其是"传奇")也有以上两方面的追求。而同样,如上所述,中国小说在思想或内容两方面的对"奇""异"的追求也与西方小说的兴起相似,与海洋经验或海上交流有一定关联。不同之处主要在于: 其一,历史阶段不同。西方小说兴起于近代,而中国小说或传奇早在唐代已趋于成熟。其二,思想背景不同。西方小说之兴起代表了新兴资产阶级的世界观和价值观,而中国小说或传奇则主要承载非主流文化意识形态。这就决定了中国小说对传奇性的要求相对较强烈,而对思想性的要求则不够自觉。直到今天,这种情况依然还在一定程度上存在。

虽然明末"无奇之所以为奇"的"三言"及"才子书"系列的几部章回

---

① 　(唐)李白:《梦游天姥吟留别》,《全唐诗(增订版)》卷一七四,第 1785 页。

小说,乃至清初"感伤思潮"中诞生的《红楼梦》《儒林外史》等等名著中,有着相当深刻的思想内涵,但是中国小说普遍追求思想性这种现象,还是到近代才出现的情况。而之所以有上述表现,主要是受西方文化及翻译文学影响的结果。从这个意义上看,中国小说的近代转型本质上是海上文化交流碰撞的结果。

正像前面所强调的,随着商品经济的发展,市民阶层的价值观也逐渐成为社会意识的重要组成部分,这种思想意识特点经由小说、戏曲等通俗文学文本的不同角色都能发声、整部作品"众声喧哗"的"杂语性"文本结构集中地得以呈现。此前,小说只能是"残丛小语"或"短书"而很难成篇。但是,没有这样的"残丛小语"或"短书",没有收藏这类"街谈巷语,道听途说"的主体间性文本的习惯,也很难置办章回小说、明清传奇那种市民文学的饕餮盛宴。至于小说这样的主体间性文类为什么能在传统文献生态体系中占有一席之地,这就需要另有专文加以分析阐明了。

第三节　《苏幕遮》与"五花爨弄"

宋代沈括《梦溪笔谈》卷五云:"自唐天宝十三载(754),始诏法曲与胡部合奏,至此乐奏全失古法。以先王之乐为雅乐,前世新声为清乐,合胡部者为宴乐。"①《旧唐书·音乐志》干脆称词是"胡夷里巷之曲",说明词曲主要源自外族乐曲及民间乐曲。本节拟以词牌《苏幕遮》及宋金流行的幻戏"五花爨弄"为个案,探讨宋代词曲文学乃至通俗文学的兴起与文化交流碰撞之间的关系。

一、"苏幕遮"进入中国文学的历程

唐《教坊记》于曲名二七八名后,列"大曲名"四十六曲。王昆吾《隋唐五代燕乐杂言歌辞研究》以为:从其来源分《采桑》《后庭花》《四会子》出自六朝乐曲;《伴侣》《回波乐》《安公子》《同心结》《泛龙舟》出自北朝

---

① （宋）沈括:《梦溪笔谈》卷五,辽宁出版社 1997 年,第 26 页。

及隋曲;《凉州》《伊州》《甘州》源于边地,《柘枝》《突厥三台》《龟兹乐》《醉浑脱》来自外蕃;《千春乐》《千秋乐》《贺圣乐》《平翻》《大宝》《昊破》《霓裳》《雨霖铃》似皆宫廷或教坊新制乐歌;《绿腰》《薄媚》《相驼逼》《一斗盐》《羊头神》《大姊》《舞大姊》《罗步底》《断弓弦》《碧霄吟》《映山鸡》《踏金莲》《玩中秋》《急月记》《吕太后》《舞春风》《迎春风》《寒雁子》《又中春》等曲调本事不详,从调名的俗语特色和表演特色看,大抵由民间歌曲加工而成。由此可见教坊歌曲由外族、边地和新俗乐曲为主要成分。《苏幕遮》源自夷乐《苏莫遮》(若依《古今词说》载,大曲《醉浑脱》也与《苏幕遮》相类),而新俗乐大曲中的《感皇恩》《万宇清》等据说原名也是《苏莫遮》,系由后者转化而来。天宝十三载(754)太乐署改曲名,《感皇恩》原名《苏莫遮》(金凤调),敦煌本《感皇恩》四首,同为“七五三七三五,五五三七三五”体。《万宇清》原名《苏莫遮》(太簇宫调),亦系天宝十三载改名①。

《苏幕遮》词牌又名《古调歌》、《云雾敛》、《鬟云松》、《鬟云松令》等。“苏幕遮”是波斯语的音译。原义主要有两种:一是指乞寒节,这种节气风俗在唐时从西域传入中原,本意是要祈求来年水源充沛。二是指帽子,本意指“泼寒胡戏”表演者所戴的帽子。这两个义项之间应该有联系,“乞寒”与“泼寒”意思差不多,都出于祈求水源丰沛之意。而为了表达祈求,需要做戏,使用的道具之一就是帽子。《苏莫遮》是盛唐教坊曲,太乐署供奉曲。原出高昌、康国泼水乞寒之戏,因舞蹈者著“苏莫遮”帽而得名。北周时传入,盛行于初唐,用“浑脱”队舞,演于宫廷。今存辞二体:张说五首七言四句体;敦煌辞六首“三三四五七四五”双迭体。

唐代般若所译《大乘理趣六波罗蜜多经》,卷一有这样一段话:“又如‘苏莫遮’帽,覆人面首,令诸有情见即戏弄,老‘苏莫遮’亦复如是。从一城邑,至一城邑,一切众生被衰老帽,见皆戏弄,以是因缘老为大苦。除非死至无药能治。虽受老苦而不厌之。”②从这段话看,“苏幕遮”这种帽子,经常用于滑稽戏的表演。类似剧目的表演场所是从一个城市到另一个城

---

① 　王昆吾:《隋唐五代燕乐杂言歌辞研究》,中华书局1996年,第41页。
② 　(唐)罽宾国三藏般若奉诏译:《大乘理趣六波罗蜜多经十卷》卷一,1995年,第15页。

市。剧目的情节主要就是祷告,似乎也不仅是祈求降雨,而是除非无药能治的毛病之外,众生所有其他的愿望都可借此形式加以表达。

这种帽子及剧目来自哪里呢?杨慎《词品》第一卷"词名多取诗句"条说道:"《菩萨蛮》,西域妇髻也;《苏幕遮》,西域妇帽也。"①就是说这些词牌名都来自西域女性的服饰名称。唐睿宗时期张说作了五首《苏摩遮》,注中也说:"泼寒胡戏所歌,其和声云'亿岁乐'。"②中唐高僧慧琳《一切经音义》卷四十一有《苏莫遮冒》词条,说"苏莫遮"也叫"飒磨遮","此戏本出西龟慈国,至今犹有此曲"③。唐人段成式《酉阳杂俎》也说"泼寒胡戏"来自"龟兹国"。也有诗歌说"摩遮本出海西胡"。宋人王明清《挥麈录》中则说"苏幕遮"出自高昌国,说是"高昌妇人戴油帽,谓之'苏莫遮'"④。总之关于"苏幕遮"或"泼寒胡戏"的发源地,有龟兹、波斯、高昌等说,甚至有人说"苏幕遮"就是罗马帝国。

"泼寒胡戏"的表演形式主要是舞蹈:"用'浑脱'队舞,演于宫廷。"《古今词话》有段话说,"杨慎曰:考之即《舞回回》也,宋人作'苏幕遮'。注云,胡服,一云高昌女子所戴油帽……《教坊记》有'醉浑脱'之称,唐吕元济上书,比见方邑,相率为浑脱队,骏马胡服,名曰'苏幕遮',曲名取此。李白云:'公孙大娘浑脱舞',即此意,则一舞曲也"⑤。段成式《酉阳杂俎》说得更具体,说在表演中,"……婆罗遮,并服狗头、猴面,男女无昼夜歌舞……"⑥

这里有一个问题,乞寒节或"泼寒胡戏"既然是祈求水源充足,是否像大家所熟知的"泼水节"?如果是泼水仪式,似乎应该选择天气和暖的季节,但据史料记载,这种仪式或说剧目,经常在旧历十一月、元日、二月

①　(明)杨慎:《词品》卷一,上海古籍出版社 2009 年,第 11—12 页。

②　(清)彭定求等:《全唐诗》卷八八,中华书局 1960 年,第 982 页。

③　(唐)慧琳:《一切经音义》卷四十一载:"正云飚磨遮,此戏本出自西龟慈国,至今由有此曲。"第 6 页。

④　(宋)王明清:《挥麈录·前录》卷四,上海书店出版社 2009 年,第 29 页。

⑤　(清)沈雄:《古今词话》词辨下卷,《苏幕遮》,上海古籍出版社 2009 年,第 236—237 页。

⑥　(唐)段成式撰,许逸民校笺:《酉阳杂俎校笺》前集卷四《镜异》,中华书局 2015 年,第 451 页。

八日等时间①。大家所猜测的起源地，如龟兹、高昌、罗马等等，都在北温带，跟中国内陆一样，当地在这个时间非常寒冷，那么在这样的寒冷季节，是否适合于泼水活动？或者说，这些地方实质上都不是乞寒节的最早发源地？

如果这些地方都不是最初发源地，那么《苏幕遮》在当地如此流行，又成为难以理解的问题。但这个问题倒也并不绝对。唐代"苏幕遮"最为流行的时候，举国若狂。从唐武则天当政末年兴起，到中宗时，已大为盛行，一时间上上下下都热衷于此。

《文献通考》中说："其乐大抵以十一月，倮露形体，浇灌衢路，鼓舞跳跃而索寒也。"②当冬天来临，唐朝很多城镇的露天集体场所中都会有大型的歌舞游行表演——"泼寒胡戏"，又叫"乞寒戏"。表演者穿着裸露部分身体的胡服，带着兽首面具边唱边跳，还跟观众泼水互动，以祈求驱邪除病，来年身体康健。《资治通鉴》中说：上（唐中宗）御洛城南楼，观"泼寒胡戏"。清源尉吕元泰上疏，以为"谋时寒若，何必裸身挥水，鼓舞衢路以索之"③！吕元泰认为，举办"苏幕遮"（这里即指"泼胡乞寒"）仪式时列军阵、着华裳、奏胡乐、裸形体、灌衢路等，盛大不假，劳民伤财也是真的，而纵容这种活动的举办，则会败坏唐朝礼仪社会的风气。这道疏上奏后，没有被接纳。就是说唐中宗没有接受这个建议。

等到睿宗登位，更加沉迷于"泼寒胡戏"，还亲自命太子李隆基"巡观泼寒"。左拾遗韩朝宗成了这一次的劝谏者，他再三强调，乞寒是胡俗，和我们的礼法是无法共容的。何况太子出去"与民同乐"，助长了此风的民间之势，使得"道路籍籍，物议纷纷，泼寒叫嚣，扰攘不安"，地方的治安问题会成为大患。

《旧唐书》中说，在玄宗上台后，依照前代习惯，命人在接待外藩使者的宴会上表演"泼寒胡戏"。但接受张说等人劝谏，不久玄宗就下诏取消

---

① 唯唐高僧慧琳《一切经音义》卷四一《苏莫遮冒》条等少数文献记载"每年七月初，公行此戏，七日乃止停"。

② （元）马端临：《文献通考》卷一四八乐二十一《西戎》，中华书局 1986 年，第 1294 页。

③ （宋）欧阳修、宋祁等：《新唐书》卷一一八，中华书局 1974 年，第 4276 页。

"泼寒胡戏"。据《唐会要》记载，先天二年(即公元713年)十月，玄宗下敕："腊月乞寒，外蕃所出，渐浸成俗，因循已久，自今以后，无问蕃汉，即宜禁断。"①十二月，《禁断腊月乞寒敕》正式颁行，"泼寒胡戏"就这样自宫廷向下被全面禁断了。

我们在"泼寒胡戏"的表演中可以发现这样一些流行元素：暴露、放纵，这对严谨、节制的中世纪文明无疑是一种致命的诱惑。其之所以能在东罗马、西亚、中亚、中国所向披靡，并不是毫无道理的。

"泼寒胡戏"虽然被禁绝，但它以其他形式融入、转化、嬗变为中华传统文化的一部分：一是典雅蕴藉的宋词。《苏幕遮》词牌，多用于描写艳情、思念等等。二是戏剧表演。具体的"泼寒胡戏"虽然逐渐绝迹，但从一个城市到另一个城市的表演风气并没有消失，而是酝酿了宋元戏曲。毕竟，随着城市的繁荣，市民对娱乐生活的需求日益提高，说唱文学、表演艺术必然迅速崛起，从而使通俗文化在中国文化史上，第一次取得与高雅文化分庭抗礼的地位。看，"泼寒胡戏"是不是一分为二，从雅和俗的双翼，潜隐地参与或折射了中国文学史的转型？

我们先看看最为著名的几首《苏幕遮》词。一是范仲淹的《苏幕遮·怀旧》："碧云天，黄叶地，秋色连波，波上寒烟翠。山映斜阳天接水，芳草无情，更在斜阳外。　黯乡魂，追旅思，夜夜除非，好梦留人睡。明月楼高休独倚，酒入愁肠，化作相思泪。"②如题所云，这是写怀旧相思之情。二是周邦彦的《苏幕遮·燎沉香》："燎沉香，消溽暑。鸟雀呼晴，侵晓窥檐语。叶上初阳干宿雨，水面清圆，一一风荷举。　故乡遥，何日去？家住吴门，久作长安旅。五月渔郎相忆否？小楫轻舟，梦入芙蓉浦。"③词中的意境更加抽象精美。再如梅尧臣的《苏幕遮·草》："露堤平，烟墅杳。乱碧萋萋，雨后江天晓。独有庚郎年最少。窣地春袍，嫩色宜相照。　接长亭，迷远道。堪怨王孙，不记归期早。落尽梨花春又了。满地残阳，翠色

---

① (宋)王溥：《唐会要》卷三四，《四库全书》史部，第10页。
② 唐圭璋编纂，王仲闻参订，孔凡礼补辑：《全宋词》，中华书局1999年版，第14页。
③ 同上，第777页。

和烟老。"①词中用了多处典故,像是写情,又写得烟云模糊,欲说还休。让我们望文生义一下,大家从以上词作,是否能感受到被遮挡的女性美、阴柔美? 在这些词作中,再也看不到赤裸的、无遮掩的、粗放的痕迹。

至于对戏剧表演的影响,那就是隐形的了。其实,往深处想,《苏幕遮》词虽然如我们刚才所分析,是有间离效果、提纯效果的美,看上去与原义产生了较大反差,但焉知这种间离和提纯,不是一种戏剧化的追求呢? 只不过,换了另一种表演形式而已。这样的解释,大概非常符合西方荣格等人"面具"理论的文化内涵,即:文化,不过是一种面具。

二、"五花爨弄"与中国戏曲

刚刚说到了戏剧表演。这里我们要换一个视角,再探讨中国的戏剧。我们前面讲过北齐戏剧,曾强调,中国戏剧在北齐早已成熟,而不像很多专家所说,中国戏剧晚熟,在宋元时期才成熟。

《苏幕遮》或"泼寒胡戏"固然是唐朝的流行戏剧表演形式之一,引文中还曾出现的《菩萨蛮》其实也是类似表演,只不过不像《苏幕遮》那样有名气。"泼寒胡戏"被禁绝后,《苏幕遮》之所以会转变为一种词牌,其实说明两个重要问题:一是词与戏剧或说戏曲同源,关系密切。二是常规的"泼寒胡戏"应该有曲词,所以在表演取消后,曲词却保留了下来。这说明唐朝的戏剧表演其实就是较成熟的戏曲。所以,不仅中国的戏剧并不晚熟,甚至民族特征浓厚的戏剧,其实也并不晚熟。

关于宋金戏剧,元代夏庭芝的《青楼集》有这样一段话:

> 金则杂剧、院本合而为一,至我朝乃分院本、杂剧而为二。院本始作,凡五人:一曰副净,古谓参军;一曰副末,古谓之苍鹘,以末可以扑净,如鹘能击禽鸟也;一曰引戏;一曰末泥;一曰孤。又谓之五花爨弄。或曰:宋徽宗见爨国来朝,衣装鞋履巾裹,傅朱粉,举动如此,

---

① 唐圭璋编纂,王仲闻参订,孔凡礼补辑:《全宋词》,第150页。

使优人效之以为戏,因名爨弄。①

我们对杂剧、院本这些名词都比较熟悉,而说到"爨弄",就容易觉得很生疏。而引文中却说,宋金戏剧的五种行当,就叫作"五花爨弄"。

什么是"爨弄"?元明时,爨,往往作为名词出现,与足部动作有关,例如:"戾家行院学蹈爨"(《宦门子弟错立身》),"踏金顶莲花爨"(马致远[南吕一枝花]《咏庄家行乐》套)等,都说明了"爨"与舞步之间的关联。

爨弄的第二个属性,是以歌伴舞。"高歌踏踏春,爨弄的随时诨"(汤显祖《邯郸梦·仙园》)和"能歌时曲能踏爨"(《雍熙乐府》)都可为证。现存院爨名目《谒金门爨》《新水爨》《醉花阴爨》等,均以词调命名,足见表演者可用不同的曲调以伴舞步。

爨弄的另一属性,是化装和幻术。关于化装,《水浒全传》第八十二回写到的院本演出情况,可见演员们按行当穿戴,服饰相当考究。且多以色彩直接在脸上涂抹,如《错立身》说"抹土搽灰"之类,和唐代演员多戴"假面""大面"完全不同。至于幻术,从五代后唐尉迟渥的《中朝故事》"咸通初有布衣爨……药引火势,斯须即通彻二楼,光明赫然"②,到清代陈维崧的《六州歌头》"靡莫牂牁,有幻师爨弄,善舞能弹"③,都已说得很明白了。

隋唐甚至直到宋代,各种伎都是分棚演出的,即使同台演出,不同行当的演员还是各自为政,不相统属的。而"五花爨弄"的出现,则标志着舞台演出形态有了质的飞跃。

爨弄是从哪里来的呢?宋史记载,宋徽宗时,大约在公元 1116 年到 1117 年,"爨国"后裔由大理国王段正严派遣乐舞入宫。而爨人"以乐人幻戏名《五花爨弄》博得徽宗爱之,以供欢宴"。明人杨慎考证了爨弄乐

---

① 《中国古典戏曲论著集成》(二),中国戏剧出版社 1959 年,第 7 页。
② (五代南唐)尉迟偓:《中朝故事》,中华书局 1895 年版,第 11 页。
③ 出自清陈维崧《六州歌头·竹逸斋头阅冯再来所著滇考赋此怀古》。靡莫,音 mí mò,古代西南地区少数民族名。牂牁,音 zāng kē,指汉代牂牁郡,位于今贵州省东南。

舞的族属,他提出:"逶巡乌爨弄,嗷咻白狼章。乌爨,古之乌蛮,今之㑩人也。其乐谓之爨弄。"①

爨即云南爨氏。云南爨人是魏晋时期形成的包括今天的汉族、白族、彝族,以及历史上的羌、氐等多种民族在内的一个特殊的部族。其形成的初始阶段的统治者其实是爨姓汉人,故称其为"爨人"。长期以来,关于这里爨姓的汉人始祖一直存在着争议。《新唐书·南蛮传》说"西爨自言本安邑人",顾炎武《天下郡国利病书》亦说"爨氏本安邑县人";而《爨龙颜碑》以及《两爨世家》则认为"爨氏乃楚令尹子文之后""食采于爨,迁运南土"。无论始祖于何处,爨氏是汉人后裔无疑,而后期则融合了云南各少数民族的血脉和文化。爨文化回流到中原,又在广大中原内地与汉化融合,变其舞容入乐、入戏,而传演于后世。可以说,戏曲史上的五花爨弄,其实是汉文化融合各民族文化的重要产物。

我们具体看看爨弄的"五花",实际上也就是五种角色:一曰副净,古谓参军;一曰副末,古谓之苍鹘,以末可以扑净,如鹘能击禽鸟也;一曰引戏;一曰末泥;一曰孤。跟后世所说的生旦净末丑有部分的交叉。两相对比,其他的都能找到对应,就是"孤"或"装孤"角色不好理解。什么是装孤呢?

孤,《汉语大字典》的基本解释为幼年父死或父母双亡的人,也可以指九卿中少师、少保、少傅的官职名或古代王侯的自称。因为"孤"自身的意义以及它在杂剧中作为一种演员类型而存在,许多学者将它解释为扮演官员的戏剧角色。然而,围绕"装孤",学界仍有两个问题在讨论:第一,"装孤"究竟是不是专门指对官员的扮演?第二,"装孤"算不算戏曲角色?

元人夏庭芝《青楼集》、陶宗仪《南村辍耕录》都记载金院本的角色有五类,且设置与宋杂剧相同,却未曾提到金院本中的"孤""孤装"与官员的关系,反倒是强调副净、副末角色是由讽刺官员的参军戏角色发展而来。元杂剧中,虽然许多被称为"孤"的角色具有官员的身份,但此时的

① 《四库全书》集部六·别集类,《升庵集》卷二一,第3页。

戏曲批评理论,仍未讨论过"孤"与官员是否有联系。

到了明清,猜测"装孤是扮演官员"的说法开始出现。朱权《太和正音谱》提道:"孤,当场妆官者也。"①清代焦循的《剧说》卷一也说:"盖孤者,官也。"②近代王国维《古剧脚色考》也认为:"孤之名或官之讹转,或以其自称孤名之也。"③

有学者认为,"装孤"的诞生,适应了宋金戏剧的发展对"演故事"的叙事表演的需要。然而,宋杂剧的故事性不是十分突出,"装孤"在宋杂剧中并非不可或缺。因此《都城纪胜》才会说"或添一人装孤"。而在金代杂剧院本中,戏曲的综合性和故事性的加强,"装孤"这一角色由"或添"变成了"常设"。那么,我们难免好奇,为什么到了元代,"装孤"变成了杂剧中的"孤",后来却慢慢又被"末泥"所取代呢?难道明清戏曲不追求故事性了吗?当然不是。我们认为,真实原因是,到了明清时期,故事性进一步增强,角色分工更细化、类别化,而像"参军""装孤"这类指涉性过于具体的角色类型(即指专门饰演官员身份的角色),因为概括性不够强,就逐渐退出了戏剧舞台。而这反过来可以说明,如明清两代的相关文献所言,"装孤"主要应该指的就是官员角色。

我们再回顾一下,"五花爨弄"曾深得宋徽宗喜爱,长期在宫中搬演。那么,所搬演的剧目应该有"装孤"角色。宋徽宗能接受这类角色吗?《水浒传》第八十二回,也写宋徽宗宴请宋江等人观看表演时曾言:"搬演杂剧,装孤打撺"。这就是真王请假王看戏了。毕竟,类似表演很容易越界,对君王或朝廷有所不敬。那么当时的表演是怎样规避这种越界风险的呢?我们猜测,剧目中所搬演的王公大臣,应该不是中原之人,或者至少不是晚近中原朝廷人等。或者就是搬演云南爨国的官员。这样表演就有了间离效果。有风险却能注意把握尺度,就会显得有吸引力。当然,也不是任何时候都能把握好尺度。明初朱元璋禁止某些内容的杂剧表演,"凡乐人搬做杂剧戏文,不许妆扮历代帝王后妃、忠臣烈士、先圣先贤神

---

① 《中国古典戏曲论著集成》(三),中国戏剧出版社 1959 年,第 53 页。
② 《中国古典戏曲论著集成》(八),第 92 页。
③ 王国维:《宋元戏曲史》,百花文艺出版社 2002 年,第 117 页。

像,违者杖一百。官民之家容令装扮者与同罪。其神仙道扮及义夫节妇、孝子顺孙,劝人为善者,不在禁限"①。"妆扮历代帝王后妃"的剧目也在被禁之列,大抵由于类似表演容易失去分寸,挑战礼法秩序。

相似的情况还有一例。宋杂剧四折中,最后一折经常是"庄稼汉不识勾栏",演一个乡下人不了解都市繁华,误把勾栏瓦舍当做农家的牲口棚。这类滑稽表演比较符合市民的欣赏习惯。因为庄稼汉跟市民一样是平民,社会地位还略低。加以欣赏的时候,容易使观众产生满足感,取得喜剧化的审美效果。比如《红楼梦》中刘姥姥的出场,是不是就有类似的喜剧效果? 而此类杂剧虽然适合于民间,拿到宫廷表演则不一定很合适。因为它不太符合贵族的审美品位。而有"装孤"角色内容的剧目容易引起代入感,效果就会好得多。

综合地看《苏幕遮》与"五花爨弄",我们不难认识到外来文化及少数民族文化融入中华文明、参与中华文明的重要意义。尤其表现在以下两个方面:其一,外来文明总是能给固有的中华文明带来新鲜感、活力乃至诱惑力;其二,传统宗法文化经常用"礼"来对外来文明进行规范和调整:如在唐朝风行一时的"泼寒胡戏",由于不够雅观,而最终被禁绝;而"五花爨弄"中的"装孤"也通常都以陌生化的面目出现,明初以后更因不合礼教规范而逐渐被边缘化,乃至最终消失。传统宗法文化在面对异文化的时候,经常能够自我批判或反思,而后者恰恰是促使其发生变化或创新的最好的时机。

第四节 《赵氏孤儿》出国记

一、《赵氏孤儿》在法国

中国元代杂剧作家纪君祥的《赵氏孤儿》,是元杂剧中最有国际影响的一部作品。法国作家伏尔泰,就曾根据《赵氏孤儿》改编而成《中国孤儿》一剧。

---

① 《明太祖文集》卷一六,《四库全书》,上海古籍出版社1987年,第179页。

"赵氏孤儿"即赵武。赵武,嬴姓赵氏。春秋时晋国卿大夫,政治家、外交家,是为国鞠躬尽瘁的贤臣,后任正卿。出生于世卿大族,幼年其母与叔公不和,赵武随母亲移居宫中。后来经历下宫之难,赵氏灭族,赵武独存。公元前 573 年,晋悼公尊之为卿。公元前 548 年,继范宣子执政,晋再修文德,弃征战。历史上的赵武于公元前 541 年,郁郁而终。这个人物的经历并不是特别传奇。而纪君祥的《赵氏孤儿》则大大增加了传奇性。讲春秋晋灵公时期,赵盾一家三百多口尽被武将屠岸贾谋害诛杀,仅留存一个刚出生的婴儿,即赵氏孤儿。为保存赵家唯一血脉,晋国公主即赵氏孤儿的母亲托付草泽医生程婴将孤儿带走,并自缢身死。程婴将赵氏孤儿藏在药箱中,欲带出宫门,可又偏遇到屠岸贾部下韩厥。韩厥深知此乃忠良之后,便放走程婴和赵氏孤儿,后自刎身亡。

这本杂剧集中体现了中国古典戏剧的伦理主题"忠孝节义",它的悲剧在于忠奸斗争中忠义之士的暂时落败和义士大无畏的自我牺牲。最终看似"大团圆"结局,实则悲剧意蕴极强。虽然恶人最终受到惩罚,正义得以伸张,但诸多义士为了保护正义纷纷走向死亡或毁灭,而屠岸贾在作威作福二十余年后才受到了他应有的惩罚。

著名法国文豪伏尔泰于 1753—1755 年对《赵氏孤儿》进行改编成为新剧本,名为《中国孤儿》,1755 年 8 月 20 日开始在巴黎各家剧院上演,盛况空前。《中国孤儿》剧情与《赵氏孤儿》相似。但时间已改在宋末元初。南宋末年,成吉思汗攻陷北京。宋皇临死前向大臣张惕托孤。成吉思汗闻讯后四处搜捕大宋遗孤,以求斩草除根。张惕无计可施,最后决定以亲生儿子冒名顶替大宋遗孤。其妻伊达梅虽然支持丈夫,但强烈的母爱又使她拼死反对丈夫的决定,最后她竟向成吉思汗道出实情,以求保住儿子一命。早年成吉思汗流落北京时,曾向伊氏求婚,遭拒绝,现在便以其夫、其子及大宋遗孤三人的性命为要挟,再次向伊氏求婚。伊氏以国家和民族利益为重,毫不犹豫地拒绝了成吉思汗的逼婚,并积极投入救孤活动。与此同时,已被捕入狱的张惕面对征服者的严刑拷打,始终不改初衷。伊氏在救孤失败后也被捕入狱,决定与丈夫一同自刎,以报宋皇,以谢天下。而成吉思汗既震惊又羞愧,终于下令赦免张惕夫妇,并收大宋遗孤及张惕之子为义子。剧本以成吉思汗恳求张惕留在宫中以中华民族的高度文明教化元朝百官而结束。

从主题上看,伏尔泰的《中国孤儿》将家族报仇转化为文明冲突,改春秋时期背景为宋元时代,成吉思汗攻入中国,为了掌控汉族,开始搜寻前朝的遗孤为起点展开故事情节,讲述了文明古国(张惕和叶端美为代表)的文化精神与野蛮民族(成吉思汗为代表)的对抗与同化过程。这种改编立意更加哲理化,而且也确实符合纪君祥写作《赵氏孤儿》这部剧作的初衷。说明伏尔泰对原作的把握,并未出现太大的误读。

相对于《赵氏孤儿》,伏尔泰的《中国孤儿》在细节处理上还有一个明显改编。剧中孤儿的母亲伊达梅并不像《赵氏孤儿》中程婴的妻子那样,断然舍弃亲生儿子的生命,而是为了保护自己的儿子做出适当妥协,向铁木真道出了两个婴儿之间身份对换的实情。这在中国传统道德观看来也许有瑕疵,但却体现了人权观念,符合法国当时酝酿和深化启蒙运动的需求。

为什么《赵氏孤儿》会让大文豪伏尔泰深受触动?他为什么要把这部中国戏剧潜藏的民族情感拉出来,使之大见天日呢?他之所以要借助改写凸显文明之间的冲突,是否与铁木真的蒙古铁骑曾横扫欧洲大陆有关,所以《中国孤儿》是在借他人之酒杯,浇自己之块垒?如果以上猜测成立,《中国孤儿》这部剧作能将蒙古铁骑当作宋朝与欧洲共同的敌人来看待,所表达的文明规则更加具有普世价值。

从以上分析看,法国戏剧《中国孤儿》立足于本国文化发展的需求,积极阐释和改写了元杂剧《赵氏孤儿》,堪称中西文学影响交流史上的范例。

二、莎士比亚的《哈姆雷特》与《赵氏孤儿》

经常被用来与《赵氏孤儿》做对比研究的,还有莎士比亚的名作《哈姆雷特》。

十六、十七世纪之交,英国正处在封建制度向资本主义制度过渡时期,这是英国历史进程中的一个巨大转折时期。

伊丽莎白统治的繁荣时期,资产阶级支持王权,而王权正好利用资产阶级,两方面不仅不对立,还结成了暂时的同盟。詹姆斯一世即位以后,进一步推行专制集权,社会矛盾进一步激化,它从根本上动摇了封建秩序,同时为十七世纪英国资产阶级革命准备了条件,莎士比亚的创作正是对这个时代的艺术的深刻反映。

剧中哈姆雷特是出身高贵的丹麦王子,从小受人尊敬且接受了良好的教育,无忧无虑的生活使哈姆雷特成为一个单纯善良的理想主义者和完美主义者。在他眼里一切都是美好的,他不知道世界的黑暗和丑陋面,他相信生活的真善美并且向往这种生活。然而当他的父亲死亡、母亲又马上嫁给叔父,再加上父亲托梦告诉哈姆雷特是叔父克劳狄斯害死了他。在理想与现实之间,王子哈姆雷特陷入了深深的矛盾中,他的人生观发生了改变,他的性格也变得复杂和多疑,他变得彷徨和绝望,变得偏激,离众人越来越远。

与赵氏孤儿相比,哈姆雷特的复仇举动显得很不干脆,犹犹豫豫。相形之下,赵氏孤儿在最后向屠岸贾复仇时,并未因后者对自己多年的养育之恩而有丝毫犹豫。两相对比,赵氏孤儿剧中,正义与非正义的道德判断显然更加简单明晰。那么,是什么干扰和弱化了哈姆雷特对复仇行动的道德判断? 弗洛伊德认为是杀父娶母的潜意识,即所谓"俄狄浦斯情结"影响着哈姆雷特,因叔父的行为符合哈姆雷特自身潜隐的欲望,所以后者才难以对杀害父亲的仇人实施复仇行动①。不管是不是出于"俄狄浦斯"情结,哈姆雷特的人格和心理结构都远比赵氏孤儿更为复杂。两个相似主题的作品之间,其实有着古典主义与现实主义的差别。

三、宋元杂剧的四折一楔子与欧洲古典戏剧的三一律

说到比较研究,再看看宋元杂剧的常见体制"四折一楔子"与欧洲古典戏剧的"三一律"之间的异同。从数字看,二者之间有一定耦合。但实际意义却有很大差别。

---

① [奥] 弗洛伊德著,车文博主编:《释梦》,长春出版社 2004 年,第 178 页。

　　杂剧的四折一楔子主要是指曲体结构，即演唱或表演的结构。元杂剧的四折一楔子来源于宋杂剧的四个部分的形式特征。宋杂剧的四个部分是：寻常熟事或热场、正杂剧（分两部分）、以艳段结尾（一般是"庄稼汉不识勾栏"）。很明显可以看出，这四个部分之间主要并非情节关系。而欧洲古典戏剧的三一律则确实是对剧情的要求。主要是要求时间整一。法国古典主义的一些学者曾概括古希腊戏剧的结构规律为：一件事情要发生在同一天、同一地方，简称"三一律"。当然并非所有欧洲古典戏曲都符合三一律，正如并非所有元杂剧都采用四折一楔子的体制形式。那么是否可以说，元杂剧相对更重视演唱或表演，而欧洲古典戏剧则更重视剧情呢？似乎可以做出这样的概括。进一步还可以提问，为什么会有这种差别呢？

　　元杂剧的四折结构，首先与说唱文学的表演习惯有关。城市中的说唱表演一般在瓦舍勾栏等临时性舞台，随聚随演，需要候场、热场，也需要给搭头或赠品，借以取悦观众。其次，元杂剧的四折结构在传统文学的结构形式中并非个案。律诗的首颔颈尾、八股文的八股、话本的篇首入话正话篇尾，似乎都有相类似的结构。这本质上是一种对称性的形式美的结构追求。

　　三一律原则追求的是剧情的紧凑充实。布瓦洛的《诗的艺术》总结性地概括了"三一律"理论，此书的第三章中写道："对理性要服从它的规范，我们要求艺术地布置着剧情发展；要用一地、一天内完成的一个故事从开头直到末尾维持着舞台充实。"[①]引文明确指出，这个理论来源于对"理性"的要求和看重。

　　那么，追求对称是否就是非理性的呢？这个问题很难回答。阴阳相生的传统看法是一种对称性的观念，其中体现的辩证观无疑是理性的。但如果按照阴阳观机械设定二元对立项，这种做法又有非理性色彩。《红楼梦》中，史湘云跟自己的丫鬟翠缕，主仆二人谈阴阳。史湘云说，天地、正反等等，都是阴阳二元对立的关系。翠缕进一步发挥说，我懂了，男女

---

① ［法］布瓦洛：《诗的艺术》，人民文学出版社 2009 年，第 32—33 页。

二者之间也存在类似关系。这个发挥很正确,但过于直白。翠缕又说,主仆之间也是阴阳二元关系。这就把社会现象与自然现象混淆在一起,容易导致把人为规定掩饰为天经地义。

我们对比分析元杂剧的四折结构与古希腊悲剧的"三一律",用意在于提醒大家,在做中西之间的比较或相互影响研究的时候,要注意避免机械攀比或望文生义。《哈姆雷特》与《赵氏孤儿》固然有相似主题,二者之间却未必有承传关系。而所谓四折结构与"三一律"之间乃至中西戏剧之间的差别,有人更描述为不同类属之间的"生殖隔离"。尤其在做丝绸之路的交流史迹的研究考察工作中,更要把微观细节或史实的剖析与宏观的文化属性的判断相结合,从而避免出现强作解人或拉郎配的错误。

第六章 明清时期

第一节 海龙王的前身后世[①]

在中国本土的龙崇拜中,原无"龙王"崇拜,龙王崇拜是在佛教传入后引进的。在汉代之前,只有龙神,而无"龙王"。隋唐之后,佛教信仰传入中国,龙王信仰才遍及中土。

一、中国龙王与印度龙王孰先孰后？二者之间有着怎样的关系？

学者一般认为,龙王、龙宫信仰是源于印度,是随着佛教的传播而引进的。

中国龙文化之所以能够长期延续,除了后来作为统治思想的儒家和道教学说完全继承并极力宣扬龙的信仰,并加以创新和发展之外,还与外来的佛教中的"龙宫"与"龙王"有关。

在佛经中,龙王名目繁多。中国本土的龙崇拜与佛教中的龙王崇拜孰先孰后？两者的关系如何？是一方传给另一方,还是各自产生的？

从一些迹象来看,印度佛教中的龙是由中国传去的,经过印度人的再创造,成为"龙王"。而随着佛教的东传,龙王崇拜也随之又传入中国。随着佛教在中国的广泛传播,龙王信仰也得到迅速流传。之所以有以上观点,其理由有六：

其一,中华民族的龙文化源远流长,据发掘,最早的龙形象是辽宁阜新查海遗址发现的一条距今七八千年的兴隆洼文化石块堆塑龙,其次是

---

① 参考：https://baike.baidu.com/item/%E4%BD%9B%E6%95%99%E5%92%8C%E9%BE%99/14468105。

举世瞩目的河南西水坡的蚌壳龙。第三是黄梅县白湖乡张城村焦墩遗址发现的用卵石摆塑的一条巨龙。第四是众所周知的内蒙古三星他拉玉龙等。这些都充分证明龙崇拜早在六七千年前在中国便已十分普遍,同时也证明龙文化是中国的本土文化,而不是外来文化。而据目前所见印度龙的最早考古资料是公元前一世纪的壁画《龙王及其家族》和纪元前后的《龙族向菩提树礼拜》,晚于中国的辽宁查海石块龙约5 000年。

其二,在文字记载方面,据目前所知的史料来看,印度有关龙的文字记载最早是龙树于公元二世纪左右所写的《智度论》,这一记载距今仅一千八百年左右。而中国有关龙的记载较印度早得多,商代的甲骨文中有不少"龙"字以及崇拜龙的一些记载,这也同样说明在三千五百年前中国的龙崇拜已十分普遍。

其三,从传播路线上看。中国龙文化自形成之后,不仅在国内迅速传播,而且很快传到国外。印度佛教中的龙当是由中国传过去的。传播路线可能有两条:一条是经西藏传入。据考古资料,早在新石器时代,黄河流域的石器文化便传到西藏及其以南地区。龙文化传入西藏,然后传入印度,是完全有可能的。龙文化传播的另一条路线是西域丝绸之路。中原王朝早在三千多年前便与西域有接触,传说周代早期已有移民到达葱岭以东地方。商灭夏之后,夏王室有一部分人徙往西北地区,到达甘肃等地之后,继续向西迁徙,进入西域的焉耆国。后来,这些迁入焉耆国的氏族部落,直到晋代仍是该国的统治者,并以"龙"为姓。他们把自己的龙文化带入了西域,这是确定无疑的史实。

佛教产生后,龙文化又与佛教结合在一起。随着佛教东传,佛教中的龙文化又经由丝绸之路传入中国,与我国原有的龙文化融为一体,从而使中国的龙文化更加丰富多彩。《史记》载:大月氏原在甘肃敦煌、祁连山一带游牧,汉文帝时,为匈奴所迫,迁至今新疆伊犁河流域。不久又遭匈奴和乌孙的联合攻击,遂迁至今锡尔河、阿姆河之间,建王庭于阿姆河之北(《史记·大宛列传》称大月氏在妫水北,妫水即阿姆河)。约在公元前130年前后,越阿姆河,攻占大夏,据有其国。因大夏当时已崇奉佛教,故亦改信佛教。汉武帝元朔元年,汉使张骞至其国。公元一世纪中叶,建贵霜王国。其后国力渐强,破安息,灭天竺等国,国势鼎盛,佛教发达。由于大月氏国原在中国,因而与中国有特殊的感情,相互来往频繁,他们在传播佛教方面起到特殊的作用。由中国传入并经过印度化而纳入佛教体系的龙王崇拜,随着佛教的东传又反馈到中国。

其四,从语词来看。古印度本来没有龙的观念,梵文中没有"龙"的专用词,"龙"是和"象"合用一个词来表示。在古印度神话中,雷电是骑白象的大神因陀罗手持雷凿来施展法力的表现。中国龙传入印度之后,龙神很快取代了因陀罗,成为风雨雷电的主宰神。因而,表示"象"的词又用来表示"龙"。

其五,举个案为例。在《大唐西域记》中,记载龙的传说约有二十则,其中西域五则,北印度五则,中印度十则,而南印度一则也没有。从内容来年,所记载西域龟兹、于阗的龙传说与中国古代的龙传说很相似,有乘龙及龙与妇女交合而生龙种的传说,而与佛教关系不大,这些传说应该来自中国本土。而书中所记葱岭以南、邻近印度的龙神话传说,其内容则与佛教中的人物有关。这也可说明经由西域是中国龙文化传入印度的主要路线。

其六,从龙的神性上看。中国原始的龙,具有较多的蛇形象特征,印度龙也与蛇有密切的关系。在佛教的绘画雕刻艺术中,龙王的头部后面一般都有一个展开的有三、五个或七个头状物的眼镜蛇冠子。另外,佛经还常有"毒龙形状如蛇"的说法,也说明印度龙具有蛇的属性。印度文化中龙主司降雨的说法似乎也和佛教中的娜迦有关,娜迦是亚热带森林的一种蟒蛇,可以行云布雨。中国本土的龙具有马、牛、鱼、鹿、蛇等动物特征;佛教中的龙王也相似,具有象、蛇、马、鱼、虾等多动物的特性,据上,有理由认为,佛教中的龙是由中国传入的。

佛教中的龙与中国龙也存在不同之处,主要表现在如下几方面:

其一,中国龙与印度龙之间的最大差异是在社会中的地位不同。在动物崇拜中,龙具有至高无上的地位。特别是在龙崇拜与政治结合起来之后,龙成为帝王的象征,成为神圣不可侵犯的动物神。而印度龙则是一般的神灵,如佛经中的天龙八部之"龙",不过是普通的护法神而已,无至高无上的地位。在印度的动物崇拜中,金翅鸟受到最高的崇拜,而龙经常是金翅鸟的猎物。在佛典中,龙的"三患"之一便是金翅鸟。传说金翅鸟每天以龙为食,一天需要一条大龙王,五百条小龙。这说明龙的地位远在金翅鸟之下,而中国则相反,龙的地位远在凤鸟之上。

其二,中国古代传说中的龙,能够升天入地,沟通天人;能为神仙乘驭,来往于天地之间。如黄帝乘龙升天,颛顼、帝喾、夏启亦乘龙往来。而印度佛教中的龙则没有这种神性。大神骑乘的是金翅鸟,如古印度人的天神毗湿奴常骑在金翅鸟背上飞行。佛教中的菩萨乘狮子、白象或坐莲花台。

其三,在佛教中的龙王崇拜传入之前,中国的龙没有地域性,龙被奉为主宰雨水之神,受到各地各民族的普遍崇拜,龙的形象基本上也相同的,只有颜色的区别,分为青、赤、白、黑、黄五种。印度人虽然封龙为"王",给龙造"宫",但印度龙的地方神特性比较明显,龙王的种类繁多,各水域都有龙王、龙宫,说明龙只不过是某一水域的主宰神。

从以上差异来看,龙文化传入印度应该在秦汉之前,因为龙在秦汉开始与帝王崇拜结合在一起。在此之前,受农耕文明影响,龙的神性主要被设定为主宰雨水,而印度的龙王也一样,主宰大海、湖泊和水潭等水域。龙崇拜传入印度之后,经过再创造,与本地文化相结合,形成了具有印度特色的龙文化。但印度龙王与帝王崇拜的结合始终并不紧密。在印度,龙王是佛的信徒、供养者或守护神。而在道教影响下,中国的龙王则成为玉皇大帝的部下;在儒教的影响下,中国的龙王又是中央集权体系中帝王的符号。传说强调仁、信、义,强调夫妇、弟兄、父女之情,并有善恶之分。

印度佛教的传入,对中国龙的地位和形象也产生了较大的影响。先秦时期的神仙家和早期道教,都不讲龙王。佛教传入后,龙王逐渐成为主要的海神。从汉晋到唐宋时期,龙的形象在演变过程中,也明显地受到佛教艺术的影响。如敦煌北魏壁画上的龙,其姿态像在奔腾,却给人以一种安详、宁静的感觉,这种造型显然来源于同时代佛教中的飞天。印度佛教中的狮子对中国龙形象的演变影响也很大,唐宋时期的龙吸收狮子的形象。头圆而丰满,脑后披鬃,鼻子也近似狮鼻。江西江宁南唐要升墓中壁画上的龙,不但头部像狮子,就连整个身体也有点近似于狮子。龙吸收狮子形象,主要是为了强调其神威,增加它的神通。

二、文学作品中龙形象演变的几个范例

(一)《柳毅传》中的钱塘君

唐传奇《柳毅传》中,钱塘君并非主要人物,但小说对这个人物的塑造仿照钱塘潮的特点做了虚拟:气势磅礴、一往无前。所以这个人物身上不免携带了海龙王的部分特征。至于他的哥哥,小龙女的父亲洞庭君,倒像是个忠厚长者。这篇小说中的龙君有三个:洞庭君、钱塘君、泾河龙王。各占一片水域。没有明确说龙王有司雨水的职责,只有钱塘君去替侄女小龙女向泾河龙王一家讨回公道时,电闪雷鸣,风雨大作,沿途破坏了一些庄稼禾木。从这篇小说的龙君形象塑造中,可以看到向龙王形象过渡的痕迹。

(二)《西游记》中的泾河龙王

《西游记》中的泾河龙王,很明显已经是主司一方雨水的水神。而且从名称看,已经直接命名为龙王,而不是龙君。泾河龙王违背玉帝法旨,遭到刑法,在神界屈从于玉帝,在凡间则不得不屈从于唐太宗李世民。这部小说对龙王在神权、王权体系中的位置,显然都有明确的安排。

取经队伍中,容易被忽略的唐僧坐骑白龙马,其实也出自龙王之家。犯了错的龙子龙孙,要臣服于神权(本质上是礼法制度),靠宗教的法力、礼法的救赎加以洗礼,才能变身为八部天龙马。这种安排也是对君权、神权、宗法之权之间关系的深刻隐喻。

至于成了精的猴子,修来世的猪,都能成为天龙马的同道、师兄,从中折射出的内容也极为深刻。猴子身上更多体现的是知识分子求道的精神,而猪八戒身上则更多体现了平民意识。这两种文化范型能与龙马并驾齐驱,逆袭上位,这只能是经历了宋明理学、心学的类似于文艺复兴的精神蜕变,经历了市场经济发展、城市繁荣的明代,才有可能出现的文学设想。

（三）《东游记》中的东海龙王

相形之下，《东游记》中的东海龙王及其三太子就显得十分可怜。八仙炫耀各自的法器，三太子生出贪念，谋夺了蓝采和的玉版，引起八仙与龙族大战，直搅得天界扰攘，四方不安。八仙多是平民出身，甚至其中还有跛子、女人，在这样的团队面前，龙族居然败得很难看，这个故事对君权的无视程度，超出了以往作品。同样的思想意识驱动下，《封神演义》中哪吒对龙宫三太子更是抽筋断骨。没有这样的精神底色，《封神演义》安排神界座次的气魄也无从产生。反过来，我们需要再次强调，中国传统的海神想象中，固然有自然观、世界观的因素，但这并非主流。而涌动于其中的，始终是对人间正道伦理秩序的实践或挑战与超越。

第二节　小说中的海龙王与南洋发财梦

我们前面讲过，关于徐福第二次东渡"入海求仙人"，《史记·淮南衡山列传》记载说是徐福声称见到过"海中大神"，后者答应赐给延年益寿药，但索取三千童男女和各类工匠，还有五谷杂粮的种子。故事最后交代，徐福在海外找到一片"平原广泽"，在那里称王，再也没有回来。虽然没有说明徐福找到的"平原广泽"在什么地方，但可以确定的是，徐福一行到了海外，并在那里建立了自己的国家。《淮南衡山列传》这段记载还有一个细节值得注意，其中说海神的外貌是"铜色而龙形，光上照天"①，这是可见最早的海龙王形象的雏形，这与《山海经》等文献中记载近似于海神的龟蛇神、方位神都不完全相同。徐福自称"西皇之使"，那么海龙王应该来自东方神话传说，具体而言，应该来自道教传说或东夷文化。

很多专家指出，中国早期的龙王形象一般并不是海神，海神与龙王形象的结合出现较晚。我们上面虽然找出一个早期海龙王形象的雏形，但毕竟属于个案。

比较早、比较完整的海龙王故事，还可见于唐传奇《柳毅传》。《柳毅

---

① （汉）司马迁著，易行、孙嘉镇校订：《史记》，第494页。

传》民间称为《柳毅传书》。故事是这样的：大唐仪凤年间（676—679 年，唐高宗李治年号），南方遥远的洞庭湖里有一位非常美丽的龙女——洞庭龙女。后来，她远嫁给泾河龙王儿子泾阳君。谁知，婚后却受到丈夫及公婆的虐待，被打发去放羊。龙女日夜盼望能脱离苦海。一天，她放羊时，遇到落第书生柳毅，托他传书。柳毅同情龙女遭遇，将信传到洞庭龙宫。龙君之弟钱塘君看后大怒，千里飞行，救回龙女。为报传书之恩，他们建议柳毅与龙女成婚。柳毅说家有未婚妻，严词拒绝，龙君只能厚礼相送。一年后，柳毅娶卢氏之女为妻。而新婚之夜他却发现新娘酷似龙女。原来，龙女痴心不渝，化为卢氏之女，嫁给柳毅为妻。大家也许已经猜到，我们说海神与龙王的结合，在《柳毅传》中体现在一个非主角——钱塘君身上。

小说中，龙女"远罹构害"的不幸消息传入宫中，宫中为之恸哭，洞庭君听到大为惊恐，急令左右"疾告宫中，无使有声"，以免惊动钱塘君。这不但为钱塘君的出场制造了紧张气氛，同时也为刻画钱塘君的暴烈性格作了铺垫。接着又通过柳毅与洞庭君的对话，介绍出他曾一怒、而使尧遭洪水长达九年，还因与天将闹义气而"塞其五山"。由此不难看出，钱塘君真是一个天不怕地不怕的人物。至于他的正式出场，更是被描写得惊天动地，气势磅礴，充满浪漫主义色彩。这种描写，包含有对独特自然现象钱塘潮的浪漫文学想象。小说中写钱塘君赤龙千尺，挟带雷霆雨雹，冲天飞去，杀小龙，救侄女。钱塘君身上所体现的神通广大、性情暴躁、急公好义等形象，颇为深入人心，其中部分特征沉淀为后世海龙王的常见符码要素。

《柳毅传》中，钱塘君建议柳毅娶了小龙女，柳毅当时予以拒绝。龙宫改用大量珍宝表达对他的感谢。在这里，财富元素开始进入故事结构。虽然这些财宝并非钱塘君直接赠予，但也是海龙王形象较早与巨大财富相结合的个案。

由于《柳毅传》艺术构思新颖，而故事又富于戏剧性，所以后代有许多戏曲取材于它。元代有尚仲贤的《柳毅传书》杂剧，李好古的《张生煮海》；明代传奇有《橘浦记》《龙箫记》；清代李渔则合传书与煮海而作《蜃中楼》；当今评剧等剧种仍有《张羽煮海》等剧目。

李好古的《张生煮海》和尚仲贤的《柳毅传书》堪称元杂剧中的"神话双璧"。中国的整个东部，紧邻辽阔无垠的汪洋大海，大海的神秘、深广、波涛起伏、风云变幻，使得每一个站在海边的人，不由得产生出无穷遐思。

"张生煮海"经常被看作《柳毅》故事的翻案之作。故事讲年轻倜傥的潮州书生张羽，父母亡故后，出门游历。这天他来到东海畔，寄宿于濒临大海的石佛寺中。晚上明月升起于大海之中，海空澄澈，波涛似银，张羽推开窗户，沐浴在明净的月光中，顿觉心旷神怡，于是焚香净手，抚起琴来。这天夜里，东海龙王的三女儿琼莲正好也带着侍女出海赏月，忽然听见夜风中隐隐传来了悠扬的琴声，不觉循声寻去，一直到了张羽的房外窗下，如醉如痴地倾听起来。屋内抚琴的张羽，正陶醉于忘我之境，忽然琴弦断了。他信步走出屋子，发现了窗外芭蕉下听琴的琼莲，惊为天仙。两人目光相接，互相交谈起来，彼此都流露出倾慕之意。张羽忍不住开口向龙女求婚。琼莲落落大方，当场应允，定下了八月十五日作为婚期，并将随身所带的一块冰蚕丝织的鲛绡帕赠给张羽，作为信物。结果未见到龙女，却见到了秦朝时候修炼成仙的毛女。正处于寂寞苦闷之中的张羽，向毛女叙述了自己的心中情思。毛女听完后，好心地劝告张羽说，琼莲乃是东海龙王的小女儿，龙王性情暴戾凶狠，决不会答应这桩婚事。但是张羽仍是一片痴心，并拿出了龙女所赠的鲛绡手帕给毛女看。

毛女见张羽如此深情，不禁动了怜悯之念。她拿出三件法物交给张羽，嘱咐他说："你只要将海水舀在这口锅里，再放入金钱，烧火煎煮。锅中水减一分，海水去十丈，若煎干了锅中水，海水就干涸见底了。这时候龙王全族都无法存身，必然会同意招你为婿。"张羽得到了法物，迫不及待来到沙门岛上，支起银锅煎煮海水。不一会儿，锅里水滚了，张羽放眼一望，果然海水也像烧滚了似的翻腾不已。张羽大喜，加紧添火。最终东海龙王同意招赘张羽为东床快婿，并且引导着张羽分开海波，进入大海深处。

煮海故事中的海龙王不像钱塘君那样不在意门第差别，而是在张生坚持不懈的威胁和金钱攻势下，才同意张生与小龙女之间的婚事。类似的政治经济学思路,显然是宋元商品经济繁荣发展的文学体现。而与海龙王斗狠比富的写法,后世的《红楼梦》也加以模仿。大家都记得《红楼梦》中的护官符吧?其中说王家富有,富有到什么程度呢?"东海缺少白玉床,龙王来请金陵王"。"煮海故事"并没直说海龙王有钱,但烧钱的方式却容易引起读者的联想。

直到明代章回小说《东游记》,也并没写海龙王多么有钱。相反,《东游记》中,八仙参加王母娘娘的蟠桃大会回来,各自用宝物渡过东海,所谓"八仙过海各显神通"。途中,海里龙王的一个儿子看上了蓝采和脚下踩的玉版,出手争夺,引起了八仙与龙王的一场大战。

倒是《西游记》大力渲染了龙宫之富有。经身边牛魔王等狐朋狗友建议,孙悟空为了拥有趁手兵器,便来到号称最富有的东海,找东海老龙王讨要兵器,最终如愿得到了如意金箍棒,但还不满足,贪婪地继续向东海龙王索要披挂。

之所以海龙王与财富最终实现了硬捆绑,当与宋元以来海上贸易带来了大量财富有关。《转运汉巧遇洞庭红》写落魄文人文若虚因缘际会,跟随商人们出海,无意中得到大笔财富,最终实现逆袭。这样的发迹故事虽然有些夸张,但部分反映了海上贸易令不少人致富的社会现实。

这种捆绑还有一个意味,就是政治与经济的结合。毕竟像文若虚这样误打误撞发财,只是少之又少的低概率事件。而只有像《红楼梦》中有着皇商身份的薛家甚至织造府权位的甄家那样,才可能长期获取财富,才有底气过着奢靡生活,银子花得像淌海水一样。清代小说《蜃楼志》就讲了这种官商性质的海上贸易的内幕。小说写广东洋行生理在太平门外,一切货物都是鬼子船载来,听凭行家报税,卖给三江两湖及各省客商,是粤中绝大的生意。一人姓苏名万魁,号占村,口齿利便,人才出众,当了商总,竟成了绝顶的富翁。但在遭海关关差赫广大勒逼敲诈后,才明白一个道理:洋行这个行当不过是一个人当大家的奴才,虽然赚些钱,但利害相随,甚至随时性命不保。可见官商虽然有巨大利益,但并不容易做。

等而下之,无缘与政治权力结合的小民,裹挟进海外捞金大潮,更是百般辛苦。郑和下西洋之前,官员和老百姓走南洋是小规模活动。元朝时期有过元爪战争。明末、清朝和民国时期,中国人去东南亚经商、打工乃至迁徙到东南亚,规模巨大,纳土纳群岛就是华人建国的。明朝末年、清朝时期,中国长时期处于战乱状态,再加上天灾人祸,东南沿海民不聊生,连起码的生计都难以维持。而且由于明朝、清朝都曾经实行过较严厉的"海禁"政策,进一步削弱了沿海民众谋生的技能。

据中国太平洋学会对流民出洋的原因所做的调查显示,因"经济压迫"而出洋者占 69.95%。那个时候下南洋的人,既有对未来充满希望的人,也有在家乡故土待不下去的人。"闽广人稠地狭,田园不足以耕,望海谋生(十居五六)"①。尤其是福建、广东一带在当时较穷困,人多地少,老百姓生活难以维持。为了谋生计、躲避战乱,自明末到清末共约七百多万中国人漂洋过海,一次又一次、一批又一批地到南洋经商谋生。

清末东南亚各国殖民者当局多许诺为华人提供免费的土地、临时安置房屋、临时食品供应。为了保障华人权益和安全,殖民者当局还在华人聚集区域设立警察机构。这些优惠政策对于流离失所、挣扎在生死边缘的中国东南沿海民众来说,是极具诱惑力的。

一方面,许多华人在侨居国从事商业活动,负责管理海外贸易,收购当地土特产,销售该国货物,从而形成一个沟通中国与海外贸易的商业网络,推动当地经济社会发展的同时;自身也通过勤劳的双手改变了命运。在南洋,出现了众多的华人富翁。

华人还在南洋地区建立了几个国家。如罗芳伯建立的兰芳大统制共和国、张杰绪建立的纳土纳群岛王国、郑信建立的吞武里王朝、吴元盛建立的戴燕王国、莫玖建立的港口国,这些国家存在的时间有或长或短之别,但都对当地经济社会产生了重要影响。

第三节　小说中的海外建国梦

中国文学的海洋想象,有一个不算主流,但也不绝如缕的分支,那就

---

①　(清)蓝鼎元:《论南洋事宜书》,载《鹿洲全集上》,厦门大学出版社 1995 年 1 月,第 55 页。

是海外建国的梦想。这个分支中,大家容易想到的就有以下几位:殷商末期的贵族箕子,秦朝的方士徐福,唐传奇《虬髯客》中的虬髯客,水浒群英中的阮氏三雄,还可算上明初建文帝、明末郑成功……以上事例,可资初步了解传统海洋想象的地缘政治观念。

一、东走朝鲜的箕子

箕子,名胥余,是商纣王的叔父,文丁的儿子,帝乙的弟弟,官太师,因其封地于箕,故称箕子,他与微子、比干齐名,史称"殷末三贤"。

箕子佐政时,见纣王进餐必用象箸,就是象牙筷子,觉得纣王太奢侈,感叹说:"彼为象箸,必为玉杯,为杯,则必思远方珍怪之物而御之矣,舆马宫室之渐自此始,不可振也。"[①]王今天使用象牙筷子,明天就会使用美玉制作的杯子。进而所有物品必用远方奇珍异宝。奢侈之风从此渐渐兴起,这不是什么好兆头。史家一般解释箕子这段话,都说他见微知著,从一个细节发现必然腐败的苗头。这当然很有道理。但还有一点,箕子担心纣王对"远方"之物过于好奇,兴起过分的"御"之,也就是占用的欲望,这就会有征伐之心。奢侈腐化固然会给王朝带来危险,一味征伐更会将王朝拖入炼狱。历史地看,纣王执政期间虽然奢侈腐化,酒池肉林,但也有多次征伐夷方获胜的战绩,不能算毫无建树的帝王。但这些建树如果没有完善的治理措施做保障,都只能带来四方不能宾服,百姓不能安居的结果。回顾箕子的政治预言,不仅仅表现出见微知著的分析能力,还初步体现了对远方各邦国保持适当间距的意识。这种意识在那个普遍以为率土之滨,莫非王臣的时代,无疑是有一定超前性的。

纣王末年(前1124)周武王兴兵伐纣。攻入商都朝歌,商朝覆灭。在商周变易之际,箕子趁乱逃往箕山(今山西东南部晋城市陵川县棋子山),在箕山(今棋子山)过起一段短暂的隐居生活。箕子之名,原本来自其封地名称。逃亡之地也就箕山,这种说法很有可能只是传说。传说箕

---

① (汉)司马迁著,易行、孙嘉镇校订:《史记》,第169页。

子将夏禹的《洪范九畴》陈述给武王听,史称箕子明夷。另有传说,箕子一行人从今胶州湾渡海,奔向与商有一定族缘关系的朝鲜,创立了箕氏侯国。同去的还有殷商贵族景如松、琴应、南宫修、康侯、鲁启等。

《尚书》收录了箕子的《洪范》,而《周易》卦爻辞唯一提到的可靠历史人物,也就只有箕子。孔子曰:"殷有三仁焉"[1],将箕子、比干、微子并称为"三仁"。朝鲜王朝的《三国遗事》《东国通鉴》《东史纲目》等重要史书,也都比较详细地记载了箕子的史迹。

《史记》记载,商最后一个国王纣的叔父箕子在周武王伐纣后,带着商的礼仪和制度到了朝鲜半岛北部,被那里的人民推举为国君,并得到周朝的承认。史称"箕子朝鲜"。中国记载箕子开发朝鲜事迹的书籍,有《尚书大传》《史记》《汉书》《后汉书》《三国志》等。《史记》和《尚书大传》都记载了周武王封箕子于朝鲜的事。朝鲜王朝史学家安鼎福(1712—1791 年 7 月 20 日)编著的《东史纲目》记载,箕子在朝鲜治理不到三年,当地民风大变,夜不闭户,没了盗贼,妇人守贞不淫,男婚女嫁不重聘礼,民众节俭敬睦,社会和谐安定。还有人把平壤郊外的大同江比作黄河,把永明岭比作嵩山,编成歌典来歌颂和赞美箕子。《高丽史》也有记载:公元 1102 年,礼部上奏称,中国教化礼仪,自箕子始,并乞求为其立祠以祭。但出于民族主义原因,目前有朝鲜韩国学者对此段历史的存在有一定争议,不承认箕子朝鲜的存在。日本江户时代前期(十七世纪初)的史学家林鹅峰也认为,箕子到朝鲜开创"东方君子国","东方君子国"这种称谓也就是从那时候开始。

传说箕子朝周途经故都朝歌时曾作《麦秀歌》:"麦秀渐渐兮,禾黍油油,彼狡童兮,不与我好兮。"[2]诗中的狡童,指的是商纣王。箕子在诗中感叹,纣王这个孩子不肯听我们的劝告,最后才失去了祖宗基业,大好河山。用麦穗长成作比喻,这是诗经常用的比的修辞手法。

---

① （春秋）孔丘著,杨伯峻、杨逢彬注释:《论语》,岳麓书社 2000 年 7 月第 1 版,第 174 页。
② （汉）司马迁著,易行、孙嘉镇校订:《史记》,第 170 页。

二、海外建国的虬髯客

虬髯客是唐传奇《虬髯客传》中的人物。《虬髯客传》也称为《风尘三侠》。三侠之一的虬髯客,姓张行三,赤髯如虬,故号"虬髯客"。时天下方乱,虬髯客也想逐鹿中原。于旅社偶遇李靖、红拂这对正逃难的情侣,在红拂提议下,结拜为兄妹。后来因李靖得见李世民(唐太宗),以为"真天子",当机立断,放弃中原争霸。甚至悉以其家所有赠靖,鼓励他悉心辅佐李世民。临行说:"此后十年,当东南数千里外有异事,是吾得事之秋也。"①贞观十年,南蛮入奏:"有海船千艘,甲兵十万,入扶余国,杀其主自立。"②靖知虬髯客成事,归告红拂,沥酒贺之。《说唐全传》提到,扶余国可能位于朝鲜半岛,《大唐游侠传》也曾提及岛国国主,有可能是朝鲜半岛附近岛国,相传为 72 岛国主。还有人认为,扶余国在"东南数千里外",故不在中国东北,也不是朝鲜半岛及附近岛国,而很大程度上有可能是菲律宾或泰国。

杜光庭的《虬髯客传》堪称唐传奇的压卷之作。之所以如此说,是因为此作经典地体现了唐传奇的史才、诗笔、议论三大特征。所谓史才,指叙事手法。此篇故事以隋末历史为背景,这是其一。更重要的叙事有波澜,有章法。故事中的五个人物,除红拂女、虬髯客,其他三人都是历史人物。最早出场的杨素作为垫底人物,英雄迟暮,但还能虚心下客,听李靖这个毛头小子陈说天下大势。后来红拂女逃脱,杨素也只是虚张声势找一找,并不认真跟一个姑娘过不去。这些细节,都说明其肚量非常人能比。第二个出场的李靖先声夺人,有理想有胆略,所以能赢得美人青睐。红拂女能舍弃杨素投奔李靖,说明少年英雄就是比迟暮老臣有魅力。跟李靖相比,红拂虽然是一介女流,但她胆大心细,敢于自主择夫,还能沉住气,选择合适时机。在旅店中,虬髯客频频注目于红拂,李靖都沉不住气,准备发作,红拂女却稳稳当当地梳完头,过去从容搭讪,问人家贵姓,得知

---

① 鲁迅校录,蔡义江、蔡宛若今译:《唐宋传奇集上》,浙江文艺出版社 2013 年 4 月第 1版,第 222 页。

② 同上。

虬髯客姓张,马上表示,我也姓张,咱们应该结拜为兄妹。这就把有可能的矛盾冲突给予了化解。坏事变成了好事,这些事情,没有足够的辨别力、决断力,都是很难做到的。所以,跟李靖相比,红拂女胜出。虬髯客原本心仪红拂女,但听对方说应该结为兄妹,他没有丝毫的迟疑造作,当即豪爽接受。后来见到李世民,他认为自己比不上对方,更当机立断,不仅决定停止中原逐鹿,甚至还把多年准备举事的积累都豪爽地赠予了李靖、红拂夫妇,鼓励他们帮助秦王李世民。这样的胸襟见识,更是远远超出凡俗。所以我们看全书的叙事结构,基本上一浪高过一浪,是逐步推向高潮的节奏,难得的是,比较中并不贬低任何一位人物,即便垫底的杨素,也不愧是个有气量的暮年英雄。这样的写法,方才匹配英雄乐章的旋律,方才称得上"风尘三侠"。

再看诗法。小说中五个人物,有两个人物是虚构的:红拂女、虬髯客。这两个人物的名字,从修辞手法上看,取名方法都采用了借代手法。红拂女手执红拂,虬髯客长满了虬髯。红拂可代表这位女子的美貌、气质,虬髯客也可代表这位英雄的胸襟、性格。这样的诗化符号,提升了作品的韵味和境界。

再看议论。表面看未表达多少看法。但借助人物形象的塑造,已经表达了叙事者的英雄史观。真英雄就应该心怀天下,就应该虚怀若谷。应该有霹雳手段,但不可无菩萨心肠。

虬髯客最后在海外建国,这是叙事者对无法在历史上建功的英雄所给予的补偿。

三、退居海外的水浒英雄

《水浒后传》中,李俊这个原本只在江边经营渡人生意之人,懂得功成身退,在最恰当的时候离开了宋江,后来筹建了自己的海上军队,最后成为暹罗国(泰国)之主,一下子蜕变为翱翔海外的蛟龙。

还有传说中阮氏三雄的最终归宿。在越南的九千多万人口中,阮姓比例高达40%,基本上可以说是两三个人里面就有一个姓"阮"的,作为越南的第一大姓,对越南的贡献也是巨大的,比如越南的国家领导人当中,大部分都是阮姓。而阮姓在世界排名前三,阮姓人口在全世界数量近一亿人,排名前两位分别是中国的李姓和张姓,那么越南阮姓又是怎么来的?

众所周知,《水浒传》中的阮氏三兄弟是比较有名的存在,虽然是小说里的人物,但实际上根据龚开的《宋江三十六人赞》,再结合历史上的宋江起义来看,历史上确实存在三阮,不过宋江的这次起义规模到底有多大,结局究竟怎样,我们在史书中都无法找到一个合乎逻辑的答案。正因为历史上三阮最终归宿没人知道,所以就有人提出了一个脑洞比较大的疑问,既然今天越南那么多姓阮的,会不会是阮氏三兄弟当年跑到越南,传宗接代留下的后人呢? 那么这个说法靠不靠谱呢?

根据《水浒传》的描述,阮小二是在乌龙岭下中了"浙江四龙"的埋伏,在被擒拿之前选择了自刎,同时与他漂洋过海的孟康则被炮弹炸死。阮小五则与李俊等人以卧底的形式打入了方腊内部,最终身份暴露,阮小五被丞相娄敏中所杀,成为了梁山方最后一位在江南牺牲的大将。阮小七虽没死在战场,但他穿着方腊的龙袍取乐被告发,于是他也没有了在宫内享富贵的机会,就回到了石碣村赡养母亲,七十而终。小说里阮氏三雄中只有阮小二有家室,而阮小七也是默默地度过了余生。《水浒后传》介绍,在幸存的梁山将领中,李俊和童威、童猛应太湖四杰之邀去海上探险,最终称霸暹罗,成为了一段佳话。但无论是史实还是虚构,越南的阮姓都和阮氏兄弟扯不上关系。

说阮氏兄弟跑到越南的,主要还是受到了小说《水浒后传》影响,里面同样是水军头领的李俊在最后出海远征,成为暹罗国主,也就是今天泰国东南亚一带,因此有人就会想,既然李俊能跑到暹罗一带建国成为国王,阮氏兄弟能不能跑到越南建国呢? 且不说李俊建国本来就是小说演绎,就算是化用了暹罗建国的历史,这跟阮氏兄弟也扯不上任何关系。

说到底,之所以会有传说中阮氏三雄为越南阮氏祖先的说法,《水浒后传》为李俊等人安排海外建国的业绩,都出自大家对梁山英雄的喜爱与同情。当然,与大家的汉字文化圈的利益共同体观念,也不无关联。而实际上,历史上华人也确实勇于开拓,在世界范围内有自己的政治实践经验。这才是文学作品敢于虚构海外建国所凭借的历史依据。

四、真实的海外建国案例

历史上真实的海外建国案例,主要有以下几种:

1. 徐福东渡。这个前面我们讲过。

2. 箕子朝鲜。这个刚才已经讲过,不赘述。

3. 爪哇顺塔国。公元 1279 年,陆自立和其他南宋遗民乘外番船舶逃至南洋爪哇岛,自立为顺塔国王。公元 1411 年,顺塔国王曾派遣使者进贡方物于明王朝。

4. 元末明初,祖籍福建泉州的黄森屏与当地人组建了"浡泥"。即后来的文莱。明初,太祖朱元璋曾遣使前往浡泥。永乐三年(1405)国王麻那惹加那遣使献土特产,明成祖派官封其为王。永乐六年(1408)国王携妻子、弟妹、子女、陪臣共 150 多人来中国进行友好访问,同年十月病故(28 岁)。明成祖以王礼埋葬,谥恭顺王,建祠祭祀。

5. 飞龙国:明朝之时,广东人张琏因不满朝政腐败,杀死族长,起义抗明;以后辗转南下,夺占三佛齐岛(今苏门答腊),自立为国王。

6. 泰国吞武里王朝:郑信是第二代华人,泰文名为披耶达,祖籍广东省澄海县华富村。

7. 马来吴氏王国:马来吴氏王国,是曾经存在于马来半岛中部的一个华人世袭制君主政权。该政权是由福建漳州人吴让于 1775 年建立的。

8. 兰芳共和国:通常简称兰芳共和国,是十八世纪七十年代到十九世纪八十年代之间存在于南洋婆罗洲上的海外华人所创立的第一个共和国,从某种程度上可以算是亚洲历史上的第一个共和国。

9. 新加坡:新加坡是由华人李光耀建立的,李光耀是新加坡人民行动党创始人之一。

10. 圭亚那:在 1970 年圭亚那获得完全独立地位后,钟亚瑟被国会选举为首任总统,任职长达 10 年时间。任职期间,钟亚瑟对中国一直抱有深厚感情,并曾于 1977 年访问中国。

近代广东史上有"建国八伟人"的说法,具体包括:广东人梁道明建立的三佛齐国、陆氏建立的爪哇顺塔国王、坤甸国王罗氏、戴燕国王吴氏、柔佛国王叶氏、婆罗国王王氏、暹罗国王郑信（祖籍广东）。或因谋生，或因躲避战乱，中国人自古以来便有移居海外的传统，而且人数越来越多，涉足的地区越来越广，所以便有了一个说法，叫作"有阳光的地方就有华人"，有华人的地方就有广东人。中华文化在世界各地生根发芽，值得每个华夏子孙骄傲。

第四节　走上海上丝路的王翠翘：
中国明代的茶花女

这里所说的明代茶花女，指的是小说《金云翘传》中的女主人公王翠翘。此书原本为中国章回小说，又名《双奇梦》。全书四卷二十回，署名青心才人编次，成书于清顺治、康熙年间。十八世纪到十九世纪间，越南阮朝诗人阮攸根据中国明末清初青心才人原著小说《金云翘》改编，主要用越南本民族文字喃字写成的 3 254 行的叙事诗。越南通常称其为《传翘》或《断肠新声》。

作品主人公王翠翘事迹最早见于明嘉靖浙江总督胡宗宪属下茅坤的《纪剿除徐海本末》。清初余谈心又作《王翠翘传》。

《金云翘传》书名袭《金瓶梅》故智，从书中有婚姻爱情关系的三人（金重、王翠云、王翠翘）名字中各取一字，组合而成。全书共二十回。作者署名青心才人，其真实姓名和生平事迹至今无人知晓。戴不凡先生认为青心才人即天花藏主人，乃徐震的笔名之一，证据不足，难以成立。我们现在仅能凭《金云翘传》一书来推测青心才人的一些情况。初步可以断定：他是一个怀才不遇的失意文人，仕途不通，得不到权势人物的赏识，沉沦为以写作通俗小说为职业的"才人"。

《金云翘传》是根据明朝嘉靖年间著名海寇徐海和妓女王翠翘的有关传说、笔记、拟话本、戏曲等文献资料，融进大量明末现实生活素材创作而成的。

王翠翘"生得绰约风流""性喜豪华"，不仅"通诗赋""尤喜音律，最癖胡琴",但"红颜薄命",作者为了突出她内在美好品质和女中丈夫的精神气质,几乎把旧社会知识妇女的各种不幸都集中到了她的身上。她毅然牺牲完美的爱情婚姻,锐身赴难,以牺牲贞操、爱情、理想的沉重代价,救出了父亲、弟弟两条性命,挽救了有覆灭危险的家庭;被拐卖到妓院,又误中楚卿、束守等人的圈套或牢笼,最终参加海盗徐海的队伍,成为徐海的助手,才得以复仇,并获得世俗幸福。但后来面对官军招降,她再次轻信上当,导致徐海兵败身死,翠翘不堪忍受有负徐海恩义及再遭凌辱的双重压力,投江自杀。

王翠翘的经历表现出宗法道德与个人权益的尖锐对立。在这位女性的故事中,但凡遵守道德规范,最终结果都是要面对欺骗或耻辱。这位底层女性想做个好人,做个贤妻良母,却从来没有这个机会。用鲁迅的话说,翻开这个故事,每一页的字里行间都写着两个字:吃人。

《金云翘传》中海盗徐海的故事也发人深思。书中写他是商人出身,为人豪侠尚义,同情穷苦人,而无比憎恨腐败的政府,并有非凡的军事才能。他举兵起义,打得官兵闻风丧胆,所向披靡。商人和海盗出身的起义领袖,这在中国历史上颇为少见。明朝嘉靖年间以徐海、王直等为首的海盗,迫于明政府的海禁政策,被迫与倭寇同流合污。这种海盗与倭寇或历史上的农民起义军不同,代表着沿海居民对自由贸易的正当需求,而这种需求无法借助合法途径得以满足。像王翠翘这样的弱女子一样,徐海等商人的个人权益在当时社会的权力格局中只能被剥夺和践踏。这些小人物的遭际,反映的是那个时代的悲剧。

王翠翘曾是一位风尘女子,她的故事又曾传出海外,风靡东南亚。这样的状况会让我们想到清末翻译到中国的一部法国小说,小仲马的《巴黎茶花女遗事》。所以我们这里给王翠翘起了个绰号,叫她明朝的茶花女。

以风尘女子的故事折射时代悲剧,明代小说中还有其他例子,比如《三言》中的名篇《杜十娘怒沉百宝箱》。这篇小说中,杜十娘倾尽心力积攒了百宝箱,希望得到美好的婚姻,最终却只能抱着百宝箱跳江自尽,以表达对这个金钱至上的社会的抗议。《三言》的作者冯梦龙一味反对商品经济,相反,他描写了蒋兴哥、卖油郎等颇具人文情怀的商人形象,相关情节高度肯定了商品经济繁荣给社会所带来的生机与活力。唯独在《杜十娘怒沉百宝箱》中,冯梦龙表达了一种颇具前瞻性的忧虑:金钱不仅能赋予人们一定的权益,也能变成一种物化工具,剥夺人的尊严和自由。在那个时代能有这样的观念,无疑是非常超前的。

杜十娘的故事虽然是《三言》中的经典,但从国际影响力看,尚不及《金云翘传》。这是为什么? 其中有个重要原因,《金云翘》中有着关于海上丝路的描写内容,凸显了当时海上贸易所面对的问题,所以能引起越南文人的兴趣。

作为女性形象,金云翘与杜十娘相比也更加离经叛道。她多次被转卖,并没有轻易自尽;为了报仇,鼓动徐海洗劫城市,连累了不少无辜的沿海百姓;最后还自以为是,害死了对她情深义重的徐海。但之所以犯类似错误,的确又出于无奈,情有可原。基于这些矛盾,金云翘形象蕴含着更为复杂深刻的性别诗学的内涵。对于稍晚的《红楼梦》等作品的女性观,也具有一定的启发意义。

第五节　《红楼梦》的洋味

《红楼梦》里写洋货,大多都是在渲染家族的富贵。

比如,什么样的家庭、什么样的人有洋货呢? 当然是富贵之家。在《红楼梦》中,四大家族大多都有洋货。

老太太有洋货,还经常送给自己喜欢的人洋货,比如第五十二回写她赏赐给宝琴和宝玉洋衣服:

> 宝玉……又嘱咐了晴雯一回,便往贾母处来。贾母犹未起来,知道宝玉出门,便开了房门,命宝玉进去。宝玉见贾母身后宝琴面向里也睡未醒。贾母见宝玉身上穿着荔色哆罗呢的天马箭袖,大红猩猩毡盘金彩绣石青妆缎沿边的排穗褂子。贾母道:"下雪呢么?"宝玉道:"天阴着,还没下呢。"贾母便命鸳鸯来:"把昨儿那一件乌云豹的氅衣给他罢。"鸳鸯答应了,走去果取了一件来。宝玉看时,金翠辉

煌，碧彩闪灼，又不似宝琴所披之凫靥裘。只听贾母笑道："这叫作
'雀金呢'，这是哦罗斯国拿孔雀毛拈了线织的。前儿把那一件野鸭
子的给了你小妹妹，这件给你罢。"宝玉磕了一个头，便披在身上。贾
母笑道："你先给你娘瞧瞧去再去。"宝玉答应了，便出来，只见鸳鸯
站在地下揉眼睛。因自那日鸳鸯发誓决绝之后，他总不和宝玉讲话。
宝玉正自日夜不安，此时见他又要回避，宝玉便上来笑道："好姐姐，
你瞧瞧，我穿着这个好不好？"鸳鸯一摔手，便进贾母房中来了。宝玉
只得到了王夫人房中，与王夫人看了，然后又回至园中，与晴雯麝月
看过后，至贾母房中回说："太太看了，只说可惜了的，叫我仔细穿，别
遭踏了他。"贾母道："就剩下了这一件，你遭踏了也再没了。这会子
特给你做这个也是没有的事。"说着又嘱咐他："不许多吃酒，早些回
来。"宝玉应了几个"是"。

这里贾母说"就剩下了这一件"，可见是保留下来的，或者是贾家早年积
下的财产，也可能是从史家带过来的。

再一个，凤姐手头多洋货，第五十一回她一下子就送出两件洋货，一
件大红猩猩毡的衣服给袭人，另一件大红羽纱的雪褂子给邢岫烟。据记
载，这些在清朝主要都是从荷兰进口的。她额头上还经常贴着"依弗
娜"。她的洋货从哪里来的？应该是从王家带来的。这个我们从第十六
回一段文字中可以看出来：

> 赵嬷嬷道："阿弥陀佛！原来如此。这样说，咱们家也要预备接
> 咱们大小姐了？"贾琏道："这何用说呢！不然，这会子忙的是什么？"
> 凤姐笑道："若果如此，我可也见个大世面了。可恨我小几岁年纪，若
> 早生二三十年，如今这些老人家也不薄我没见世面了。说起当年太
> 祖皇帝仿舜巡的故事，比一部书还热闹，我偏没造化赶上。"赵嬷嬷
> 道："唉哟哟，那可是千载希逢的！那时候我才记事儿，咱们贾府正在
> 姑苏扬州一带监造海舫，修理海塘，只预备接驾一次，把银子都花的
> 淌海水似的！说起来……"凤姐忙接道："我们王府也预备过一次。

那时我爷爷单管各国进贡朝贺的事,凡有的外国人来,都是我们家养活。粤、闽、滇、浙所有的洋船货物都是我们家的。"

足见王家洋货之多和富贵之极。薛家的生意也经常做到"西海沿子上",小说中就写宝琴见多识广,曾跟随她的父亲到"西海沿子"。薛蟠的伙计在薛蟠过生日的时候还能送给他"暹(xiān)罗"国进贡的"暹猪"(第二十六回)。可见她们家的洋货也少不了。

总之,四大家族,四个富贵之家都曾是多洋货的,而且他们也喜欢以家里多洋货相夸耀,表示家族的富贵。

《红楼梦》还多次用乡巴佬不识洋货的喜剧,来渲染贾府的富贵。比如第六回写刘姥姥一进荣国府,就被洋货晃花了眼,大出洋相:

> 刘姥姥只听见咯当咯当的响声,大有似乎打箩柜筛面的一般,不免东瞧西望的。忽见堂屋中柱子上挂着一个匣子,底下又坠着一个秤砣般一物,却不住的乱幌。刘姥姥心中想着:"这是什么爱物儿?有甚用呢?"正呆时,只听得当的一声,又若金钟铜磬一般,不防倒唬的一展眼。接着又是一连八九下。方欲问时,只见小丫头子们齐乱跑,说:"奶奶下来了。"周瑞家的与平儿忙起身,命刘姥姥"只管等着,是时候我们来请你"。说着,都迎出去了。

这是写乡巴佬第一次看见挂钟。再有第四十一回写"怡红院劫遇母蝗虫",这一段是这样的:

> (刘姥姥)转了两个弯子,只见有一房门,于是进了房门,只见迎面一个女孩儿,满面含笑迎了出来,刘姥姥忙笑道:"姑娘们把我丢下来了,要我碰头碰到这里来。"说了,只觉那女孩儿不答,刘姥姥便赶来拉他的手,"咕咚"一声,便撞到板壁上,把头碰的生疼,细瞧了一瞧,原来是一幅画儿,刘姥姥自忖道:"原来画儿有这样活凸出来的。"……刚从屏后得了一门转去,只见他亲家母也从外面迎了进来,

> 刘姥姥诧异,忙问道:"你想是见我这几日没家去,亏你找我来,那一位姑娘带你进来的?"他亲家只是笑,不还言,刘姥姥笑道:"你好没见世面,见这园里的花好,你就没死活戴了一头。"他亲家也不答,便心下忽然想起:"常听大富贵人家有一种穿衣镜,这别是我在镜子里头呢罢。"说毕伸手一摸,再细一看,可不是……

我们很容易能看出来,刘姥姥在宝玉的怡红院里见到的是油画和镜子。

乡巴佬的出丑,喜剧性地烘托了富贵人家的排场。

正因为洋货渲染了富贵人家的排场,洋货的减少就成为《红楼梦》中四大家族衰败的重要表现。

比如上面说贾母送宝玉"雀金裘"的时候就说:就剩这一件了,这会子现给你做这个也是没有的事。凤姐说当年王家"养活"外国人,"洋船货物"都是她们家的,可见如今也风光不再了。

《红楼梦》续书对这一点体会得特别深刻,第九十二回写冯紫英拿几件洋物给贾政看,打算卖个价钱,贾政就叹买不起,让人拿给贾母看,贾母也说不要。再后来抄检贾府,家中一大批东西被抄出来,以后就不知花落谁家了。到抄家的时候,洋货就再不是可以带来富贵喜悦的祥瑞之物了。而是"匹夫无罪,怀璧其罪",只能招人嫉妒,甚至更起劲地罗织罪名陷害贾府,将洋货再据为己有。

从这些细节来看,《红楼梦》续书对原著精神的领会倒是很准确,也很深刻的。它欠缺的地方是通过写洋货来写人的神采,这一点原著水平是很高的。

前八十回怎样通过写洋货来写人的神采呢?说穿了,实质上就是通过写洋货来写人的地位、性格和人物之间的关系。

比如前面说过,贾母等有钱的主子乐意给自己喜欢的人一些洋货,这样得到洋货就意味着得宠,意味着在贾家地位高。贾母给宝玉"雀金裘",不给其他儿孙,就因为她最宠爱宝玉;她给宝琴野鸭子毛的那件洋物,也是因为她喜欢宝琴,甚至有意思让宝琴嫁给宝玉,做她的孙媳。得宠就会骄傲,骄傲就会有神采。比如宝琴穿上洋装,在雪中那么一站,大家都羡慕,贾母说比画上的还好看。其实不只衣服使人好看,心情也使人好看。受人抬举、受人宠爱总是令人心中愉悦的,受主子抬举宠爱更容易使人飘飘然,甚至忘乎所以。

《红楼梦》中宝玉身边的小丫鬟芳官就是这样一个恃宠而骄、忘乎所以的人物。比如第六十三回写宝玉给芳官起了众多的洋名:"玻璃""温都里纳"等等。不仅送洋名,洋物也随她使。比如第六十回有这样一段:

> 这里柳家的见人散了,忙出来和芳官说:"前儿那话儿说了不曾?"芳官道:"说了。等一二日再提这事。偏那赵不死的又和我闹了一场。前儿那玫瑰露姐姐吃了不曾,他到底可好些?"柳家的道:"可不都吃了。他爱的什么似的,又不好问你再要的。"芳官道:"不值什么,等我再要些来给他就是了。"
>
> 当下芳官回至怡红院中,……又说还要些玫瑰露与柳五儿吃去。宝玉忙道:"有的,我又不大吃,你都给他去罢。"说着命袭人取了出来,见瓶中亦不多,遂连瓶与了他。芳官便自携了瓶与他去。正值柳家的带进他女儿来散闷,在那边犄角子上一带地方儿逛了一回,便回到厨房内,正吃茶歇脚儿。芳官拿了一个五寸来高的小玻璃瓶来,迎亮照看,里面小半瓶胭脂一般的汁子,还道是宝玉吃的西洋葡萄酒。母女两个忙说:"快拿旋子烫滚水,你且坐下。"芳官笑道:"就剩了这些,连瓶子都给你们罢。"五儿听了,方知是玫瑰露,忙接了,谢了又谢。芳官又问他:"好些?"五儿道:"今儿精神些,进来逛逛。这后边一带,也没什么意思,不过见些大石头大树和房子后墙,正经好景致也没看见。"芳官道:"你为什么不往前去?"柳家的道:"我没叫他往前去。姑娘们也不认得他,倘有不对眼的人看见了,又是一番口舌。明儿托你携带他有了房头,怕没有人带着他逛呢,只怕逛腻了的日子还有呢。"芳官听了,笑道:"怕什么,有我呢。"柳家的忙道:"嗳哟哟,我的姑娘,我们的头皮儿薄,比不得你们。"说着,又倒了茶来。芳官那里吃这茶,只漱了一口就走了。柳家的说道:"我这里占着手,五丫头送送……"

这里就活画出了一个活泼伶俐的小姑娘得宠后轻浮、得意忘形的姿态。显得人物更鲜明,也很有神采。

既然人在得宠时才能得到洋物,有没有洋物代表着身份、际遇不同,那当然人人想得洋物,得到洋物的必然会被人嫉妒。宝琴穿上洋装,她姐姐都说:"我不信我哪里不及你",湘云也说"你只在老太太、太太那里,别人那里别去,都是要害咱们的。"有嫉妒就会有陷害,有打击,就会有矛盾和争斗。第六十回"茉莉粉替去蔷薇硝,玫瑰露引来茯苓霜",就是写几件东西招得贾府下人之间你争我斗,引发了"厨房政变"等。这还是在下人之间,其实主子也一样,因为贾府的主子也是更高一层主子的奴才,有要争宠争地位的需求。

这样,通过写洋货,就写出了各色人等的情态、人物之间的关系。当然主要是利益关系。

从上面几点来看,《红楼梦》中的洋货主要是地位、富贵的表现形式,是一种代码。所以它一般写洋货只笼统地说是洋货,很少准确地说明洋货的产地。《红楼梦》中准确的外国地名都没有几个,只有法兰西、俄罗斯等这些地名出入不大,别的或者笼统,或者错误,或者杜撰,比如说"美人国"等等。这说明这个小说重点不在于介绍西方、介绍洋货,而是借写洋货来写四大家族的兴衰。也就是说,"洋味",在《红楼梦》中主要是用来表达寓意的,而不完全是现实主义的写法。

其实不仅《红楼梦》,晚清之前人们对西方的整体认识也差不多。朝廷觉得自己是"泱泱大国""万国来朝",来朝的属国多,当然说明国力强盛,国家富贵,当然觉得快乐。它并不觉得该好好了解这些来"朝贺"的"小国"。这是中国传统的"自我中心观"。能够说明《红楼梦》的"洋味"主要是写意而非写实的,还有第五十二回写到的"西方美人"。这一段话是这样的:

> 宝琴笑道:"⋯⋯我八岁时节,跟我父亲到西海沿子上买洋货,谁知有个真真国的女孩子,才十五岁,那脸面就和那西洋画上的美人一样,也披着黄头发,打着联垂,满头带的都是珊瑚,猫儿眼,祖母绿这

些宝石,身上穿着金丝织的锁子甲洋锦袄袖,带着倭刀,也是镶金嵌宝的,实在画儿上的也没他好看。有人说他通中国的诗书,会讲五经,能作诗填词,因此我父亲央烦了一位通事官,烦他写了一张字,就写的是他作的诗。"众人都称奇道异。

……宝琴因念道:"昨夜朱楼梦,今宵水国吟。岛云蒸大海,岚气接丛林。月本无今古,情缘自浅深。汉南春历历,焉得不关心。"众人听了,都道"难为他! 竟比我们中国人还强"。

这段话看着没什么特别的意思,不过是说西方也有女子多才,写的诗比中国人还强。应该能证明宝玉的观点:女儿是水作的骨肉,个个都是花为肌肤,雪作肚肠,也就是秀外慧中。

但是,熟悉《诗经》的人很容易由"西方美人"这个词,联想到《诗经·邶风·简兮》中的一段话:"云谁之思? 西方美人。彼美人兮,西方之人兮。"这里这个"西方美人"并不是真正的美人,郑玄注曰:"思周室之贤者。"也就是说诗歌在召唤"贤人",召唤能够带来政治清明的大人物。所以"西方美人"就是一个有寓意的代码,不能照字面上去理解。

用"美人"代指君王、贤人,这在古代是有传统的,屈原就经常自比为美人。曹植这些人也都曾用"美人"比喻自己的理想。《红楼梦》中宝琴所说的"美人"究竟有没有类似的寓意,这见仁见智。从《红楼梦》整体的喜欢比喻、隐喻的习惯来看,这是极有可能的。因为宝琴本人是个比较完美的人物,有宝钗和黛玉各自的优点,而没有明显的这两个人的缺点。有点像太虚幻境中的可卿,那个可卿名字叫"兼美",外貌形态上看,也兼备两位最重要的女主人公的优点:即,鲜艳妩媚有似乎宝钗,风流婉转有似乎黛玉。贾府一直在究竟该在宝钗和黛玉这两个人物中,选择哪一个做宝玉之妻这件事情上,莫衷一是,举棋不定。《红楼梦》作者也说两个人一个是"山中高士",一个是"世外仙姝",各有其美。很容易可以发现,宝钗身上多儒生的品格,黛玉身上多诗人的气质。所以两个人又不只是两个女性形象,而是代表了传统文人气质情调的两个方面、两个层次。两方面、两层次都是好的,惜乎,难以统一。因为儒生入世,不得不权衡时势,有时就不够真诚;诗人倒很真诚,又没什么用处。这就让人难免感慨和思考,究竟有没有一种理想人格,能够融合这两个方面的优点呢? 也许,只有具备这种兼美人格的个体,才能成为"贤人",才能给家族、社会和文化带来希望吧? 我个人认为这是《红楼梦》写"西方美人"的寓意,仅供大家参考。

第七章　清　末　民　初

第一节　甲午战前(1840—1894)的太平洋：从地理到文学时空[①]

　　近代中国面临传统"天下观"的崩塌与"世界观"的开启,在"发现"的世界空间中,环绕中国东南的太平洋是予以中国直接空间危机感受的场域,但同时也是中国走向世界的必经之途。在近代中国谋求立国于太平洋之上时代语境中,近代文学以太平洋为书写对象与体验空间,参与到这一曲折而漫长的历史进程中。目前,近代书写太平洋的大量文学文本未被梳理,其蕴涵的思想史与文学史价值也被淹没在学界对世界与海洋空间的整体研究中,亟待发掘。故本节以甲午战前的近代文学作品为对象,考察海洋体验及世界观的巨变给中国文学带来的影响。

　　近代以来,中国思想史上经历了从"天下"到"世界"的转变,如何确认中国与"世界"的关系,如何为中国在世界上确立一个更好位置,成为国人必须面对与解决的重大主题。罗志田先生将近代中国的主题表述为"走向世界的新中国"[②],围绕着这一主题,国人开启了持续不断的探索与努力。与此同时,置身于"世界"空间中的近代文学开始介入现实语境、回应时代思潮,通过建构全新的世界认知地图,参与到走向世界的历史进程中。"世界"的空间观念如何具体影响近代文学的发生发展？ 近代文

---

① 本节作者为山东大学 2020 届硕士毕业生田雪。
② 罗志田：《天下与世界：清末士人关于人类社会认知的转变——侧重梁启超的观念》,《中国社会科学》2007 年第 5 期。

学如何呈现、表达这一"世界"空间？这是近代文学研究者一直关注的一个基本问题。目前对在世界空间中的文学书写以及纳世界空间为书写背景的文学文本的研究，实际上均是在回答着近代文学如何观看、认知、与想象世界的问题。本节在世界空间中选择了一个具体的空间——"太平洋"作为本文的研究对象，力求探讨它在被体验与书写过程中的丰赡意蕴，从而证明这一空间于近代中国而言的重要地位。也许，相较于典型意义上承载着各种政治经济、科学技术、文化艺术等的陆地空间，作为海洋空间的太平洋或许平淡无奇，但却因近代文学对其浓墨重彩的书写，成为一个颇具思想史与文学史意义的名词与空间。本节的研究对象包括"在太平洋上的书写"与"被书写的太平洋"两组在内容上各有所指又互有重叠的概念。除均涉及直接以"太平洋"为书写对象外，前者亦关注到拥有太平洋航行经验，以此为文学书写现场而记录彼时思想情感的文学文本，重在探讨空间体验。后者更关注陆地上的国人对太平洋的整体观看、认知与想象，重在探究文学文本中这一空间名词、意象与叙事场域所承载的丰富意蕴。在时段上，本节以1840年鸦片战争为上限，甲午海战为下限。所选取的文体较为杂糅，包括诗歌、游记以及以太平洋为想象性叙事空间的小说等，力求全面探讨太平洋在近代文学中如何被体验与书写，以及不同体裁对太平洋的书写与想象的相似与区别。

一、从晚明至晚清：逐渐明晰的地理空间

万历三十年（1602），利玛窦与李之藻合绘的《坤舆万国全图》[①]置中国于主图中央，以中国固有地理名称"小东洋"与"大东洋"分别标示日本以东与美国以西海域，但两词指称的范围已不同于古人以中国为地理坐

---

① 　据邹振环先生考，利玛窦世界地图主要分为《坤舆万国全图》《舆地山海全图》以及《两仪玄览图》三个版本系统，1584年所刊《山海舆地图》最早，但原版至今未见。本文所据为南京博物院藏的《坤舆万国全图》的设色摹绘本。参见邹振环：《晚明汉文西学经典：编译、诠释、流传与影响》，复旦大学出版社2011年，第36—47页。

标中心细化南海诸国所使用的概念①。晚明士人摹刻利氏各版本地图或自绘的世界地图，如冯应京《月令广义》（1602）中的《山海舆地全图》②、王圻《三才图会》（1609）中的《山海舆地全图》③、程百二《方舆胜略》（1610）中的《东西两半球图》④、章潢《图书编》（1613）中的《舆地山海全图》⑤、潘光祖《汇辑舆图备考全书》（1633）中的《缠度图一》与《缠度图二》⑥以至清初游艺《天经或问》中的《大地圆球诸国全图》⑦等均于今太平洋初，标"（小、大）东洋"，以此本土名称维护着传统的"天下观"。

今太平洋还或曾以中国化的名称"沧溟宗"命名。《坤舆万国全图》主图的太平洋中部为文字所覆盖，未见标识。左下角南半球附图以此名标示今南太平洋。关于此名，文献记载仅见（朝）李仲徽之《利玛窦〈南北极图〉记》有云："大洋东南，有沧溟宗盖，乃众海之宗也。"⑧因均为南半球图，不能确定此词的具体指称范围。但同时摹刻利氏《山海舆地图》（已佚）而成，收录于冯应京与王圻书中的《山海舆地全图》以及游艺的《大地圆球诸国全图》均于今太平洋中部标"沧溟宗"，符合其为众海朝宗之域的特性，典雅贴切，因而此词或曾为太平洋空间的名称，其后却消失在地理图文中，湮没无闻。

利玛窦曾选取邹衍的"大瀛海"充当其诠释这一新空间的本土思想

---

①　东西洋是我国从元代至明末划分南海的概念，但位置和分界线颇有变动。小东洋的称呼始见于元代汪大渊的《岛夷志略》。元代陈大震的《大德南海志》同时出现"小东洋""大东洋"的概念，"小东洋"主要指今吕宋列岛和加里曼丹岛，"大东洋"主要指加里曼丹岛以南至今澳洲之海域。参见刘迎胜：《东西洋、南海传统航线与南海的名称——对所谓西菲律宾海命名的回应》，《国家航海》2015 年第 2 期。

②　冯应京：《月令广义》，《四库全书存目丛书》史部第 164 册，齐鲁书社 1996 年，第 543 页。

③　王圻、王思义：《三才图会》地理一卷，上海古籍出版社 1988 年，第 93 页。

④　程百二：《方舆胜略》外夷卷一，《四库禁毁书丛刊》史部第 21 册，北京出版社 1997 年，第 366—367 页。

⑤　章潢：《图书编》卷二九，《文渊阁四库全书》子部第 969 册，台湾商务印书馆 1986 年，第 552—553 页。

⑥　潘光祖：《汇辑舆图备考全书》卷一，《四库禁毁书丛刊》史部第 21 册，北京出版社 1997 年，第 467—468 页。

⑦　游艺：《天经或问前集》卷一，《文渊阁四库全书》子部 793 册，第 581—582 页。

⑧　据汤开建先生考，查钱曾《钱遵王述古堂藏书目录》卷五收有"利玛窦《赤道南北极图》一卷一本"，但目前尚未见此单行本。此段文字参见汤开建：《〈利玛窦明清中文文献资料汇释〉补遗》，《国际汉学》2018 年第 4 期。

资源,太平洋因而被纳入"大瀛海"话语体系。《利玛窦〈南北极图〉记》称:"今图所谓小洋海,即裨海,大洋海,即瀛海。"①小、大洋海分别为其对世界各近海与大洋的统称。利氏之谈虽曲解附会邹衍原本的世界格局,但此说确实对晚明乃至晚清的知识界曾产生一定的影响②。

"太平洋"的称呼是从何时开始的?

魏源在《海国图志后叙》中称:"谭西洋舆地者,始于明万历中泰西人利马窦《坤舆图说》,艾儒略之《职方外纪》。"③天启三年(1623),艾儒略在杨廷筠的协助下完成的《职方外记》首次单独介绍这一空间。艾书卷五《四海总说》巧妙延伸中国之"四海"为四大洋,太平洋空间因而被冠以熟识的"东海"之名:"兹将中国列中央,则从大东洋至小东洋为东海。"④,又说:"大明海、太平海、东红海、孛露海、新以西把尼亚海、百西儿海,皆东海。"引文中,"太平海"仅为"东海"的属海之一,并非今太平洋:⑤它与晚明其他世界地图中的"宁海""平浪海"均作为"Pacific Ocean"的早期译名标示于今南太平洋⑥,后随"Pacific Ocean"的指称范围扩大,才逐渐等同于今太平洋空间。

邹振环先生曾说:"明末清初的文化界确实有相当一批士人已经接受利玛窦所传播的地球观念,改变了心目中的世界图像。"⑦遮蔽的沧溟与其外的天地虽然在晚明已被揭启,然而明清易代改换了中西交流的政治

---

① 据汤开建先生考,查钱曾《钱遵王述古堂藏书目录》卷五收有"利玛窦《赤道南北极图》一卷一本",但目前尚未见此单行本。此段文字参见汤开建:《〈利玛窦明清中文文献资料汇释〉补遗》,《国际汉学》2018 年第 4 期。

② 例如,光绪二十二年刊行的王仁俊《格致古微》云:"裨海,今渤海、青海、腾吉斯、白哈儿、西红海之类。瀛海,今大洋海。"光绪二十四年刊行的张士瀛的《地球韵言》云:"所谓裨海者,如亚欧之红海、地中海,中国东隅之黄海、渤海皆是。所谓大瀛海者,即亚东之太平洋,欧西之大西洋也。"

③ 魏源:《海国图志》第 1 册,岳麓书社 2011 年,第 7 页。

④ 艾儒略著,谢方校释:《职方外纪校释》,中华书局 1996 年,第 146 页。

⑤ 同上,第 147 页。

⑥ 南太平洋在艾儒略的《万国全图》《南舆地图》与程百二的《东西两半球图》中被标示为"太平海";在利玛窦的《坤舆万国全图》、冯应京与王圻的《山海舆地全图》中被标示为"宁海";在熊遇明《格致草》(1634)中的《坤舆万国全图》与熊人霖《地纬》(1638)的《舆地全图》中被标示为"平浪海"。

⑦ 邹振环:《晚明汉文西学经典:编译、诠释、流传与影响》,复旦大学出版社 2011 年,第 78 页。

环境,"原本还尚未完全形成的'世界意识'被异族入侵后兴起的强烈民族意识彻底挤压掉了"①。清初知识界对世界的怀疑成为主流,"太平洋"空间随世界图景的模糊而逐渐黯淡,直到晚清才被重新正式认知。

晚清鸦片战争的创痛体验引起中国士大夫研究世界地理学的潮流,先觉者据"近日夷图、夷语,钩稽贯串"②所成的地理书籍对太平洋这一空间逐渐形成更为科学的认知。道光二十二年(1842),魏源《海国图志》五十卷本以"大东洋"标示所附地图的太平洋空间,但书中"太平海"一词的覆盖范围却在所辑引文献之间、图文之间存在龃龉。此书辑录艾儒略的《四海总说》并于卷二的《圆图》与《海国横图第四》标示"太平海"于南太平洋,但所辑录的《美理哥合省国志略》一书称弥利坚"东有压澜的海,西有太平海"③,可见"太平海"与今太平洋同,这也造成"太平海"进入文学书写后指称范围的混乱。道光二十八年(1848),徐继畬的《瀛寰志略》附图以"大东洋"或"太平洋"标示今太平洋,两词并用。但同时首次梳理了中西方历来对于此洋的命名过程:"大洋海者,由亚细亚之东,抵南、北亚墨利加之西,即中国之东洋大海,泰西人因其风浪恬平,谓之太平海。洋面之广阔,以此为最,盖环绕地球之半矣。"④咸丰二年(1852),《海国图志》百卷本增引《万国地理全图集》一书云:"诸水之汇聚,称为大洋。其最大者为太平海,在亚齐亚及亚墨利加中间,自东至西长三万里三千三百里,自南至北阔二万四千三百里。"⑤"太平海"东西、南北的宽度明确为具体数字,虽仍保存所辑录的艾书,但颇存歧义的地图已不见。由此可见,在十九世纪五十年代,太平洋已作为明晰的地理空间呈现于先觉者的认知中⑥。

①　邹振环:《晚清西方地理学在中国》,上海古籍出版社 2000 年,第 52 页。

②　魏源:《海国图志原叙》,《海国图志》第 1 册,第 1 页。

③　魏源:《弥利坚即美理哥国总记上》,《海国图志(五十卷本)》卷三八《外大西洋墨利加洲》,道光二十四年古微堂刊本。

④　徐继畬:《瀛寰志略》,上海书店出版社 2001 年,第 5 页。

⑤　魏源:《海国图志》第 4 册,岳麓书社 2011 年,1883—1884 页。

⑥　十九世纪五十年代,关乎太平洋空间的地理新知不断被普及,如咸丰六年(1856),宁波华花圣经书房出版的祎理哲编译的《地球说略》云:"因此洋较他洋风少浪缺,故又名太平洋。""大东洋者,由亚细亚之东抵南北二亚美理驾之西,洋面之广。以此为最,计阔约三四万里之则。"咸丰七年(1857)六月朔日,《六合丛谈》第七号慕维廉的《洋海论》云:"太平洋,东西三万里,南北二万二千里,总计方里者四亿二千万。"

二、文学时空的开启

（一）被混乱与遮蔽的空间

　　道光二十七年（1847），谢元淮《题谦谷上人梯山航海图》诗开篇云："梯山莫梯海中山，山山都在缥缈间。航海须航太平海，海水溶溶青不改。"①从东向追寻虚无缥缈的海中仙山到探索作为现实地理空间存在的太平海，科学的地理认知已开始瓦解笼罩于大洋之上的仙话。太平海作为真实的航海"仙境"被构建，源于句后自注所展现的风平浪静与水草丰美之貌："太平海，在赤道南，弥利坚之西，墨利加洲之东，最大，中有七千四百四十四岛，亘古至今无风浪，险浅处生草，一望如林，青葱可爱。"②此段文字应取材于魏源五十卷本的《海国图志》，地名均出自此书，海岛、海产与海状等介绍基本引自魏书所辑录的艾儒略《职方外纪》中对"太平海"的三条介绍③。但"太平海"位于"赤道南"与"弥利坚之西"的错误定位同样源于魏书中"太平海"的指称海域在南太平洋与太平洋之间的混乱。同时，"弥利坚"所在洲即"墨利加洲"，因而"弥利坚之西，墨利加洲之东"的表述同样矛盾，这应由于谢元淮对世界地名的误认或误记。谢元淮想象中的太平海畅游最终受阻于鸦片战争中坚船利炮对海疆的冲击："道光辛丑壬寅年，火轮夷舶驰飞烟，公然远涉七万里，绕地一匝来寇边。"④在西力的强势侵略下，谢诗诗尾重归对"万国重译来趋风"⑤的天朝上国的向往，并以"何必梯航远逐鸥与鸿"？⑥的固封自守否定了东向进入太平海的构想。这一积极愿梦虽未能成行，但毕竟揭启了这一现实存在的最佳航海境域，而有幸浮槎其上的国人的空间体验却并未如畅想

---

　　①　谢元淮：《养默山房诗稿》卷三一《真州集》，《清代诗文集汇编》第 546 册，上海古籍出版社 2010 年，第 641 页。

　　②　同上，第 641 页。

　　③　艾书存有"太平海中则有七千四百四十岛""太平海内浅处生草，一望如林，葱菁可爱"与"太平海极浅，亘古至今无大风浪"三条对太平海的海岛、海产与海状的介绍，分别参见艾儒略著，谢方：《职方外纪校释》，中华书局 1996 年，第 148、154、154 页。

　　④　谢元淮：《养默山房诗稿》卷三一《真州集》，《清代诗文集汇编》第 546 册，上海古籍出版社 2010 年，第 641 页。

　　⑤　同上，第 641 页。

　　⑥　同上，第 641 页。

般美好。

在谢诗抹去大洋之上想象的烟云之时,厦门的口岸知识分子林针于本年春受花旗国聘,舌耕海外,收录于《西海记游草》的骈文《西海纪游自序》与五言排律《西海记游诗》记录了其横渡溟洋的切实体验。钟叔河称:"林针横渡太平洋所乘的船是一种三桅帆船,他从中国去美国共用了一百四十日(中途有停泊),途中是颇为辛苦的。"①林书中的太平洋风物是"睹环海之连天,天仍连海"②的空旷单调与"蜃台藏雾社,蛟窟起霎螭"③的惊险幻怪,"四旬航海,惊殊寒暑三更"④的冷暖变迁加重了身体挫折,"东西华夏,球地相悬;南北舆图,身家背面"⑤的对立空间与"大地旋转不息,中国昼即西洋之夜"⑥的颠倒时间加深了游子远行的心灵伤痛,以致其痛及思此,涕出潸然。在林针的笔下,这是一场经"九万里奔波碌碌"⑦通往"异域"与"绝域"的艰辛旅程,这不仅由于落后的交通工具与陌生的地理体验带来的双重苦痛,更由于在"中国中心观"的社会总体意识影响下,这本就是一场从文明的天下中心走向荒蛮的边缘之地的苦旅。书中所载时人所作的题诗与序跋⑧,以"溟渤""大溟""重洋""茫洋"等陈词名此洋,以"九万里"的概数形其广,"大溟东"的花旗国并非文明之邦,而是站在天朝中心下的"蛮夷""蛮貊""蛮陬""绝域"之地与神话传说中"瀛洲"和"鲛人国"。由此可见,在地理意义上的"天下观"与文化意义的"华夷观"的笼罩下,这一空间的名称与距离呈现为无记述与零记载的状态,显然落后于同时期地理书写中逐渐清晰的太平洋面目。

《西海纪游草》尚以"九万里""茫洋"等习见陈词将太平洋空间呈现

---

① 林针、斌椿、志刚、张德彝:《西海记游草·乘槎笔记·初使泰西记·航海述奇》,钟叔河:《走向世界丛书》,岳麓书社1985年,第15页。

② 同上,第36页。

③ 同上,第43页。

④ 同上,第36页。

⑤ 同上,第36页。

⑥ 同上,第36页。

⑦ 同上,第35页。

⑧ 林针:《西海记游草》载闽浙总督左宗棠、镇闽将军兼管闽海关印务英桂、福建巡抚徐继畬等人所作的题记四则、序五则、题诗二十首、跋五则。

出来,而早期以太平洋为想象性叙事空间的译介小说却有意遮蔽与隐藏原书中这一空间。同治十一年(1872)四月十五日至十八日,《申报》连载了译自英国斯威夫特《格列佛游记》中小人国部分的《谈瀛小录》,译者不详。故事被改译为中国东南沿海商贾"行近海南,忽遇飓母狂飙"①后"向东南行"②漂流月余后至小人国的奇异之旅。原著中位于"the South-Sea"③(南太平洋)与"the latitude of 30 degree 2 minutes south"④(南纬三十度零二分)的小人国在译文中的位置重归《镜花缘》式渺茫无稽的海洋,经仪器科学测量的地理坐标完全被涂抹与掩盖,随之一同消减的是太平洋这一世界空间所承载冒险与殖民因素。由"可测"到"不可测"的原因,一方面在于小说的主旨在于"以广异闻"⑤与"谈瀛",而"瀛"在何处却无甚关系,神秘的海洋空间反而更能迎合国人传统的阅读趣味。另一方面在于传统的"天下观"尚未崩解之前,国人并不能坦然接受全新的世界地图,因此并未做好令本土故事中的人物进入太平洋这一世界海洋空间的准备。

　　以上所举三例,谢诗中位置混乱的航海佳境,《西海纪游草》中自文明走向蛮荒的艰辛苦旅与无名之途,《谈瀛小录》中湮没不彰的叙事空间,均是在传统地理观影响下,初入文学书写的太平洋未被重视而遭遇的尴尬处境。除此之外,航海体验的缺乏与开辟探索的不足令太平洋本身仍然笼罩在奇闻异说之中,而这却恰好迎合了普罗大众的阅读趣味,相对于枯燥的地理知识普及,颇具吸引力。以《申报》及其副刊《点石斋画报》为例,在《申报》以地理新知与新闻时事介绍太平洋空间之时,其副刊《点石斋画报》却仍以谈瀛之说笼罩着这一空间,如《巨鱼入网》一则记"近年来太平洋所获之鱼,无其巨也",正文后附篆文"龙伯之遗"⑥四字总结正文,以龙伯大人的传统典故释此图文。《似山非山》一则记定海人翁有法

---

① 《申报》,同治十一年四月十五。
② 同上。
③ Jonathon Swift, *Gulliver's Travels*. New York: Airmont Publishing Co, Inc.,1963, p. 16.
④ Ibid.
⑤ 《申报》,同治十一年四月十五。
⑥ 叶永明、蒋英豪、黄永松:《点石斋画报全文校点》,商务印书馆 2014 年,第 131 页。

于太平洋中将大鱼之背误认为山,附"鱼可吞舟"①之海外传说以证其大。《海鸟息争》②记太平洋中群鹊聚斗,大鸟解围之异事,《捕鱼遇蟒》③《野性难驯》④则记太平洋海岛之上的食人大蟒与野蛮土著。由此可见,《点石斋画报》中的太平洋以其异闻吸引着广泛的平民读者,给予国人如同传统荒蛮海外的熟识感。而在较为封闭之地的"乡人"心目中,太平洋空间依旧充斥着神话与仙话。光绪十一年(1885),任旧金山总领事归国后的黄遵宪与乡人漫谈海外见闻,《春夜招乡人饮》中"乡人"据其"常闻海客谈,异说十八九"⑤所获知的太平洋向黄遵宪求证真实与否:"又言太平洋,地当西南缺。下有海王宫,蛟螭恣出没。漫空白雨跳,往往鱼吐沫。曾有千斛舟,随波入长舌。天地黑如盘,腥风吹血雨。转肠入轮回,遗矢幸出穴。始知出鱼腹,人人庆复活。"⑥诗中的海底王宫与吞舟之鱼的古典传说被移植在太平洋这一新的世界空间中,繁衍生长,给予国人传统海洋想象的安稳感。

　　无论是知识分子笔端已存在却被混乱、模糊乃至遮蔽的空间,抑或是平民群体所接受的、"乡人"所认知的充满奇闻逸事、神话想象的空间,均亟待更多浮槎沧溟的切实体验来揭启。正如黄遵宪在《春夜招乡人饮》所云:"自作沧溟游,积日多于发。所见了无奇,无异在眉睫。"⑦以真切的航行体验宣告谈瀛之说的虚妄。自太平洋航线开辟后,以外交使臣为主体的沧溟浮槎者的文学书写才真正将这一空间清晰地展现出来。

(二)使臣笔下彰显的空间

　　同治六年(1867),美国太平洋邮船公司开辟加利福尼亚至横滨、上海的太平洋航线,"这是1887年以前横贯太平洋唯一的定期航线"⑧。同治二年(1863),张文虎《送容闳赴弥利坚采买机器》诗尚云:"身穷西北

---

①　叶永明、蒋英豪、黄永松:《点石斋画报全文校点》,商务印书馆2014年,第338页。
②　同上,第147页。
③　同上,第103页。
④　同上,第545页。
⑤　黄遵宪著,钱仲联笺注:《人境庐诗草笺注》,上海古籍出版社1981年,第410页。
⑥　同上,第410页。
⑦　同上,第410页。
⑧　彭德清:《中国航海史》(近代航海史),人民交通出版社1989年,第80页。

海,首戴地中天。"①自注称容闳需"绕佛兰西英吉里赴彼"②。同治十二年(1873),其《送容纯甫再赴弥利坚》已云:"径航太平海,半载期归休。"③自注:"由广东绕道至北弥利坚,向须绕道欧罗巴,今太平洋有船,则由南弥利坚直达矣。"④容闳赴美航线之变化得力于太平洋航线的开启,而早在航线开辟后的一年,清政府为扭转"近来中国之虚实,外国无不洞悉。外国之情伪,中国一概茫然"⑤的被动局面,已派出以志刚为首远赴欧美的第一个正式外交使团,这是官方使者肩负外交使命浮槎太平洋之始。此后,身衔"知彼"国命的使臣相继往来于万里沧溟之上,以出使日记与诗歌的文学形式彰显了明晰的太平洋空间。

自地理书写中的太平洋新知逐渐被普及,文学书写中的太平洋也以科学的距离取代了昔日"九万里"的概数。张文虎的《送容纯甫再赴弥利坚》云:"此至墨瓦蜡,路实半地球。"⑥以地球之半状太平洋之广远。光绪八年(1882),黄遵宪《奉命为美国三富兰西士果总领事留别诸君子》其五云:"更行二万三千里,等是东西南北人。"⑦"飘零"的程式化情感表达在太平洋"二万三千里"的具体空间的支撑下获得了更为切实的感知与体验意义,因而愈加强烈。自航线开辟后,曾经百四十日的太平洋航程固定为半月左右,这是六七十年代的轮船较四十年代的帆船的进步。光绪元年(1875),护送留美幼童的祁兆熙于太平洋归途中口占一诗云:"泽国为家十五天,归舟长物剩吟篇。"⑧光绪十三年(1887),驻法、德等国公使随员王咏霓归途作《渡太平洋四首》其三云:"历览两旬无片土,海天云水两茫茫。"⑨两诗中至少

①　张文虎:《舒艺室诗存·索笑词》卷五《清末民初文献丛刊》,朝华出版社2017年,第274页。
②　同上,第274页。
③　同上,第334页。
④　同上,第334页。
⑤　《奕䜣等奏拟请约美卸任公使蒲安臣代办遣使外国折》,宝鋆等:《筹办夷务始末·同治朝》卷五一,中华书局2008年,第2159页。
⑥　张文虎:《舒艺室诗存·索笑词》卷五《清末民初文献丛刊》,朝华出版社2017年,第333页。
⑦　黄遵宪著,钱仲联笺注:《人境庐诗草笺注》,上海古籍出版社1981年,第342页。
⑧　容闳、祁兆熙、张德彝、林如耀:《西学东渐记·游美洲日记·随使法国记·苏格兰游学指南》,钟叔河:《走向世界丛书》,岳麓书社1985年,第247页。
⑨　王咏霓:《函雅堂集》卷八,《清代诗文集汇编》第740册,上海古籍出版社2010年,第351页。

"十五天"与持续"两旬"不见片土的海行体验专属太平洋空间。而在这一长途航程中,横经一百八十度经线的时空体验最能彰显这一地理空间的特色。王咏霓的《渡太平洋四首》其一云:"扁舟径渡太平洋,纬度英京较短长。东去日重西去减,故知人趾自相当。"①书写出横经此线,东向增一日与西向减一日的客观认知。这一地理新知给予国人全新的情感体验,黄遵宪《海行杂感》其五云:"中年岁月苦风飘,强半光阴客里飘。今日破愁编日记,一年却得两花朝。"②倏然而至的两日的花朝佳节给予光阴易逝的传统悲感以莫大的慰藉。在文学书写中的太平洋面目逐渐明朗之时,外交使臣通过新旧交融的航海体验赋予这一空间更为丰厚的意蕴。

同治十一年(1872),陈兰彬护送留美幼童赴美,李文泰《海山诗屋诗话》卷八曾引陈诗云:"同治壬申秋,吾乡陈荔秋先生兰彬出使美国,有太平洋即事诗云:'茫茫身世等浮萍,大海舟行不暂停。一线计程朝搅日,双轮激水夜流星。橙鲜秋色空尘障,层叠波纹俨画屏。已过蓬山将万里,仍依北斗望朝廷。'先生可谓从事独贤矣。"③诗中的漂泊感与澄澈无尘之境仍不脱古典情感与意境,但昼夜不停、双轮激水的轮船航行令诗人的身世漂泊感愈加真切,"已过蓬山将万里"这样真实存在的广远之境愈凸显诗人依旧北望朝廷、忆国怀阙之"贤",这是在太平洋的世界空间中书写大国使臣心系天朝的旧情感产生的新意蕴。陈兰彬视太平洋途程为中华文化东向远播之路,舟中幼童"朔望整衣来拱揖,威仪也耸远人观"④的中华礼教之彰显与"舟人也似珍文墨,竹扇藤笺屡乞书"⑤的舟人的仰慕之情,均带有中华文化泽被海外的优越感。虽然这一东向学习之途昭示着太平洋之西的蛮夷之地开始向文明国度转换,但在洋务运动"中体西用"的社

---

① 王咏霓:《函雅堂集》卷八,《清代诗文集汇编》第 740 册,上海古籍出版社 2010 年,第 351 页。

② 黄遵宪著,钱仲联笺注:《人境庐诗草笺注》,上海古籍出版社 1981 年,第 346 页。

③ 李文泰:《海山诗屋诗话》卷八,张寅彭:《清诗话三编》(九),上海古籍出版社 2014 年,第 6361 页。

④ 以下陈兰彬诗均出自中山大学所藏《陈兰彬遗稿》中的《出洋杂诗(壬申癸酉甲戌)》,原无标题,转引自陈兰彬著,王杰、宾睦新编:《陈兰彬集》第 5 册,广东人民出版社 2018 年,第 62 页。

⑤ 同上,第 66 页。

会思潮影响下,这一学习仍偏重西学浅层的器物层面,因而护送幼童出洋的使臣依旧保持着来自文化大国的自信姿态,寄望幼童"须识百般工艺术,根源还是读书高"①。光绪二年(1876),于美参加世界博览会的李圭论及留美幼童事云:"我圣人之达道达德、三纲五常,此幼童固自有,亦固自在,不以业西人之事为而少阙也。"②两人所表露的强烈文化自负预示了未来被西学熏染的留美幼童将从大洋之上黯然而返的悲剧场景。

李圭在《环游地球新录》中清晰地展现了太平洋这一地理空间:"由横滨至此,计程一万七千四百八十里,船行十八昼夜零三时,此即中国所谓大东洋。十八日内不见寸土,不见他船,洋面以此为最阔,盖已越地球三分之一矣。萧君谓此为'怕司费'译即太平洋,以无大风浪也,然当西北风大作,客心又何尝太平耶?"③这段文字除普及"大东洋"的地理新知外,由并不"太平"的航行体验表明西方的"太平洋"之名并不切实,言下之意,维护着"天下观"的"大东洋"反而名副其实。光绪八年(1882),李圭于《申报》刊载其追忆前游所作的二十四帧《环球海国图》,各附小记,系之以诗。《桅楼邀月》与《洪波浴日》两诗即志其浮槎沧溟之上沐日浴月之心上之语。出洋之前的《吴淞放艇》诗云:"蓄志经十年,斯行岂能已。"④由此可见,外交使命而外,李圭亦具备主动远游的夙愿。《洪波浴日》序云:"其始也,若有光溢水面,摇摇无定。俄顷忽红紫万沠,捧日一轮,鲜艳若燕支,又若火珠,跃波而起。金蛇万道,环纵腾挪,光怪陆离,弗可凝视,巨观也。"⑤朝阳初升之光芒万丈的辉煌盛景,烘托与喷薄出诗人出洋远行的无限激情,彰显着其背后的大国气象。诗中"一丸跃波起,万象都呈色"⑥之景正是大国恩泽普照海外的写照。当东亚朝贡体系内的

①　以下陈兰彬诗均出自中山大学所藏《陈兰彬遗稿》中的《出洋杂诗(壬申癸酉甲戌)》,原无标题,转引自陈兰彬著,王杰、宾睦新编:《陈兰彬集》第 5 册,广东人民出版社 2018 年,第63 页。

②　王韬、李圭、黎庶昌、徐建寅:《漫游随录·环游地球新录·西洋杂志·欧游杂录》,钟叔河:《走向世界丛书》,岳麓书社 1985 年,第 186 页。

③　同上,第 326 页。

④　《申报》,光绪八年三月十八日。

⑤　同上。

⑥　同上。

大国使臣的出使范围延展到东海文化圈之外时,他们并未流露出进入陌生新时空的紧张感与焦虑感。《柁楼邀月》小序云:"大东洋径万七千余里,不见寸土,舟行十八昼夜,达彼岸五月之望。中流无风云净,天空月圆如镜,念身寄大海中,去家国几二万里,独此月,中外犹是也,古今犹是也。噫,古人安在,来者为谁?"①此段文字在重复普及大东洋的地理知识外,书写出诗人在古人未辟之境中遥望普照古今中外的永恒之月亲切而欣喜的感受。诗云:"满月悬青宵,双轮蹴海水。真无尘埃侵,眼界不须洗。皎皎三五夜,浩浩万千里。羿妻语阳侯,此君中朝李。在昔谪仙人,狂游未到此。彼竟航海来,吾汝大欢喜。骑鲸与驾鳌,虚妄焉足纪。"②万里茫洋与当空皓月营造出广阔高远、澄明净澈的古典意境,月神羿妻与波神阳侯对话的传统典故增加了熟识的氛围。但"去国两万里"的"大东洋"为古人未至之地,并且超越了李白想象中狂游的边界,因而其感受是新鲜而陌生的。诗人并非骑鲸驾鳌至此,而是乘"双轮""航海"而来,展现出凭借新式交通工具进入大东洋这一世界海洋空间的开拓感与征服感,蕴含着驰域外之观,得世界风气之先的新地新体验。

在十九世纪六七十年代,"太平洋"一语出现后并未一统其他称呼,固有的"大东洋"之名的使用频率反而更高。同治七年(1868),随志刚出使欧美的张德彝在《欧美环游记》中称:"明思此大东洋,又名太平洋,风浪如此险恶,似名不副实矣,可名曰'险阻洋',或名曰'飓风洋'。"③同样以切实的体验宣告了"太平洋"一词的名不副实。志刚的《渡大东洋记》集中笔墨书写大东洋不同于"江湖内海"的狂荡风浪:"凡江湖内海之波浪,虽大小不同,率由风横吹,其势层叠翻卷而起。此则如霜林落后,突兀峥嵘,由四面攒拱而起,愈起愈高,矗若峰峦。浪花在顶,攒簇如茶。陡然而落,豁如巨壑。"④形象刻绘浪花陡生忽降之激荡形态以及轮船在浪山

---

① 《申报》,光绪八年三月十八日。
② 同上。
③ 林针、斌椿、志刚、张德彝:《西海记游草・乘槎笔记・初使泰西记・航海述奇》,钟叔河:《走向世界丛书》,岳麓书社 1985 年,第 632 页。
④ 同上,第 258 页。志刚《初使泰西记》作中收录的《渡大东洋记》与随行者张德彝《欧美环游记》中对大东洋航程的横渡体验相似,甚有完全相同之句,似为据张之每日之零散纪录拼凑而成,或为张代写。

涛峰中"其触凸峰也,回视则船尾若埋。其陷凹壑也,俯视则鹢首若沁"①
的蜿蜒奔腾之状。虽仍承续传统游记途中风物加体验感悟的模式,但所
抒之感已为对横渡"两万数千里之洋海"的千钧之舟"斋那号"的赞叹:
"方以是舟也,纵四十余丈,横八丈,载四千吨,铜底铁机,恐岳阳城无此坚
重,何虑波撼哉。"②这段用数字对轮船的客观、细致的描摹,显然冲淡了
传统游记的写景抒情风味。晚清以来,世界海洋空间中轮船等现代交通
器具是出洋使臣们集体关注的焦点,连篇累牍的介绍与精确客观的记录
是他们自踏上轮船后的惯常书写,流露出对西方凭借现代工业文明在大
洋之上纵横驰骋,占据优势地位的惊羡。光绪二年(1876),横渡太平洋
归国的祁兆熙在《游美洲日记》中,主张中国招商局应设立大公司投放
"太平洋大火轮船"以便利"华人华商"③,与其上的西方势力竞存。国内
也为此作出了积极的尝试与努力,光绪五年(1879),轮船招商局开辟太
平洋航线,派遣中国商船"合众号"驶往檀香山和旧金山,但最终却因外
商的抵制与封建官僚的阻挠而停运。中国的太平洋轮船昙花一现,预示
着未来中国在太平洋上的缺席的悲惨命运。

晚清以来的西力东渐骤然将中国推入"数千年未有之变局",开启了
近代社会转型的关键时期。正是清廷屡受外辱,急于洞烛外情的时代背
景下,外交使臣肩负着审国势、觇敌情的使命走向了世界。他们以诗歌与
游记两种体裁共同彰显了太平洋这一空间,除均普及太平洋的地理新知
外,兼具公务咨报与个人书写的性质的游记更偏重予以中国巨大创痛的
轮船等器物书写,而更具私人意味的诗歌则关注个人在太平洋中新旧交
合的体验。值得注意的是,在洋务运动"中体西用"社会思潮下出洋考察
的使臣仍带有东亚朝贡体系内使臣的上国心态与中华文化东向远播的大
国自信。

（三）危机时空的开启

十九世纪中期，官绅士庶自上而下广泛表露出变局的警觉，充分显示出对所面临时代的敏感，如提出"四千年来未有之创局"①一说的王韬在《变法自强下》云："自与泰西诸国通商立约以来，尽舟航之利，历环瀛之远，视万里犹如咫尺，经沧波有如衽席，国无远近，皆得与我为邻。"②西方凭恃工业器械之精良，商业拓展之积极，越数万里重洋来华，实形成世界变局的根本所在。近代"变局"之降临正关系着国家盛衰与民族安危，"变局"亦是"危局"，昔日阻隔世界的"环瀛"与"沧波"而今是西力东渐的通道与中西交涉的重要时空。太平洋作为邻近中国，令国人直观感受列强环伺压迫的场域，在文学书写中开始被形塑为与中国存亡关系甚大的危机时空。

王韬成书于光绪初年的《淞隐漫录》，载有一篇以太平洋为故事背景的短篇小说《海底奇境》。金陵书生聂生游历欧洲后"拟乘巨舶从伦敦至纽约，方渡太平洋，忽而风浪陡作"③，聂生被狂浪卷入太平洋底却偶入山青水碧、鸟语花香的桃源仙境，并与瑞国的红颜知己兰娜重逢相爱，借其之力，重返人间。这是一部寄寓着王韬对国家"变局"思考的小说，太平洋遇险正是王韬对中国处于"危局"的寓言式书写，而由祸转福的奇遇正是中国在"变局"中因势利导，由弱转向强的象征，正如王韬《答〈强弱论〉》所云："天之聚数十西国于一中国，非欲弱中国，正欲强中国，非欲祸中国，而欲福中国。欲善为用者，可以转祸为福，变弱为强。"④聂生与兰娜的结合方式蕴含着王韬对如何"转祸为福"的思考，兰娜"企慕中华文化久矣"⑤，聂生教其中国语言文字与弹琴作曲。分别之时，兰娜所赠"龙宫辟水珠"⑥和"兜率宫定风珠"⑦助聂生渡海复至人间。聂生之"道"与兰娜之"器"的结合正是王韬"器变道不变"的应变主张的体现，而兰娜之

①　王韬：《变法自强下》，《弢园文录外编》，上海书店出版社 2002 年，第 32 页。
②　同上，第 32 页。
③　王韬著，朱世滋等点校：《后聊斋志异》，北京燕山出版社 1992 年，第 25—26 页。
④　王韬：《弢园文录外编》，上海书店出版社 2002 年，第 168 页。
⑤　王韬著，朱世滋等点校：《后聊斋志异》，北京燕山出版社 1992 年，第 27 页。
⑥　同上，第 27 页。
⑦　同上，第 27 页。

器源于中国古典的神话传说亦流露出其早期的"西学中源"的思想。由此可见,小说中的太平洋成为王韬展示其思想主张的寓言和隐喻空间。主人公进入大洋之路并不符合现代航线,聂生乘巨舶自伦敦至纽约所渡之洋与兰娜失足落苏格兰都华河后漂流所至之域本应为"大西洋"却被设定为"太平洋",因而此地或为王韬有意设定的最为关系中国存亡的海洋空间。这是一个蕴含着王韬对国族命运深切思考的危机时空,但同时又承载着转祸为福的自强之梦。

王韬的另一篇小说《消夏湾》则直接以太平洋为西方列强大肆拓殖的海洋空间,嵇仲仙以太平洋为例向乘槎上人说明中国传统文学想象中的海外仙境在西方殖民扩张下的破灭:

> 按之东西两半球,纵横九万里,有土地处就有人类,各君其国,各子其民,舟楫之所往来,商贾之荟萃,飙轮四达,计日可至,安有奇境仙区如君所言哉?既如美洲,在我足下,太平洋海汪洋无际,宜别有大地山河,以足佛经四大洲之数。乃三百年来,未闻觅得一岛,探得一地,则他可知矣。①

这段文字透露出自"三百年"前的大航海时代开启后,在西方凭借先进航海术殖民觅地的热潮中,太平洋上的"奇境仙区"早已被验证为虚幻无稽的现实。在《仙人岛》中,老舵工与嵇仲仙此论同义:"今时海舶,皆用西人驾驶,往回皆有定期,所止海岛皆有居人,海外虽汪洋无涯,安有一片弃土为仙人所驻足哉?"②这一现实境况流露出王韬对西方占据海洋空间的焦虑,因而在否定太平洋上仙境的存在后又重置一"消夏湾",此地为宋遗民所辟且中华船舶可航行至此,其间如世外桃源,古香古色,具有早于西方开辟且未被西方的殖民热潮吞噬的优越性,全新仙境的构建是王韬渴望中国与西方竞争太平洋空间的畅想。在王韬的笔下,太平洋是世界危局的象征与西方殖民扩张之域,但却通过"海底奇境"与"消夏湾"

---

① 王韬著,朱世滋等点校:《后聊斋志异》,北京燕山出版社 1992 年,第 219 页。
② 同上,第 326 页。

的设置,寄寓了拯救中国危局的期望。

西力东渐本身是一个历史过程,随时间维度的延长,西力的冲击加深,以"西力"为基础和载体的"西学"随之与"中学"交流,不断验证其生存在现代世界的优越性。张灏先生称:"西方的霸权不仅是政治的、军事与经济的,同时也是文化思想的。就因为如此,这霸权不仅是外在的,而且已深入中国人的意识与心理深处,而内化为一种强烈的情意结。"①这一时期大洋之上的国人所感受到的不仅是军事、经济等看得见的强弱对比,更是中西浅层文化之间的碰撞与冲突。因而,旅行者开始笼罩于西学的阴影之下,不复陈兰彬、王韬等人在太平洋空间中流露的文化大国心态。

黄遵宪青年时代便向往中华以外"裨瀛大海还有大九州"②的世界,光绪三年(1877),他赴日任参赞途中所作的《由上海启行至长崎》其一云:"浩浩天风快送迎,随槎万里赋东征。使星远曜临三岛,帝泽旁流遍裨瀛。"③流露出上国使臣的优越感,表明中华帝国具有远至"裨瀛"的辐射力与统摄力。但日本数典忘祖,尽废汉学,吞并琉球之行令大洋之西的东亚朝贡体系猝然断绝。大洋之东尤关"国盛衰"与"富强基"的赴美幼童黯然返国,诗人在《罢美留学生感赋》中云:"目送海舟返,万感心伤悲。"④美国亦因而"怒下逐客令,旋禁华工来"⑤,中国东向进入太平洋之途遭遇重重阻碍。光绪八年(1882),黄遵宪赴美任旧金山总领事之时,已全然不复昔日大国使臣的神圣威仪与壮志豪情。《奉命为美国三富兰西士果总领事留别日本诸君子》诗云:"远泛银河赴使舟,眼看沧海正横流。"⑥流露出沉重的国族之痛。《海上杂感》组诗形塑的"太平洋"为西力强势入侵之域,其十四云:"盖海旌旗辟道开,巨轮擘浪炮鸣雷。西人柄酌东人

① 张灏:《中国近代思想史的转型时代》,《幽暗意识与民主传统》,新星出版社 2006 年,第146 页。
② 黄遵宪著,钱仲联笺注:《人境庐诗草笺注》,上海古籍出版社 1981 年,第 84 页。
③ 同上,第 199 页。
④ 同上,第 318 页。
⑤ 同上。
⑥ 同上,第 337 页。

酒,长记通盟第一回。"①自注称美国"率军舰七艘,由太平洋东来"②。美国侵略的长柄跨越大洋延伸至东亚体系,打开日本这一太平洋岛链的重要一环,实令独具兴亚热血的黄遵宪感到无尽挫败。同时,黄遵宪感受到的不仅是西力的冲击,更是西学的强势辐射,黄诗中的海鸟已非昔日大国使臣笔下沧溟的点缀或令人忘机的风物,而是熏染上浓厚的西方的色彩。其十三云:"拍拍群鸥逐我飞,不曾相识各天涯。欲凭鸟语时通讯,又恐华言汝未知。"③钱钟书先生云:"'鸟语'早成为'蛮语'或'夷语'的同义词……黄遵宪不写'人言汝未知',而写'华言汝未知',言外之意是鸥鸟和洋人有共同的语言。"④太平洋空间作为西方文化的浸润之域,其上的鸥鸟不通"华言",国人失去话语权,孤独落寞。黄遵宪与这个西力、西学东渐的现实时空是疏离的状态,"一气苍茫混渺冥,下惟黑水上天青"⑤与"寥寥旷旷浩无边,一缕濛濛荡黑烟"⑥营造出深沉壮阔、空旷无际的水天之境,给人以契合时空特有的压抑感。他并不关心为何时:"一日明明十二时,中分大半睡迷离。"⑦亦漠然于水程至于何处:"纸尾只填某日发,计程难说到何州。"⑧古直笺云:"案邮船每日正午,必于地图上表识行至何处,先生特未往视耳。"⑨不是难以获知,而是无意探知。他选择从古典思想资源中寻回一丝慰藉:"裨瀛大海善谈天,丱男童女远学仙。倘遂乘槎更东去,地球早辟二千年。"⑩诗人借邹衍已包纳大瀛海的谈天之说与徐福东渡辟地的海外探寻,证明古代对世界格局的合理猜想与东向大洋的积极探索,同时亦在西方殖民辟地的刺激下产生徐福若东向跨越大洋则早于哥伦布开辟美洲的构想。这是诗人在太平洋的危机时空中产生的焦

---

① 黄遵宪著,钱仲联笺注:《人境庐诗草笺注》,上海古籍出版社 1981 年,第 349 页。
② 同上,第 350 页。
③ 同上,第 349 页。
④ 钱钟书:《汉译第一首英语诗〈人生颂〉及有关二三事》,《七缀集》,生活·读书·新知三联书店 2004 年,第 138—139 页。
⑤ 《新民丛报》第二十七号,光绪二十九年二月十四日。
⑥ 同上。
⑦ 黄遵宪著,钱仲联笺注:《人境庐诗草笺注》,第 348 页。
⑧ 同上,第 349 页。
⑨ 同上,第 349 页。
⑩ 同上,第 344 页。

虑心态的映射,亦是横渡大洋激发的西方大航海的开拓与征服精神。黄诗在古今交合之间,产生抚今追昔的忧思情怀与短暂畅想,现实的挫败感暂得消解,古典资源的回溯似乎遥相呼应着王韬在太平洋之上所构建的"消夏湾"。

　　光绪十一年(1885),黄遵宪由美乞假归国,舟行太平洋,留下《八月十五日夜太平洋舟中望月作歌》的名篇,记录着其在太平洋上度过中秋节的全新体验。实际上,在太平洋中偶逢中华佳节的孤独感是普遍的,祁兆熙值冬至日在太平洋上,忆"吾乡于冬至夜每家设馔祭祖,不比寻常时节……今舟行海上,亦少此一冬至夜也"①。张荫桓值清明节在太平洋上,"忆沈佺期'海外无寒食,春来不见饧',为之怅然"②。两人的孤独体验源于大洋为中国文化辐射不到的异域时空,缺乏中华佳节的文化氛围所致,并未有中西文化之间的冲突。而黄遵宪却在中西的比较视野中感受这一中秋佳节:"大千世界共此月,世人不共中秋节。泰西纪历二千年,只作寻常数圆缺。"③在"泰西纪历"的时间模式中,八月十五日为中秋节的文化意蕴顿失。黄遵宪试图与赤县神州的国人"天涯共此时"以重新感受古典月亮的内涵,但"即今吾家隔海遥相望,彼乍东升此西没"④,托月传情的期望因时空的颠倒而落空,这是四十年代林针因"中国昼即西洋夜"而"涕出潸然"的情感承续,是现代地理新识予以国人的分离之痛。古之"茫茫东海""汪洋东海"而今处于"美洲以西日本东"⑤与"禹迹不到夏时变"⑥的世界时空,不仅是中华文化难以统摄的异地,更是"泰西"文化强势浸染之域,黄遵宪在其上发出"九州脚底大球背,天胡置我于此中。异时汗漫安所抵,搔首我欲问苍穹"⑦的惶惑之问。黄遵宪一方面排斥西方文化,即便是作为西学浅层的西历,另一方面又深知这将是生存在全球

　　① 容闳、祁兆熙、张德彝、林汝耀:《西学东渐记·游美洲日记·随使法国记·苏格兰游学指南》,钟叔河:《走向世界丛书》,第248页。
　　② 张荫桓:《三洲日记上》,钟叔河:《走向世界丛书》,第20页。
　　③ 黄遵宪著,钱仲联笺注:《人境庐诗草笺注》,第395页。
　　④ 同上,第397页。
　　⑤ 同上,第397页。
　　⑥ 同上,第397页。
　　⑦ 同上,第397页。

时空的需要,这自然造成其内心的困境与迷茫。而黄遵宪缓解这一心理困境的办法,一方面是通过回溯古典文化的优越性以获得慰藉。以"太平洋"这一名词为例,此词亦仅现于题目中,诗中则以传统的"东海"与"大瀛海"名此洋,"东海"维护着中国传统的地理观,而"大瀛海"背后的邹衍谈瀛典故,正是在接受太平洋后对与此契合的本土历史记忆中异域知识的调动与发掘,缓解了西学对他心灵的冲击,而这也正体现了黄诗对"旧风格"的保留。另一方面,黄遵宪的文化认同危机随着时间维度的延长而逐渐消释,此诗诗尾以"依栏不寐心憧憧,月影渐变朝霞红,朦胧晓日生于东"收束,朝日初升的冷清色调蕴涵着失落迷茫的心绪。直至光绪二十五年(1899),黄遵宪追忆的大洋日出图景才重现光芒万道的辉煌盛况,《己亥杂诗》其四十九云:"赫赫红轮上大空,摇天海绿化为虹。从今要约黄人捧,此是扶桑东海东。"①诗后自注云:"归舟行太平洋,明日到日本矣。五更起坐舵楼中待日出,极目所见,惟见水耳。俄顷有万道虹光,上下照映,而日出矣;大如五车轮,顷刻已圆,势极迅疾。"②以大洋之上雄奇壮丽的日出图景象喻黄种的崛起,投射出未来中国复兴于世界之上的理想,从"朦胧晓日"到"赫赫红轮",这幅大洋日出图景的重现已过多年,背后隐藏着黄遵宪接受世界的漫长历程。

黄遵宪诗中太平洋是西力与西学东渐的通道,而在其时旅美华商余维垣的笔下,太平洋已然是西方列强竞夺的危机时空。光绪十五年(1889),曾居美三年的余维垣再度赴美任某商场书记,《太平洋即景十首》组诗其一首联云:"群雄谁握大洋权,万顷咸潮浸碧天。"③自注云:"闻美国人欲经营作此洋之主人。"④开篇直接点明世界群雄霸占太平洋的野心,而尤以美国为最甚。颈联云:"山无砥柱嗟今日,海不扬波忆往年。"⑤首句自注云:"由日本以至大埠沿海无山。"⑥今日太平洋之"山无砥柱"与

---

① 黄遵宪著,钱仲联笺注:《人境庐诗草笺注》,第828页。
② 同上,第828页。
③ 余维垣:《雪泥庐诗集》,登云阁现代仿宋印刷所1930年。
④ 同上。
⑤ 同上。
⑥ 同上。

往年的"海不扬波"相对照,再次重申大洋之上逆流难挽的动荡危局。余维垣在太平洋途程中的情感基调是悲伤黯淡的,除承续传统航海诗中人心世道之不平、乘风破浪之志与思乡之情外,其诗中大洋图景呈现出契合太平洋危局的象征图景。其二云:"四布阴霾望眼迷,云飞水走海门低。兼旬潮汐无消息,满地风波动鼓鼙。竭泽讵容渔鹬蚌,问天何事纵鲸鲵。狂澜既倒凭谁挽,蒿目江河实惨栖。"①诗人以昏黑黯淡,动荡狂乱的大洋之景喻群雄争斗之危局,美国如鲸鲵纵横其中行竭泽之事,不容鹬蚌相争。弱国之民余维垣处于群雄环伺,美国主宰的时空中孤惨凄苦,心系国族而无意浮海:"把注有怀苏涸鲋,临江无意狎浮鸥。"②为己束手无策而愧:"济川手奈无舟楫,去国身惟压线针。"③为太平洋之东美国的逐客令而惧:"长安虽好难为客,令下函关怕入秦。"④余维垣诗中所形塑的太平洋的危局相较于黄诗更为激烈,已开启甲午战后习见的关乎太平洋的文学书写。

王韬笔下的太平洋是西力强势入侵的空间,但海外仙境与海底美人的设置挽救了中国在世界中的存亡危机。古典文学中"仙境"的承续、美人所象征西器对中华文化的辅助均流露出中国遭遇世界之时对本土文化的自信。但此后走向太平洋时空的黄遵宪却以切身体验书写出中华文化被泰西文化强势压制的曲折心迹,古典资源的回溯已难以抚平文化取向危机所带来的创伤。黄诗表露出太平洋上西力东渐背后的西学冲击,而余维垣笔下的太平洋则呈现出更为猛烈的列强竞夺的世界风潮,开启了甲午战后不曾停歇的太平洋狂荡图景。

第二节　瘟疫与海上丝路及中国文学的转型

一、历史上的瘟疫

我国古代究竟发生了多少次瘟疫呢? 据邓云特《中国救荒史》计,我

---

① 余维垣:《雪泥庐诗集》,登云阁现代仿宋印刷所 1930 年。
② 同上。
③ 同上。
④ 同上。

国在周代有 1 次瘟疫的记载,秦汉时期是 13 次,三国两晋时期 17 次,南北朝 17 次,隋唐五代 17 次,两宋金元 52 次,明朝 64 次,清朝 74 次①。这当然只是不完全统计。

《左传·庄公二十年》:"夏,齐大灾。"②就是说山东发生大灾。什么样的大灾呢?《春秋公羊传》云:"大灾者何? 大瘠也。"何休注:"瘠,病也。民疾疫也。"徐彦疏考:"解云欲言大疾疫。"③其中所说的"大灾""民疾疫"就是大瘟疫。这是我国古代史书关于瘟疫的较早记录。

《史记》载,秦朝始皇四年(前 243)"十月庚寅,蝗虫从东方来,蔽天。天下疫。"④这次疫情似乎与蝗灾有关。或许是蝗灾带来饥荒和死亡,进而诱发疫灾。史家没有详述蝗灾与瘟疫爆发之间的关联,结果看上去蝗灾似乎是出现瘟疫的不详预兆,这就有些神秘化了。《汉书》也记载,"丙戌(前 143),地大动,铃铃然,民大疫死,棺贵,至秋止。"⑤即言此次疫情由地震引发。死者无数,导致棺材都供应不上。直到秋天瘟疫才基本消失。看来也是自然灾害引起了瘟疫。

二、瘟疫与社会进步

瘟疫是人群中传播最广泛、最凶猛、最势不可挡的事物之一。世界史上,瘟疫的传播通常有几种途径:战争、通商、迁徙、传教。"大瘟疫"在英语中是 pandemic,在很多语言里也有一个类似的词。Pandemic 来自希腊语里的 pandēmos,即 pan-+ dēmos。Pan 的意思是"泛",如 pan-Americanism(泛美主义);demo 意为"民众",如 democracy(民主)。所以"泛民众"和"大瘟疫"是一个词。也就是说"在民众广泛流传的东西",就是大瘟疫。无独有偶,上引《春秋公羊传》何休注及《说文》中解释"疫",

①　邓云特:《中国救荒史》,上海书店 1984 年,第 9—32 页。
②　(汉)何休注,(唐)徐彦疏:《春秋公羊传注疏·附校勘记》,上海古籍出版社 1990 年12 月第 1 版,第 97 页。
③　同上。
④　(汉)司马迁著,易行、孙嘉镇校订:《史记》,第 29 页。
⑤　(汉)班固:《汉书上》,岳麓书社 2008 年 3 月,第 540 页。

也都采用了近似的说法,即"疫,民皆疾也。"①

　　这里隐藏着一个矛盾:瘟疫既然具有流行性极强的特征,那么应该随交流程度增加而更频发;而控制疫情的水平又是判断社会进步水平的重要尺度——如此看来,瘟疫究竟是社会进步的结果或代价,还是社会进步程度不够的表现? 就像我们今天不免要讨论,当今社会的发展方向究竟是全球化,还是逆全球化?

　　在正视以上问题时,pandemic 或"民疾疫"的构词特点提示我们注意"瘟疫"在社会学层面的辩证内涵。瘟疫本身是自然的,非理性的,而大瘟疫确实能引起思想观念的大震荡,这也是被反复证明的一个历史规律。

　　公元前五世纪的天花从非洲传到波斯,又传播到希腊,据说造成雅典近四分之一军士死亡,整个希腊共约十万人死亡。大家也许还记得,前文多次提到当时以雅典悲剧创作为代表的感伤思潮,这与此次瘟疫有着直接的联系。东汉末年大瘟疫也死亡近 500 万人,与东汉的最终覆灭有着直接间接的关系。而"古诗十九首""建安风骨",也与此次瘟疫有关。对于汉末建安二十二年(217)爆发的大瘟疫,魏文帝写信给元城令吴质说:"昔年疾疫,亲故多离其灾,徐、陈、应、刘,一时俱逝。"②就是说,建安七子中的徐幹、陈琳、应玚、刘桢四个人,不幸都染上疫病去世了。所以大家认为瘟疫影响了汉末魏晋时期的文学史,这并非特别夸张的说法。不仅带来了作家的早逝,这场疫病据说还导致大家更倾向避世独居,对隐士之风都有一定的影响。

　　更著名的事例是欧洲文艺复兴与瘟疫流行之间的关系。公元1347—1353 年,欧洲称之为"黑死病"的鼠疫大爆发,造成世界近 7 000 万人的死亡,仅欧洲就死亡达 2 500 万人,被称为欧洲最严重的一次瘟疫。这次瘟疫由于跟文艺复兴几乎同步,被认为曾改变了欧洲文明进程。此次瘟疫的起因据说是十字军东侵:引起瘟疫的病菌是由藏在黑鼠皮毛内

---

　　①　(汉)许慎撰,(宋)徐铉等校:《说文解字》,上海古籍出版社 2007 年 8 月第 1 版,第368 页。
　　②　(梁)萧统编,海荣、秦克标校:《文选》,上海古籍出版社 1998 年 12 月第 1 版,第343 页。

的蚤携带来的,而据说鼠疫最初是 1344 年在中国淮河流域爆发,由商人沿丝路传到印度、叙利亚等地;同期蒙古人西征时,病毒再次散布至东欧。十字军东侵时,把瘟疫带回了人口密集的地中海。后来蒙古人再传播到俄罗斯,导致俄罗斯近三分之一的人口死亡。而有一种说法,欧洲文艺复兴的科学、民主思想萌芽,与十四、十五世纪大瘟疫有关。

三、瘟疫与海上丝路

从上文所举事例看,瘟疫之所以带来思想震荡,一方面由于大批人死亡所造成的冲击,另一方面则来自人口流动及文化碰撞。

以海上丝路的拓展与伤寒之间的关系为例。《后汉书·马援传》载:"甲辰年(公元 44 年,建武二十年),马援在交趾……二十年秋,振旅还京师,军吏经瘴疫死者十之四五。"[1]类似"瘴疫"造成了东汉末伤寒大流行。

伤寒是指由伤寒杆菌引起的急性传染病。中医学泛指一切热性病,以及风寒入人体而引起的疾病。有伤寒、重伤风、风毒、热毒风、热病、热疾等名称。《难经》较早记载了伤寒病,这本书传说为战国时秦越人扁鹊所作,一般认为其成书不晚于东汉。书中说伤寒有五种,包括中风、伤寒、湿温、热病、温病,其中部分属于流行性疾病,即瘟疫。而中国历史上第一波发生于东汉末伤寒大流行,如上引《后汉书》文中所言,与东汉对海上丝路的开拓有关。

东汉张仲景的《伤寒杂病论》对于伤寒的病因、病状、治疗有着详尽的论述,是我国古代伤寒医著中的经典之作。作者张仲景是当时的名医,其宗族原来有 200 多口人,建安元年(196)以来,不到十年竟然死了三分之二,其中有七成死于伤寒。据《三国志·魏书·武帝纪》记载,曹魏大军也曾为伤寒所困,曹操于建安十三年(208)七月南征,打了一场著名的"赤壁之战"。但到十二月份,曹军突发"大疫,吏士多死者"[2]。实际上,曹军所患的传染病就是从吴地带回来的"伤寒"。

除伤寒等原有病种,据称由"伏波将军"马援等从海外带来的还有新

---

① 庄适选注,王文晖校订:《后汉书》,崇文书局 2014 年 9 月第 1 版,第 73 页。
② (晋)陈寿:《三国志》,三秦出版社 2008 年 1 月,第 8 页。

疫病,即在后世曾猖獗一时的痘疮。

清袁枚《随园诗话》卷二有一段关于痘疹来历的记载,其中说:"西汉以前,无童子出痘之说。自马伏波征交趾,军人带此病归,号曰'虏疮',不名痘也。"①虏疮又称"宛豆疮""天行发斑疮""豆疮",明清时则称为"天痘""疹痘",即国际通称的"天花"。晋代葛洪的《肘后备急方》最早记载"虏疮":"比岁有病时行。仍发疮头面及身,须臾周匝,状如火疮,皆戴白浆,随决随生,不即治,剧者多死。治得瘥后,疮瘢紫黑,弥岁方减,此恶毒之气。世人云,永徽四年,此疮从西东流,遍于海中,煮葵菜,以蒜齑啖之,即止。初患急食之,少饭下菜亦得,以建武中于南阳击虏所得,仍呼为虏疮。"②但也有学者认为,流行于马援军中的,应是瘴气(疟疾),而非天花。

上述疫病有没有正面影响?不谈间接的思想碰撞,仅看直接的疫病学领域,中国在此方面都有着重要突破。

以痘疮(天花)的治疗为例。现代考古专家曾在3 000年前的埃及木乃伊上发现天花病,并推测,天花在公元四世纪时从埃及或印度向外传播。整个十八世纪,欧洲超过一亿人死于天花。天花虽凶,但由于中国最早发现了防治天花的办法,因而天花在中国并未像在欧洲那样造成空前的灾难。据清朱纯嘏《痘疹定论》记载,在宋代赵恒(真宗)当皇帝时,已有"王素种痘"的记载。此种痘技术后传入欧洲,才有了更有效的"牛痘接种"预防天花的手段。目前,天花是唯一被人类消灭的传染病。

明清两代随海上国际交流的迅速发展,玉米、马铃薯、番薯等高产量粮食作物传入,中国人口快速增长,与之相应的是瘟疫比过去更频繁地爆发。据统计,明代276年间,共发生大规模传染病64次,而清代295年中,瘟疫出现了74次。

①　(清)袁枚著,陈君慧译注:《随园诗话》第1册,线装书局,2008年11月第1版,第50页。
②　(晋)葛洪撰,汪剑、邹运国、罗思航整理:《肘后备急方》,中国中医药出版社2016年5月第1版,第32页。

四、瘟疫与文学转型

瘟疫与文学转型之间有无关系?

或者我们也可以提问,中国历史上发生过不少次瘟疫,也有不少文学作品写到瘟疫,但是为什么此类作品中很少出现像法国现代小说《鼠疫》那样的经典呢?

这个问题可以从两方面分析:

首先,中国古代有一些此类作品的经典,但相对较少。比如章回小说《水浒》,不仅开头写了天下大疫,整个故事其实也在隐喻国家之疫,礼法之疫,人心之疫。成书于元代的《三国志平话》中,也曾说汉末有个孙学究患"癞疾"而跳穴自尽,结果不但不死,反得仙书自愈。从此他以咒法医术招收门徒。门徒之一张觉,竟以这门法术聚集大众,发动黄巾起义,引发了三国故事。所以,追根溯源,《三国演义》的起始点之一竟是孙学究患痘疹。这样的开篇设计中,坏事变成了好事,治瘟疫如同医治国家顽疾。《三国志通俗演义》中删去了孙学究的故事,看上去好似减少了故事起源的偶然性,但也减少了对于疫病的历史表现深度及辩证思考。

早在先秦,孔子等就曾表达过对疾病的深层哲学思考。《论语》有云:"伯牛有疾,子问之,自牖执其手,曰:'亡之,命矣夫!斯人也而有斯疾也!斯人也而有斯疾也!'"[1]伯牛究竟患了何种恶疾,令孔子如此痛心疾首?《史记》中未明说冉耕患的是麻风病,仅称"恶疾"。但东汉学者何休曾就《春秋公羊传》中的"恶疾"作注:"谓喑、聋、盲、疠、秃、跛、伛、不逮人伦之属。"[2]结合冉耕被隔离在屋内,只有"疠"这种恶疾符合条件。所以经学家们认为,冉耕所患的就是麻风病。这个人的品行与际遇出现了巨大反差,引发了孔子的悲剧性感慨。

《太平广记》卷二一八《医一》之《卢元钦》描绘了麻风病人令人不忍目睹的惨状,说泉州有客卢元钦染大风,全身溃烂,唯鼻根未倒,只剩下鼻

---

① (春秋)孔丘著,杨伯峻、杨逢彬注释:《论语》,岳麓书社2000年7月第1版,第50页。
② 岳美中原著,陈可冀主编:《岳美中全集中》,中国中医药出版社2012年3月第1版,第905页。

根处还没有变形。麻风病的症状痛苦而又恐怖,再加上传染性强,令人避之而唯恐不及。患者往往被视为不洁之人,甚至是受上天惩罚的有罪之人而被人唾弃。麻风病人不仅要忍受病魔的折磨,还要遭受甚至是最亲之人的歧视、抛弃。虽然是客观描述,文中已然流露出一定的人本情怀。

其次,传统审美观不太青睐审丑,一般不太愿意写实地描绘瘟疫之惨状。病而不失其美,像《红楼梦》中的林黛玉,这在传统文学中常见;但病丑之人还能做文学作品中的主人公,这就不常见了。

清吴敬梓《儒林外史》第十四回写庙里一船一船乡下妇女来烧香的,都是一个大团白脸,两个大高颧骨,也有许多疤、麻、疥、癞的。可看出当时此类疾病的普遍性。有些地区,甚至只要脸上不见痘瘢疤痕的,都可算得美女。但《儒林外史》中的主人公,没有这种不够"级别"的女子。

再如清代宣鼎的文言小说集《夜雨秋灯录》之卷三《麻疯女邱丽玉》,写粤西边境地区凡女子生来就患有麻风病。传说成婚后此病会不药而愈。故而当地风俗,到女子十五岁时,有钱人家就以重金诱骗远道而来的异乡人与自家女儿同房。等到病毒转移到男方身上后,再打发其离开。而女子在去毒后,才真正选婿婚配。不然就会发病致死。而传染上病毒的异乡客则将身陷病痛,不能自拔。麻风女邱丽玉的父母诱骗远来的陈绮与女儿成亲,但善良的丽玉不忍心害人,告之以实情,并助其逃走。丽玉自己却麻风病发作,变得丑陋不堪,被家人送入麻风局。为了见上爱人最后一面,丽玉逃出麻风局,不远千里找到陈绮家,而念及自己已无法与陈相配,为了陈的终身幸福,丽玉服蛇毒自尽。不想蛇毒竟治愈了她的病。从此粤地不再有诸多麻风女。此文对美丑善恶之间的反差就做了较好的对比呈现。丽玉病愈之前心灵不可谓不美,但只有最后外貌之美与心灵之美相匹配,这才比较符合一般的接受习惯。

第三节　小说史视野的清末
"塞防""海防"之争

"塞防""海防"之争,指围绕国土防御重点应放在内地边陲抑或海疆而展开的讨论。清末最广为人知的相关论争,主要是同治年间(十九世纪七十年代)随俄英觊觎新疆,日本侵台而展开的分别以左宗棠、李鸿章为代表的相互辩论。

晚清塞防与海防之争进入学术视野,始于蒋廷黻的《中国近代史》(1938)。此前它曾是奏折中的"海防议";之后近三十年,它一直被"性质之争"所困扰:历经湘系与淮系利益之争、爱国与卖国之争或两种策略之争三个阶段。

至二十世纪末,在近代化视角下,关于海防与塞防争论的研究逐渐摆脱了"性质之争"的局限,研究重点开始集中在晚清塞防与海防之争在中国近代史上的地位和作用上,研究空间得以拓展。

与史学领域的晚清塞防与海防之争逐渐深化的情况相对比,文学领域的相关研究则未见明显进展。而伴随着晚清政界的塞防与海防之争,时人的时空感、价值观、民族国家认同意识、国际观等等都发生了隐蔽而深刻的变化;表现在小说领域,以《申报》为核心,也出现了"新闻小说"等包含新题材、新人物、新语体的新品种或新门类。后者对清末"小说界革命"等文学变革都有直接或间接的影响,值得做具体、深入而系统的探讨。

一、"塞防""海防"之争爆发的背景

清朝新疆各地尚属回部,常有边患,至乾隆时用兵平定西北叛乱,遂在新疆建立八城,设将军、参赞、办事领队等官职率军戍守。1862 年,陕甘等地爆发回民起义,左宗棠 1867 年受命镇压,花了将近七年时间才平息。1864 年 6 月,新疆库车爆发暴乱,领袖是热西丁和卓,这场叛乱东边远及喀喇沙尔,西边到达了喀什噶尔。热西丁和卓在阿克苏建都,称为突厥斯坦王。10 月,统率整个新疆的满洲将军驻地伊犁也发生了暴乱。塔兰奇人迈兹木汗领导的叛乱分子包围了伊犁的两个主要城市惠宁和惠远,建立了苏丹政权。1865 年 1 月,浩罕国军官阿古柏入侵新疆,攫取了喀什噶尔的权力,并接连占领了吐鲁番和乌鲁木齐。1871 年 7 月,沙俄武装强占伊犁。次年,沙俄承认了阿古柏政权。阿古柏又争取到了土耳其的帮助。1873 年,他被土耳其国王封为艾米尔,并给他送来了一份礼品,计三千支来复枪、三十门大炮和三名土耳其军事教官。与此同时,英国探险者纷纷来到喀什噶尔,1868 年有 R. B. 肖的到来,1870 年有福赛思等人的到来,这些访问说明了英国人对新疆的关注。英国不希望新疆落入俄国之手,倾向于将其作为对付俄国的缓冲地带。福赛思在 1873 年再次被派来喀什噶尔,他送给了阿古柏几千支英属印度兵工厂制造的旧式滑膛枪。1874 年初,他同艾米尔签署了一项商约,并且对这个新兴的喀什噶尔国家给予了外交承认。新疆形势由于各方列强的介入,变得十分复杂。

沙俄占领伊犁后,清政府派荣全为乌鲁木齐督办伊犁将军,前往收复伊犁。荣全发现俄人的野心不仅限于伊犁,所图更大,遂建议清政府派陕甘总督左宗棠率大军入疆平叛。就在左宗棠厉兵秣马准备收复新疆之际,1874 年,日本国借口台湾生番杀害琉球人和日本人,而率兵武力进犯台湾,造成东南沿海的局势吃紧,清军不得不赴台布防。同时面对西北和东南两个方向战略防御的压力,使清政府不堪重负。"海防""塞防"之争就是在这种局势下爆发的。

二、《申报》连续性的反"塞防"报道

《申报》1872 年创刊后不久就开始关注琉球、台湾和东南沿海,先后发布《琉球商人为台湾生番杀害》(1872 年第 171 号)《论今亚细亚洲国势当以自强为本》(1873 年第 263 号)《译东洋报论钦使来议台湾逞凶事》(1873 年第 283 号)《日本使臣来中国理论台湾生番杀琉球人事》(1873 年第 289 号)《发兵赴台湾信息》(1873 年第 448 号)等新闻,连续向读者展示这一事件。1874 年 3 月,日本借口此事进犯台湾,《申报》发新闻报道如《津兵赴台及各海口·筑炮台消息》(1874 年第 701 号)《东人欲战之由》(1874 年第 703 号)《火船装兵赴台》(1874 年第 703 号)《日本调兵信息》(1874 年第 706 号)《日本运大炮至福州》(1874 年第 709 号)《东洋兵输由台到沪》(1874 年第 725 号)等,更强化了大家对台湾以及东南沿海"海防"问题的重视。

而相形之下,随着西北边陲的局势吃紧,从 1874 年开始,《申报》的涉

疆报道、关于西征的报道、关于西征借贷和军情的报道则增加了社会大众对"塞防"的负面关注和讨论,表达了不支持"塞防"的态度。相关新闻包括如《论英国与回部通商》(1874 年第 681 号)《英国新报论华兵征喀什噶尔事》(1874 年第 775 号)《论征新疆》(1875 年 9 月 6 日)等。

三、《申报》对两派人物的正反角色设定

在报道"海防"与"塞防"之争的过程中,《申报》将焦点瞄准事件中的冲突两方的代表——左宗棠和李鸿章——身上。李鸿章和左宗棠作为清朝重臣,在朝野都有巨大的影响力,因此,《申报》的新闻报道将报道的框架置于二者之间,无疑引起了更广泛的关注,新闻报道的关注度明显提高,而且通过自己的报道框架,塑造出"海防"重于"塞防"的社会舆论氛围。而随着两派人物"人设"的逐渐丰富,相关报道呈现出"小说化"的倾向。

当李鸿章为首的淮系和左宗棠为首的楚系争论之时,《申报》屡屡发文不仅支持"海防",还恭维李鸿章:"盖自伯相与同朝诸公同心协力,削平发捻,肃清关内,厥功伟矣。后又晋秩阁臣,出督畿辅,且兼摄北洋通商大臣印务。凡有益于国事者知无不奏,奏则必行。上既得君,下又得民,一时声称赫然,所以人皆称其为救时宰相也。"①

总体来看,《申报》塑造出来的李鸿章是"深明制治之道,周知通变之宜"②的人。可以说,《申报》的新闻评论对李鸿章加强"海防"的主张起到了推波助澜的作用,同时极力塑造李鸿章周知变通的"国家柱石之臣"的形象。

而对左宗棠,即使在清廷已经支持左宗棠西征的情况下,《申报》对于西征大军的统帅左宗棠仍然颇多责难。《申报》不仅在大战前多次刊发言论反对收复新疆,左宗棠出征以后,《申报》则多次刊发谣言,如刊文

---

① 《论世务》,同治十三年十一月四日《申报》。
② (清)王韬著,汪北平、刘林整理:《弢园文录外编》,中华书局 1959 年 10 月第 1 版,第 41 页。

称"西征军并未直接捣毁叛军巢穴,并存在恶意焚毁城池的行为"①,在《论征新疆》一文中认为西征军队器械落后,士气不佳,在不具备条件的情况下,不如放弃西征。

此后还在头版的位置发假消息《西陲噩耗》称"传左爵相统领大军西征回部,近已败退,爵相亦阵亡"②。这些评论和报道不仅对左宗棠的西征极力阻挠,而且还塑造了左宗棠治下的西征军战绩不佳、焚毁城池甚至阵亡的失败者的形象。《申报》的报道气得左宗棠闻之大怒,"英人特欲开通西路,广销鸦片,掀波作浪,虚言恫吓,其技已穷,而顾不敢以正论出诸其口者,误于沪之《申报》耳,《申报》本江浙无赖士人所编,岛人资之以给中国,其中亦间以一二事迹堪以覆按者,然干涉时政……"③。这加剧了二者之间的冲突。

四、《申报》相关报道的亲英立场

《申报》作为一个自诩"客观中立""义利兼顾"的商业类报刊,为何在"海防"和"塞防"之争中有自己的政治倾向呢?

(一)大英帝国

《申报》虽以商业性报刊示人,但该报经营者英商美查兄弟与租界工部局官员、英国驻上海领事均有密切联系,或有机会受到英方官员的暗示与授意,至少有一点可以肯定的是,基于受众是华人的特殊性要求,该报在言论控制上,坚守一个底线,就是不伤害英国在华的根本利益④。大英帝国的利益也是这次《申报》支持"海防"反对"塞防"的最重要因素。

(二)江浙本土地域观

《申报》早期的 15 名主笔⑤绝大多数为江浙人士,其中 5 人为浙江人,8 人为江苏人,这 15 人中 1 人为举人,8 人为秀才,1 人为贡生。从地

---

① 项杨春:《对清末"海防"和"塞防"议题的建构》,《申报》2017 年 10 月,第 53—57 页。

② 《西陲噩耗》,《申报》1876 年 6 月。

③ (清)左宗棠撰,刘泱泱等校点:《左宗棠全集·书信二》,岳麓书社 2014 年 8 月,第 517 页。

④ 马光仁:《上海新闻史(1830—1949)》,复旦大学出版社 1996 年,第 60—61 页。

⑤ 刘增合:《与同光之际的西征新疆举债·舆论干政》,《新闻与传播研究》2015 年 7 月。

域来看,他们大多为江浙人;从出身来看,他们大多为读书人。然而,他们虽为读书人,但都是清朝科举功名的中下层人士,其观念和认知都具有地域性,在当时的交通条件下,就东南沿海和西北边陲二者的重要程度而言,毫无疑问东南沿海与这些报人在地域上和心理上更有接近性,其新闻报道自然对东南沿海的关注度更高。

五、《申报》相关新闻报道的小说史意义

(一)新增了"新闻小说"门类。

小说史上,最具时事色彩的无过于明末时事小说,如《梼杌闲评》等。但后者出版于魏忠贤事败后,并非事件发生过程中。《申报》富有小说色彩的新闻报道模糊了新闻与小说的边界,新开辟了"新闻小说"门类。在其影响下,清末民初报刊一直保持着追踪报道时事的传统,出现了众多新闻小说作家,其中就有民初著名女作家、批判袁世凯复辟的刘韵琴。同时,也间接开启了清末民初小说关怀时政的风尚,由此出现了"谴责小说""黑幕小说"的写作热潮。

(二)打破朝野之分,让中西、中日、西西、东西之争等国际关系议题成为社会公共领域的热点话题。从而有一定的启蒙和教育意义。

(三)以新闻叙事与合作人、同好相互呼应,提升了小说"群"或"怨"的艺术功能,有助于提高小说的社会地位。

(四)凸显了南北、城乡、海陆等二元之间的对立,强化了小说创作的地域色彩。开市井小说、乡土小说、海洋小说、边地小说先声。

(五)名为中立,实则以世俗功利为考量标准,颠覆了正统的忠奸善恶观念。其"抹黑"民族战争的做法有民族虚无主义与政治庸俗化之嫌。

(六)其文化立场的脱亚入欧倾向容易导入历史虚无主义的陷阱。

第四节 王韬"后聊斋"系列中的涉海小说①

在《聊斋志异》众多续书中,晚清思想家、文学家王韬所作《后聊斋》系列颇负盛名。《后聊斋》系列包含《遁窟谰言》《淞隐漫录》《淞滨琐话》三部王韬个人小说集,所收三百余篇小说中有三十余篇于行文中直接提及海洋,本文将这一部分作品称作"涉海小说"。涉海小说对于海洋的书写分作点缀性海洋元素与整体性海洋叙事两种形式,点缀性海洋元素指小说行文中涉及海洋的只言片语;整体性海洋叙事指作者将小说故事发生的背景设置于海洋之中,人物行为活动始终受到海洋制约的叙事方式。本文拟以王韬"后聊斋"系列所含涉海小说为研究对象,通过分析此类作品对中国古代海洋小说的新变与传承,以期窥探晚清海洋小说的发展困局及其成因。

一、点缀性海洋元素

点缀性海洋元素因庞大的数量成为王韬"后聊斋"系列描绘海洋的重要表现形式,虽未构成叙事主体,却如珍珠一般镶嵌在整体故事框架之中。海上遇险是王韬笔下最为常见的点缀性海洋元素,如"姨之夫在神户经商,以乘小艇诣海舶,忽值飓风,没于风涛中。(《淞隐漫录·玉箫再世》)"②"以父渡海溺水死,流落湖湘,遂堕风尘耳。(《淞隐漫录·白秋英》)"③"两女约共至普陀酬愿,半途忽遭飓风,舟覆,两女尽溺死。(《淞隐漫录·蓟素秋》)"④。此类点缀性海洋元素大多作为某一事件的"引子"出现,其叙事功能大于本身的象征意蕴,如《玉箫再世》便以吴玉箫姨夫因海难身死的情节作为吴玉箫流落风尘的前因。海上路途是另一类较为常见的点缀性海洋元素,如"生以避乱,浮海至粤,闻珠江名胜,即往访

---

① 本节作者为山东大学 2016 级博士生王双腾。本节主要内容发表于《蒲松龄学刊》2019年第 1 期。

② (清)王韬:《淞隐漫录》,人民文学出版社 1983 年,第 31 页。
③ 同上,第 54 页。
④ 同上,第 147 页。

之。(《淞隐漫录・蓟素秋》)"①"第耻在乡里作此生活,乃航海至沪。
(《淞隐漫录・东瀛才女》)"②"天南遁叟航海东渡,小住神户……(《淞隐
漫录・阿怜阿爱》)"③"鼓轮出海,两日抵芝罘。(《淞滨琐话・朱素
芳》)"④同中国古代小说中的类似海洋书写相比,王韬笔下的航海目的地
不再是虚无缥缈的海上仙山,而是"粤""沪""神户""芝罘"等真实存在
的客观现实世界,这一转变既是王韬"后聊斋"系列内容上"狐鬼渐稀"⑤
的具体反映,同时也呈现出随着晚清时期航海实践的增多,涉海小说书写
海洋时的客观现实化趋势。与海上遇险、海上路途相比,海上兵事同为点
缀性海洋元素,但象征意蕴更为浓厚。1884 年 8 月 23 日爆发的中法马江
海战中,福建船政水师开战不到一小时便全军覆没,创作于同年的《淞隐
漫录》多次提到"适海疆有兵事起(《朱仙》)"⑥"当海疆告警,边境骚然
(《媚黎小传》)"⑦"会海疆事起(《乐仲瞻》)"⑧,这些笔墨无疑是王韬对
于马江海战乃至整个晚清时期中国海上忧患的痛苦记忆。除此之外,当
海上发生敌情之时,"当轴者多以议款之说进(《淞隐漫录・朱仙》)"⑨,
"及敌以诡计燔我师船,生请尽驱其人于境外,以断接济,更献奇策,牵制
其师。当道者以和局将成,婉辞之(《淞隐漫录・乐仲瞻》)"⑩。两处描
写均直指清廷上下面对外敌入侵的腐败无能、畏敌乞降。同样面对海上
忧患,《媚黎小传》中身为女子的媚黎则意气慷慨:"大丈夫立功徼外,正
在斯时。余也不才,窃愿从君一往。苟不能立靖海氛,甘膺巨罚"⑪,无奈
"卒不能见用于时,落寞而归"。⑫ 这一情节既是对晚清志士救亡图存的

①　(清)王韬:《淞隐漫录》,人民文学出版社 1983 年,第 144 页。
②　同上,第 504 页。
③　同上,第 213 页。
④　(清)王韬:《淞滨琐话》,齐鲁书社 2004 年,第 217 页。
⑤　鲁迅:《中国小说史略》,上海古籍出版社 1998 年,第 154 页。
⑥　(清)王韬:《淞隐漫录》,第 38 页。
⑦　同上,第 308 页。
⑧　同上,第 365 页。
⑨　同上,第 38 页。
⑩　同上,第 365 页。
⑪　同上,第 308 页。
⑫　同上。

热情赞扬,又是作者本人报国无门的痛苦哀叹。

《淞隐漫录》中《海外壮游》一篇所写点缀性海洋元素较为特殊,该篇讲述钱思衍偶遇峨眉道士,有幸乘坐拂尘所化飞龙游历欧洲:"正当俯觑下方。忽闻炮声大震,遽尔坠地……始知地名伊梨,属于英国,乃苏格兰濒海境也。是日阅兵,先以废舶立帜海中,然后发炮击之,命中及远,不爽累黍。此演水师也。"①王韬游历海外多年,目睹西方世界先进的军事力量与工业科技,但其所作"后聊斋"系列"笔致又纯为《聊斋》者流"②,因而其中多次出现"车径由海中行,水分两旁若壁立"③等神仙法术式的涉海书写。《海外壮游》所写西方海军演练不过寥寥数语,并且填充于仙人指路的叙事框架之中,但"先以废舶立帜海中,然后发炮击之,命中及远,不爽累黍"④的客观描摹,却预示着晚清涉海小说对于海洋的书写开始由杂糅于神魔、佛道的混沌状态转向客观真实的海洋,凭借以西洋世界为代表的海洋元素,中国涉海小说的叙事空间与艺术视野得以空前开拓。

二、"误入异域"式整体性海洋叙事

依照所叙故事结构,整体性海洋叙事分作"误入异域"与"航海远行"两个类别。"误入异域"式整体性海洋叙事可以追溯至张华《博物志》所写"乘槎泛海"的故事:"人有奇志,立飞阁于槎上,多赍粮,乘槎而去。十余日犹观星月日辰,自后茫茫忽忽亦不觉昼夜。去十余日,奄至一处……"⑤这一叙事模式以主人公乘船入海开篇,依据进入的异域环境细分为"误入海岛"与"误入海底"两个小类。王韬"后聊斋"系列采用"误入海岛"式整体性海洋叙事的涉海小说共计 10 篇,《遁窟谰言》收录《翠驼岛》《海岛》《岛俗》3 篇,《淞隐漫录》收录《仙人岛》《闵玉叔》《葛天民》《消夏湾》4 篇,《淞滨琐话》收录《乐国纪游》《粉城公主》《因循岛》3 篇。以《仙人岛》为例,作品开篇叙写崔孟涂"甫出大洋,即遭飓风……舟经簸

①　(清)王韬:《淞隐漫录》,第 357 页。
②　鲁迅:《中国小说史略》,第 154 页。
③　(清)王韬:《淞隐漫录》,第 46 页。
④　同上,第 357 页。
⑤　(晋)张华:《博物志》,上海古籍出版社 2012 年,第 40 页。

荡,帆樯悉摧……越数日,漂至一岛"①,登岛之后,崔孟涂偶遇"翁媪",遂"下榻翁斋"②,并结识翁媪之女,"(翁媪)遂择吉日,以女嫁崔"③同样收录于《淞隐漫录》的《葛天民》《闵玉叔》,以及《淞滨琐话》中的《粉城公主》《乐国纪游》所叙故事与《仙人岛》类似,均为主人公遭遇海难,登陆海岛后邂逅佳人,此后或接受馈赠,或两情相悦。五篇作品内容上的雷同缘于王韬的写作手法,《淞隐漫录》《淞滨琐话》为应《申报》之邀而作,"为了适应边写边刊的报载方式,他有时也不得不运用模式化的叙事策略来进行快速创作。在各种题材类型的小说中,最具模式化特征的当属才子佳人小说"④。才子佳人小说"多是叙述才子佳人才色相慕,中经波折,终成连理"⑤的故事,可以实为"一种类型化的小说"⑥。《仙人岛》等作品就内容而言均不出才子佳人小说的范围,但与一般才子佳人小说相比所不同的是,其叙事过程中以才子乘船入海为切入点,将才子佳人的邂逅地点由后花园转移至海岛,故事框架实质上由"误入海岛"与"才子佳人"两种叙事模式杂糅而成,从而使"才子佳人"故事借助海洋突破"后花园"的狭小空间进入更为广阔的天地。收录于《淞隐漫录》的《消夏湾》在内容上与《仙人岛》等略有不同,小说同样采用"(稽仲仙)即携行李登舟……大风骤起,卷入海中……半夜,飘至一滩,生始醒"⑦的"海难"式开篇,主人公登岛之后则并未与佳人邂逅,而是随一"老者"游览"消夏湾""竹院荷亭"两处仙境,最终"不愿再履人间,遂逍遥于海外以终老"⑧。小说后半段虽未陷入"才子佳人"的套路,但故事框架却仍属于"遭遇海难—海岛奇遇"的"误入海岛"式整体性海洋叙事。

《淞滨琐话》中的《因循岛》讲述项某"归乘海舶"时遭遇海难,随波漂流至因循岛,登岛后历尽奇遇,终得返乡的故事。与"误入海岛"式整体

---

① （清）王韬:《淞隐漫录》,第 13 页。
② 同上,第 14 页。
③ 同上,第 15 页。
④ 张袁月:《从报刊媒体影响看王韬的小说》,《明清小说研究》2010 年第 4 期。
⑤ 袁世硕:《中国文学史》,高等教育出版社 2016 年,第 238 页。
⑥ 同上。
⑦ （清）王韬:《淞隐漫录》,第 566 页。
⑧ 同上,第 568 页。

性叙事的其他篇目相比,其独特之处在于作者将因循岛描绘为一个狼的世界。这些狼"衣冠颇整"①,不仅占据岛上各个衙门,并且"专爱食人脂膏"②,"本处(因循岛)数十乡,每日输三十人入署,以利锥刺足,供其呼吸。膏尽释回,虽不尽至于死,然因是病瘵可怜,更有轻填沟壑者"③。朝中大臣大肆收受狼的贿赂后,遂于朝堂之上隐瞒因循岛中的种种乱象。王韬借助狼对岛中居民的残酷压榨隐喻西方列强对晚清中国的劫掠与入侵,"立朝者"与狼的"声气相通"④则直指清政府官吏的昏聩腐败、卖国求荣,《因循岛》采用的"误入海岛"式整体性海洋叙事由此凭借对于海岛的意象化处理,在跳出单纯的叙事层面的同时,赋予作品更为深刻的精神内涵。王韬"后聊斋"系列成书之前,清嘉道年间李汝珍创作的《镜花缘》曾大量出现意象化海岛,但由于在李汝珍生活的时代,中国尚未与西方列强形成正面冲突,因而《镜花缘》所写"女儿国""君子国""两面国"等海外孤岛大多隐喻中国社会的自身矛盾而较少与西方世界形成关联。《淞隐漫录》《淞滨琐话》成书于清光绪年间,此时西方列强的入侵已彻底打破维系千年的"以中国为中心国家、以中国文化为核心文化的东亚和平式海洋文化形态"⑤,中国近代海洋环境的急剧变化使《因循岛》中"意象化"的海外孤岛不再单纯隐喻中国社会内部矛盾,而是将晚清国人对于外来侵略的失落与愤懑隐喻其中,"误入海岛"式整体性海洋叙事由此在突破单纯志怪笔法的同时,具备了强烈的时代色彩。

《遁窟谰言》共有三篇小说采用"误入海岛"式整体性海洋叙事。《翠驼岛》记述钟生乘船出海,"飓风大作,阅数昼夜,飘至一山"⑥,岛上居民自称"汉刘裔胄,先世逢新莽之乱挈众入海"⑦,钟生与翠驼岛之王谈古论

---

① (清)王韬:《淞滨琐话》,第240页。
② 同上。
③ 同上。
④ 同上。
⑤ 曲金良:《中国海洋文化基础理论研究》,海洋出版社2014年,第48页。
⑥ (清)荆园居士、王韬、戴莲芬:《续聊斋三种:挑灯新录、遁窟谰言、鹂砭轩质言》,南海出版社1990年,第216页。
⑦ 同上。

今,留岛读书三年后"值春时西风大作,遂得东归"①。《海岛》讲述徐氏子在航行途中因登岛寻水而迷路,后在一只大猿引路下得以返回船队。《岛俗》叙写张氏出海时因飓风而误入海岛,此岛"并无所属,而最近于日本,故言语文字,风俗衣冠,皆同于日本"②,张氏等人在岛上进行补给后乘船返回中土。三者相比,《海岛》《岛俗》故事情节简略,行文粗陈梗概,创作手法显示出极大的随意性,《翠驼岛》有意虚构情节,并从中加以寄托,如翠驼岛之王听闻钟生"自三代以来,靡书不览"③后,遂引其参观"牙签万轴"④的岛中藏书,又言道:"囊日本朝鲜二国,曾重印文献典籍,谓得自上邦。乃以弊国定本校勘,脱误颇多,因中土流传,承讹袭谬,殆非一日。"⑤作者遂于在文末发出"礼求诸野,学在四夷"⑥的感慨,以此寄寓自身对于晚清时期华夏文明落后于世界的失落与无奈。不同于《淞隐漫录》《淞滨琐话》因报刊连载而进行的"流水线"生产,《遁窟谰言》所收小说多为王韬青年时期的自由创作,其中的"误入海岛"式整体性海洋叙事更多地模拟借鉴于《聊斋志异》等前代作品,并未出现《淞隐漫录》《淞滨琐话》相关作品故事内容上因套用模板而导致的"才子佳人"式雷同。

　　王韬"后聊斋"系列采用"误入海底"式整体性海洋叙事的小说有收录于《淞隐漫录》的《徐麟士》与《海底奇境》两篇。《徐麟士》讲述徐麟士凭借仙人所赠宝剑斩杀巨鼋,又受瀚海龙王之请击败雌鼋、鼍龙之事。《海底奇境》以聂瑞图游历"欧洲十数国"⑦开篇,写其"拟乘巨舶从伦敦至纽约"⑧,横渡太平洋时"忽尔风浪陡作……遽卷生入海中"⑨,坠海后于海底邂逅游历欧洲时结识的"瑞国女子"⑩兰娜,并借助兰娜所赠"兜率

----

① （清）荆园居士、王韬、戴莲芬:《续聊斋三种:挑灯新录、遁窟谰言、鹂砭轩质言》,南海出版社 1990 年,第 217 页。
② 同上,第 400 页。
③ 同上,第 217 页。
④ 同上,第 217 页。
⑤ 同上,第 217 页。
⑥ 同上,第 217 页。
⑦ 同上,第 351 页。
⑧ 同上,第 351 页。
⑨ 同上,第 351 页。
⑩ （清）王韬:《淞滨琐话》,第 352 页。

宫定风珠"①返回人间。与《仙人岛》等才子佳人故事相比,《徐麟士》与《海底奇境》的思想意蕴更为复杂。王韬少怀济世之志,无奈屡次上书均遭冷遇,又因联络太平军遭受通缉,被迫流亡海外。在小说中,徐麟士听闻瀚海龙王受到雌鼋、鼍龙的霸凌后,"意气慷慨,曰:'敢不擐甲执兵,为诸军士先,以驱除此妖魅,奠王国家。当使彼远祖永作波臣,庶几无忝王命'"②。豪气干云间寄托着王韬本人"何人幕府能筹笔"③的无限感慨。晚清中国备受列强欺凌,无数珍宝被掠至海外,《海底奇境》中兰娜赠予聂瑞图"惟法国方有之"的珍宝遭到"碧眼贾胡"的质疑,聂瑞图针锋相对:"中华宝物流入外洋,岂法王内廷之珍不能入吾手哉?"④言语交锋间蕴含的是王韬面对"文明被掠夺之痛"的宣泄与无奈。回顾中国古代小说史,徐麟士入海帮助水族的情节在《白幽求》《柳毅传》等唐传奇中已见端倪,聂瑞图与兰娜的相互倾慕更是落入了才子佳人的俗套,王韬则凭借这一极为老套的故事架构实现了政治寄寓与海洋书写的有机融合,徐麟士"擐甲执兵"的意气慷慨使本为神仙居所的海底龙宫化作晚清志士投笔报国的战场,聂瑞图游历"欧洲十数国"的海外经历使其有底气发出"岂法王内廷之珍不能入吾手哉"⑤的诘问。在"误入海底"式海洋叙事中,海洋书写融入政治寄寓后平添一丝深沉,政治寄寓则因海洋书写的衬托而更为恢宏。同"误入海岛"中楔子式的海洋书写相比,海洋在"误入海底"式整体性海洋叙事中不再只是可有可无的点缀,而是真正融入于作品的整体叙事之中。

三、"航海远行"式整体性海洋叙事

　　"航海远行"式整体性海洋叙事源于中华先民的海上航行活动,与"误入异域"模式进行对比,二者的共同点在于主人公均通过某种途径进入海洋,不同之处则在于"误入异域"模式以海难等突发事件作为转折

---

① （清）王韬:《淞隐漫录》,第353页。
② 同上,第46页。
③ （清）王韬:《王韬诗集》,第97页。
④ （清）王韬:《淞隐漫录》,第353—354页。
⑤ 同上,第354页。

点,将叙事空间由海洋转移至海岛或海底等"海中陆地",并且主人公"登陆"后的活动与海洋大多无关,海洋的叙事作用仅仅表现为限制主人公的活动空间;"航海远行"模式的主人公或登陆,或停留于船,但一个个事件均被海上航行这一主线串联在一起,海洋成为统摄全篇的叙事空间。《三宝太监西洋记通俗演义》与《镜花缘》为中国古代小说中采用此类海洋叙事模式的代表之作。《三宝太监西洋记通俗演义》出于明人罗懋登之手,以郑和下西洋为原型,将郑和二十八年间七下西洋的历史壮举浓缩于一次航行之中,并以此为主线串联起郑和船队在锡兰国、旧港国、苏门答腊国等地的数次海外历险。清人李汝珍所作《镜花缘》分为上下两部分,上半部分讲述唐敖随林之祥、多九公出海经商,游历君子国、女儿国、两面国等海外方国的故事。《三宝太监西洋记通俗演义》以及《镜花缘》上半部分虽以"航海远行"作为主线串联一系列事件,但透过叙事框架,《三宝太监西洋记通俗演义》中"禅师金碧峰才是小说刻意塑造的第一主角,是正义、智慧、善的代表,是能够呼风唤雨、翻江倒海的英雄"[1],舰队主帅郑和的塑造则极为模糊,中国历史上最为辉煌的航海远行由此变作佛、道两家的祭宝斗法、各显神通。《镜花缘》中,唐敖所历海外三十余国,或如无肠国、长臂国等出自《山海经》《淮南子》等志怪典籍,或如女儿国、君子国等"揶揄现实社会的某种不良习性"[2],海洋仅仅作为这些海外方国免受现实世界侵扰的屏障。无论是罗懋登将历史上真实存在的航海活动神魔化,还是李汝珍依据现实生活与志怪典籍主观臆造航海远行,皆因作者本人缺乏对于海洋的亲身体验,使得小说中的海洋叙事只能囿于叙事结构表面,而无法在思想精神层面实现对于海洋真正的现实关照与情感融入。

王韬"后聊斋"系列采用"航海远行"式整体性海洋叙事的涉海小说《海外美人》一篇。小说收录于《淞隐漫录》之中,以陆梅舫与妻子林氏等造船出海开篇,叙写一行人在"日本外岛""马达屿""墨面拿"三处海岛的奇遇,这一叙事结构同《三宝太监西洋记通俗演义》以及《镜花缘》上半部分极为类似,但生活在晚清的王韬对于海洋的书写与理解,则与罗懋登、

---

① 刘红林:《〈三宝太监西洋记通俗演义〉神魔化浅谈》,《明清小说研究》2005 年第 3 期。
② 袁行霈:《中国文学史》,高等教育出版社 2014 年,第 338 页。

李汝珍有了本质上的不同。《三宝太监西洋记通俗演义》虽然对于郑和船队以及海外方国有着极为细致的刻画,但罗懋登所写大多引自费信《星槎胜览》与马欢《瀛涯胜览》,机械地照搬照抄不仅文字索然无味,并且在小说的整体叙事中极为突兀。1879 年,王韬曾应邀东渡日本百余日,以此为基础,《海外美人》在陆梅舫等人抵达"日本外岛"时写道:"岛中人皆倭国衣冠,椎髻阔袖,矫捷善走。男女皆曳金齿屐;女子肌肤白皙,眉目姣好,惟画眉染齿,风韵稍减。"[①]寥寥数语间既有对日本人衣冠神态的客观描摹,又有对日本女子"画眉染齿"后"风韵稍减"的主观点评。如果说罗懋登通过转述《星槎胜览》等航海典籍使小说家对于海洋的描摹由方士的主观臆想转向文人的客观记录,那么王韬则以本人对于海外世界的亲身体验与细致观察,为这些冰冷的记述注入炙热的情感,从而使中国古代小说对于海洋的书写成为真正意义上的文学创作。此外,小说开篇叙写陆梅舫并未采纳众舵工"与乘华船,不如用西舶;与用夹板,不如购轮船"的建议,而是"出己意创造一舟:船身长二十八丈,按二十八宿之方位;船底亦用轮轴,依二十四气而运行;船之首尾设有日月五星二气筒,上下皆用空气阻力,而无籍煤火。驾舟者悉穿八卦道衣。船中俱燃电灯,照耀逾于白昼"[②]。王韬深知中西科技的悬殊差异:"西人穷其技巧,造器致用,测天之高,度地之远,辨山岗,区水土,舟车之行,蹑电追风,水火之力,缒幽凿险,信音之速,瞬息千里,化学之精,顷刻万变,几于神工鬼斧,不可思议。"[③]陆梅舫所造奇幻之船,荒诞不经的神仙法术背后隐喻着晚清国人面对西方科技的本能拒斥,以及对于中华文明曾经辉煌岁月的追忆与感慨。小说最后,陆梅舫娶"海外美人"为妻,这种异域女子主动投怀送抱的情节在王韬"后聊斋"系列中多次出现,"象征了中华男性融入异域空间并凌驾于异域文化之上,借助想象抹除晚清弱国子民身份的焦虑与尴尬",进而"达成宣泄与补偿中国在世界格局版图中失语地位的不平衡心

---

①　(清)王韬:《淞隐漫录》,人民文学出版社 1983 年,第 194 页。
②　同上,第 193 页。
③　同上,第 1—2 页。

理"①。在融入晚清士人独有的情感体验后,《海外美人》的海洋叙事便不再只是文人墨客的吟风弄月、寻章摘句,而是真正成为一个民族、一个国家的时代记忆。最后需要注意的是陆梅舫这一形象的海洋性格,中国古代海洋小说中的主人公大多因遭遇海难或受神仙之请而"被动"进入海洋,与此相比,陆梅舫性格中有着对于海洋发自内心的亲密感:"(陆梅舫)家拥巨资,有海舶十余艘,岁往来东南洋,获利无算。生平好作汗漫游,思一探海外之奇。"②王韬"后聊斋"系列中并不缺少陆梅舫这样具有海洋性格的人物,如《海底奇境》中聂瑞图的"胸襟旷远,时思作汗漫游",但这些人物大多出自"误入异域"式涉海叙事,进入异域后便割裂了与海洋的联系,其海洋性格因此仅仅作为一个"引子"嫁接于整体叙事之中。《海外美人》采用"航海远行"式海洋叙事,航海远行虽是故事主线,但内在驱动力则是陆梅舫对于海洋"西穷欧土兮,东极扶桑"③的好奇与亲密。通过叙写具有海洋性格的人物在海洋环境中的一系列活动,表现作者对于海洋的理解与体验,《海外美人》在形式与思想两个层面最终实现了小说与海洋的真正融合。

四、晚清涉海小说的发展困局

在王韬"后聊斋"系列所含涉海小说中,《遁窟谰言》成书最早,此时的王韬缺乏对于海洋的直接体验,因而《遁窟谰言》对于海洋的书写依然停留于对《聊斋志异》等前代作品的承袭与模拟。创作于王韬海外归国之后的《淞隐漫录》不仅涉海小说的篇目大为增多,并且小说与海洋的关联程度更为紧密,《海外美人》采用的"航海远行"式涉海叙事,在融入作者对于中国近代海洋环境的认知后,更是在思想精神层面完成了对于前代涉海小说的突破。但令人遗憾的是,《海外美人》在《淞隐漫录》中仅为孤例,并且各涉海篇目的排列极为杂乱,篇与篇之间未能呈现出历时性的

① 曾丽容:《晚清海外体验与文化想象——王韬〈淞隐漫录〉中的西方形象》,《文艺评论》2015 年第 5 期。
② (清)王韬:《淞隐漫录》,第 193 页。
③ 同上。

深化与演进。作为《淞隐漫录》续集的《淞滨琐话》,其对于海洋的书写不仅未能延续前者的诸多新变,所含涉海篇目的数量更是急剧减少。

从《山海经》开始,中国古代涉海小说虽有现实基础,创作中更多借助的则是浪漫想象,有限的海洋体验始终杂糅于无限的佛道臆想之中。随着晚清中国国门洞开,王韬等先进中国人开始走向海外,《淞隐漫录》等以海外体验为基础的涉海小说蔚然成风,并且部分篇章的形式与内容均已具备现代海洋小说的诸多特质。然而王韬的海外经历仅仅是个人行为,《淞隐漫录》等以此为基础进行的涉海创作无法具备长期的持续性,随着王韬回国后将有限的海洋记忆加工演义为涉海小说,《淞滨琐话》等后续进行的创作在描写海洋时便再度陷入因缺乏现实材料而无奈求助神魔佛道的窘境。可见,以王韬"后聊斋"系列为代表的涉海创作虽然在作品题材等领域完成局部新变,却始终囿于叙事表面而无法从思想精神层面完成对于海洋真正的体悟与感知,在晚清社会尚未形成全民性现代海洋意识的背景下,王韬仍旧需借助神魔法术等主观臆想填充其极度匮乏的海洋体验,这种创作方式与中国古代小说中的同类创作相比并无本质区别。

第五节　林译《鲁滨孙漂流记》的儒学内涵[①]

1719 年,英国丹尼尔·笛福所作 Robinson Crusoe 出版,小说塑造出鲁滨孙·克罗索这一西方中产阶级殖民者形象,并通过鲁滨孙的五次远洋航海,以及第四次航海中遭遇海难、独居荒岛 27 年的传奇经历,集中体现了"大航海时代"西方世界以海外殖民扩张为中心的海洋思想,被奉为"现代海洋小说之先声"[②]。Robinson Crusoe 现存最早中文译本为 1902 年沈祖芬所译《绝岛漂流记》,翻译过程中,沈祖芬以主题先行的模式对原有故事进行改编,"所强调的教育功能在勇敢开拓的精神层面,而不是

---

① 本节作者为山东大学 2016 级博士生王双腾。本节部分内容发表于《江苏海洋大学学报》2020 年第 3 期。
② 吴锡民:《鲁滨孙漂流记》开创现代海洋小说先河论,《甘肃高师学报》2013 年第 6 期。

微观的自然地理知识或野外求生的生活技能"①,因此将作为小说主体部分的荒岛求生省略,而着重讲述鲁滨孙在冒险天性驱使下进行的前三次航海。节译后的《绝岛漂流记》虽然突出强化了原作中的漂流冒险主题,使"少年人看了更足激发冒险不屈的精神"②,但沈祖芬将鲁滨孙的航海经历单纯解读为其个人的冒险行为,无疑扭曲了笛福"为帝国殖民提供摹本"③的写作动机。1905年,《绝岛漂流记》问世三年后,林纾与曾宗巩合作对 Robinson Crusoe 再次进行翻译,取名《鲁滨孙漂流记》。相比于《绝岛漂流记》的节译,林纾遵循"若译书则述其已成之事迹,焉能参以己见"④的翻译思想,对原作故事情节全部予以保留,《鲁滨孙漂流记》由此成为 Robinson Crusoe 的首个中文全译本。成书之后,林纾亲自作序,采用道德化的阐释思路对 Robinson Crusoe 的故事情节、思想主旨等方面进行详细解读,这篇近一千字的序言同时也折射出晚清时期的中国民众对于海洋的一些普遍性认知。

一、"中人之中,庸人之庸":鲁滨孙形象的反向解读

　　林纾在《鲁滨孙漂流记·序言》中开篇写道:"吾国圣人,以中庸立人之极。于是训者,以中为不偏,以庸为不易。"⑤此语源出二程:"不偏之谓中,不易之谓庸。中者,天下之正道;庸者,天下之定理"⑥,意指"道"始终处于"中"的状态,不偏向任何一方,并且恒久不变。在开篇引出"中庸",并将 Robinson Crusoe 放置于"中庸"的评价体系之后,林纾接着将"中庸"具体至"中人之中,庸人之庸":"据易而争,当易而发,抱义而死,中也。若夫洞洞属属,自恤其命,无所可否,日对妻子娱乐,处人未尝有过,是云

---

① 曹立勤:《沈祖芬翻译的阐释学研究——以〈绝岛漂流记〉为例》,《科教文汇》2015年第5期。

② 新闻话:《绝岛漂流记的作者》,《少年杂志》1913年第3期,第24—25页。

③ 汪汉利、王建娟:《外国海洋文学十六讲》,海洋出版社2016年,第132页。

④ 〔英〕笛福著,(清)林纾译:《鲁滨孙漂流记》,商务印书馆1933年,第2页。

⑤ 同上,第1页。

⑥ (宋)程颢、程颐:《河南程氏遗书》第七卷《二程集》第1册,中华书局1981年,第100页。

中庸,特中人之中,庸人之庸耳。"①所谓"中人之中,庸人之庸"溯源可至朱熹:"中者,不偏不倚、无过不及之名。庸,平常也。"②朱熹从个人性情的角度深化二程的观点,将"中"由单纯的"不偏"阐发为"于未发之大本,则取不偏不倚之名;于已发而时中,则取无过不及之义"③。同时将"庸"由"不易"的"恒常"解释为"平常",即"惟其平常,故不可易;若非常,则不得久矣"④。"中人之中,庸人之庸"实际指普通人的日常生活。林纾不厌其烦地对"中庸"进行解释,其用意在于以此诠释鲁滨孙这一人物形象。笛福笔下的鲁滨孙出生于英国一个生活安逸富足的中产阶级家庭,但"惟诸所业,无一足适我(鲁滨孙)意,意惟浮海。"⑤父亲苦口婆心的规劝"亦咸不能中止余之行踪,一若赋性于天,非乘风破浪不为功,且抗志于艰险之途以为磨砺。"⑥即使第一次出海便遇到风暴九死一生,鲁滨孙对于航海的热情依然有增无减,并且自信地宣称:"吾虽少年,然至有胸襟,欲纵览世界。"⑦在接下来的第二次航海中,"(船主)授余以术,及行舟之要诀,并行舟之日记,与风力所向,并仰察乾象,为时无几,凡航海所应需之技,余咸得之,以船主详绍不遗余力,余亦悉心研究。余私幸此行既成舵工"⑧。凭借着对于海洋的无限热情以及日趋娴熟的航海技艺,鲁滨孙赴非洲经商,不仅获得了可观的经济利益并且大大开拓了自己的视野,于是便有了之后的第三次、第四次,乃至第五次航海。依据程朱理学对于"中庸"的阐释,"庸是依本分,不为怪异之事"⑨。衣食不愁的鲁滨孙置家业于不顾而痴迷于航海,显然不是"依本分"的行为。

与鲁滨孙相对,其父亲在作品中代表了另一种处事之道,笛福在开篇部分以近乎一节的篇幅大段叙写鲁滨孙父亲苦口婆心的规劝:"设汝果好

① ［英］笛福著,(清)林纾译:《鲁滨孙漂流记》,商务印书馆 1933 年,第 1 页。
② (宋)朱熹:《四书章句集注》,中华书局 1983 年,第 17 页。
③ (宋)朱熹:《四书或问》,上海古籍出版社 2002 年,第 548 页。
④ (宋)黎靖德:《朱子语类》,中华书局 1986 年,第 1482 页。
⑤ ［英］笛福著,(清)林纾译:《鲁滨孙漂流记》,第 1 页。
⑥ 同上,第 2 页。
⑦ 同上,第 13 页。
⑧ 同上,第 14 页。
⑨ (宋)黎靖德:《朱子语类》,第 814 页。

游,则必远离尔父及尔吊游之地,不知此地固偏,然汝若弗行,则亦足使汝增长学问,更助汝以先畴所积,则汝之功用亦将无穷,幸能听我者,汝一生衣食不愁缺矣。"①同鲁滨孙的"意惟浮海"形成鲜明对比,鲁滨孙父亲这种以"一生衣食不愁缺"为追求的人生态度,无疑是"日对妻子娱乐,处人未尝有过"的"中人之中,庸人之庸"的典范与样本。面对作品中近乎对立的两种人生选择,林纾评道:"然其父之诏之也,则固愿其为中人之中,庸人之庸,而鲁滨孙顾乃大悖其旨,而成此奇诡之事业。""英国鲁滨孙者,惟不为中人之中,庸人之庸,故单舸猝出,侮狎风涛,濒绝地而处,独行独坐,兼义轩巢燧诸氏之所为之,独居二十七年,始返其事,盖亘古所不经见者也。"②在这段评语中,林纾将鲁滨孙的痴迷航海与其父笃信的"中人之中,庸人之庸"相对立,称赞鲁滨孙的痴迷航海与荒岛求生为"亘古所不经见"的"奇诡之事业",从而认可了鲁滨孙不甘平庸的人生追求与生活方式。

Robinson Crusoe 被奉作"现代海洋小说之先声",极为重要的原因在于通过鲁滨孙这一人物形象凸显了"摆脱束缚,崇尚自由,敢于冒险,勇于追求,奋力开拓"③的海洋性格。林纾在鲁滨孙的传奇经历中意识到了鲁滨孙"意惟浮海"的冒险天性,并以中国传统文人的知识体系为基础,借助"庸,平常也"等"中庸"思想,最终从"中人之中,庸人之庸"的角度反方向完成了对于鲁滨孙"海洋性格"的阐释。

二、"制寂与御穷之道":荒岛求生的过度阐释

林纾评价 Robinson Crusoe 的故事情节与思想内涵:"然吾观鲁滨孙之宗旨,初亦无他,特好浪游,迨从死中得生,岛居萧瑟,与人镜隔,乃稍稍入宗教思想,忽大悟天意有属,因之历历作学人语。然鲁滨孙氏,初非有学,亦阅历所得,稍近于学者也。余读之,益悟制寂与御穷之道矣。"④所

---

① [英]笛福著,(清)林纾译:《鲁滨孙漂流记》,第 2 页。
② 同上,第 1 页。
③ 吴锡民:《鲁滨孙漂流记》开创现代海洋小说先河论,《甘肃高师学报》2013 年第 6 期。
④ [英]笛福著,(清)林纾译:《鲁滨孙漂流记》,第 1 页。

谓"制寂与御穷之道"源于朱熹等人的"心性论"思想,依据"心性论"的阐释,"心统性情,统犹兼也"①。"心"作为总体包含"性"与"情"。与此同时,"性是体,情是用,性情皆出于心,故心能统之"②。"心统性情"因而同样意指人的理智之心对于本性和情感的把握与控制,而"心"的修养程度则决定着这一管控最终能否实现。在序言中,林纾从"心性论"的角度对"制寂与御穷之道"进行极为详细的解释:"制寂以心,御穷以力,人初以身犯寂,必焦蹙脑恐,凄然无所投附,非寂之能生此状也。后望无冀,前望无助,长日悸动,忠与死濒,若囚之初待决然者。顾死囚知决日之必至,则转坦易,而泽其容,正与无冀无助,内宁其心,安死而心转,得此须斯之宅,气机发充,故容泽耳。"③林纾将"心"与"力"作为"制寂御穷"的途径,并选择"寂"作为"内宁其心"的环境,同时又把死囚临刑前的坦然作为修心的最佳状态,其所悟"制寂与御穷之道"本质上即指人对于"心"的修炼与养成。

程朱理学将"修心"看作对"道"的追求,与此同时,"道者,日用事物当行之理,皆性之德而具于心"④,因而求道不在于向外,而在于向内用功,即通过修心而求道。修心的首要之处在于个人每时每刻对自身情感的管控,即"只是虚着此心,随动随静,无时无处不致其戒谨恐惧之力,则自然主宰分明,义理昭著矣"⑤。林纾将鲁滨孙二十七年的荒岛求生解读为其个人对于"心"的修炼与养成,纵观《鲁滨孙漂流记》的故事脉络,流落荒岛是全书的中心事件,以此为节点,整部小说可以分作登岛之前、初登荒岛、荒岛求生、脱离荒岛四部分,如果按照林纾的解读方式将鲁滨孙在不同时期呈现的不同心理状态进行串联,便折射出其个人所经历的"修心"之旅。

鲁滨孙流落荒岛前共进行了三次航海。第一次航海中,初入大海的

① （宋）黎靖德编:《朱子语类》,第 2513 页。
② 同上。
③ ［英］笛福著,（清）林纾译:《鲁滨孙漂流记》,第 1 页。
④ （宋）朱熹:《四书章句集注》,第 17 页。
⑤ （宋）朱熹:《答潘子善》,《晦庵先生朱文公文集》第六十卷,《四部丛刊初编》,第 10 页。

鲁滨孙面对风浪惊慌失措,"余不习海事,眩晕至不可状,肺叶大震,暴刻之间,步步恐死,深悔所行之状"①,此后船只沉没,鲁滨孙侥幸保住了性命。第二次航海中,鲁滨孙通过第一次航海的经验积累以及自身的刻苦学习,"此行既成舵工"②,随即赴非洲经商,"得五磅九两之金砂于基尼亚山下,归后授于伦敦,得资三百磅"③,收获了可观的经济利益。第三次航海中,鲁滨孙不幸被摩尔人俘获,但其不甘心沦为奴隶,帮主人看管小船时,"逃生之心忽尔贯脑而出,自计此舟虽小,号令属余,可以自由"④,此后在逃生途中用计甩掉看管他的摩尔人摩利,并收服摩尔人小孩沙利使之成为自己的奴隶。依照"心性论"的阐释思路,鲁滨孙的前三次航海隐喻了"心"在未知未觉时的状态,流落荒岛之前,鲁滨孙对于自己的情感始终毫无察觉,虽然三次航海使其生活阅历不断积累,但却始终未能意识到应当对自己的性情加以约束,因而一味地在"意惟浮海"的天性驱使下进行冒险。林纾将鲁滨孙的这段经历评价为"初亦无他,特好浪游"⑤,寥寥八言评语中,一个"浪"字恰如其分地概括了鲁滨孙前三次航海的心理状态。

鲁滨孙在第四次航海时不幸遭遇海难,继而独自流落荒岛。初登荒岛时,在九死一生的万幸与凄然一身的不幸之间,鲁滨孙陷入悲喜两重天的矛盾心境:"余此时已得地,临巉岩之上,踞草而坐,舍危险而自由,坐观海涛节泪自逝,无奈余矣。此时已能举目四瞭,扬手谢上帝,在百死中,竟能得生,非此数分之淹遇者,余亦断无生法,然仍不自信,如此类危,灵魂何由复返,能宅于是问,然则余身直拔自烟梦,又如待决之囚,昂继于首,伍伯伸指,将勒其继,赦害适到,因而得生,余思及此,遽尔狂笑,盖悲极而笑,为状无端也。"⑥为求生存,鲁滨孙独自一人艰难地荒岛求生,先是通过搁浅的大船获得了枪支、火药、稻种等基本生活工具,随后凭借自己的

①　［英］笛福著,(清)林纾译:《鲁滨孙漂流记》,第6页。
②　同上,第14页。
③　同上。
④　同上,第17页。
⑤　同上,第1页。
⑥　同上,第35—36页。

双手建造房屋,耕耘养殖,顽强地将荒岛拓垦为可堪生存的家园。在这一过程中,鲁滨孙开始慢慢接受自己的处境:"余心此时渐有趣味,入我境地之中矣,望海以呼救来船之意,至是亦熄,无复望救,但图后此生计。"①对于鲁滨孙由狂躁不安到坦然接受的心理变化,林纾评道:"鲁滨孙之困于死岸,初亦劳扰不可终日,既知助穷援绝,极其劳扰,亦无成功,乃其饮畏死之心,附丽于宗教,心既宅矣,遂大出其力,以自治其生,须知生人之心,有所寄则浸忘其忧。鲁滨孙日寓心于锹锄斧斤之间,夜复寓心于宗教,节节磨治,久且便贴。故发言多平,恕此讵有学问匡迪,使之平恕耶。"②朱熹曾对《中庸》"君子戒慎乎其所不睹,恐惧乎其所不闻"③一句进行注释:"所不闻,所不见,不是合眼掩耳,只是喜怒哀乐未发时。凡万事皆未萌芽,自家便先恁地戒慎恐惧,常要提起此心,常在这里,便是防于未然。"④独自流落荒岛使鲁滨孙喜、怒、哀、乐等个人情感瞬间爆发,"遽尔狂笑,盖悲极而笑,为状无端也"⑤。面对艰难的荒岛求生,鲁滨孙全身心投入其中,并开始通过记日记等方式管控自身的情感:"余自定宗旨,自慰自勉,而亦自勉,乃立日记式,分安危二门,留示后人……"⑥最终通过"寓心于锹锄斧斤之间"实现了自身情感由"劳扰不可终日"到"心既宅矣"的转变。如果将荒岛求生放置于《中庸》与"心性论"的价值体系,那么与世隔绝的荒岛便是"修心"的绝佳环境,匹马单枪的求生则是"修心"的理想路径,二十七年的荒岛经历由此成为鲁滨孙"修心"之旅的生活化反映。

小说结尾部分叙写鲁滨孙结束荒岛生活返回英国,收回自己在巴西的产业后再度成为富翁,凭借这些资产,鲁滨孙回报了曾经帮助过自己的老船长与老媪妇,并"收回二纵子,教之行商"⑦。林纾对此不吝赞美之辞:"迨二十七年后,鲁滨孙归英,散财发粟,周赡亲故,未尝靳惜,部署家

---

① 〔英〕笛福著,(清)林纾译:《鲁滨孙漂流记》,第50页。
② 同上,第2页。
③ (宋)朱熹:《四书章句集注》,第17页。
④ (宋)黎靖德编:《朱子语类》,第1499页。
⑤ 〔英〕笛福著,(清)林纾译:《鲁滨孙漂流记》,第35—36页。
⑥ 同上,第48页。
⑦ 同上,第214页。

政,动合天理。"①依据程朱理学的阐释,"天理"与"人欲"相对,"只是一人之心,合道理底是天理,徇情欲的是人欲。"②所谓"徇情欲"即指毫无节制地依据个人欲望行事。二十七年的荒岛生活磨砺了鲁滨孙的性情,重返英国的他不再像先前那样一味地按照个人意愿"意惟浮海",而是凭借自己的财产接济亲友,在社会的人际关系中实现自身的价值。返英八年后,鲁滨孙"见纵子得利如此之夥,复萌其壮游之念"③,于是开始第五次航海。航行途中,鲁滨孙专程探访了旧时居住的小岛,"余住岛中二十日,去后留物无数馈之,尤多予以军械药弹,及布匹之类,并留二工匠、一架屋、一冶冶也。"④谋划之稳妥、航程之周密,已丝毫不见早期航海时"单舸猝出,侮狎风涛"的鲁莽与躁动。《中庸》有言:"莫见乎隐,莫见乎微,故君子慎其独也"⑤,朱熹注释此句:"独者,人所不知而己所独知之地也。言幽暗之中,细微之事,迹虽未形而几则已动,人虽不知而己独知之,则是天下之事无有著见明显而过于此者。"⑥所谓"人所不知而己所独知之地",并不是日常生活中的独处,而是指"己所独知"的内心状态,这种心理之"独"既存在于个人独处之时,同样也存在于大庭广众之中。依照林纾的阐释思路,如果说荒岛求生的鲁滨孙通过"寓心于锹锄斧斤之间"而在海外荒岛的个人独处中实现了对"心"的修炼与养成,那么返英之后的"周赡亲故"及其第五次航海,则真正在社会的喧嚣中实现了对于自身情感的合理管控。从"特好浪游"到"称情而施",鲁滨孙以五次航海的阅历与积淀最终完成了自身的"修心"之旅。

三、"仁": 林纾的情感慰藉与文本误译

在 Robinson Crusoe 的翻译过程中,林纾为鲁滨孙这一人物形象注入了自身的理想追求与精神慰藉。鲁滨孙第三次航海时曾于命悬一线之际

---

① ［英］笛福著,(清）林纾译:《鲁滨孙漂流记》,第 2 页。
② （宋）黎靖德编:《朱子语类》,第 2015 页。
③ ［英］笛福著,(清）林纾译:《鲁滨孙漂流记》,第 215 页。
④ 同上。
⑤ （宋）朱熹:《四书章句集注》,第 17 页。
⑥ 同上,第 18 页。

被一位葡萄牙老船长搭救,鲁滨孙为报救命之恩,"乃悉舟中所有,上之船主"①,老船长则"慷慨报言,悉谢弗受……且言曰:'吾拯若命,非仁也。易地以观,其待拯于人,亦正犹汝,安知后此不类沛如汝之一日耶。吾今将致汝于巴西。巴西去尔国绝辽,吾苟悉汝所有而据之,汝孤客,又安得生,盖取尔物,即索尔命,此岂仁者之所为,吾必不尔。'"②鲁滨孙无限感激这位心地善良的老船长,"谓之仁人"③。结束荒岛生活后,鲁滨孙几经辗转寻访到这位老船长,面对"死而复生"的鲁滨孙,老船长坦言自己在鲁滨孙失踪期间用他的种植园抵押了债务,随即从积蓄中拿出一百六十枚葡萄牙金币,并将自己和儿子在商船中的股份转交给鲁滨孙作为偿还。鲁滨孙"见此老人平恕不欺,因大感动,当日拯余于巨浸之中,推解之恩无已。今虽久别,情愫依然,感极为之泪下"④。于是仅仅收取一百枚金币,并在拿回种植园产业后将这一百枚金币如数奉还。林纾赞誉鲁滨孙的所作所为"功既成矣,又所阅所历,极人世不堪之遇,因之益知人情之不可处于不堪之遇中,故每事称情而施,则真得其中庸矣"⑤。鲁滨孙感念老船长昔日的恩情,于是投桃报李,在"称情而施"中真正实现了"中庸",这种为林纾所追慕的"中庸",不是鲁滨孙父亲"日对妻子娱乐,处人未尝有过"的"中人之中,庸人之庸",而是鲁滨孙"散财发粟,周赡亲故"等一系列善举以及老船长所信奉并坚持的"仁者之所为",即中国传统道德体系所固有、人与人之间最为朴素的肝胆相照与互帮互助。林纾在序言行将结束之时再次将鲁滨孙与其父亲进行对比:"(鲁滨孙)较其父当日命彼为中庸者,若大进焉。盖其父之言,望子之保其产,犹吾国宦途之秘诀,所谓不求有功,但求无过者也。"⑥两种截然相反的处事之道贯穿于整篇序言的始终,其中寄寓着林纾本人对于晚清社会的审视与思索。1898 年 5月,林纾痛惜甲午战败,遂与好友高凤岐、寿富一连三天前往御史台上书,

---

① [英]笛福著,(清)林纾译:《鲁滨孙漂流记》,第 25 页。
② 同上。
③ 同上。
④ 同上,第 199—200 页。
⑤ 同上,第 2 页。
⑥ 同上。

但所陈"筹饷""练兵""外交""内治"四策竟因兼涉"洋务",应另赴总理衙门呈递而被驳回。林纾对此无比愤懑:"练兵、筹饷、内治、外交,司官斥为洋务,试问此外尚有何事名为正务?且柏台不可下状,试问何地尚可上言?想总宪粉饰太平,不欲人士贡其忠款,故极力阻抑。"①清廷的腐败与昏聩使林纾彻底认清了晚清社会的死气沉沉,以至于七年后面对舶来的Robinson Crusoe,仍由书中鲁滨孙父亲所笃信的"望子之保其产"而联想到"不求有功,但求无过"的"吾国宦途之秘诀"。同沈祖芬翻译《绝岛漂流记》的宗旨类似,林纾由鲁滨孙"意惟浮海"的执念发现了晚清社会缺失已久的壮志豪情,因而大加赞誉,希望以此激励人心,同时又在鲁滨孙荒岛归来后"每事称情而施",最终"真得其中庸矣"的个人价值实现中,寻觅到了其本人的信奉与追慕,求之现实而不可得的"仁"。

Robinson Crusoe 诞生的 1719 年正处于大英帝国的海外殖民扩张时期,笛福笔下的鲁滨孙将海外荒岛拓垦为自己的殖民地,正是"现实世界中大英帝国形成和发展的投影"②,而在林纾的阐释中,无论是将荒岛求生解读为"修心",抑或寄寓自身对"仁"的追慕,这种以"心性论"与"仁"为基准的阐释始终与笛福的创作初衷南辕北辙。林纾的误读根源于其学养积累,据林纾本人回忆:"余五岁时,……背灯读《孝经》"③,"余自八岁至十一岁之间,每积母所赐买饼饵之钱,以市残破《汉书》读之。已而,又得《小仓山房尺牍》,则大喜。母舅怜之,始以其《康熙字典》贶我"④。在这种"最典型、最传统的封建教育"⑤的熏陶与训练下,林纾受到程朱理学等传统思想的严重束缚,因而时常于有意无意之间采用中国传统经典对西方文学作品进行解读,其本人的文学理念也始终未能突破传统文人的固有身份。由此,"林译小说"虽为"中国新文学运动所从而发生的'不祧之祖'"⑥,却始终无法在译介西学的同时直接触及维系传统的纲常名教。

① （清）林纾:《出都与某侍御书》,《林琴南文集》,中国书店 1985 年。
② 汪汉利、王建娟:《外国海洋文学十六讲》,海洋出版社 2016 年,第 132 页。
③ （清）林纾:《蠡叟丛谈·凶宅》,《新申报》1919 年 6 月 20 日—7 月 1 日。
④ 朱义胄:《林畏庐先生年谱》,上海书店 1991 年,第 5 页。
⑤ 张俊才:《林纾评传》,中华书局 2007 年,第 11 页。
⑥ 同上,第 104 页。

林纾对于《鲁滨孙漂流记》"下笔千言,离题万里"的阐释,既是林纾个人的局限与无奈,同时也折射出晚清文人鼓足勇气接纳西学,却又始终不得要领的普遍困境。

此外,由于林纾本人不通外文,每次翻译均需与他人合作方可完成,因而其虽然宣称"译书非著书比也,著作之家,可以抒吾所见,乘流逐微,靡所不可。若译书则述其已成之事迹,焉能参以己见"[①]。但具体实施时仍不可避免地因个人感悟而对原作进行个性化的修改与润饰。例如第三次航海时葡萄牙老船长搭救鲁滨孙后婉拒鲁滨孙倾尽所有的酬谢,林纾将这一情节视为"仁"的具体体现,如果将译文中与"仁"相关的表述同Robinson Crusoe的原笔进行对比,可以看到在林纾的翻译中,老船长所言:"吾拯若命,非仁也。易地以观,其待拯于人,亦正犹汝,安知后此不类沛如汝之一日耶。"[②]原文写作"I have saved your life on no other terms than I would be glad to be saved myself: and it may, one time or other, be my lot to be taken up. in the same condition"[③]。"吾苟悉汝所有而据之,汝孤客,又安得生,盖取尔物,即索尔命,此岂仁者之所为,吾必不尔。"[④]对应原文中的"if I should take from you what you have, you will be starved there, and then I only take away that life I have given. No, no"[⑤]。"余服船主之周祥,谓之仁人。"[⑥]原作则并无对应之句。"仁"的英译通常表述为"benevolence",意指"仁慈,善行"。"非仁也""此岂仁者之所为""谓之仁人"三处翻译将普通的助人行善润饰为"仁",虽然在意义上巧妙表述出老船长的与人为善,并且更为符合晚清文人的阅读品味,但译文较原笔所增添的浓厚儒学色彩,则无疑是林纾本人学术修养与精神追求的个性化体现。与"仁"类似还有对于"中庸"的翻译,"中庸"在《鲁滨孙漂流记》的正文中出现于开篇部分鲁滨孙父亲的规劝:"汝宜自加审量,趣味

---

① [英]笛福著,(清)林纾译:《鲁滨孙漂流记》,第2页。
② 同上,第25页。
③ [英]Daniel Defoe:《Robinson Crusoe》,译林出版社2014年,第28页。
④ [英]笛福著,(清)林纾译:《鲁滨孙漂流记》,第25页。
⑤ [英]Daniel Defoe:《Robinson Crusoe》,第29页。
⑥ [英]笛福著,(清)林纾译:《鲁滨孙漂流记》,第25页。

可以自得,然尚有要诀焉。凡此种人举动,名曰'中庸'。俗人咸莫审其奥妙,或入之而不能居,居之而不能久,良足慨叹。"①此句在原文中表述为"He told me I might judge of the happiness of this state by this one thing, viz. , that this was the state of life which all other people envied"。② 两句对比,"中庸"应当对应为"all other people envied"的主语"the state of life"。"the state of life"在前文中有更为具体的表述:"that mine was the middle state, or what might be called the uP. P. er station of low life"③,林纾将此句意译为"以余相汝,殆为中材"④,"the middle state"具体翻译为"中材"。与"the state of life"相关的翻译还有"but that the middle station had fewest disasters"⑤,林纾译作"而中人处世庸庸,恒不一罹其害"⑥,"the middle station"与"中人"对应。"the state of life"与"the middle station"今译作"中产阶级",而"state"有"状况,状态,情况"之意,因而林纾在翻译"the state of life"时,极有可能依据曾宗巩由上下文直译出的"生活的中间状态",又根据本人的理解而联想到"不偏不倚、无过不及"的"中庸",继而创造出"中庸"这一带有鲜明个人色彩,同时又与原作高度神似的译文。以"仁"与"中庸"的翻译为代表,林纾在 Robinson Crusoe 的开篇部分便确立了道德化的翻译方式,以此为引导,在随后的翻译中,林纾有意将鲁滨孙塑造成"仁"的形象,并对与"仁"的标准相冲突的情节进行删减。例如在荒岛求生中,鲁滨孙养猫作乐,但随着猫咪数量的增多,鲁滨孙不堪其扰,原作写道:"that I was forced to kill them like vermin or wild beasts, and to drive them from my house as much as possible. "⑦林纾翻译为"猫既集,日夕扰不堪言,蕃总既多,余乃驱而出之,不令居穴"⑧。无故杀生显然不是仁者所为,林纾为了维护鲁滨孙"仁"的形象而将"kill them(杀死它

---

① ［英］笛福著,(清）林纾译:《鲁滨孙漂流记》,第 2 页。
② ［英］Daniel Defoe:《Robinson Crusoe》,第 2 页。
③ 同上。
④ ［英］笛福著,(清）林纾译:《鲁滨孙漂流记》,第 2 页。
⑤ ［英］Daniel Defoe:《Robinson Crusoe》,第 2 页。
⑥ ［英］笛福著,(清）林纾译:《鲁滨孙漂流记》,第 3 页。
⑦ ［英］Daniel Defoe:《Robinson Crusoe》,第 92 页。
⑧ ［英］笛福著,(清）林纾译:《鲁滨孙漂流记》,第 75 页。

们)"省略,仅仅翻译"驱而出之"。又如鲁滨孙第五次航海回访荒岛,原文为"In this voyage I visited my new colony in the island"[①],林纾将此句译作"此次海行,竟至旧时岛居之上"[②]。"colony"现在译作"殖民地",蕴含"奴役""占领"之意,林纾将"new colony"省略而仅仅翻译"the island",同样是为塑造鲁滨孙"仁"的形象而服务。在这种"以华文之典料,写欧人之性情"[③]的翻译模式下,《鲁滨孙漂流记》的文采风韵较之沈祖芬《绝岛漂流记》更为精致细腻,却终究未能摆脱"林译小说""文章确实很好,但误译很多"[④]的通病,以至其无法全面客观地展现原作中的海洋书写,更遑论传递 Robinson Crusoe 作为"现代海洋小说之祖"的海洋神韵。

四、晚清海洋小说的发展困局

从"中国海洋小说之祖"[⑤]《山海经》开始,中国古代小说从未缺少对于海洋的书写,这些海洋小说反映了华夏先民朴素的海洋观念,在西方海洋文学体系中从属于传统的"sea literature"范畴,即"一切与海洋、航海有关的文字材料"[⑥]。晚清时期,随着中华海洋文明与西方海洋文明交流碰撞的加剧,数千年来形成的"以中国为中心国家、以中国文化为核心文化的东亚和平式海洋文化形态"[⑦]受到强烈干扰,最终被迫转型。与此同时,Robinson Crusoe 等西方现代海洋小说随翻译文学浪潮进入中国,晚清海洋小说由此日趋接近现代意义上的"maritime literature",即"航海时代的文学"。

纵观 Robinson Crusoe 的早期译介过程,如果说《绝岛漂流记》着重强调鲁滨孙的冒险天性还可视作盲人摸象式的片面阐释,那么《鲁滨孙漂流记》将荒岛求生解读为"修心"的道德化阐释则无异于削足适履般的根本

---

① [英] Daniel Defoe:《Robinson Crusoe》,第 272 页。
② [英] 笛福著,(清) 林纾译:《鲁滨孙漂流记》,第 215 页。
③ (清) 邱炜萲:《客云庐小说话·挥尘拾遗》,选自阿英《晚清文学丛钞·小说戏曲研究卷》,中华书局 1960 年,第 408 页。
④ 鲁迅:《致增田涉》,《鲁迅全集》第十三卷,人民文学出版社 1981 年,第 473 页。
⑤ 倪浓水:《中国海洋文学十六讲》,海洋出版社 2017 年,第 16 页。
⑥ 张陟:《"海洋文学"的类型学困境与出路》,《宁波大学学报》2009 年第 3 期。
⑦ 曲金良:《中国海洋文化基础理论研究》,海洋出版社 2014 年,第 48 页。

性误读,二者均停留于文字语言层面的机械式翻译,而未能触及思想内容层面的真正内核。究其根源,本身并无海外经历的沈祖芬、林纾等人与海洋近乎绝缘,虽然受新奇故事情节的吸引对西方海洋小说进行翻译,却始终无法从海洋的视角将其视作"海洋小说"进行解读。可见,西方海洋小说虽然在晚清翻译文学浪潮的裹挟下进入中国,但这种无意识、无组织的翻译,以及个人化、片面化的解读依然是古代中国朴素海洋观念的延续,因而无法从根本上完成中国海洋小说的近代化转型。反观同一时期的西方世界,美国海军上校马汉在详细考察英国海上霸权的兴起过程后,于1890年至1905年间陆续出版"海权论"三部曲,"首次阐述了海权作为一种国家政策工具的价值和有效性"①,既是对"大航海"时代海洋体验的系统总结,同时也标志着西方世界对于海洋的认识上升至国家战略的最高层面。如此将《鲁滨孙漂流记》等晚清海洋小说放在世界海洋发展史的坐标系中进行考察,晚清社会匮乏的海洋实践、淡漠的海洋意识无疑是中国海洋小说近代化转型的瓶颈所在。

---

　　① 吴征宇:《海权的影响及其限度——阿尔弗雷德·塞耶·马汉的海权思想》,《国际政治研究》2008年第2期。